1976.10
——1999.12

主编　王光东

副主编　曾军

本卷编撰　班易文

上海当代文学创作史实述要

上海书店出版社

SHANGHAI BOOKSTORE PUBLISHING HOUSE

.

编写说明

一、本书名为《上海当代文学创作史实述要》，其目的是通过对上海当代文学创作史料（不包括文学批评）的梳理，呈现上海文学发展过程中的重要内容。本书按时间顺序共分三卷。卷一为1949年10月前后到1976年10月前后（新中国成立前后到"文化大革命"结束）；卷二为1976年10月到1999年12月（整个"新时期"至九十年代结束）；卷三为2000年到2017年（2000年以来）。本书每卷前面的序言对该阶段的上海文学史发展的整体状况加以评述。该文丛是上海社会科学院创新工程特别资助项目，在编撰过程中得到了上海社会科学院领导、上海社会科学院文学所领导的大力支持，借此书出版之际，表示衷心的感谢。

二、本书收录的是在上海长期生活、工作的作家。在上海出生但没有在上海生活、工作的作家没有收录。从外地调入上海的作家，以他们调入上海的时间为准收录。2000年以来，部分年轻的作家流动性较大，本书尽可能选取的是他们在上海所参与的与文学相关的活动和工作。

三、本书的编选目的主要是保留上海当代文学发展的重要史实和资料。对于作家作品以篇目收录为主，内容不作详述，对相关理论问题和作家作品加以讨论或争鸣的系列文章，以及一些重要的文学期刊专栏加以简略概述。

四、文学活动部分主要包括：作家的活动、期刊的创刊停刊、文学会议的召开、戏剧的演出以及与文学相关的各类活动等。

五、文学期刊要目部分选择的是对文学史产生重要影响的几家期刊。本书对非上海作家在上海期刊上发表的重要作品做了适当的介绍，目的是体现上海期刊对中国的文学发展所起的作用。

六、本书的主要资料来源为《中国当代文学编年史》《上海文化年鉴》《上海社会科学志大事记》《上海文学发展报告》《中国网络文学编年史》《网络文学研究成果集成》、上海文学理论以及创作方面的丛书、上海的文学期刊、报纸（如《上海文学》《收获》《萌芽》《小说界》《文汇月刊》《文汇报》《解放日报》《文学报》）以及上海的各大文学网站等，在每一卷后将标明详细的资料来源。

七、由于作家的书籍因重版、再版有多个版本的情况，为了避免重复，尽量选择有代表性的版本。

八、由于本书在编选过程中涉及大量的文学史资料，难免有所遗漏或不够准确，我们希望读者能给予认真的批评和建议，以便以后再版时可以适当修订和增补。

目　录

序 言

　　从 1976 年 10 月至 1979 年 10 月第四次全国文学艺术工作者代表大会的召开，是中国文学进入新的历史发展时期的开端，全国逐步开始了文艺路线的拨乱反正和文艺思想的解放。鉴于历史的教训，党中央调整文艺与政治之间的关系，要求尊重文艺的特征与规律，重申了"百花齐放，百家争鸣"等一系列有利于社会主义文艺繁荣的方针。这一时期也是上海文学复苏的初步阶段，这两年多的时间，上海文学呈现出鲜明的时代性的主题与特征，为八十年代的上海文学繁荣奠定了基础。进入八十年代，中国当代文学逐步进入了繁荣的时期，上海文学发展也取得丰硕成绩。在这一时期，诸多文艺理论问题得到了深入的探讨，老一代的理论家持续发力，年轻的上海批评家也开始崭露头角，理论的发展与创作的爆发相得益彰，无论是"伤痕文学""知青文学"，还是"寻根文学""先锋文学"，上海作家在潮流中都独树一帜，甚至可以说有引领潮流的势态，《上海文学》《收获》《小说界》等期刊在其中也起到了举足轻重的作用。九十年代的上海文学更加多元化，例如女性文学、上海地方性文学，较八十年代都显示出更加鲜明的特征。随着消费文化的甚嚣尘上，文学领域的新动态也值得关注，如"新概念"大赛的举办、文化散文的热销、网络文学的方兴未艾等现象，共同构成了九十年代上海文学的图景。本序言将分三个发展阶段概述上海文学的发展全貌，这样的梳理方式并不意味上海文学的发展在时间节点上发生了断裂，简单的划分是为了更有效地讨论这段文学史，突出上海文学从"复苏"到"繁荣"再到"多元"的流变过程，也可以看出，在不同的历史时期，上海文学在全国文学整体框架中始终占据着重要地位。

一、新时期前三年上海文艺界的思想解放

（一）思想路线的拨乱反正与刊物的更迭

文艺路线的拨乱反正是上海文学这一时期的重要内容。随着中央文艺政策的调整，上海重要媒体发表了大量反思和批判"文化大革命"时期的文学及其理论的文章。《解放日报》刊登上海人民出版社《朝霞》编辑室革命大批判组的文章《毁我长城的一支毒箭——评〈朝霞〉发表的三个军事题材作品》，批判了小说《闪光的军号》、小说《前线》和影片《千秋业》。4月23日，《人民日报》刊登了上海市戏曲学校的文章《"四人帮"利用电影反党的又一罪证——揭露"四人帮"炮制反动电影〈盛大的节日〉的罪恶用心》。31日，《人民日报》头版刊登上海人民出版社批判组的文章《评反革命两面派姚文元》。上海媒体发表的批判文章直指文革期间的"文艺黑线专政论"与"阴谋文艺"，《解放日报》与《文汇报》是上海文艺拨乱反正的主要阵地，中央委员会机关报《人民日报》也关注和组织上海的拨乱反正工作。

配合文艺路线拨乱反正工作的是上海期刊阵营的更迭。在上海出版的文化大革命后期文学的重要阵地《朝霞》月刊和丛刊于1976年10月停刊。11月，《学习与批判》停刊。这两个刊物在"文化大革命"后期的期刊阵容中具有重要地位，深刻地影响了当时主流舆论的走向。这两本刊物的停刊标志着"文化大革命"时期文学在上海出版机制的结束，并且在理论上开始批判"四人帮"的文艺批评。1976年10月20日，《上海文艺》创刊。①《上海文艺》的创刊，标志着上海文学创作与文艺理论开始展现新的时代风貌。围绕创刊宗旨，创刊号上刊登了桑城的文章《评"四人帮"的帮刊〈朝霞〉》，此外还发表了巴金的短篇小说

---

① 《上海文艺》即创刊于1953年的《上海文学》。1953年时名《文艺月刊》，1959年更名为《上海文学》。1964年杂志与《收获》合并直至1977年10月重新出版，1979年1月将名字改回《上海文学》，沿用至今。

《杨林同志》和茹志鹃的短篇《出山》等等。

　　为了进一步贯彻百花齐放、百家争鸣的方针，繁荣社会主义文学、电影、戏剧、音乐的创作和评论，更好地为实现四个现代化服务，上海市文联和所属作家协会、电影工作者协会、戏剧家协会和音乐家协会，经过积极筹备，在 1979 年第一季度先后复刊和创刊《收获》《电影新作》《上海戏剧》《上海歌声》四种文艺期刊。其中，《收获》是上海具有代表性的大型文学双月刊，受到全国文艺界和广大读者欢迎，1979年 1 月 25 日在上海复刊。复刊后的《收获》以发表中、长篇小说为主，同时也以一部分篇幅发表优秀的话剧、电影剧本、短篇小说、散文、诗歌、回忆录和文学评论。

（二）调整文艺观念中文学与政治的关系

　　伴随着文艺路线的拨乱反正，上海文学在文学观念上也开始发生了变化。早在 1977 年 10 月 12 日，《文汇报》发表了沙叶新的文章《笑有何罪?!》，文章针对"文革"时期，针对"四人帮"实行文化专制主义"扼杀一切以笑为武器的艺术作品"的错误路线而作，剧作家的杂文写作具有批判精神，也展现出上海作家的勇气和社会责任感。

　　《上海文学》也是推动文学观念变化的主要阵地，1978、1979 年间时名《上海文艺》，发表了多篇关于人物形象塑造、细节问题、现实主义等讨论文学创作规律的文章，这些文章都推动了人们在新的历史背景下对文学的理解，重视文学创作的规律，倡导文学不仅是政治意识形态的工具，而应该有其独立的审美风格和艺术规律。

　　1978 年 1 月 30 日，《文汇报》开始发表关于题材问题的文章，复旦大学中文系徐俊西的文章《斥"题材问题不能百花齐放"》。6 月，《文汇报》"文艺评论"版开设专栏"关于题材多样化问题的讨论"系列专栏，讨论持续数月，众多文艺工作者发表了自己的看法，突破了文革时期题材决定论的限制，倡导文学题材的多样化。其中，6 月至 8 月，上海《文汇报》开设专栏"关于题材多样化问题的讨论"共 5 期，先后发表柯灵《首先强调什么?》、宋大雷《题材问题需要讨论一下》、沙叶新文艺短论《题材要不拘一格》、陈伯吹《题材问题的管见》、王西彦《更多样些，也更深刻些》、夏衍《关于〈李自成〉的一封信》（写于 6 月 7 日）、罗守让《理直气壮地提倡写重大题材》、艾明之《题材随想》、秦牧《太阳光下的一滴滴水珠》等文章。《上海文艺》（后改名《上海文学》）《文汇报》以及上海理论家的文章力求从理论、路线上澄清是非，打破文化专制主义阴影的笼罩，促进文艺作品的题材多样化。

除了"题材多样化"问题的讨论，"典型问题"同样引起了上海文艺家的关注。1978 年 7 月，《上海文艺》第 7 期发表由蒋孔阳执笔的、复旦大学文学概论教材组文章《典型、典型化、典型环境》（文学讲座），分三期刊完全文，介绍了与"典型问题"相关的概念，厘清了关于"典型问题"的基本文学知识。上海的一些理论家借由经典作品的阐释，来讨论"典型问题"，如 1978 年 12 月《上海文艺》发表孙逊的《"真"与"假"——文艺创作的典型化原则》，1979 年 11 月《上海文学》发表的钱谷融文章《〈木木〉与典型化问题》等文章。

对于《伤痕》以及"伤痕文学"的讨论的一个核心，同样是"典型问题"。1978 年 8 月 22 日，《文汇报》第 4 版以"评小说《伤痕》——来稿摘登"为题，集中发表了一组讨论文章，这组文章中理论性较强的是陈思和的《艺术地再现生活的真实》，文章就是从"典型人物"的角度出发，充分肯定了"王晓华这个人物是典型的。"① 在《文汇报》1979 年 8 月具有总结性意义的文章《论"伤痕文学"》中，作者浦知秋提出了作为一种文学现象的"伤痕文学"，并且对质疑"伤痕文学"暴露阴暗面、不够真实和典型的观点加以回应，对"文革"期间被扭曲为"歌德式"的、"无冲突"的"典型论"做了清晰的判断，肯定了"伤痕文学"展现了文艺的暴露功能。②

在这一时期，产生全国性影响的讨论还有关于"工具论"的讨论。1979 年 4 月《上海文学》发表的评论员文章《为文艺正名——驳"文艺

---

① 陈思和：《艺术地再现生活的真实》，文汇报 1978 年 8 月 22 日 4 版
② 浦知秋：《论"伤痕文学"》，文汇报 1979 年 8 月 9 日 3 版

是阶级斗争的工具"说》是无法绕开的重要文献。这篇引发讨论的《为文艺正名》实际上是由《上海文学》编辑部负责人兼理论组组长李子云执笔，是她在 1979 年 3 月 18 日北京的文艺理论批评工作座谈会上的发言稿的完善版本。李子云的《为文艺正名》对官方调整文艺与政治关系起到关键作用。在这一年的《上海文学》第 6—11 期的"关于《为文艺正名》的讨论"中，有学者对此提出商榷意见，各地报刊也就此问题展开讨论，不同意见明显形成赞成"工具论"和反对"工具论"两大阵营。这些讨论一步步松动了原先的文艺与政治的关系，"文艺为政治服务"这种片面的文艺观得到了纠正。

（三）文学创作队伍的变化和突破性作品的出现

这一时期，上海的文学创作活动以及围绕文学创作的批评活动在"百花齐放、百家争鸣"的氛围中展开。首先，"文革"时期被剥夺写作权利的老作家开始复出，代表的作家有巴金、茹志鹃、王西彦、陈伯吹等。1977 年 11 月 18 日，《文汇报》刊登图片消息《挥笔写新作，文坛正春天——访几位正在从事新作的作家》，其中提到巴金正致力于翻译俄罗斯作家赫尔岑的回忆录《往事与深思》。同年 11 月，《上海文艺》第 2 期发表柯灵的散文《水流千里归大海》。1978 年 1 月 15 日，《文汇报》发表文章《春尽人间——访巴金》。《上海文艺》第 3 期设短篇小说特辑，发表白桦的《痛苦与欢乐》。1978 年 5 月，出任上海市文联党组副书记、副主席、作协副主席的吴强在《上海文艺》上发表了控诉"四人帮"罪行的短篇小说《灵魂的搏斗》。1979 年 2 月 20 日，《人民文学》第 2 期发表茹志鹃的短篇小说《剪辑错了的故事》，塑造了受极左思潮危害的人物"老甘"，对 1958 年"大跃进"运动的左倾错误进行了反思。

除了老作家的复出，上海文坛上也有一批青年作家崭露头角，开始发表作品，如赵长天在《上海文艺》1978 年第 5 期发表了《快板连长》、叶辛在《收获》1978 年第 5 期开始连载长篇小说《我们这一代年轻人》、卢新华在《上海文艺》1978 年第 11 期发表短篇小说《上帝原谅他》、程乃珊在《上海文艺》1979 年第 7 期发表短篇小说《妈妈教唱的歌》、陈村在《上海文艺》1979 年第 9 期发表了短篇小说《两代人》等等。一些青年作家的作品突破了当时文学创作的禁区，推动了文学创作的多样化，其中在全国引起重大反响是小说《伤痕》《生活的路》、话剧《于无声处》《假如我是真的》。宗福先创作的《于无声处》的演出获得了巨大的成功。竹林的《生活的路》是"文革"后第一部反映知青生活的长篇小说，塑造了娟娟、梁子等青年形象，该书曾得到茅盾、韦君宜的鼓励与支持，出版后曾在海内外引起反响。《伤痕》、《假如我是真的》在全国范围内都引起了讨论，不同意见针锋相对，涉及了许多文学创作上基本而又重大的问题，比如暴露与歌颂、歌德与缺德、生活真实与艺术真实的问题、真实与政治倾向性的问题等。作品讨论所涉及的问题，对于整个新时期中国文学和理论批评的发展都起到了重要作用，推动了文艺界的思想解放，为文学创作的进一步繁荣奠定了基础。

二、80 年代上海文学的逐步繁荣

（一）对理论问题的探讨以及文艺思潮的发展

1976—1979 年，上海文学批评界率先对"以阶级斗争为纲"的"左"的文艺思想路线加以清算。进入 1980 年代，对于重新认识文学与政治、文学与生活的关系，上海的理论界作出了更加深入的思考与讨论。延续前三年对"典型论"的探讨，1980 年代初，《上海文学》继续刊登关于"典型问题"的文章，比较重要的一篇是徐俊西发表于《上海文学》1981 年第 1 期的《一个值得重新探讨的定义——关于典型环境和典型人物关系的疑义》，文章回归恩格斯解读《城市姑娘》的语境，对比当时中国的时代背景，由"消极群众的形象"谈及对"典型环境"与"典型人物"的思考，其认为不仅只有正面的才是本质的，强调打破"现成框子"，依靠实践检验创作。他的观点意在破除"典型论"与"典型人物"所带来的人物简单化、公式化的创作倾向。随后，程代熙在《上海文学》第 4 期发表《不能如此轻率地批评恩格斯——读一篇论文的感想》加以商榷，实际上是从政治态度上提出了严厉的批评，而徐俊西于第 8 期继续发表《一种必须破除的公式——再谈典型环境和典型人物》加以回应。1985 年，徐俊西又发表了《典型化理论再认识——再答程代熙同志》，展现了上海理论家破除创作中的种种教条的决心。80 年代前期，不少上海学者对该问题展开论述。通过对"一个时代只能有一种典型环境和典型人物"观点的争论逐步破除写作上的种种戒律，从理论的角度重新厘清现实主义与非现实主义、伪现实主义的区别。

80 年代前期，人道主义的思潮伴随"伤痕文学"的讨论继续涌动，甚而构成了整个新时期文学史的思潮背景。上海的《文汇报》刊发的王若水的一系列文章，如《文艺与人的异化》（1980）、《为人道主义辩护》（1983），刘再复的理论文章《文学研究应当以人为思维中心》（1985）等都是当时宣扬人道主义精神的重要文本，这些文章引发了如何理解人道主义、如何理解"异化问题"。人道主义批判可以追溯至 50 年代中期，上海学者钱谷融于 1957 年 10 月就曾发表《〈论"文学是人学"〉一文的自我批判提纲》，这一宣扬人道主义的经典之作再次发表于 1980 年第 3 期的《文艺研究》，并加作者的按语，称"今天我的想法并没有什么根本性的变化"，从中可以看出人道主义思潮在历史中的脉络以及以钱谷融为代表的上海学者的坚持。在此之前，王元化研究思想路线的认识论前提的论文《论知性的分析方法》就发表在了上海的《学术月刊》（1979）上，并被《上海文学》（1981）转载。80 年代初，确立并深化现实主义的文艺观的另一个值得讨论的切入口在于讨论文学和生活的关系，讨论"干预生活""深入生活"等概念，早在 1980 年，《上海文学》就发表了吴奔星《"干预生活"一议》、晓江的《"干预生活"的冷热谈》，讨论作家"干预生活"的必要性以及如何"干预生活"。上海的两位重量级的老作家夏衍、巴金也在这一问题上重申了自己的观点，1982 年 4 月，《人民日报》第五版发表巴金在《在军事题材文学创作座谈会上的讲话》文中强调"深入生活""是繁荣军事文学创作的关键，也是提高作品质量的前提条件。"1980 年 9 月，《上海文学》第 9 期发表夏衍《也谈"深入生活"》，夏衍提出："只有真正解放思想，敢于实事求是地独立思考，敢于发现问题，真正感受到人民的疾苦与爱憎，这样才能写出激动人心的作品"。在这里，夏衍将"深入生活"与独立思考、实事求是的精神联系起来了，将"发现问题"看作是作家的任务。80年代前期，上海文艺界在强调文艺创作的"百花齐放"时，也十分强调深化现实主义精神。例如，1981年《文学报》编辑部召开"问题小说"座谈会，就"问题小说"的产生、发展和存在等问题展开讨论。蒋孔阳、吴欢章、石方禹、张炯、张韧、秦兆阳等理论家，胡万春、周嘉俊等作家从不同的角度表达了观点，从整体上说，会议的出发点在于"问题小说"面临的危机，概念化、主题先行将作品的活力扼杀了，但很多学者也强调了这并不是"问题小说"本身的问题，写人生和写社会无可厚非，只是深化"问题小说"需要艺术手法、表现形式的多样化。1982年1月份起在《文学报》上开辟讨论专栏，连续发表三十余篇文章，就"问题小说"展开争鸣探讨。当时的上海文艺界虽然解放思想的思潮涌动，但大多数的理论家仍旧坚持毛泽东的《在延安文艺座谈会上的讲话》的基本原则，因此对于现实主义与"问题小说"关系问题有着众多的讨论。

《上海文学》不仅引发了有关文学与政治关系的一系列讨论，也开启了现代派问题的争论。1982年，《上海文学》第8期作家发表《中国文学需要"现代派"——冯骥才给李陀的信》、《"现代小说"不等于"现代派"——李陀给刘心武的信》和《需要冷静地思考——刘心武给冯骥才的信》，冯骥才、李陀和刘心武三人以通信的方式讨论"现代派"问题，回应高行健《现代小说技巧初探》中提及的若干问题，正是《上海文学》率先发表的这三封信件，被称为为现代派文学开道的"风筝"，这与上海文艺界的开放氛围、李子云等编辑家的勇气、老作家巴金、夏衍等的支持都是分不开的。1983年10月《文汇报》刊载了施蛰存的《关于"现代派"一席谈》，1984年2月刊登嵇山的长文《论现代派》，对现代派进行更加系统的阐释。《上海文学》和《文艺报》在这期间形成了论战之势，借助现代派这一问题推动文艺思想的进一步开放，直到1984年"清除精神污染"运动讨论才停止。

在对现代派问题讨论的同时，上海文艺理论家们对文学规律的探索也逐步深入，这也就意味着上海理论界较早地触发了"向内转"的理论思潮。吴亮的《自动的艺术，还是主动的艺术？》、蒋孔阳的《美的规律与文艺创作——学习马克思〈1844 年经济学——哲学手稿〉札记》分别探讨了作家心理与美的规律问题。

　　以现代主义为代表，西方的种种思潮和流派都涌入了中国八十年代的文学界，几乎所有欧美流派都被引进，被模仿，并且这种倾向在被称为"方法年"的 1985 年后开始逐渐得到更加理性的对待。上海的文学理论界在引进西方理论、建立中外比较体系方面，早在 1979 年末，《文汇报》发表仲年的文章《小谈"意识流"》，介绍了关于"意识流"的基本知识。1984 年 9 月，《上海文学》发表陈村的《关于"小说时间"》，阐述了叙事学中的"叙事时间"问题，引入热奈特的叙事时间分析，并对 20 世纪意识流小说中强调主观时间的特征做出解释。从1984 年开始，《上海文学》刊载了一系列关于叙事学方法理论论文，重视对西方理论的引进。除了期刊有意识地引入理论，当时的官方文化机构也十分重视积极应对西方思潮的影响，如 1986 年 2 月，中共上海市委宣传部召开"加强对西方现代文化思潮研究"讨论会，伍蠡甫、汤永宽、徐中玉、钱谷融、蒋孔阳等参加了讨论。上海社科院也组织会议加强对中西文化的比较研究，1984 年 12 月 21—26 日，由上海社会科学院发起并主办的全国东西文化比较研究讨论会在上海召开，全国近百名代表出席，主要讨论如何理解文化及东西文化概念，东西文化比较研究重新提出的时代特点，中国文化的特点及中西文化的差异等问题，周扬随后致信会议。

　　上海学者对西方文学理论、西方 19 世纪中期以来的经典文学作品、中西文化乃至价值比较都有着自觉的思考，并且逐步产生具有理论深度的反思，例如南帆较早开始对"方法热"提出了质疑，对表象化的分析方式进行了冷静的思考。这时也出现了一批具有理论建构性的论文，如瞿世镜的《西方现代小说的宏观综合研究》（1985）在对西方小说作了详尽的考察的基础上进行了阶段性的分类，从而历史化地理解现代主义思潮下的现代主义小说以及二战后后现代主义小说的具体特征，并且引入交叉学科的视野,提倡综合性的研究;张德林在《作家的艺术想象与假定性情景设计》(1987)中,广泛引述西方经典作品,阐释了再现性想象与假定性情境设计问题,补充了马克思主义文艺理论中的"反映论";宋耀良的《意识流文学东方化的过程》(1986)则阐述了中国式意识流对当代文学当代性的改造;在蒋孔阳与张德兴的对话《西方美学与中国新时期文艺思想》(1988)中,蒋孔阳提出了中国学界在接受西方美学思想时亦步亦趋所造成的种种弊端,提出了技巧被借鉴的同时作家主体性却被忽视的缺陷,反映了上海学者在引入理论的同时也开始了理性的反思;许子东的《现代主义与中国新时期文学》(1989)也站在80年代末回望近十年来,现代主义文艺及文化思潮对新时期中国文学界的影响,分析了新时期中国文学现代主义的内部矛盾,并且触及了现代主义"我们化"背后的传统文化心理机制与民族文化价值等根本问题。

80年代中后期的一个重要思潮是由陈思和、王晓明在《上海文论》开辟"重写文学史"专栏而兴起的。这一专栏旨在"重新研究、评估中国新文学重要作家、作品和文学思潮、现象,刺激文学批评的活跃,激起人们重新思考昨天的兴趣和热情"。因此,专栏一经发表便引发了广泛关注和讨论,并且带有强烈的拓展历史视野、另辟理论路径的强调多元化的思潮性质。该专栏至1989年第6期结束,共编辑了9期,前后持续了一年半左右的时间,专栏分别讨论、涉及"赵树理方向"、柳青的《创业史》、"别、车、杜在当代中国的命运"丁玲小说创作、胡风文艺理论、姚文元的文艺批评道路、"礼拜六派"、革命文学中的宗派、"山药蛋派"、《青春之歌》、《子夜》、《女神》、何其芳文学道路、郭小川诗歌、闻一多等话题。这一专栏对文学界产生了极大的影响,也引起了评论界对"重写文学史"问题的争论。重新看"重写文学史"的专栏的形成以及其中的代表性文章,会发现其带有明显的80年代激进气质,包括对"主体性""批判性"的强调,从学科建制的角度上说,其对现代文学研究范式有着推进意义。同时,值得注意的是这一思潮背后是上海开放的文艺环境,其所在的阵地《上海文论》是上海社会科学院的刊物,专栏的顺利刊出和当时的主编徐俊西、编辑部主任毛时安的支持有着直接的关系。上海文艺理论界在 1980 年代当之无愧地站在了时代的前列，这与一批又一批理论家、批评家、学者、编辑家、作家们的默默付出是分不开的。

（二）上海批评家对文学现场的积极介入

20 世纪 80 年代是文学理论建设、文艺思潮涌动的时期，一方面，理论的引入和构建为文学批评提供了空前丰富的资源，另一方面，文学批评通过与具体文本的"撞击"，使得从西方引进的理论"本土化"，批评将关于人道主义、文学主体性、现代派思想的种种思辨及论争与具体作家创作联系起来。除了老一代的批评家，如贾植芳、王元化、蒋孔阳、钱谷融、徐中玉、潘旭澜、徐俊西、吴欢章、李子云等，此时，上海的一批青年文学批评家进入公众视野，如周介人、陈思和、王晓明、程德培、吴亮、蔡翔、南帆、许子东、许纪霖、宋耀良、朱立元、夏中义、毛时安、王东明、李振声、方克强、殷国明、王纪人、邹平等。还有在 80 年代后期乃至 90 年代，活跃在文学批评现场的张新颖、李劼、吴俊、郜元宝、包亚明、严锋、王宏图、杨扬、胡河清、罗岗、倪文尖、毛尖、薛毅、梁永安、张业松、段怀清、朱大可、吴炫、张闳、杨斌华等。这些批评家在现当代文学史、现当代作家评论方面都有重要的学术成果，推动了上海八十年代以来的文学发展，他们对八十年代以来登上文坛的作家有了细致而深入的观察。他们以先锋的姿态和理论姿态积极地做着文学批评的工作，在上海文学创作活跃的 80 年代及时地介入文学现场，形成了创作与批评有效互动、双向构建的局面。从年龄上看上海批评家，老中青三代都十分活跃，从身份上看，由 80 年代初期工人、学生、干部等广泛参与逐步趋向精英化，形成以高校中文系师生、作家、编辑、文化学者等为主体的"批评家"式的专业批评，涉及的批评家人数众多。

上海评论家将经典的现代作家及流派放入 20 世纪 80 年代的语境中加以评论，通过一系列研究、批评文章对以往的文学史做了深入的研究。这一点，上文提及的《上海文论》的"重写文学史"的专栏可以看作是这方面成果的集中展示。上海批评家拓展了对现代作家的研究角度，例如陈思和的"新文学史研究中的整体观"以及对巴金的研究具有世界性视野，开拓了研究领域；王晓明对鲁迅、沙汀、茅盾等作家加以研究，重视作家的创作心理和动机研究，做了富有新意的论述；许子东对郁达夫的研究，同样也具有 80 年代的特征，将郁达夫置于世界文学的框架，将郁达夫的作品与外国文学作品和流派进行比较研究。这些研究者不仅研究现代文学，而且也介入了当代文学批评。作为一个群体的上海批评家，他们的研究显示了上海的知识分子强烈的问题意识。同时，上海文学批评家对 80 年代登上文坛的作家有着细致而及时的观察和评论，也正是他们的评论构成了 80 年代作家经典化的一个重要环节。上海批评家时刻关注当代作家的动态。通过作家作品的评论，推动了新时期文学的发展。可以说，上海的批评家全程参与了新时期文学的发展过程，特别是"寻根文学""先锋文学"的构建，批评家与作家之间形成了一股合力，推动了文艺的繁荣与进步。

总的来说，80 年代上海文学批评群落是当时整个中国文学的先锋队伍，他们大多继承"文学即人学"的基本判断，强调主体的觉醒，具有向内转的意识，也擅于引进西方的理论，他们运用的批评方法也十分多元，女性主义批评、形式主义批评、心理批评等都以恰当的方式进入了具体的文本批评中，展现出上海批评家的新锐与活跃。

（三）上海作家在创作上的锐意探索

80 年代伊始，最先登上上海文坛并且结出了丰硕创作成果的便是"知青作家"，卢新华的《伤痕》是开创新时期文学的重要作品。他们叙述"上山下乡"的经历，表达对自己青春岁月特有的复杂感情，表现了城乡流动所造成的丰富的个人经验，记录了历史的变迁过程。早在 70 年代末，知青文学便和"伤痕文学"同步出现，最早的知青小说正是上海女作家竹林的《生活的路》，出版于 1979 年，同年 9 月叶辛的长篇小说《我们这一代年轻人》连载于《收获》1979 年第 5 期，并于 1980 年 8 月由中国青年出版社出版。叶辛是一位坚持创作知青题材的上海作家，他写出了《风凛冽》（1981）、《蹉跎岁月》（1982）等知青作品。知青题材同样是王安忆早期创作的重要部分，早在 1980 年，王安忆便在《人民文学》和《北京文艺》上发表了两篇知青题材的短篇小说，分别是《从疾驶的车窗前掠过的》和《雨，沙沙沙》，成功地塑造了青年女知青形象，描写了女性细腻的内心世界。1981 年 10 月，王安忆在《上海文学》第 10 期发表的中篇《本次列车终点》，成为其知青题材小说的代表作，作家借由小说试图探寻个人与历史的关系、青年人的人生理想等问题。1984 年，《69 届初中生》发表于《收获》，这是王安忆的第一部长篇小说，以具有知青经历的上海普通家庭里的女孩为主人公，带着作者自身经历的影子，叙述了知青的成长故事。与之类似的是王安忆于 1987 年写完，发表在 1988 年 4 月《小说界·长篇小说》上的《流水三十章》。王安忆的创作不仅仅对知青的青春岁月进行记叙，更反映了一代人的生活轨迹，塑造了形形色色的人物，他们有不同的性格、家庭背景、感情生活，也以不同的态度对待生活，也拥有不同的命运，当这场运动悄然落幕，知青从乡村回归到上海的日常生活，又一次反向的流动，却裹挟着不同的记忆，王安忆对这些人物，尤其是女性知青的细致刻画，反映了其对知青题材的把握逐步深入的过程。1985 年，她的作品《大刘庄》《小鲍庄》也从知青主题流变向了对民族之根的思考，成为"寻根"文学的里程碑作品。正是上海特有的文化政治地位造就了上海知青文学的丰富性。除了上述的竹林、叶辛、王安忆，上海的知青作家还有王小鹰、彭瑞高、陆星儿、陈村等等。

1980 年代初，除了具有"知青"身份的作家开始崭露头角以外，上海的知识分子作家对"文革"进行理性反思。其中，带来对人性深刻思考的成熟作品是戴厚英的《人啊，人》。小说不仅是 80 年代"人道主义"话语所围绕的一个典型样本，同时，也在创作手法上敢为时代先。其采用"多元第一人称"手法，贴合小说对人性与人的根本命运所进行的思考，具有形式与内容上的统一性，既有理论深度也开拓了此时的文学创作形式。

在 1980 年代，上海作家有意识地进行着文学形式上的创新，这里的形式创新指的是在之前被置于"禁区"的艺术手法，包括刚刚提到的叙述视角/叙述人称的变化，以及运用开放性的结构、意识流手法、虚拟、荒诞、象征等表现方式。在激发想象力、开掘文学审美形式多样性、突破传统现实主义框架等方面，上海的创作与理论讨论都是处于"先锋"位置的。以上海文艺出版社1986—1988年间出版的"文艺探索书系"为例，其展现出八十年代文学界强调"回归文学自身"进而收获的一批成果，恰恰在上海，作家们个人的"探索"作品集合为一股思潮。上海文艺出版社的编者在前言中提到编写这套书旨在"积累和交流探索的成果，另一方面则是想提倡和发扬探索精神，已造成一种宽松的、和谐的'精神气候'和文化环境，打破文艺创作和文艺研究中的某种消极的思维定势，更加有力地推动社会主义文艺健康地发展。"[1]从中也可以看出，当时上海的文化氛围是以鼓励探索、突破禁锢为整个的基调的。上海作家的锐意创新也就构成了整个中国"新时期"文学成就的一大亮点，他们的创作扩展了中国当代文学的表现空间和表现方式。正是在这个意义上，陈村于1985年发表的《一天》是一篇具有开拓性的短篇小说，在叙述时间方面，小说刻意营造两条时间线，"过去"根据人物意识上的联想而渗透进"现在"，作家借鉴了西方意识流的手法，着重表现人物的内心世界，另一个特征就是其表现内容的琐碎，在《一天》中，碎片化的生活场景拼接在一起，主人公"张三"也只是过着他"一天"的稀松平常甚至乏味的生活，人物的平面化、情节的去冲突化、崇高理想的退位，显然不是九十年代"新写实小说"创造出的新事物，《一天》已经流露出作者对革命年代之后人的存在的日常状态的细致观察。这种拼接的手法同样可见于赵长天的《苍穹下》（1985），整体上小说由几个极短的短篇组成，小说语言也追求精炼的短句，如《浅水》这一篇章中，小说在两个人物的内心世界的交替中展开，形成了各自独立的印象和感觉，文本具有很强的实验性。而真正被称为"先锋小说"的代

---

① 程德培、吴亮：《探索小说集》，上海：上海文艺出版社、香港：香港三联出版社，1986年，第2页。

表的上海作家是格非及孙甘露。格非发表了《追忆乌攸先生》（1986）、《迷舟》（1987）、《褐色鸟群》（1988）、《青黄》（1988）等作品，逐步形成了其独特的梦幻诗学。其处女作《追忆乌攸先生》采取不同于以往作家的方式来追述"文革"记忆，从对具象的历史事件的描述转向了一种新的文学介入历史的方式——象征式的寓言，叙述者情感的冷峻颠覆了"伤痕"文学的表述方式，并融入了侦探小说的手法。①《迷舟》《褐色鸟群》《青黄》继续营造叙事迷宫，打破了传统小说的情节结构。孙甘露的《访问梦境》（1986）、《信使之函》（1987）同样也是完全打破传统的写法，置人物、情节等传统小说的基本要素于不顾，也不遵循语言的规律。将语言的致幻剂效果发挥到极致的是《我是少年酒坛子》（1987），小说用梦呓般的语言提供故事的线索，又迅速斩断线索，同时斩断了语言的所指，语词从表意功能中滑落，成为自由游走的语向，这种构成文本的方式更像诗歌，而非小说。②可以说，孙甘露的诗化小说是当时文学史强调形式革命的重要收获，新的小说形式的诞生也意味着新的文学意识的崛起。同时，其小说受到博尔赫斯式的"交叉小径"的影响，也显示出上海文化的开放使得上海作家能够最早将眼光看向西方文学，并有意识地将西方现代文学某些流派的手法纳入自己的创作。如李晓便受到黑色幽默风格的影响，其《继续操练》（1986）描写出了生活境遇的荒诞，将黑色幽默的写法融入他熟悉的生活场景与历史记忆，从而表现出了时代的荒谬。③除了小说，1980年代的上海的戏剧创作也在借鉴西方的基础上焕发活力，如马中骏、秦培春的话剧《红房间·白房间·黑房间》（1986），化用西方的实验戏剧方法，创造出一个具有象征意味的剧本。孙惠柱、费春放的剧作《中国梦》（1987）实践了黄佐临的"写意戏剧观"，并从剧本创作方法与表现内容两个层面都体现了

---

① 蔡志诚：《时间、记忆与想象的变奏》，福州：福建师范大学，2006年，第63页。
② 陈思和：《中国当代文学史教程》，北京：北京大学出版社，2010年，第298—300页。
③ 李子云、陈惠芬：《上海五十年创作丛书（小说卷一）·序》，上海：上海文艺出版社，1999年，第18页。

中西文化的碰撞，这也体现了上海文学的特征。

上海文学创作的实绩不仅体现在对当代文学潮流的引领与各类文学手法的创新上，也体现在其对于上海的都市生活以及上海特有的文化历史的表现上。如王安忆始终关心上海底层小人物的生活，从 1981 年到 1989 年，王安忆每年都发表数篇有关城市生活题材小说。《窗前搭起脚手架》（1983）、《阿跷传略》（1985）等塑造面对艰辛的生活拥有不同态度的劳动者形象；《一千零一弄》（1984）、《海上繁华梦》（1986）、《洗澡》（1989）等描写了上海里弄人家、街头巷尾发生的日常琐事，《鸠雀一战》（1986）、《悲恸之地》（1988）、《好婆和李同志》（1989）等则关注到了城市外来者这一群体，对城乡流动下的个人命运有了深入的观察，除此之外她笔下的城市生活林林总总、不胜枚举，体现了王安忆作为一个上海作家对周遭生活的敏锐捕捉。除了王安忆打开的"里弄"这一城市空间，"石库门"更准确地代表了上海的地方特色，具有大都市流风遗俗的色彩，程乃珊的创作就把握到了这点，她的《蓝屋》（1984）、《女儿经》（1988）等作品中，描绘了"上只角"光鲜的西化生活方式，透露了上海现代化大都市的风情，而《穷街》《调音》（1983）关注"下只角"的市民生活。同样关注到在城市破败的角落里生活的人的作家，还有写出《正常人》的沈善增、写出《金泉女与水溪妹》《新嫁娘的镜子》的王小鹰、写出《屋檐下的河流》的殷慧芬等。①以上的总结难以涵盖上海文学 1980 年代的全部成就，仅仅是一个引言，力求通过几个切片透视其整体面貌，引发读者对上海文学的兴趣。尤其值得说明的是以上侧重展现上海文学中小说创作的成绩，实际上，上海作家的报告文学、散文、诗歌、戏剧乃至儿童文学等题材的创作都走在全国前列，本文仅一带而过，在正文创作条目的选取上，则力求在题材层面上不偏不倚，都有所涉及。

---

① 李子云、陈惠芬：《上海五十年创作丛书（小说卷一）·序》，上海：上海文艺出版社，1999 年，第 13—14 页。

（四）文学期刊以及民间文学社团的兴盛

文学的繁荣离不开文学生产机制的推动作用。当论及上海文学 80 年代所取的这些辉煌成绩时，仅仅罗列和分析文学作品的文本的艺术特点是不够的，还应当看到上海 80 年代的文学成就背后是"纯文学"自成体系的一套文化生产、传播乃至经典化的流程。80 年代的上海活跃着一批文学期刊，包括《上海文学》《收获》《萌芽》《小说界》《文汇月刊》《上海文论》等等，《解放日报》《文汇报》等报纸也刊登文学作品以及文学理论，此外还有以《上海戏剧》为代表的戏剧期刊，以《少年文艺》《儿童文学》为代表的少儿文学期刊，以及以《故事会》为代表的通俗文学期刊等等。其中最为重要并参与和直接推动 1980 年代文学进程的期刊是《上海文学》。从复刊到 1980 年代前期，《上海文学》致力于"反思文学"或"问题小说"这一类型的作品的刊登，是当时现实主义文学的重镇。前者如陈村的处女作短篇小说《两代人》（1979）、张弦的短篇小说《被爱情遗忘的角落》（1980），后者如尤凤伟讽刺官僚的《清水衙门》（1979）、王安忆反映工人剧团生活的《B角》（1982），等等。之后，在自 1982 年冯骥才、李陀、刘心武三人《关于"现代派"的通信》以及一系列对"现代派"的讨论，以及随之而来的"清除精神污染"运动后，《上海文学》开始尝试推动新的文学潮流，其重大的贡献便是沿着现实主义的道路，但同时也开始关注民族文化问题，推出了"寻根文学"。"杭州会议"之后，《上海文学》着力推出"寻根文学"，不仅发表了阿城的短篇组稿《遍地风流》，还从 5 月份开始编发作家小辑，连续推出了郑万隆、韩少功、肖建国、陈村、何立伟的寻根之作。1987 年 10 月，《上海文学》编发了复刊十年的纪念专号。编者在这一期强调了传统中求新的编辑宗旨，其提出"文学反映改革，不仅在题材上是丰富多彩的，而且在作品的叙事态度上也容许千姿百态。叙事态度的多样化，将不仅开拓改革题材，而且会从某些老题材中提炼出新的意味来。""本刊在抓改革题材的同时，还将致力于短篇小说艺术的提高。"[①]《上海

---

① 《编者的话》，《上海文学》1987 年，第 10 期，第 1 页。

文学》在叙述态度的求新体现在其发表了一批"先锋文学"的作品，如马原的中篇小说《冈底斯的诱惑》（1986）、短篇小说《游神》（1987）、孙甘露的中篇小说《访问梦境》（1986）、苏童的短篇小说《飞越我的枫杨树故乡》（1987）等。另一面，《上海文学》已经开始挖掘对于日常生活有着细致观察的作家，池莉的中篇小说《烦恼人生》（1987）发表于1987年第8期，并且"编者的话"对该小说进行了强烈推荐，将其主人公印家厚和《人到中年》的主人公陆文婷作了对比，较早地推出了"新写实主义"这一类型的作品，开启了1990年代退守个人与日常生活的文学风格。

《上海文学》十分重视对上海本土作家的挖掘和培养，早在1981年5月，《上海文学》便推出"上海青年作家小说专辑"，发表上海青年作家的短篇小说11篇。1989年开始，《上海文学》又开设"上海诗坛"专栏推介上海的年轻诗人。《上海文学》有意识地推介本地作家，打造上海作家群，尤其是为上海年轻的作者们提供发表途径。《萌芽》同样如此，其最突出的贡献是在80年代中期对上海城市诗歌的集中发表，1984年，《萌芽》第10期开设"城市之光"专栏发表上海诗人的诗歌，《萌芽》为上海文坛青年作者的培养做出了贡献。

新时期以来，上海的另一个重要文学期刊就是《收获》。1979年1月《收获》在停刊十三年后在上海复刊，一批中国当代文学的重要作家便从这里走上了文坛，如张抗抗、张一弓、张辛欣、刘索拉，苏童、余华和格非等等。此外，《文汇月刊》也是1980年代上海重要的文学期刊。其于1980年创刊，当时名为《文汇增刊》，共出七期，1981年起改名为《文汇月刊》，1990年出至六月后停刊，共121期。文学史上不少重要的作品都是发表在《文汇月刊》。这些都体现了期刊对于上海文学这一时期的繁荣所起到的直接推动作用。

1980年代，上海"纯文学"生产的另一面则是民间的文学社团活动的兴盛，两者之间并非冲突，而是互相渗透，如文学社团的活跃者也可能是"纯文学"作家，在重要的文学期刊发表作品，确定其文学地位，同时，文学社团也拥有自己的期刊，形成独立的编审核心，以树立社团的风格。这里的社团主要指的是上海 1980 年代涌现出的民间诗社，在此，也是对上一个部分上海文学创作实绩的一个补充，1980 年代不仅仅是小说不断创新的年代，更是诗歌的时代。上海诗歌的繁荣之所以在 1980 年代成为气候，离不开诗社的组织与活动。1980 年代，上海涌现出"城市人""海上诗群""撒娇派"等诗歌团体。当时的诗社大多以校园为核心场域，因此也成就了一批校园诗人。据《文学报》记者于 1987 年初的不完全统计，当时上海 49 所大专院校有近百个文学社团。复旦大学、华东师大、上海师大等设有中文系的院校成为诗人集中活动之处，不同的高校的诗人间有广泛的交流，学院内与学院外的诗人也常常接触，校园诗社的成果由高校出版社出版，如复旦诗社编的《海星星：大学生抒情诗集》《太阳河》由复旦大学出版社分别于 1983 年、1987 年出版，展示了校园诗人的优秀诗作。经历八十年代前期的蓄力，到了 1980 年代中后期，上海诗坛呈现出百花齐放的姿态。

　　1987 年 10 月学林出版社出版《城市人》诗集，张小波、孙晓刚、李彬勇、宋琳四位年轻诗人的诗歌，对上海这座现代都市进行了细致的观察与态度复杂的想象——以异乡人与城市邂逅的奇遇体验为主，"宋琳和张小波在诗歌中建设了一个'城市乌托邦'"而孙晓刚、李彬勇的'倾城之恋'更为始终如一"。① 另一个上海著名的诗歌群体也是酝酿于 1980 年代初，早在 1970 年代末 1980 年代初，王小龙在其任职的上海青年文化宫举办了一个诗歌学习小组，成员有就读于复旦大学的张真、卓松盛、沈宏非与尚在中学读书的默默。1985 年 2 月 16 日，"海上诗群"在华东师大正式成立，《海上》诗刊创刊号也于 3 月问世。② 其成员包括了刘漫流、周泽雄、张远山、杭苇、王寅、陈东东、陆忆敏、成茂朝、孟浪、默默等，其诗歌集结为《海上》（1—3 期，打印）、《大陆》（1—3 期，打印）及《MN》《城市的孩子》《广场》《作品》等诗刊。他

---

　　① 王晓渔：《诗坛的春秋战国——当代上海的诗歌场域 1980—1989》，《扬子江评论》，2007 年第 2 期。

　　② 张远山：《艰难的反叛和漫长的告别——八十年代上海民间诗歌运动一瞥》，《博览群书》，2003 年第 8 期。

们的诗歌风格如"海上"这一命名隐指的那样，蕴含着更多漂泊的无根感，以及对城市象征的现代生活的怀疑。从"海上诗群"中又走出了"撒娇派"，成立于1985年春，举办撒娇诗会，引发关注，以京不特、锈容（即默默）、胖山、软发（即孟浪）、泡里根、流不流、男爵等为主要成员，其活动带有行为艺术的特征与"无政府主义"的诉求，显现出1980年代上海文坛的开放氛围。民间诗社正是通过组织诗刊、发表宣言、办朗诵会等等诗歌活动发展起来的，最终的创作成果也以诗刊的形式呈现出来。上海地下诗歌首部铅印诗集《上海诗歌前浪》是由一土（厉楠）、醉权（潘国权）、羊工（陈斌）于1987年编辑刊行的，它集中呈现了1980年代上海所有地下诗人的代表作品。1988年，民间诗刊《喂》创刊，1988年至1994年间，共出版了8期。八期《喂》共刊出上海及全国各地49位先锋诗人近400首诗篇，是当时上海诗歌民刊的重要成果。

三、1990年代上海文学的共生多元

1990年代是我国社会、经济、文化发生重大变化的年代，尤其是1992年邓小平"南方谈话"后，市场经济在国家体制层面确立，对社会生活、文化体制等方方面面产生影响。这一时期的文学史与1980年代文学史之间并不存在一个明显的断裂，延续了80年代诸多的文学实践，但同时，也因为市场化和商业化的渗入，1990年代的文化语境已经发生了巨大的变化，形成官方文化、大众文化、精英文化三分天下的文化格局。在文学领域，通俗文化的兴起带来了以"文化热"为代表的"文化经济"现象，一部分作家、批评家等从事文学领域工作的人开始涉足逐渐形成的文学市场，从中直接获得利益，另一部分知识分子则开始对"人文精神"的失落发出深深的忧虑，1993—1995年间所发生的"人文精神大讨论"就是1990年代最负盛名的文化论争之一。无论是文学消费的兴起，还是对人文精神的讨论，上海都是最早出现这些文化现象的城市。原因显而易见，在九十年代的国家发展策略中，上海具有特

殊的地位，它是全国市场经济发展最早、商业化程度最深的城市，也是最开放、最包容、最具都市文化传统的城市，因而 1990 年代的消费文化最先在这里形成浪潮，这里的知识分子也最早观察到商业社会以消费价值取向对文学发展造成的种种负面影响，他们延续着 1980 年代的热忱而崇高的文学理想，对一系列的文学现象及文化现象发声，坚持着具有较高美学理想以及价值建构意义的文学理论、文学批评工作，同时，1990 年代上海的知识分子也进一步呈现出"学院化""精英化"的趋势。

（一）"人文精神大讨论"与 1990 年代文学批评

在这一阶段的"人文精神大讨论"显示出的上海知识分子的自省精神。这也是一场起源于上海，辐射全国的讨论。《上海文学》1993 年 6 月第 6 期"批评家俱乐部"专栏发表王晓明、张宏、徐麟、张柠、崔宜明在对谈《旷野上的废墟——文学和人文精神的废墟》，其中提出了"文学的危机"，并且对当时的文学现象做出了相应的评述，讨论的范围包括了王朔的出现、"寻根文学""先锋文学""新写实文学"的困境、作家精神存亡等，最终这些学者集中表达了对商品经济带来的价值虚无主义的担忧。[1]1993 年第 7 期的"批评家俱乐部"发表由陈思和主持、郜元宝、严锋、王宏图、张新颖参加讨论的谈话文章《当代知识分子的价值规范》。围绕"如何建立当代知识分子的价值规范"，分别从"知识分子的双重含义都出了问题""知识分子的现实处境""知识分子的精神传统在当代社会中的作为""建立知识分子自己的话语体系"四个方面逐层深入地展开了讨论，这场讨论某种程度上是对人文精神讨论提出的命题的积极回应。与此同时，《读书》杂志"人文精神寻思录"专栏围绕"人文精神"发表了一系列讨论文章，其中《人文精神是否可能和如何可能》记录了张汝伦、朱学勤、王晓明、陈思和四位上海学者的讨

---

① 　王晓明、张宏、徐麟、张柠、崔宜明等：《旷野上的废墟——文学和人文精神的废墟》，《上海文学》1993 年第 6 期，第 63—70 页。

论,他们更深入地将人文精神的问题放置于中西文化比较以及中国知识分子的"终极关怀"的传统中去思考。之后,许纪霖、郜元宝、陈思和、蔡翔进一步讨论这个问题,许纪霖将中国知识分子的传统归纳为"道统、学统与政统",而在 1990 年代,这种传统在商业文化的冲击下发生了巨变,陈思和认为面对这样的现实,"知识分子的岗位也就是他的精神家园",蔡翔对文学的媚俗现象表达了不满,他和郜元宝都认为在人文精神最薄弱的历史时刻,知识分子以及写作者应当追求的是超越自我的可能。之后,张汝伦、郜元宝、季桂保、陈引驰又从解构与建构的角度,探讨面对当时的文化趋势,知识分子究竟应该作出怎样的回应,其中梳理了近现代至当代的思想史脉络,倡导以理性主义与独立自由之精神来承担文化建设的紧迫任务。历经两年多的时间,这场讨论逐渐落幕,时至今日再看这场以上海学者为主要参与者的"人文精神大讨论",会发现这不仅仅是一场呼吁、一声叹息,而是通过一系列的对话、争鸣(如批评家朱学勤等与王蒙的论争)的方式,进行集体发声,尝试达到影响现实的效应(如提高作家的写作追求),并且呈现了中国现代化过程中中国文化与西方文化的关系、中国古代传统文化与当代知识分子价值追求的关系等具有学术深度的问题,在这个意义上,这场讨论不仅是"人文精神"的重建,也是文化理论的建构,王晓明选编的《人文精神寻思录》和丁东选编的《人文精神讨论文选》两书的出版,是这场讨论的理论果实。

"人文精神大讨论"之所以发生在上海,与上海知识分子对现实的深切关注有着直接联系,也离不开《上海文学》的支持,正是"批评家俱乐部"专栏有组织地刊登这些讨论文章,才形成了九十年代少见的知识分子共同发声的态势。实际上,"批评家俱乐部"不仅在 1993—1995 年间,集中刊发有关知识分子、人文精神、正统文学等相关文章,在九十年代末,该专栏又刊发了上海批评家一系列的卓有见地的论文,系统性地回顾了九十年代文学的整体面貌,如吴炫主持的批评家俱乐部《大众文化与大众文化批评》、张新颖主持的讨论《困难的希冀:九十年代的文学写作》,1999 年第 4、5 两期则连续刊登围绕"当下中国的市场意识形态"进行讨论的论文，其中包括了王晓明的《半张脸的神话》、陈思和的《"成功人士"与"失败人士"》、薛毅的《关于个人主义话语》、倪伟的《虚假主体的神话及其潜台词》、吴亮的《城市虚像》、罗岗的《谁之公共性？》、季桂保的《传媒主宰下的神话》等文，这些文章产生于上海批评家对以上海为代表的都市的观察，越出了传统的文学文本批评，而带有文化研究的倾向，呈现出上海批评家对九十年代较为成熟的思考。代表上海批评家成果的还有"火凤凰批评丛书"的策划与出版，这套丛书由陈思和为主要策划人，在九十年代陆续推出了陈思和的《鸡鸣风雨》（1994）、张新颖的《栖居与游牧之地》（1994）、蔡翔的《日常生活的诗情消解》（1994）、郜元宝的《拯救大地》（1994）、胡河清的《灵地的缅想》（1994）、薛毅的《无词的言语》（1996）、李振声的《季节轮换》（1996）、王鸿生的《态度的承诺》（1998）、罗岗的《记忆的声音》（1998）、朱大可的《逃亡者档》（1999）等，这些文集各具风格，旨趣各异，显示着上海学人们建立自己的批评话语体系的努力。可以说，上海批评家队伍的壮大也难以用寥寥数语概括，仅能从以上的重要成果做一个简要的介绍。海派批评在 1990 年代逐步呈现初学院派的气质，因此，值得关注的上海批评家大多来自于复旦大学、华东师范大学、上海大学、同济大学、上海师范大学、上海交通大学等高校以及上海市作协、上海社会科学院等文化机构，在此，因篇幅有限将不一一列举这些优秀的学者的名字了。

（二）上海"纯文学"作家的创作成果

虽然仍旧可以总结出自 1980 年代末开始至 1990 年代，文坛陆续产生了"新写实主义""女性写作""个人化写作""现实主义冲击波"等文学现象，但整体上还是从"共名"走向了"无名"。上海的创作发展并不完全与这一脉络趋同，在这一时期也呈现出明显的多元化的倾向。首先是 80 年代已经出名的"纯文学"作家在 90 年代显现出巨大的创作能量，他们的创作经验日益丰富，在文学上有着更高的追求。进入 90 年代，王安忆写出了《叔叔的故事》（1990）、《歌星日本来》（1991）、

《乌托邦诗篇》（1991）、《纪实和虚构》（1993）、《长恨歌》（1995）等作品，每一部作品都显示出作家对于小说诗学新的尝试。《叔叔的故事》利用"我"这一叙述人对一代知识分子的精神历程进行侧写，"叔叔"落寞的结局实际上是对理想主义的 20 世纪 80 年代的告别，《歌星日本来》同样把握住了 90 年代初社会发生变动时的征兆，记录了被时代抛下的人们以及他们曾拥有的浪漫主义，《乌托邦诗篇》是王安忆对如何抵达精神家园进一步的追问，并且非虚构的成分与对话的形式也在叙事上构成创新，《纪实和虚构》将成长故事和家族寻根故事相融合，是作家对自己的小说理想的实践，同期，她提出了"四不要"的原则，这部小说便是她追求长篇小说应有的思想理路与结构而做的尝试，在追求总体性的同时，也相应地牺牲了情节的连贯而显得艰涩。而在评论家与读者间引起最广泛关注的当属《长恨歌》，这部小说具有回归上海都市市井生活描绘的民间意识，塑造了"王琦瑶"这样一个经典的女性形象，这是九十年代文学史的重要收获。在九十年代后期，王安忆依然在追寻精神的故乡，她追忆自己的知青生涯，将其看作是不同于上海都市生活的另一种珍贵的经验，通过《姊妹们》（1996）、《蚌埠》（1997）、《轮渡上》（1998）、《喜宴》（1999）、《开会》（1999）等中短篇小说勾勒了淮河乡村质朴的乡民形象，临近世纪末，作家之所以对于乡里美好人情、人性展开一系列的叙述，大概是作家处于日益繁华的上海都市对发达的物质文明产生了一种惶惑的感觉。上海与蚌埠周边乡村是王安忆九十年代小说中的两个不同空间，城与乡代表了作家关注的两种不同的文化，而连贯于王安忆的创作之路的是对精神家园的追寻、对日常生活的回归、对女性生命体验的体察。对照作家之前的创作，可以发现她已经走出早期"雯雯"的个人世界，走向更广阔的天地，对于小说本体也有更多的理论发现。1993 年，王安忆在香港"中国当代文坛透视"上的发言《我们在做什么——中国当代小说透视》凭借小说家特有的对叙事的敏感评述新时期以来几位重要作家，概括了当时的大陆文学景观。1997 年，《小说界》开设专栏，刊登王安忆的小说讲稿，作家赏析了多部文学经典。同年，其专著《心灵世界》由复旦大学出版社出版，全书共十三章，围绕着心灵世界展开，前两章属概述，阐述其小说理论，中间八章以其理论评析了八部中外名著，后三章阐述了小说结构、语言、风格等，展现了作家对小说理论的熟稔和探索。

1990 年代，先锋文学作为一场文学运动逐渐落潮，但先锋作家们对小说创作的热情并未熄灭，上海的几位"先锋作家"也都及时地把握住了时代的变化。更加深刻地描写了欲望的是格非，他在 1990 年代发表了《傻瓜的诗篇》（1992）、《相遇》（1994）、《初恋》（1995）、《凉州词》（1995）等作品。此时，他已经产生了在传统文化中寻找精神资源的自觉意识，他在 1990 年代前期创作出了《锦瑟》（1993）、《凉州词》（1995）。而他在 1990 年代的重要长篇是《欲望的旗帜》（1995），该小说发表于《收获》1995 年第 5 期，描写了知识分子的情感生活甚至是欲望纠葛，"九十年代，我们看到格非正在确立一种写作新向度：在不放弃追求技巧、智性的前提下，如何缝合小说的形式美学与意义深度。格非正在告别他的技术主义时代，将兴趣和笔力从搭建文本迷宫转向发见、分析社会生存的迷津。这一转变使格非的小说创作有一种精神现象学色彩，并决定了他在九十年代文坛的独特位置。"① 孙甘露在 1990 年代后发表的数量有限，仅有长篇《呼吸》及中短篇小说《忆秦娥》（1992）、《大师的学生》（1992）、《入夜出门》等，他的长篇小说《呼吸》也开始有完整情节、主要人物的出现，是作家在先锋的形式探索后的自我调整。陈村 1990 年代创作出《临终关怀》（1993）《琴声黄昏》（1993）《小说老子》（1994）《该死的人》（1995）等中短篇小说，以及长篇小说《鲜花和》（1997）。值得一提的是《鲜花和》从中年男作家的视角出发，描写了其与家庭、情人的关系，以强烈的男性视角对女性进行描摹，并用随笔的形式记录，带有反讽意味，反映了 1990 年代小说对两性欲望与细琐日常的关注，此外，这部小说对日常生活的重视，也使得里弄等具有上海特色的本土化空间浮现出来，比起先锋小说，这样的叙

---

① 易晖：《世纪末的精神画像——论格非九十年代小说创作》，《小说评论》1999 年第 6 期。

述更加贴近都市生活的真实情况。

　　除了王安忆、陈村，还有不少上海作家持续地记录着上海都市生活的变迁，抑或记录着上海人命运的起伏，如孙颙、程乃珊、金宇澄、俞天白、叶辛等。1980年代末1990年代初，一些作家尝试通过长篇纪实、家族史、发家史等类型的鸿篇巨制，表现了不同身份的人在上海的沉浮，书写了上海的历史变迁，如程乃珊的《金融家》、俞天白的《大上海的沉没》等。此外，上海作家的创作带有浓厚的上海地方色彩，并且"将眼光转向城市中的普通人甚至是最底层的小人物的生活。以赵长天《不是忏悔》(1995)来说，它的主人公的身份虽是一个相当规模的工厂的厂长，其实它表现的还是上海这个城市里的普通人的家务事，儿女情。"①作家总是选择自己熟悉的生活去用文学加以表现。例如孙颙熟悉的是上海的知识分子阶层，他的《雪庐》(1993)、《烟尘》(1996)就描绘了上海知识阶层的家族在历史中的沉浮，小说描绘的故事有近百年的时间跨度，作家正是通过家族的兴衰、一代又一代上海人的生活表现中国当代历史中的上海发展。除了小说，1990年代上海的诗歌、散文(随笔)创作也呈现出日益浓厚的本土色彩。诗歌方面，1990年代初延续了八十年代歌颂现代化城市建设的诗歌创作，如黎焕颐的《题南浦大桥》(1991)、吴钧陶的《南浦大桥颂》(1992)对南浦大桥的建设发出由衷的赞美和自豪，而宫玺发表于1997年的《南京路》表现了上海的国际化以及经济的发达，同时也对南京路所象征的商业社会进行了一番审视。而以陈东东为代表的上海年轻诗人在1990年代也达到了创作的成熟期，陈东东就将其对于诗歌艺术的探索融合在城市诗歌写作实践中，《炼丹者巷号》《我在上海的失眠症深处》《外滩》等诗歌创造出"诗的音乐"。散文方面，上海作家在1990年代对海派文化具有浓厚的怀旧情绪，一些女作家(陈丹燕、程乃珊、素素)对于1930、1940年代那种融合了西方文化的老上海风情有着细腻的感悟，其中陈丹燕走访

---

　　① 李子云、陈惠芬：《上海五十年创作丛书(小说卷一)·序》，上海：上海文艺出版社，1999年，第12页。

上海的街头巷尾，以一个城市漫游者和文化探寻者的姿态徜徉于上海的百年历史中，在名人故居遥想故人往事，在咖啡馆、酒吧等消费场所观察上海人的生活状态，抑或对张爱玲等上海传奇女性的生命际遇发出感慨。以陈丹燕的散文集《上海的风花雪月》（1996）、《上海的金枝玉叶》（1997）等为代表的怀旧之作，与1990年代本身的文化读物热潮以及背后的消费主义的商业氛围有着千丝万缕的关系，即使如此，这些散文亦有唤醒属于上海的文化记忆与历史记忆的独特价值，通过对"老克勒"、名媛闺秀、文化名人等形象的勾勒，对上海特有的都市空间的描绘，塑造出了鲜活的"上海形象"，通过"怀旧"为海派文化增添了新质。1999年，王安忆、程乃珊、袁鹰、孙甘露、黄裳、柯灵、素素、李天纲、赵丽宏、赵自、陈丹燕、薛理勇等人在《收获》第1期上"百年上海"专栏，陆续发表了随笔，集中展示了怀旧海派文化的魅力。提到散文，不得不提的还有上海作家余秋雨的文化散文，他的散文集《文化苦旅》由上海知识出版社于1992年出版，该书计37篇，为系列性文化散文。1998年，余秋雨的散文集《山居笔记》由文汇出版社出版。余秋雨以及他的文化散文的出现是1990年代重要现象，一时之间引发诸多争议，不同的批评家对其也有不同的看法，如孙绍振认为余秋雨的散文"力图把诗情和智性结合起来，从单纯的审美向审智建筑起一座桥梁""为中国当代散文开拓了一个新的艺术天地，提供了一种广阔的视野，从文化历史的画卷中展示文化人格的深度，开拓想象的新天地。"①也有论者认为"《文化苦旅》的精神实质就是一种毫无新意的感伤情调。作者写来写去的，无非是中国传统文化与现代文化对峙时的尴尬，以及作者对此生起的某种不可名状的执著和迷惘。""这种情调作者已经倾诉得太过深情，以至于达到了滥情和矫情的程度。"②这两则态度大相径庭的评论都很有代表性，余秋雨的散文确实有一定的艺术内涵，将传统文化、传统历史中的精华提炼了出来，并且具有通俗性，符合当时普通读

①　孙绍振：《余秋雨：从审美到审智的"断桥"——论余秋雨在中国当代散文史上的地位》，《当代作家评论》，2000年第6期。
②　朱国华：《另一种媚俗：〈文化苦旅〉论》，《当代作家评论》，1995年第2期。

者的趣味,另一方面,他对历史的解读浮于表象,缺乏思辨的色彩,多少有一些"媚俗"的倾向。但总体上说余秋雨在上海乃至全国的流行已然成为九十年代特有的文学记忆,这也是市场的需求开始打破传统文学格局的力证。

90 年代初,上海文坛还有一批新生作家崭露头角,他们的写作具有个人化写作的特征,反映着九十年代文学表现方式的变化,折射着个人与社会的关系的变化。他们的写作一方面将日常生活状态的疲乏表现出来,一方面将城市物质主义影响下的个人欲望的扩张作为写作的母题。如张旻1990 年代发表了《邂逅》(1990)、《初恋的代价》(1990)、《寻常日子》(1990)、《多雨的季节》(1991)、《二女生》(1991)《恭为人师》(1991)、《告别崇高的职业》(1991)、《往事》(1991)、《不要太感动》(1992)、《生存的意味》(1993)、《回忆父亲》(1993)、《枪》(1994)、《月光下的错误》(1995)、《审查》(1995)、《男孩秦南》(1997)、《求爱者》(1999)、《王奇的故事》(1999)等中短篇小说,以及《情戒》(1994)等长篇小说。在九十年代中期,他的小说创作最为活跃,也因此被归类为"晚生代"作家。陈晓明在评论张旻时,曾指出他的小说"总在重复一个故事母题,即男教师与女学生的暧昧关系。""张旻的叙事从总体上看是封闭性的……那些关于女人身体的描写,女人主动的性欲,如同男性的白日梦绵延不绝,似乎执意要开创当代'新鸳鸯蝴蝶派'"。①同样是描写现代都市男女的情与欲,态度相对温和、表现手法相对含蓄的是西飏。西飏也是上海 1990 年代发表作品较多、质量较高的作家之一,他的代表作《青衣花旦》(1997)等作品具有古典雅致的审美趋向,因此他的小说世界显得温情脉脉。对于上海作家而言,骨子里温婉的海派风格不仅体现在语言上,也体现在叙事技巧上。准确的语言、精巧的结构便是上海作家夏商为人称道的优点。夏商著有长篇小说《妖娆无人相告》、《裸露的亡灵》、《标本师之恋》、《东岸纪事》,中篇小说集《我的姐妹情人》,中短篇小说集《爱过》、

---

① 陈晓明:《表意的焦虑》,北京:中央编译出版社,2002 年,第 152—153 页。

《香水有毒》，短篇小说集《沉默的千言万语》等。夏商的小说通过城市空间中的形形色色的人物呈现了"现代化"的城市性格与城市意识，他坚持做一个"现实观察家"，同时也延续了"先锋小说"通过形式建构思想的先锋性的艺术追求。同样具有先锋性的还有在 1990 年代中后期露出锋芒的作家张生。其主要作品有《一个特务》（1997）、《追捕与逃亡》（1998）、《让我来陪你回家》（1998）、《这也是一个知识分子》（1998）、《结局或者开始》（1998）、《瑞士军刀》（1998）、《片断》（1998 年）、《刽子手的自白》（1999 年）、《西递村》（1999）、《陈家沟》（1999）、《他的名字叫衬衫》（2000），他的小说的情节走向有一种随机性，切中现代城市人荒诞虚无的生命本质，书写了具有存在主义意味的寓言。

此外，女作家浮出地表也形成了 1990 年代上海文坛的一道风景。除却上文提及的王安忆、陈丹燕、程乃珊等对于上海本土生活与文化的叙述之外，还有唐颖、潘向黎、须兰、卫慧、棉棉等女性意识浓厚的作家值得一提。唐颖自 1986 年发表第一篇小说《来去何匆匆》便立足于都市女性情爱小说的创作，于 1995 年出版的长篇小说《美国来的妻子》是她的代表作，不仅获全国城市报刊连载小说一等奖，而且被改编为同名话剧，在上海戏剧界引起了关注，受到了观众的认可。唐颖擅于将时代背景糅合进人物的命运，例如《美国来的妻子》这部小说描述了上海在改革开放后迎来的出国热潮，故事中的女主人公便是热潮中决定离开家庭去美国奋斗的一员。因此，她的故事发生在上海、欧美各国，呈现的是现代化与国际化的生活场景，其塑造的女性也是典型的具有个人奋斗精神、精明独立的上海女性，她们在家庭与事业、感情与理性、东方传统与西方价值之间徘徊，构成了戏剧性极强的故事。同样以都市女性作为描写对象的是潘向黎，她在 1990 年代以发表随笔为主，逐渐也开始发表小说，《西风长街》（1991）、《无梦相随》（1996）、《无雪之冬》（1998）、《变歌》（1998）、《轻触微温》（2000）等作品丰富了上海女性形象。"从表面上看，潘向黎的小说所关注的生存空间并不开阔，基本上是她所熟悉的一些现代都市生活，主人公也多半是一些中青年女性，而且叙事的内部冲突主要集中在两性之间的情感纠葛上。但是，在这种相对狭窄的表达空间里，潘向黎的写作却很少出现重复的倾向，几乎每一篇小说都给人以迥乎不同的新鲜感。"①须兰则偏爱在尘封的历史中寻找题材，她的作品多由《小说界》发表，少数发表在《收获》上，其主要的作品有《宋朝故事》（1993）、《月黑风高》（1993）、《闲情》（1993）、《石头记》（1993）、《银杏银杏》（1993）、《红檀板》（1994）《樱桃红》（1994）、《纪念乐师良宵》（1995）、《思凡——玄机道士杀人案》（1995）等中短篇小说，以及《千里走单骑》（2000）、《奔马》（2000）等长篇小说。她将目光投向革命前的朝代，继承着古典文化中"闺阁文学"传统，将女性的婚恋与爱情作为表现的主题，她的笔触细腻，突出历史的苍凉以及女主人公的孤独，营造出强烈感的宿命感，将男性构筑的由权力与战争推进的历史所遮掩的另一种历史挖掘了出来，因此，须兰的小说实际上是带有女性主义立场的历史叙事。卫慧、棉棉作为"七零后"作家1990年代陆续发表作品，并在新世纪初推出自己的长篇作品。卫慧、棉棉的写作十分叛逆，棉棉先后出版了《啦啦啦》、《糖》、《盐酸情人》等作品，卫慧同样也结集出版了《蝴蝶的尖叫》、《上海宝贝》、《像卫慧那样疯狂》等长篇小说和短篇小说集。性爱的放纵等亚文化中的边缘行为成为她们小说主要的内容，她们与笔下的人物也没有足够的距离，而是以类似"自叙传"的形式，故意将自己出格的隐私生活公之于众，本质上是以低姿态迎合了商业化的市场，丧失了精神性与主体性。正是因为在都市文化发达的上海，酒吧、迪厅等娱乐设施普及，西方文化泥沙俱下地涌入，文化氛围相对开放，时尚和消费主义渗透在每个角落，她们身处其中方才深受影响。1990年代末，"上海宝贝"的出现是上海物质文化发展的征候之一。

（三）大众文化兴起带来的文学新动态

在1990年代的中国，大众文化的兴起的背景是大众媒介的全面转

---

① 洪治纲：《在隐秘的女性空间里游走—潘向黎小说论》，《山花》2006年第5期。

型。这个转型的主要特征就是电视、电影、网络等电子媒介与以报纸、书刊、杂志为主的纸质媒介并行发展，并且无论是哪种媒体形态，都有一定的自由度，既传播严肃的、精英的文化，也传播大众的、流行的文化。九十年代的上海更是处于大众媒介发展的前沿地带，无论是上述的余秋雨的文化散文热，还是卫慧、棉棉、"美女作家"群，都是在大众媒介和市场的影响下产生的新兴的文学现象。在文学的生产过程中，出版市场追求更大利益，利用媒介或是刺激大众的"怀旧"、"感伤"情绪，或是放大"物"与"性"的都市文化符号，挑动读者的阅读欲望，以求最大的市场回报。

当然，这种变化不是一蹴而就的，也不是完全负面的。在 1990 年代，严肃文学仍占据重要位置，以上海的期刊为例，《上海文学》《收获》《小说界》《萌芽》《上海文论》等具有极高文学追求的期刊长盛不衰。而作家与批评家互动频繁、纯文学作品具有市场号召力等现象都说明了媒介的转变并没有使文学失去了传统的审美价值与文化价值，而是产生了复杂的重构性影响。例如，1990 年代电视的普及、广告的包围改变了受众的审美习惯，图像、影像等视觉文化使得"阅读"这种强调想象空间的文化接受方式受到了冲击。在 20 世纪 90 年代初，文学的影像化可以被看作应对这一文化现实而出现的现象。在现代历史上，上海的电影工业始终走在全国前列，这种优势使得上海电影、电视剧在 1990 年代日益繁荣。在这一背景下，上海的作家的作品被拍成电视剧，而且不少作品受到了热捧。这种媒介转化，不仅没有使文学丧失其承担的社会功能，反而使得其受众更加广泛。例如，叶辛的《孽债》在 1994 年被拍成了电视剧播出，引发了一代上海知青的集体回忆。

1990 年代，大众媒介对文学的影响还体现文学期刊的转型上。在 1990 年代中后期，上海的文学场发生着变化，文学生产机制向着市场化滑动，最明显的现象之一就是以《萌芽》为代表的杂志所做出的"努力"。1990 年代中期，《萌芽》为了扭转期刊发行量下滑的局面，对栏目、版面进行了重大的调整，主要就是将传统"作家文学"按体裁分栏目的方式转变向强调与读者互动的模式，特别是迎合年轻读者。而真正使《萌芽》深受年轻读者的是"新概念作文大赛"这一"品牌"的打响。"新概念"与"萌芽"作为品牌的推广，以及韩寒等青春文学作家的声名鹊起主要发生在新世纪，他们的营销与传播，不在本文考察的范围，但"新概念"的起源在1990年代末，1998年底，"全国新概念作文大赛"便在筹划之中，《萌芽》第1期刊登了《"新概念作文大赛"倡议书》，介绍了新概念作文大赛的缘起，大赛旨在突破应试教育下的八股式作文教育，倡导年轻人写出具有"新思维、新表达、真体验"的作品。1999年，《萌芽》杂志筹划成立网站，"新概念作文大赛"获奖作品选系列由作家出版社发行。"新概念作文大赛"发起在上海，却对全国的语文教育产生了影响，极大地激发了有志于文学创作的年轻写作者们的激情。在世纪末，"新概念"的出现为解放文学思想，拓展文学表达可能起到积极作用。之所以是《萌芽》造就了"新概念"，是因为上海的浓厚的商业气息，迫使文学向着产业化的方向进行探索，而上海多元的文化氛围以及强大的文学号召力，为"新概念"的成功提供了保障。"新概念"的出现也开拓了"青春文学"这一类型，在1999年，徐敏霞的《站在十几岁的尾巴上》、韩寒的《求医》、刘嘉俊的《物理班》等获奖作品发表在《萌芽》上，安妮宝贝的小说《暖暖》、《最后约期》也发表在了《萌芽》上。"青春文学"展现了青年的个性，也很轻易地被商业收编。正是上海，包容了各种新鲜事物的萌芽，但其也笼罩于资本的无形之网中，在与商业的纠缠中丰富着自身的"海派文化"。更加明显的标志是，网络文学在九十年代末也诞生于上海。2000年，《小说界》开设专栏"电脑·网络·写作"，陈村等上海作家最早提出扶持网络文学的发展的观点。

20世纪90年代的上海文学是众声喧哗的，"人文精神大讨论"等理论探讨，逾越出文学内部的问题，直指时代的病症，在时代精神发生变化时，上海知识分子勇于承担起责任。而批评家依旧活跃于文坛，对文学史、文学价值、作家作品、文学流派等展开讨论，充分展现了上海学者心系文学现实以及社会现实。文学创作上，更是作家文学、通俗文学、青春文学百花齐放，网络文学方兴未艾。整体上，1990年代是文学生产机制发生重大变化的阶段，上海在这一潮流中，呈现的面貌是一方面理性反思，一方面积极应对，从文学理论到文学实践，再一次走在了全国的先锋位置。

南京林业大学人文社会科学学院　班易文
2019 年 7 月于南京

第一部分
文学创作

1976 年

12 月

5 日,《人民日报》发表刘征泰、赵丽宏合作的报告文学作品《旌旗十万斩阎罗》。

1977 年

2 月

本月,峻青的散文《瑞雪颂》发表于《人民文学》第 2 期。

3 月

本月,沈善增的杂文《向大庆学习》发表于《人民文学》第 3 期。

4 月

本月,胡万春的小说《序幕》发表于《人民文学》第 4 期。

5 月

本月,陈继光的散文《飞奔吧 油龙》发表于《人民文学》第 5 期。

6 月

本月,白桦的散文《地上的"神仙"》发表于《人民文学》第 6 期。

8 月

本月,巴金的散文《望着总理的遗像》发表于《人民文学》第 8 期。

10 月

20 日，茹志鹃的短篇小说《出山》发表于《上海文艺》创刊号。

11 月

20 日，《上海文艺》第 2 期发表柯灵的散文《水流千里归大海》、徐开垒的散文《红旗升起的地方》。

本月，陆星儿的短篇小说《北大荒人物速写》发表在《人民文学》第 11 期。

1978 年

1 月

20 日，《上海文艺》第 1 期发表巴金的散文《最后的时刻》、茹志鹃的散文《十二月的春天》、黄宗英的散文《迎接大跃进》。

本月，茹志鹃的短篇小说《冰灯》发表于《人民文学》第 1 期。

3 月

本月，《人民文学》第 3 期发表白桦的短篇小说《春夜》。

6 月

20 日，《上海文艺》第 6 期发表赵丽宏的诗歌《雨中》，黄宗英的报告文学《美丽的眼睛》。

7 月

27 日，《解放日报》发表陈伯吹的短篇小说《小工程师们》。

本月，王安忆的短篇小说《我的脸火辣辣的》发表于《儿童时代》第 7 期。

8 月

11 日，复旦大学中文系一年级学生卢新华的短篇小说《伤痕》发表在《文汇报》第 4 版上。发表之前，小说于 4 月上旬在复旦大学中文系一年级的墙报《百花》上刊登过。

9 月

本月，上海市工人文化宫戏剧创作组业余作者宗福先创作的话剧

《于无声处》演出。该剧以 1976 年 4 月天安门事件为剧情背景，批判江青反革命集团，演出后反响强烈，为拨乱反正做出了贡献。《文汇报》于 10 月 28 至 30 日发表了该剧剧本。10 月 16 日，该剧在京首演。11 月 16 日的《人民日报》发表文章《人民的愿望，人民的力量——评话剧〈于无声处〉》盛赞该剧的思想意义和现实意义。之后，文化部、全国总工会决定该剧在 11 月 14 日调京演出 38 场，受到各方好评。以后全国各地相继搬演，轰动一时。12 月 18 日，文化部、全国总工会特举行颁奖大会，隆重嘉奖《于无声处》。

10 月

20 日，《上海文艺》第 10 期发表崔京生的短篇小说《能掐会算》。

本月，王安忆的短篇小说《平原上》发表于《河北文艺》第 10 期。

树棻的长篇小说《姑苏春》由上海文艺出版社出版。

11 月

20 日，《上海文艺》第 11 期发表卢新华的短篇小说《上帝原谅他》，艾明之的短篇小说《雾》。

12 月

20 日，《上海文艺》第 12 期发表茹志鹃的报告文学《红外曲》。

20 日，白桦的短篇小说《秋江落叶》发表于《人民文学》第 12 期。

本月，《诗刊》第 12 期发表白桦的诗歌《阳光，谁也不能垄断》。

1979 年

1 月

本月，黄宗英的散文《大雁情》发表于《十月》第 1 期。

2 月

20 日，《人民文学》第 2 期发表茹志鹃的短篇小说《剪辑错了的故事》。《剪辑错了的故事》获 1979 年全国优秀短篇小说奖，1980 年 5 月收入《1979 年全国优秀短篇小说评选获奖作品集》，由上海文艺出版社出版。茹志鹃在谈到写作《剪辑错了的故事》的动机时说道："过去十七年，我写歌颂的是占绝大部分，经过'文化大革命'以后，我脑子更复杂一点了。这脑子复杂以后，有一些东西就想鞭挞，想拿起鞭子来抽它两下子。不鞭挞，也就无法更好地歌颂，不鞭挞也可能会掩盖一些腐败的东西，报喜不报忧的人，从来都没有好人。"（见王锐、罗谦怡编：《新时期中短篇小说资料选辑》，吉林教育出版社，1988 年，第 386、387 页）

20 日，《上海文学》第 2 期发表屠岸的诗歌《剑麻（外一首）》等。

3 月

20 日，黄宗英的杂文《沧桑之间》发表于《人民文学》第 3 期。

20 日，《上海文学》第 3 期发表费礼文的小说《戴着锁链登攀的人》。

本月，师陀的散文、历史小说、历史剧合集《山川·历史·人物》由上海文艺出版社出版，这是老作家师陀在"文化大革命"后的第一本作品集。

4 月

20 日，陈伯吹的短篇小说《起点在"买糖"上》发表于《人民文学》第 4 期。

5 月

20 日，《上海文学》第 5 期发表黄宗英的散文《槟榔妹妹》。

25 日，《收获》第 3 期发表茹志鹃的短篇小说《草原上的小路》。

6 月

20 日，《上海文学》第 6 期发表陈伯吹的短篇小说《接过一支枪》。

7 月

20 日，《上海文学》第 7 期发表程乃珊的短篇小说《妈妈教唱的歌》。25 日，《收获》第 4 期发表师陀的话剧《西门豹》（四幕历史话剧）等。

8 月

本月，竹林的小说《生活的路》由人民文学出版社出版。该小说是"文革"后第一部反映知青生活的长篇小说。

9月

25日，《收获》第5期开始连载叶辛的长篇小说《我们这一代年轻人》。

26日，上海人民艺术剧院在沪演出沙叶新、李守成、姚明德的六幕话剧《假如我是真的》（又称《骗子》）。导演胡思庆。剧本发表在《戏剧艺术》第9期、《上海戏剧》（增刊）上。随后该剧又在安徽、山西、河南、广州、南京等地内部或公开演出。11月又在北京内部演出。该剧引起了社会上的强烈反响，得到了文艺界和有关方面的重视，并引发了争论。争论主要围绕生活真实与艺术真实、艺术真实与政治倾向的关系、形象典型性等几个方面展开。

本月，于伶的《于伶剧作选》由人民文学出版社出版。

10月

20日，《上海文学》第10期发表崔京生的短篇小说《寂静的雨夜》。

本月，任大霖的小说集《蟋蟀》发表于人民文学出版社。

11月

20日，《上海文学》第11期发表蒋濮的短篇小说《水泡子》。

12月

20日，《人民文学》第12期发表艾明之的短篇小说《无言歌》。

20日，《上海文学》第12期发表曹冠龙的短篇小说《锁》。

1980年

1月

20日，《上海文学》第1期发表茹志鹃的短篇小说《儿女情》、巴金的散文《悼方之同志》、白桦的诗歌《眼睛》、陈放的诗歌《青春》、赵丽宏的诗歌《一个设计师的幻想》。20日，徐开垒的散文《忆念中的欢聚》、屠岸的散文《海岛之夜》发表于《人民文学》第1期。

25日，《收获》第1期发表王若望的中篇小说《饥饿三部曲》。

2月

20日，《人民文学》第2期发表唐克新的小说《选举》。

20 日，《文汇增刊》第 2 期发表黄宗英的散文《涓涓小集》、罗洛的诗歌《诗（外一首）》。20 日，黄宗英的诗歌《小诗一束（三首）》发表于《人民文学》第 2 期。

本月，王安忆的小说《"司令"退职记》刊登在《儿童时代》第 2 期。

3 月

20 日，《上海文学》第 3 期发表陈村的短篇小说《我曾经在这里生活》、辛笛的诗歌《金色的秋天》。

20 日，《文汇增刊》第 3 期发表了辛笛的文章《感事（欢呼五中全会为刘少奇同志平反）》、茹志鹃的小说《一支古老的歌》、柯灵的悼念散文《向拓荒者致敬》。

4 月

20 日，《人民文学》第 4 期发表卢新华的短篇小说《表叔》。

20 日，《上海文学》第 4 期发表陈继光的诗歌《灵岩山》。

5 月

10 日，《文汇增刊》第 4 期发表了罗洛的诗歌《迟开的蔷薇》。

20 日，《上海文学》第 5 期发表竹林的短篇小说《洁白的梨花瓣》。

20 日，沙叶新的剧本《陈毅市长》发表于《剧本》第 5 期。

6 月

10 日，《北京文艺》第 6 期发表王安忆的短篇小说《雨，沙沙沙》。《小说月报》第 8 期选载，并获《北京文学》刊物奖。该小说是王安忆早期成名作。

20 日，王安忆的短篇小说《从疾驶的车窗前掠过的》、胡万春的散文《寂寞中的安慰》发表于《人民文学》第 6 期。

7 月

10 日，《文汇增刊》第 5 期发表王若望的《闲话"面子"》、辛笛的诗歌《听歌以后》。

20 日，《上海文学》第 7 期发表卢新华的短篇小说《典型》、俞天白的短篇小说《女儿的心愿》。25 日，《收获》第 4 期发表白桦的中篇小说《妈妈呀！妈妈!》、崔京生的短篇小说《帆缆》、王安忆的短篇小说《广阔天地的一角》、巴金的散文《二十年的心愿》等。

8 月

8 日，戴厚英的短篇小说《大树底下》载《四川文学》第 8 期。10 日，《文汇增刊》第 6 期发表罗竹风的杂文《周总理与宗教工作》，陈梦熊的杂文《董必武同志在红岩写的信和诗》、赵丽宏的诗歌《伞》。

本月，巴金的《文学生活五十年——一九八〇年四月四日在日本东京朝日讲堂讲演会上的讲话》等发表于《花城》第 6 期。

裘小龙的诗歌《赠友人》发表于《诗刊》第 8 期。

上海诗人的诗集《啊，黄浦江》由上海文艺出版社出版，收录了毛炳甫、郑成义、于之、仇学宝、李根宝、王森等上海诗人的诗作。

9 月

20 日，《上海文学》第 9 期发表辛笛的诗《九月，田野的风》、黎焕颐的诗《长城放歌（外一首）》等。

25 日，《收获》第 5 期发表叶辛《蹉跎岁月》（长篇连载分两期刊完，后于 1982 年 6 月由中国青年出版社出版）、夏衍的散文《〈文坛繁星谱〉序》、刘白羽的《樱海情思》等。谈到《蹉跎岁月》的成因，叶辛说："反动的'血统论'对我们整整一代中国人的戕害，那是太严重、太厉害了。可以说，这是我写作《蹉跎岁月》的一个原因。""写这本书更重要的一个原因，是我想写一写我们这一代年轻人的命运，我们这一代人在十几年里走过的路。"（《我为什么写〈蹉跎岁月〉》，《文学知识》，1984 年第 1 期）

10 月

20 日，《人民文学》第 10 期发表茹志鹃的散文《布加勒斯特之晨》、陈继光的散文《征笛声声催》。

20 日，《上海文学》第 10 期发表陈村的短篇小说《当我二十二岁的时候》。

本月，袁可嘉等主编的《外国现代派文学作品选》第 1 册由上海文艺出版社出版。其他陆续出版，全书共 8 册。

上海人民出版社开始出版《陈望道文集》,共 4 卷。陈望道是中国著名教育家、修辞学家、语言学家。曾任复旦大学校长、中国科学院哲学社会科学学部委员、上海市哲学社会科学联合会主席、上海市语文学会会长、《辞海》主编等职。

11 月

2 日,《解放日报》发表王小鹰的散文《苏北姑娘》。

10 日,《文汇增刊》第 7 期发表吴强的杂文《庐山半月》。25 日,王安忆的短篇小说《新来的教练》发表于《收获》第 6 期。

25 日,《十月》第 6 期发表王安忆的短篇小说《苦果》等。

本月,戴厚英的长篇小说《人啊,人!》由广东人民出版社出版。戴厚英谈到自己的作品时说:"我把《诗人之死》《人啊,人》《空中的足音》叫做'三部曲'""在《人啊,人》的后记里,我说,我的作品的共同主题是'人'。我写人的血迹和泪痕,写被扭曲了的灵魂的痛苦的呻吟,写在黑暗中爆发的火花、我大声疾呼'魂兮归来',无限欣喜地记录人性的复苏。"(《〈人啊,人〉及其他——我和我的"三部曲"》,《书林》,1986 年第 7 期)作品发表后引发了广泛讨论。

12 月

20 日,《上海文学》第 12 期发表陆星儿、陈可雄的短篇小说《留在记忆中的长辫》。

20 日,《人民文学》第 12 期发表茹志鹃的短篇小说《三榜之前》。

本月,徐兴业的长篇小说《金瓯缺》由福建人民出版社出版。

本年

任溶溶的《没头脑和不高兴》由少年儿童出版社出版。

1981 年

1 月

10 日,《上海文学》第 1 期发表王安忆的短篇《幻影》、陈村的短篇《书》等。

20 日，《人民文学》第 1 期发表陆俊超的小说《相逢在安特卫普》。

20 日，《文汇月刊》第 1 期发表白桦的小说《"听橹居"盛衰记》、罗达成的乐评《你好，李谷一!》。25 日，《收获》第 1 期发表白桦的剧本《芳草青青》。

2 月

10 日，叶辛的短篇《她为什么自杀?》发表在《花溪》第 2 期。

黄宗英的散文《八面来风》发表于《人民文学》第 2 期。

3 月

20 日，《文汇月刊》第 3 期发表王安忆的小说《"这个鬼团"》、王小龙的诗歌《黑夜过去，静静的黎明》、陈继光的诗歌《杭州二题》。竹林的短篇小说《老纤夫》发表于《人民文学》第 3 期。

25 日，《收获》第 2 期发表王安忆的中篇《尾声》。

4 月

20 日，《文汇月刊》第 4 期发表黄宗英的报告文学《他们三个》、程乃珊的短篇小说《呼唤》。

本月，黄宗英的散文集《星》由上海文艺出版社出版，这是她在"文化大革命"以后出版的第一个散文集。

5 月

1 日，《上海文学》第 5 期设上海青年作家小说专辑，发表上海青年作家的短篇小说 11 篇，分别是赵长天的《留守处纪事》、陈可难与陆星儿的《穿绿邮衣的姑娘》、王安忆的《野菊花，野菊花》、崔京生的《米水之魂》、曹冠龙的《母》、倪慧玲的《孔雀掌柜》、沈善增的《无风三尺浪》、王小鹰的《感谢爱神丘比特》、彭瑞高的《宝蓝色的钉鞋》、王鹤林的《刘阿奶吃喜酒》、倪辉祥的《芝麻绿豆官》。1 日，《青春》第 5 期发表王小鹰的短篇小说《雾重重》。

1 日，《萌芽》第 5 期发表缪国庆的诗歌《呵，船长，我的父亲》。

6 月

1 日，《上海文学》第 6 期发表辛笛的诗《人间的灯火》。

20 日，《人民文学》第 6 期发表巴金的《文学的激流永远奔腾》。

20 日，《文汇月刊》第 6 期发表茹志鹃的小说《着暖色的雪地》以及晓立的作家论《论茹志鹃》、王安忆的散文《"我是一颗蒲公英的种子"（茅为蕙的故事）》、赵丽宏的诗歌《山林交响曲（三首）》。

本月，《许杰散文选集》由上海文艺出版社出版。

7 月

1 日，《上海文学》第 7 期发表张士敏的小说《算命》。

25 日，《收获》第 4 期发表陆星儿与陈可雄的中篇小说《我的心也像大海》。

本月，鲁克的科学童话集《小黑鳗游大海》由人民文学出版社出版。

8 月

1 日，《上海文学》第 8 期发表茹志鹃的短篇《丢了舵的小船》。

9 月

10 日，《文汇月刊》第 9 期发表刘国萍的诗歌《牧笛·铁圈》。10 日，屠岸的诗歌《林肯纪念堂（三首）》发表于《北京文学》第 9 期。

20 日，王安忆的短篇小说《朋友》发表于《人民文学》第 9 期。

25 日，《收获》第 5 期发表崔京生的中篇《他就是他的倒影》、巴金的散文《怀念鲁迅先生》。

10 月

1 日，《上海文学》第 10 期发表王安忆的中篇《本次列车终点》。王安忆这篇作品在知青文学中独树一帜，以真挚的笔触描写了普通人的平凡生活。

10 日，《文汇月刊》第 10 期发表赵丽宏与乐维华的报告文学《太阳在呼唤》（陈喜德的故事）、叶辛的小说《准讯》。

20 日，《当代》第 5 期发表屠岸的诗歌《莎士比亚在秋光里》。

20 日，《人民文学》第 10 期发表辛笛的诗歌《海外诗简》。

11 月

5 日，《飞天》第 11 期发表叶辛的创作谈《时间不是空白的》。

15 日，《钟山》季刊第 4 期发表王安忆的短篇《墙基》。

20 日,《人民文学》第 11 期发表叶永烈的科幻小说《腐蚀》、张士敏的小说《明灯》。

12 月

10 日,《北京文学》第 12 期发表王安忆的短篇小说《军军民民》。

10 日,《文汇月刊》第 11 期发表了罗达成的报告文学《中国足球队,我为你写诗!》。

本年,王安忆的短篇小说集《雨,沙沙沙》由百花文艺出版社出版。

1982 年

1 月

1 日,《上海文学》第 1 期发表了陈毅的小说《归来的儿子》(遗作)、程乃珊的小说《蚌》、茹志鹃的散文《故乡吟》。

5 日,《文汇月刊》第 1 期刊登罗达成的报告文学《张定鸿在汉堡》。

本月,王安忆的短篇小说《小家伙》发表于《西湖》第 1 期。

2 月

5 日,《文汇月刊》第 2 期刊登王安忆的小说《迷宫之径》、赵丽宏的诗歌《春》。《迷宫之径》被《小说月报》第 5 期选载。

5 日,陆星儿的小说《小清河流个不停》发表在《北方文学》第 2 期上。

本月,黄裳的散文集《榆下说书》由三联书店出版。

3 月

5 日,《文汇月刊》第 3 期刊登程乃珊的小说《尴尬年华》、陈继光的诗歌《记忆》。

5 日,陆星儿的小说《小清河流个不停》发表在《北方文学》第 3 期上。

5 日,程乃珊的小说《寒天情思》刊登于《新港》第 3 期。

10 日,白桦的短篇小说《爷儿俩》发表在《小说林》第 3 期上。

17 日，《作品与争鸣》第 3 期发表艾明之的中篇小说《不沉的湖》。

20 日，《人民文学》第 3 期发表屠岸的散文《仙人洞的诱惑》。

25 日，《收获》第 2 期发表陆星儿的中篇小说《呵，青鸟》。

本月，陈村的中篇小说《癌》发表在《百花洲》第 2 期上。

王安忆的中篇小说《归去来兮》发表于《北疆》第 3 期，由《中篇小说选刊》1983 年第 1 期选载。

戴厚英的长篇小说《诗人之死》由福建人民出版社出版。

4 月

1 日，《上海文学》第 4 期刊登王安忆的小说《分母》、柯灵的散文《无名氏》、周民的诗歌《白桦林》。

1 日，《萌芽》第 4 期刊登许子东的短篇小说《早晨醒来》。

5 日，《文汇月刊》第 4 期刊登黄宗英的报告文学《越洋太平间》。同期刊登辛笛的诗歌《蝴蝶、蜜蜂和常青树（外三首）》。

10 日，《诗刊》第 4 期发表屠岸的文章《时代激情的冲击波——读二十人集〈白色花〉》。

20 日，《当代》第 2 期上发表王安忆的小说《命运交响曲》。

本月，王安忆短篇小说《理想啊，理想——中队长的日记》发表于《小溪流》第 4 期。

5 月

5 日，《文汇月刊》第 5 期刊登航鹰的小说《前妻》。

20 日，《人民文学》第 5 期发表胡万春的小说《雪坑》。

25 日，《收获》第 3 期发表王安忆的短篇小说《绕公社一周》、茹志鹃的散文《阿卫》。

本月，黄裳的散文集《花步集》由花城出版社出版。

6 月

1 日，《上海文学》第 6 期刊登陈伯吹的散文《弹琴的姑娘》。

10 日，《文汇月刊》第 6 期刊登屠岸的散文《花径游》。

20 日，《人民文学》第 6 期发表陈伯吹的诗歌《"月儿"的小儿语》。

本月，王安忆的中篇小说《流逝》发表于《钟山》第 6 期。该小说获得 1981—1982 年全国优秀中篇小说奖。

7 月

1 日，《上海文学》第 7 期发表徐刚的散文《槐花似雪》、罗洛的诗歌《云和峰》。

10 日，《文汇月刊》第 7 期发表罗达成、吴晓民的报告文学《"芭蕾"，钟情于中国（中国跳水队的故事）》。

15 日，《民族文学》第 7 期发表沙叶新的小说《一生》。

20 日，《人民文学》第 7 期发表黄宗英的散文《橘》。

25 日，《收获》第 4 期刊登茹志鹃的小说《他从那条路走来》。

8 月

10 日，《文汇月刊》第 8 期刊登王晓鹰的小说《东边日出西边雨》。

20 日，《人民文学》第 8 期刊登胡万春的小说《烘云托月》、沙叶新的小说《无标题对话》。

9 月

1 日，《上海文学》第 9 期刊登王安忆的小说《B 角》。

10 日，《文汇月刊》第 9 期刊登赵丽宏的报告文学《心画》。

20 日，《人民文学》第 9 期发表王小鹰的短篇小说《墨渍》。

25 日，《收获》第 5 期刊登王安忆的中篇小说《冷土》。

10 月

1 日，《上海文学》第 10 期刊登白桦的小说《一个渔把式之死》。

15 日，《文汇月刊》第 10 期刊登赵长天的小说《呵，蓝手绢》。

本月，左弦的诗歌《三叠泉》发表于《诗刊》第 10 期。

11 月

1 日，《上海文学》第 11 期发表赵丽宏的《单叶草的抒情》、张士敏的小说《荒凉的海湾》、辛笛关于重访周公馆的诗歌《我们又来到了绿色的庭院——重访上海思南路 107 号"周公馆"》。

1 日，《延河》第 11 期刊登陆星儿的小说《写给未诞生的孩子》。

10 日，《文汇月刊》第 11 期刊登王安忆的小说《舞台小世界》。

20 日，《人民文学》第 11 期刊登沙叶新的小说《他和她的生日》。

本月，程乃珊的小说《喷泉里的三枚硬币》发表在《小说界》第
4期。

12月

1日，《上海文学》第12期刊登茹志鹃的小说《寻觅》、冰夫的诗歌
《乡音》、《暮宿》。

20日，《人民文学》第11期刊登黎焕颐的诗歌《羊八井地热》。

1983年

1月

1日，陈村的小说《一个不走运的朋友》发表在《上海文学》第
1期。

15日，程乃珊的短篇小说《父母心》发表在《民族文学》第1
期上。

20日，王安忆的短篇《窗前搭起脚手架》发表于《人民文学》第
1期。

2月

1日，程乃珊的小说《调音》、唐克新的小说《没有找到钥匙的锁》
发表在《上海文学》第2期上。

10日，《文汇月刊》第1期发表辛笛的诗歌《黄昏独自的时候》。

本月，《萌芽》第2期开设"上海青年诗辑"，刊登了刘国萍、谢
聪、潘伯荣的诗歌。"著名作家与外国文学"专栏刊出唐海金的《汇百
川成江河——巴金与外国文学》。

《北京文学》第2期发表王安忆的短篇小说《大哉赵子谦》。

3月

1日，赵丽宏的报告文学《陆星奇和伟伟在大阪》发表在《萌芽》
第3期上。

1日，陆星儿小说《但愿不是梦》发表在《解放军文艺》第3期上。

1日，程乃珊小说《小松鼠》发表在《新港》第3期上。

本月，王安忆的儿童短篇小说集《黑黑白白》，由少年儿童出版社出版。

4 月

10 日，罗洛的诗歌《拉萨行》发表在《文汇月刊》第 4 期上。

10 日，叶永烈小说《千丝万缕》发表在《福建文学》第 4 期上。

10 日，王安忆的散文集《扬起理想的风帆》，由中国青年出版社出版。

5 月

10 日，黄宗英的报告文学《小木屋》、王小鹰的短篇小说《净秋》发表在《文汇月刊》第 5 期。

25 日，《收获》第 3 期发表徐中玉的散文《摆摊的老朋友》。

本月，陆星儿的中篇小说《打湿了翅膀的小鸽子》发表在《小说家》第 3 期。

中国民间文艺研究会上海分会编《民间文艺集刊》（四）由上海文艺出版社出版。

《王安忆中短篇小说集》由中国青年出版社出版。

本月，《十月》第 3 期发表沙叶新的话剧《马克思秘史》。话剧《马克思秘史》中塑造的马克思形象，引起了学者的讨论。讨论围绕这一形象的合理性、有没有塑造出马克思的典型形象、马克思主义与人道主义的界限、"革命家"与"人"形象的对立等问题展开。

6 月

20 日，黄宗英的短篇小说《小木屋》、孙颙的短篇小说《小街转弯处》、王安忆的散文《我爱生活》发表于《人民文学》第 6 期。

7 月

1 日，王锦园的《采西洋瑰奇　编东方织锦》发表在《萌芽》第 7 期"著名作家与外国文学"上。

10 日，赵丽宏的报告文学《新的高度，属于中国！》发表在《文汇月刊》第 7 期。

20 日，茹志鹃的短篇小说《个旧夜话》、陈继光的诗歌《钱塘江》

发表于《人民文学》第 7 期。

25 日，陆星儿的中篇小说《达紫香悄悄地开了》发表在《收获》第 4 期。

本月，陈村的短篇小说《你才十三岁》发表在《福建文学》第 7 期。

8 月

1 日，航鹰的中篇小说《东方女性》、陈村的短篇小说《地上地下》发表在《上海文学》第 8 期。

本月，王安忆的中短篇小说集《尾声》，由四川人民出版社出版。

9 月

25 日，《收获》第 5 期发表叶永烈的短篇小说《青黄之间》。

10 月

1 日，陆星儿的短篇小说《从前，有座山》发表在《上海文学》第 10 期上。

1 日，王宏光的《两筐苹果》发表在萌芽第 10 期。

本月，王安忆的中短篇小说集《流逝》，由四川人民出版社出版。

11 月

1 日，赵丽宏的诗《沉默的微笑》发表在《上海文学》第 11 期。

1 日，赵丽宏的散文《氿畔》发表在《文汇月刊》第 11 期。

1 日，叶辛的中篇小说《发生在霍家的事》发表在《十月》第 6 期。

20 日，陈继光的短篇小说《旋转的世界》发表在《人民文学》第 11 期。

25 日，《收获》第 6 期发表王海涛、崔京生的电影文学剧本《野草籽》。

本月，盛晓红的小说《最后一次狩猎》、王锦园的小说《迷津巷里》发表在《萌芽》第 11 期。

罗洛的诗集《阳光与雾》由黑龙江人民出版社出版。

12 月

10 日，屠岸《诗六首》发表在《诗刊》第 12 期。

10 日，俞天白的小说《边屯女》发表在《文汇月刊》第 11 期。

本月，复旦诗社编《海星星：大学生抒情诗集》由复旦大学出版社出版。

1984 年

1 月

1 日，巴金的散文《化作泥土》发表于《现代作家》第 1 期。

20 日，屠岸的诗歌《泉》发表于《人民文学》第 1 期。

25 日，《收获》第 1 期发表柯灵的散文《扰扰嚷嚷的五十年》。

本月，《小说界》第 1 期发表王小鹰的中篇小说《星河》，并附有许锦根的评论《星星静静地闪亮》。

2 月

1 日，《上海文学》第 2 期刊陈村的散文《九寨的秋》。

10 日，王小鹰的小说《四重奏》发表在《文汇月刊》第 2 期。

20 日，峻青的散文《飞吧，南岳——衡山记游》发表于《人民文学》第 1 期。

本月，《萌芽》第 2 期发表上海作者卢映华的处女作《新居》，附有俞天白的评论《把目光投向何处？》。

黎焕颐的诗集《起飞》由贵州人民出版社出版。

3 月

10 日，叶辛的小说《袅袅的炊烟》发表在《文汇月刊》第 3 期。

15 日，《文汇报》刊载巴金的回忆文章《我敬爱的老舍同志》，以纪念老舍在 2 月 3 日的 85 周年诞辰。

20 日，《人民文学》第 3 期发表叶永烈的科幻小说《正负之间》。

25 日，《收获》第 2 期发表了崔京生的短篇小说《红的雪》。

25 日，《萌芽》第 3 期发表上海作者叶忠强的短篇小说《连理》、郑芸的散文《有一条清清的小河》。

本月，《小说家》第 3 期刊载巴金为《中国新文学大系（1927—1937）》小说集写的序言。

4 月

10 日，辛笛的诗歌《水仙花之恋》、黄宗英的散文《让生命的底片三次曝光》发表在《文汇月刊》第 4 期。

本月，《萌芽》第 4 期发表了上海作者关鸿的《哦，神奇的指挥棒》。

程乃珊的小说《蓝屋》由百花文艺出版社出版。

5 月

1 日，罗洛的诗歌《鉴湖（外一首）》发表在《上海文学》第 5 期。

1 日，《萌芽》第 5 期刊登桂兴华的报告文学《小草书屋》。

1 日，罗达成的报告文学《"十连霸"的悔恨》、陈继光的诗歌《在南方的森林里》发表在《文汇月刊》第 5 期。

25 日，《收获》第 3 期开始连载王安忆的长篇小说《69 届初中生》，还发表了贾鸿源、马中骏的剧本《街上流行红裙子》。

本月，《小说界》第 3 期发表了孙颙、蒋志和的中篇小说《老人俱乐部》、赵长天的中篇小说《市委书记的家事》。

竹林的小说《我和"司令"》发表于《中国作家》第 5 期。

6 月

1 日，《上海文学》第 6 期发表辛笛的诗歌《寒山寺前默想》。

1 日，《萌芽》第 6 期刊登来自上海的作者齐念奋的短篇小说《东八区病房》、徐芳的组诗《在春天》、缪国庆的诗歌《五老上天都》、陈放的诗歌《啊，北方》、谢聪的诗歌《农场诗情（三首）》。

7 月

1 日，《上海文学》第 7 期发表陈村的诗歌《说》、黄宗英的散文《留学生的心愿》。

1 日，《萌芽》第 7 期"青年编辑作品特辑"刊登来自上海少年儿童出版社的编辑刘观德的短篇小说《一夜未归》，同期刊登程乃珊的书简《走出蓝屋的人们》。

10 日，《文汇月刊》第 7 期发表赵丽宏的诗歌《蝶思（组诗）》。

25 日，《收获》第 4 期连载完王安忆的长篇小说《69 届高中生》。

本月，《小说界》第 4 期发表了刘绪源的中篇小说《无标题音乐》、赵长天的中篇小说《市委》"外国文学"栏目刊登裘小龙译的英国小说家约瑟夫·康拉德的《秘密的分享》。裘小龙浙江慈溪人。1978 年进华东师大外语系。后又考入中国社会科学院研究生院，研究西方现代诗歌。译著有《艾略特诗选》《叶芝抒情诗选》等。

8 月

1 日，《萌芽》第 8 期"著名作家与中国古典文学"刊登了王锦园的《一步步踏在泥土上——朱自清与中国古典文学》。同期刊登上海作者徐伟红的处女作《没有上完的课》。

10 日，《雨花》的 8 期发表王安忆的短篇小说《人人之间》。后被《小说月报》第 11 期选载。

10 日，《文汇月刊》第 8 期发表赵丽宏的报告文学《朱建华！朱建华！》、宋超和朱大建的报告文学《化作一片挚爱》。

20 日，《人民文学》第 8 期发表王安忆的短篇小说《麻刀厂春秋》，叶辛的短篇小说《幻梦》。

本月，《中国新文学大系 1927—1937》由上海文艺出版社自 8 月起陆续出版发行，共 20 卷，一千余万字。

9 月

1 日，《萌芽》第 9 期刊登盛晓红的短篇小说《老木把子和架挂树》，蒋志和的短篇小说《同舟共济》、陆萍的诗歌《街上流行着》。

10 日，《文汇月刊》第 9 期发表王安忆的散文《小镇上的作家》。

本月，《小说界》第 5 期发表了俞天白的中篇小说《惊蛰》、沈善增的短篇小说《走出狭弄》、徐芳的微型小说《雪线》。

10 月

1 日，《上海文学》第 10 期发表王小鹰的短篇小说《鸟儿飞向何方》，茹志鹃的散文《安息吧！老钟、苏苏、小杜老师》。

10 日，《文汇月刊》第 10 期发表叶永烈的报告文学《抢救大熊猫的人们》。

本月，《萌芽》第 10 期"城市之光"专栏发表上海诗人的诗歌：黄晓华的《夏天是我的节日》、《柠檬色的小木箱》、《花匠，在春天退休》、

《小巷，笃笃的声音》；傅亮的《城市，复苏的情思（四首）》、李彬勇的《在建筑群下面（三首）》、张烨的《上海，我的摇篮（三首）》，孙晓刚的《油画与婚礼》、王小龙的《纪念》。

11 月

1日，《萌芽》第11期发表"上海农场诗辑"专栏，发表了纪少华、谢聪、付武、吴志银、孙仲哲等的诗歌。

10日，《文汇月刊》第11期发表茹志鹃的短篇小说《路标》。

25日，《收获》第6期发表陆星儿的中篇小说《一条台硌路》，杨代藩的中篇小说《地球，你早！》、徐中玉的散文《何人不起故园情》、蒋星煜的散文《文游台畅想曲》。

本月，《小说界》第6期发表了航鹰的中篇小说《地久天长》。

12 月

1日，《上海文学》第12期发表王安忆的短篇小说《一千零一弄》、施圣扬的散文《没有用过的蓝头巾》。

10日，《诗刊》12月号发表屠岸的诗歌《咏物二首》。

10日，《文汇月刊》第12期发表罗达成的报告文学《蒋大为与张佩君》、王安忆的短篇小说《话说老秉》。

20日，《人民文学》第12期发表茹志鹃的短篇小说《条件成熟以后》。

本月，《萌芽》第11期发表刘巽达的报告文学《征婚启事》。

冰夫的诗集《萤火》由上海文艺出版社出版。

1985 年

1 月

1日，《小说界》第1期发表王安忆的中篇小说《大刘庄》、罗洪的中篇小说《声声急》、刘俊光的短篇小说《明天考试》、张小玲的短篇小说《本职工作》、尹平华的微型小说《师生》、刘勇的微型小说《最后一票》、丰晓梅的微型小说《从0开始》。

1 日，《上海文学》第 1 期发表茹志鹃的中篇小说《第一个复原的军人》。

1 日，《萌芽》第 1 期发表赵丽宏的散文《生活在召唤》。

2 月

1 日，《上海文学》第 2 期发表沙叶新的中篇小说《假如哪天没有下雨……》、陈村的中篇小说《一个人死了》。

1 日，《萌芽》第 2 期发表金宇澄的小说《最后一次推销》、赵丽宏、王小鹰的散文《自由，这个美丽而严峻的字眼》。10 日，《文汇月刊》第 2 期发表赵丽宏的诗歌《北京，我把爱情献给你》。

11 日，辛笛的《诗两首》发表于文学双月刊《中国作家》创刊号。

3 月

1 日，《小说界》第 2 期发表陆星儿的中篇小说《冬天的道路》。

1 日，《萌芽》第 3 期发表韩建东的小说《金婚纪念日》。

10 日，《文汇月刊》第 3 期发表程乃珊的中篇小说《女儿经》（后又发表在《中篇小说选刊》第 4 期上）。

10 日，《少年文艺》第 3 期发表陈丹燕的散文《中国少女》。

4 月

1 日，《上海文学》第 4 期发表赵长天、唐大卫的中篇小说《老街尽头》，唐宁的短篇小说《主角》。

1 日，《文学月报》第 4 期发表陈村的中篇小说《少男少女，一共七个》。

1 日，《萌芽》第 2 期发表宋耀良的小说《野渡口》。

11 日，《中国作家》第 2 期发表王安忆的中篇小说《小鲍庄》。被《小说选刊》第 9 期选载。关于《小鲍庄》，吴亮认为《小鲍庄》具有"客观主义立场与藏而不露的深厚的人道精神。"（《〈小鲍庄〉的形式与涵义——答友人问》，《当代作家评论》1986 年第 2 期）陈思和认为"小鲍庄"具有象征意义，"它反映了人类面临外界无数灾难时对自身的深刻反省。这种反省的对象，并不是具体指某一个人，也不是一代人，而是整个的人类。"（《对古老民族的严肃思考》，《文学自由谈》1986 年

第2期）

本月，《小说月报》第4期发表沙叶新的短篇小说《告状》。

5 月

1日，《小说界》第3期发表宗福先的短篇小说《默默的黑瞳人》、徐芳的微型小说《青椰子、黄椰子》。

10日，《文汇月刊》第5期发表俞天白的短篇小说《家庭生活二题》、叶永烈的报告文学《思乡曲（马思聪传）》。

15日，《钟山》第3期发表王安忆的散文《美国一百二十天》（续）。

20日，《人民文学》第5期发表孙颙的短篇小说《旁观者清》、张士敏的小说《惊涛骇浪太平洋》。

25日，《收获》第3期发表赵丽宏的散文《纺织娘》。

本月，《小说界》长篇小说专辑第1期发表叶辛的小说《轰鸣的电机》及其创作谈《这是一次尝试》。

《十月》第3期发表王安忆的小说《历险黄龙洞》。

6 月

1日，《青年作家》第6期发表叶辛的短篇小说《布依女竹娥》。

4日，《文汇报》发表罗达成的散文《宾馆一夜》。

10日，《文汇月刊》第6期发表叶永烈的报告文学《离人泪（葛佩琦传）》、王安忆的中篇小说《阿跷传略》、孙颙的中篇小说《荒滩》。

本月，《小说月报》第6期发表沙叶新的短篇小说《她和他》。

7 月

1日，《小说界》第4期发表上海作者鲁兵的微型小说《无题》、汪天云的微型小说《车上轶事》。

1日，《上海文学》第8期发表裴高的诗歌《上海：山与海的协奏》。

1日，《文汇月刊》第7期发表沙叶新的短篇小说《拾到的和失去的》。

25日，《收获》第4期发表冰陈村的短篇小说《给儿子》。

本月，《清明》第3期发表陈村、张洪的短篇小说《如果有你，如果没有别人》。

8 月

1 日，《上海文学》第 8 期发表王安忆的中篇小说《我的来历》、短篇小说《初殿》、宗福先的短篇小说《似水流年》。

1 日，《萌芽》第 8 期发表金宇澄的短篇小说《失去的河流》。

20 日，《人民文学》第 8 期发表陈伯吹的短篇小说《海滨画卷》。

9 月

1 日，《小说界》第 5 期发表沈善增的微型小说《平凡的星期天》。

1 日，子涵的短篇小说《温和的绿灯》、沈善增的短篇小说《黄皮果三篇》。

10 日，《钟山》第 5 期发表陈村的中篇小说《美女岛》。

20 日，《人民文学》第 9 期发陈继光的诗歌《江南，迷濛的烟雨（三首）》、李子云的散文《遥寄两位刘保——访南斯拉夫散记》、沈善增的短篇小说《会飞的气球》。

25 日，《清明》第 5 期发表王安忆的短篇小说《"少年之家"》。

本月，桂兴华的诗歌《陈毅市长》发表于《诗刊》第 9 期。

10 月

1 日，《上海文学》第 10 期发表陈洁的短篇小说《大河》。

1 口，《萌芽》第 10 期发表曹阳的小说《打开广阔的天地》、丰晓梅的小说《小店》、刘国萍的诗歌《大都市的群像（组诗）》、黄晓华的诗歌《心如星空》。

10 日，《文汇月刊》第 10 期发表赵丽宏的散文《遇鬼记》。

11 月

1 日，《小说界》第 6 期发表傅星的短篇小说《我的古堡》、"全国微型小说大赛专辑"刊登了微型小说 29 篇，包括上海作者周锐的《站牌与糖葫芦》、陆俊超的《一封招领信》等。

1 日，《上海文学》第 11 期"作家作品小辑"发表陈村的《短篇小说四篇》（《一天》、《古井》、《捉鬼》、《琥珀》）和创作谈《赘语》。

5 日，《文学月报》第 11 期发表陈村的创作谈《关于少男少女》。

5日，《当代》第6期发表叶辛的人物传记《自强不息的弄潮儿》。

10日，《文汇月刊》第11期发表白桦的报告文学《"死亡之海"——希望之光》、辛笛的诗歌《赠友题忆（外一首）》。

25日，《收获》第6期发表程乃珊的中篇小说《风流人物》。

本月，《十月》第6期发表叶辛的中篇小说《家教》。

王安忆的短篇小说《街》发表于《作家》第11期。

12 月

1日，《萌芽》第10期发表孙文昌的小说《它让你一口气读完》。

3日，韩志亮的诗歌《我自豪，我是现在》发表于《文汇报》。

10日，《文汇月刊》第12期发表汪天云的小说《山雀、蛇和我的故事》、曾卓的散文《我为什么常常写海？》。

12日，辛笛的诗歌《南国的夜》发表于《解放日报》。

本月，宁宇的诗集《竹梦》由上海文艺出版社出版。

1986 年

1 月

1日，《上海文学》第1期发表王安忆的《海上繁华梦》系列中短篇小说及创作谈《多余的话》。

1日，《萌芽》第1期发表蒋志和的小说《蔚蓝色的金字塔》。

1日，《北京文学》第1期发表陆星儿的短篇小说《有人来等车了。雨，还在下》。

1日，《钟山》第1期发表王安忆的短篇小说《前面有事故》。

10日，《小说界》第1期设立"上海作者中篇小说专辑"发表了赵长天的《天门》、陈继光的《漫长生命中的短促一天——新浪潮前奏曲之八》、俞天白的《大漠的姑娘》、戴厚英的《落》、浩林的《清晨，有雾》、蒋志和的《金牌上的胡影》、姜金城的《雁南飞——黄宗英初涉艺坛》（纪实小说），同期发表徐芳的微型小说《海岬像一块墨》。

10日，《文汇月刊》第1期发表赵丽宏的报告文学《墨西哥大地震》。

25日，《收获》第1期发表王安忆的中篇小说《好姆妈，谢伯伯，小妹阿姨和妮妮》。被《中篇小说选刊》第3期选载。

本月，王安忆的短篇小说《大地苍茫》发表于《女作家》第1期。

于之的诗歌《水鸟》发表于《诗刊》第1期。

2月

1日，《萌芽》第2期发表赵丽宏的散文《漫步唐人街——访美纪行之一》、朱大建的报告文学《上海滩"新大亨"》、张烨的诗歌《晚境（外二首）》、周导的诗歌《谁都有过这一段经历》。

18日，《中国》第2期发表刘勇（格非）的短篇小说《追忆乌攸先生》。20日，《人民文学》第2期发表了辛笛的诗歌《吐鲁番情思外（一首）》。

3月

1日，《萌芽》第3期发表赵丽宏的散文《人狗之间——访美纪行之二》。本期刊登"上海诗歌沙龙"青年特辑，刊登了缪国庆、李勇杉、米福松、林路、郦辉、蒋建华、钱培静、王会军、谭启生、张佩星的诗歌。

10日，《小说界》第2期发表了程乃珊的中篇小说《签证（上）》、崔京生的短篇小说《夏天风》，桂兴华的微型小说《"问候你的眼睛"》、高低的微型小说《稀释》。

10日，《文汇月刊》第3期发表辛笛的诗歌《我没有去告别》。

10日，《作家》第3期发表陈村的《自传》。

10日，《雨花》第3期发表戴厚英的散文《佛缘》。

20日，《人民文学》第3期发表了陆星儿的短篇小说《风暴，又是风暴》、崔京生的短篇小说《秋天里的一个下午》。

25日，《收获》第2期发表王小鹰的中篇小说《一路风尘》，马中骏、秦培春的话剧《红房间·白房间·黑房间》。

4月

1日，《上海文学》第4期发表李彬勇的诗歌《生命树》。

1日，《萌芽》第4期发表赵长天的短篇小说《月有阴晴圆缺》、赵丽宏的散文《走马好莱坞——访美纪行之三》、徐芳的诗歌《红色的诱惑》。

1日，《山花》第4期发表叶辛的中篇小说《欲》。

10日，《文汇月刊》第4期发表赵长天的小说《湖边（外两篇）》。

20日，《人民文学》第4期发表王安忆的短篇小说《阁楼》。

5 月

1日，《上海文学》第5期发表王安忆的短篇小说《鸠雀一战》。

1日，《萌芽》第5期发表赵丽宏的《我看美国人（上篇）——访美纪行之四》。"校园文学"专栏刊登了来自上海交通大学的大学生作者曹明华的散文《因为有了秘密》。

10日，《小说界》第3期发表了程乃珊的中篇小说《签证（下）》、魏心宏的微型小说《烟荒》、肖强的微型小说《墙上的吻》。

10日，《文汇月刊》第5期发表陈继光的散文《双龙洞二得》。

10日，《北京文学》第5期发表王安忆的短篇小说《牌戏》。

25日，《收获》第3期发表陈村的中篇小说《他们》、陆星儿的中篇小说《一根杏黄色的水晶镇尺》、宗福先的中篇小说《平安无事》、崔京生的中篇小说《第Ⅵ部门》。

6 月

1日，《萌芽》第6期发表陈村的短篇小说《白子》、王唯铭的微型小说《不好使的脑子》、汪天云与徐大澄的报告文学《世界为他揭开浩瀚的面具》、曹明华的散文《因为有了秘密》、赵丽宏的游记《我看美国人——访美纪行之五》。

1日，《作家》第6期发表吴亮的短篇小说《小说两篇》。

10日，《雨花》第6期发表王安忆的短篇小说《作家的故事》。

20日，《人民文学》第6期发表白桦的诗歌《二重奏》。

本月，《人民日报》发表了黄裳的散文《"表叔"的遐想》。

辛笛的诗集《印象·花束》由上海文艺出版社出版。

王安忆的长篇小说《69届初中生》由中国青年出版社出版。

7 月

1 日,《上海文学》第 7 期发表李晓的短篇小说《继续操练》、白桦的诗《江上雨中行》。

1 日,《萌芽》第 7 期发表王唯铭的微型小说《招聘》、朱大建的报告文学《江东一奇男》。还有陈放的诗歌《黎明的主题（外一首）》。

1 日,《小说界》第 4 期发表了王小鹰的短篇小说《今夕是何年》、尹明华的微型小说《感冒》、朱春雨的长篇小说《橄榄》。《橄榄》这部作品是献给"国际和平年"的作品,写了近半个世纪以来中、日、苏、美 4 个国家中多个家庭几代人的沧桑。《橄榄》发表后,上海《文汇报》、《文学报》以及国内外一些报纸发表消息和评介。《新华文摘》1986 年第 10 期也收录了它的故事梗概。

15 日,《钟山》第 4 期发表赵丽宏的散文《日月金字塔（墨西哥旅行之一）》。

20 日,《人民文学》第 7 期发表桂兴华的诗歌《"二我也"摄影部》。

25 日,《收获》第 4 期发表张赵丽宏的散文《玛雅之谜》。

本月,《十月》第 4 期发表王安忆的中篇小说《荒山之恋》。

《百花洲》第 4 期发表陈村的长篇小说《住读生》。

上海文艺出版社推出"文艺探索书系",包括刘再复的著作《性格组合论》、公刘及邵燕祥作序的《探索诗集》、王蒙、严文井、茹志鹃作序的《探索小说集》、陈恭敏、陈颙、薛殿杰作序的《探索戏剧集》、钟惦棐、罗艺军作序的《探索电影集》等,其中收录了包括王安忆、陈村、赵长天等在内的一些上海作家的作品,显示了上海作家的探索精神。

8 月

1 日,《上海文学》第 8 期发表王安忆的中篇小说《小城之恋》。《小城之恋》描写了特定环境下人物性饥渴的心理,具有某种荒诞意味,引起了评论界的关注。

1 日,《作家》第 8 期发表陈村的杂文《半夜论文》。

1 日,《春风》第 8 期发表陆星儿的短篇小说《假如,假如》。

9 月

1 日，《上海文学》第 9 期发表孙甘露的中篇小说《访问梦境》、陈村的短篇小说《死》。1 日，《萌芽》第 9 期发表"上海青年创作班作品选"：沈刚的《青春不悔》、郑芸的《跑》。还刊登了康学森的诗歌《寄给远方》、黄晓华的诗歌《三个归来的士兵》、朱金晨的诗歌《啤酒花又开了》、徐如麟的诗歌《领海线上的忠诚》。

10 日，《小说界》第 5 期发表了陈村的中篇小说《李庄谈心公司》。

10 日，《文汇月刊》第 9 期发表王小鹰的中篇小说《天涯客》。

20 日，《人民文学》第 9 期发表崔京生的短篇小说《离开了土地的红高粱》。

25 日，《百花洲》第 5 期发表陈村的散文《在青海》。

10 月

1 日，《萌芽》第 10 期发表程永新的短篇小说《水与火》、施圣扬的诗歌《画部里的游思》。"校园文学"专栏刊登了来自华东师大、复旦大学、上海交大等上海高校的大学生作者的文章。

10 日，《文汇月刊》第 10 期发表巴金的散文《怀念胡风》，王元化、柯灵、吴强的《〈随想录〉三人谈》、叶永烈的报告文学《不屈的音符（贺绿汀在"文革"中）》、朱金晨的诗歌《茶叶·月芽》。

20 日，《人民文学》第 10 期发表孙颙的短篇小说《当局者迷》。

20 日，《中国青年》第 10 期发表陈丹燕的散文《初为人妻》。

11 月

1 日，《萌芽》第 11 期发表朱耀华的小说《散》。

10 日，《文汇月刊》第 11 期发表刘绪源的小说《过去的好时光》。

20 日，《人民文学》第 11 期发表刘国萍的诗歌《魔笛（外一首）》。

25 日，《收获》第 6 期发表崔京生的中篇小说《新耍儿》、赵长天的中篇小说《冬天在一座山上》。

本月，王安忆的长篇小说《黄河故道人》发表在《十月长篇小说专辑》第 11 期。

12 月

1 日，《萌芽》第 12 期发表来自上海的作者方家骏的短篇小说《月不圆，夜不眠》，亢美的短篇小说《真？假；还是……》。陆海光等的报告文学《走向罪恶深渊》。

10 日，《文汇月刊》第 12 期发表程乃珊的中篇小说《当我们不再年轻的时候》。

11 日，《解放日报》发表方尼的诗歌《我站在海滩上》。

本年，王安忆与茹志鹃合著的《母女漫游美利坚》由上海文艺出版社出版。

1987 年

1 月

1 日，《上海文学》第 1 期发表同期发表了彭瑞高的中篇小说《祸水》，描写了三位知青在十年内乱中的悲剧性命运，体现了作者在将"沪语"提炼为文学语言方面所做的努力。

1 日，《萌芽》第 1 期发表盛李的纪实小说《414，将引起世界注目》。本期罗洛在"我喜爱的诗"专栏推荐了上海年轻诗人张烨的诗歌《背影》《瀑布》。

1 日，《解放军文艺》第 1 期发表王安忆的短篇小说《她的第一》。

1 日，《文学报》发表王安忆的散文《面对自己》。

10 日，《小说界》第 1 期发表赵丽宏和吴礽六的《大上海啊》、白桦的散文《熟悉而又陌生的苏联》，韩建东的短篇小说《秋夜的热风》。

10 日，《文汇月刊》第 1 期发表赵丽宏的诗歌《墨西哥诗草（二首）》。

15 日，《钟山》第 1 期发表王安忆的中篇小说《锦绣谷之恋》。《锦绣谷之恋》、《小城之恋》（《上海文学》1986 年第 8 期）和《荒山之恋》（《十月》1986 年第 4 期）并称为"三恋"。评论界对"三恋"展开争论。程德培说："三个'恋'字，归根结底都是几对相似而又不同的他与她、她与他，三个地名尽管不同，但却又都是'恋'的所在地，不同的是'荒山'是她与他的殉情之地，它是结尾，亦是开始；'小城'是他与她纵欲与灭欲之地，它是一个漫长的过程，回顾起来则已是瞬间；

'锦绣谷'则是她聊以寄托愿望的地方，它是短暂的，却要长久地保存在记忆之中。若硬要说，三个'恋'，有什么不同的活，那么实质上三个作品是涉及了情爱、性爱与婚外恋三个不同的母题的。"（《面对"自己"的角逐——评王安忆的"三恋"》，《当代作家评论》1987年第2期）

25日，《收获》第1期发表俞天白的中篇小说《活寡》、白桦的话剧剧本《槐花曲》。

29日，《文学报》发表赵丽宏的散文《江畔的神话》。

本月，《人民文学》第1、2期的合刊发表孙甘露的小说《我是少年酒坛子》、罗达成的纪实文学作品《少男少女的隐秘世界——记"早恋"和"青春期骚乱"中的中学生们》。

王安忆的短篇小说《爱情的故事（三题）》，载《女作家》第1期。

2月

1日，《上海文学》第2期发表赵丽宏的组诗《墨西哥诗笺》。

10日，《文汇月刊》第2期发表李子云的散文《两个致力于欧华文化交流的人》。

28日，《上海戏剧》第1期发表王安忆的散文《话说父亲王啸平》、宗福先的散文《我的前半生》。

本月，《萌芽》第2期发表谢德辉的纪实小说《钱，在寻找出路》、罗达成的报告文学《青春的骚乱》。本期辛笛在"我喜爱的诗"专栏推荐了上海年轻诗人宋琳的诗歌《泥塑》。

3月

1日，《上海文学》第3期发表章慧敏的报告文学《人犬之间》。

1日，《萌芽》第3期刊登张烨的诗歌《在咖啡馆》、王小鹰的散文《姗姗在美国》。

10日，《小说界》第2期发表叶辛的中篇小说《少妇恋》、陈村的散文《出洋随笔》。

25日，《收获》第2期发表李子云的散文《把童年还给孩子们》。

25日，《诗刊》第3期发表王小龙的诗歌《美丽的雨》。

4 月

1 日,《萌芽》第 4 期发表蒋志和的纪实小说《比基尼的诱惑》、陈丹燕的短篇小说《他们和我们》、施圣扬的散文《鸟痴》、季振邦的散文《屋祭》、王志荣的诗歌《初霜》、朱浩的诗歌《一座宾馆的中景》、齐铁偕的诗歌《还记我吗,小路》。

20 日,胡万春的小说《腊八粥》、姜浪萍的诗歌《远航船上的寂寞》发表于《人民文学》第 4 期。

5 月

1 日,《上海文学》第 5 期发表上海作家张旻的短篇小说二题《新房间》、《落水鬼》,上海作家孙建成的短篇小说二题《蓝棉袄》、《眼镜》。

1 日,《萌芽》第 5 期发表金宇澄小说小辑《光斑》《方岛》《异乡》,附方克强的评论《穿透冷峻人生的反思——评金宇澄小说创作》。还发表了上海青年女作家丰晓梅的小说《恋爱启示录》以及周佩红的散文《乡思种种》。

10 日,《小说界》第 3 期发表陈继光的中篇小说《告别蓝绿》。

10 日,《文汇月刊》第 5 期发表汪天云的散文《瞿白音〈创新独白〉诞生前后》。

本月,《十月》第 3 期发表叶辛的中篇小说《家庭奏鸣曲——〈家教〉续篇》。

6 月

1 日,《上海文学》第 6 期发表上海青年女作家丰晓梅的《十六的月亮》。

1 日,《萌芽》第 6 期刊登桂兴华的报告文学作品《隧道在默默推进》。

7 日,《花溪》第 6 期发表赵丽宏的散文《氿畔》。同期发表刘绪源的评论《陌生的与熟悉的——〈氿畔〉引起的美学思考》。文章认为:"从艺术上看,《氿畔》在赵丽宏当时已有的那为数不多的散文创作中,无疑是一种新的尝试,新的艺术实践。过去那些作品,大多写得轻灵、精巧、流畅,充满诗构思和抒情的色彩。这篇《氿畔》,却显示着自身的朴实、厚实、实在。""意味着赵丽宏散文创作中一个意义重大的突破。从这以后，他又将增添一副笔墨，并且开拓了一个新的领域。这新笔墨的风格特点，也可以概括为'朴实'和'深情'。我以为这十分符合作者本人的忠厚而有深情的性格特征。"

7 月

1日，《萌芽》第7期发表陆幸生的纪实小说《与世界共老》。"城市之光"专栏刊登了来自上海的诗人金勇的诗歌《鱼》、陆萍的诗歌《你突然走来（外一首）》。

25日，《收获》第4期发表王唯铭的中篇小说《今夜我无法拒绝》。

本月，《中外文学》第4期发表赵丽宏的散文《诗和人》。

白桦的诗集《我在爱和被爱时的歌》由上海文艺出版社出版。

上海"城市诗人"诗集《城市人》由学林出版社出版。收录了宋琳的《台阶，升起一群雕像》、张小波的《城市人》等诗歌。

8 月

1日，《萌芽》第8期发表上海作者朱全弟的纪实小说《上海 S·C 总部在波士顿》。

5日，《上海文学》第8期发表白桦的诗歌《白桦四月诗章》。

10日，《文汇月刊》第8期发表白桦的报告文学《血的证言和泪的反思（南京大屠杀遇难同胞50周年祭）》。

本月，巴金的散文集《随想录》（合订本）由三联书店出版。

叶辛的长篇小说《三年五载（下）》由贵州人民出版社出版。

9 月

1日，《萌芽》第8期上海作者齐铁偕的纪实小说《上海的水上之门》。

5日，《上海文学》第9期开辟专栏"作协上海分会青创会第二期学员小说专辑"，发表沈嘉禄的《出道》、朱耀华的《巴别塔》、孙徐春的《第二百次约会》、张旻的《远大目标》。"上海人物志"专栏发表肖岗的报告文学《烟雨后的灿烂》。

6日，陆新瑾的诗歌《天和地因为你变得遥远》《人生车站》发表于《诗歌报》。

10日，《小说界》第5期发表陈村的短篇小说《故事》。

10 日，《文汇月刊》第 9 期发表罗达成的报告文学《十七岁，在金字塔尖（献给复旦大学少年班的朋友们）》、陆星儿的小说《一个和一个》。

13 日，艾明之的诗歌《告别》发表于《文汇报》。

20 日，《人民文学》第 9 期发表陈伯吹的儿童文学作品《牵牛花的喇叭声》。

25 日，《收获》第 5 期发表孙甘露的实验文体小说《信使之函》。李彬勇的散文《远景及近景》。小说《信使之函》后成为"先锋小说"的代表作。

25 日，《百花洲》第 5 期发表陆星儿的中篇小说《再寄一朵冰凌花》、陈村的短篇小说《笑话》。

本月，复旦诗社编的诗集《太阳河》由复旦大学出版社出版。

10 月

1 日，《萌芽》第 10 期发表上海作者齐铁偕的纪实小说《当代"买办"》。同期"青年诗人朗诵会诗选"刊登了来自上海的诗人傅星的《中国随想曲》、李彬勇的诗歌《致亚洲公路》、刘原的《生命之门》、刘擎的《我是一个五十岁父亲的儿子》，等等。

5 日，《上海文学》第 10 期发表黄屏的散文《〈上海文学〉新时期办刊前后》，"上海人物志"专栏发表一夫的报告文学《开拓，需要冒险——记"大世界"总经理李海民》。

11 月

1 日，《萌芽》第 11 期发表来自上海的作者晓明的短篇小说《大街上走着一个父亲》。同期"青年诗人朗诵会诗选"刊登了来自上海的诗人陈先发的《你我之间没有距离》、彭晓梅的《一瞥》、陆新瑾的《给你》、杨斌华的《海浴》。

5 日，《上海文学》第 11 期发表陈村的短篇小说《蓝色》。

5 日，《作家》第 11 期发表陈村的短篇小说《爹》。

5 日，《山花》第 11 期发表叶辛的中篇小说《儿女婚姻》。

15 日，《钟山》第 6 期发表陈村的短篇小说《三个人的家庭》。

25 日，《收获》第 6 期发表格非的中篇小说《迷舟》。《迷舟》营造了小说的迷宫，是先锋文学的代表作。

25 日，《中国作家》第 6 期发表屠岸的诗歌《纸船》。

12 月

1 日，《萌芽》第 12 期发表来自上海的作者雨来的纪实小说《这里远离祖国》、张健文的散文《都市遐想二题》、韩建东的短篇小说《风景旧曾谙》。

5 日，《上海文学》第 12 期发表孙颙的短篇小说《冠军 X》，竹林的短篇小说《遇了清明花不好》，罗洛的组诗《阿尔卑斯风景》。同期刊登上海诗人罗洛的《阿尔卑斯风景（组诗）》、桂兴华《夜，不再是夜（外一章）》。

10 日，《文汇月刊》第 12 期发表陈村的短篇小说《戈壁》、沈善增的短篇小说《曼斯菲尔德》。

20 日，《人民文学》第 12 期发表张士敏的小说《他放走强盗》。

本月，《小说月报》第 12 期刊载程乃珊的纪实小说《摇摇摇，摇到外婆桥》。

《张天翼文集》10 卷本由上海文艺出版社陆续出版，其中第 7、8 两卷收入张天翼的儿童文学作品，包括《大林和小林》《秃秃大王》《宝葫芦的秘密》《大灰狼》等广为流传的作品。

本年

上海最早的一部民间铅印诗集《中国·上海诗歌前浪》问世，由醉权、一土、羊工编辑。铅印，32 开本，88 页，收录了当时上海十分活跃的 19 家先锋诗人：醉权（10 首）、一土（10 首）、默默（7 首）、卓松盛（4 首）、韵钟（4 首）、郁郁（8 首）、羊工（9 首）、孟浪（9 首）、刘漫流（4 首）、京不特（5 首）、古冈（7 首）、冰释之（6 首）、吴非（4 首）、海之洲（4 首）、王寅（8 首）、陈东东（7 首）、陆忆敏（8 首）、折声（4 首）、天游（3 首），编选的作品颇具水准。（海岸：《〈喂〉：上海诗歌前浪掠影》）

1988 年

1 月

1 日，《萌芽》第 1 期发表来自上海的诗人吴民的《星星》、肖伟民的《老树》、王伟的《海岸》，等等。

3 日，《人民日报》发表嵇伟的散文《隐秘》。

6 日，《河北文学》第 1 期发表赵丽宏的散文《天香》。

7 日，《文汇报》发表峻青的散文《基辅，你好——应乌克兰〈世界文学〉之约而作》。

10 日，《小说界》第 1 期发表了丰晓梅的微型小说《培鲁》。

10 日，《诗刊》第 1 期发表赵丽宏的诗歌《墨西哥诗抄》。

15 日，《钟山》第 1 期发表张晓林和张德明的报告文学《中国大学生——来自复旦大学的报告》。

25 日，《收获》第 1 期发表陈村的中篇小说《象》、徐星的中篇小说《饥饿的老鼠》、王安忆的散文《旅德的故事》。同期开辟余秋雨"文化苦旅"专栏。并发表《阳关雪（外两篇）》。该专栏的文章后结集成散文集《文化苦旅》，由东方出版中心 1992 年 3 月出版。余秋雨的散文追求文化与历史的宏大命题，既有对人生的彻悟，又有是对历史的反思，有一定的哲理性，但也有批评家提出了批评，认为余秋雨的散文是"文化口红"，认为其具有"高度通俗"和"用过即扔"的特征。（朱大可等著：《十作家批判书》，第 27—60 页，陕西师范大学出版社 1999 年版）

25 日，《百花洲》第 1 期发表赵丽宏的游记《卡门和安娜》。

25 日，《文汇月刊》第 1 期发表柯灵的散文《龙年谈龙》。

本月，上海青年话剧团在沪演出八场话剧《半个天堂》。编剧赵耀民、李容，导演杜冶秋。

2 月

1 日，《萌芽》第 2 期发表来自上海的作者薛万华的短篇小说《爬坡》、张海陵的短篇小说《达吾提》。

3 日，《小说选刊》第 2 期刊载巴金的创作手记《巴金论小说创作》。

6 日，《文艺报》发表王安忆的散文《〈流水三十章〉随想》。

6 日，《解放日报》发表施蛰存的创作谈《我写〈唐诗百话〉》。

14 日，《人民日报》发表赵丽宏的散文《光阴》。

20 日，《关东文学》第 2 期发表格非的中篇小说《没有人看见草生长》。

3 月

1 日，《散文》第 3 期发表赵丽宏的散文《孔雀翎》。

1 日，《萌芽》第 3 期发表唐宁小说小辑：《萤火辉辉》、《瞬间的定格》、《你的圈套》，并附有周佩红的评论《步入女性文学的寂寞之地》。《广州文艺》第 3 期发表赵丽宏的报告文学《中国龙，腾飞在羊城——六届全运会日记》。

7 日，《天津文学》第 3 期发表程乃珊的中篇小说《风水轮回》。

10 日，《小说界》第 2 期开始连载徐开垒的《巴金传》，每期发表一章，本期发表第一章《四川老家》。

《解放日报》发表施蛰存的随笔《从〈四婵娟〉想到浦江清》。

12 日，《文艺报》发表赵丽宏的散文《背影》。

13 日，《文汇报》发表茹志鹃的书信《不能离开时代环境认识人》。

15 日，《钟山》第 2 期发表格非的中篇小说《褐色鸟群》，陈白尘的回忆录《漂泊年年（续）》。关于《褐色鸟群》，格非说："原来写作只考虑把一个想法表达得感人就行了，很少考虑到文体的重要性。文体意识进入文学以后，形式感的东西逐渐被作家所关注。大约在三四年前，我们就开始考虑转向的问题。生活在日新月异地变，文学同样也在变，写作最大的价值就在于创新，而不是重复。作家的责任就在于创新、探索和发现。"（张英：《访上海作家施蛰存、王安忆、格非、孙甘露》，《作家》1999 年第 9 期）

25 日，《收获》第 2 期发表吴强的散文《春天的哀思》。

15 日，《十月》第 2 期发表沙叶新的荒诞剧《耶稣，孔子，披头士列侬》。

4 月

1 日，《萌芽》第 4 期发表陆萍的报告文学《一个女记者和一个破碎的家庭》，蒋丽华的短篇小说《监考》。

5 日，《上海文学》第 4 期发表陈村的短篇小说《回忆》。

10 日，《文汇月刊》第 4 期发表程乃珊的中篇小说《银行家》。

28 日，《上海艺术家》第 2 期发表李容、贺子壮、余云、吴保和的现代神话剧剧本《月祭》。

本月，《小说界·长篇小说》第 1 期发表王安忆的长篇小说《流水三十章》和创作谈《流水三十章随想》。

《诗刊》第 1 期发表米福松的诗歌《吹响号角》。

叶辛的长篇小说《爱的变奏》由中国青年出版社出版。

5 月

1 日，《萌芽》第 5 期"校园特辑"发表来自上海高校的年轻诗人的诗歌：沈刚的《有一颗星星对你说（外一首）》、陈先发的《海明威，我也见过大海（外一首）》、施茂盛的《敲钟人》等。

1 日，《滇池》杂志创刊 100 期，发表王安忆的散文《旅德散记》。

1 日，《小说界》第 3 期发表傅星的中篇小说《来自星辰的叹息》、赵长天的短篇小说《上上下下》。

25 日，《收获》第 3 期发表王安忆的中篇小说《逐鹿中街》、余秋雨的散文《自发苏·洞庭一角》、峻青的散文《皇村的沉思》。

25 日，《解放日报》发表沙叶新的杂文《我要读书》。

本月，程乃珊的小说集《女儿经》由花城出版社出版。

6 月

1 日，《萌芽》第 6 期发表阮海彪的报告文学《祝愿您，大姐》。

5 日，《上海文学》第 6 期发表余秋雨的散文《皋兰山月》，叶永烈的报告文学《梁实秋的梦》。

8 日，施圣扬的诗歌《旋律：飞舞在空间》发表于《文汇报》。

10 日，《北京文学》第 6 期发表王安忆的散文《"上海味"和"北京味"》。

10日，《文汇报》发表沙叶新的幽默小说《前面是十字路口》。

24日，《文汇报》发表贾植芳的随笔《还珠楼主》。

26日，郭在精的诗歌《你》发表于《文汇报》。

29日，《文汇报》发表程乃珊的散文《留在天鹅阁的回忆——沪上寻梦之一》。

本月，王安忆等4人的中篇小说集《小城之恋》由时代文艺出版社出版。

7月

10日，《文汇月刊》第7期发表朱大建的报告文学《锦江——不再是古老城堡》。

10日，《小说界》第4期发表徐开垒的传记文学《巴金传——在鲁迅的旗帜下》，孙颙、许德民等的《面对一万个"?"——关于上海"大滑坡"的报告》。

25日，《收获》第4期发表、余秋雨的散文《道士塔·莫高窟》、王元化的散文《向萧岱告别》。同期"朝花夕拾"专栏刊登王湘琦的《没卵头家》、吴锦发的《春秋茶室》。

本月，《十月》第4期发表陆星儿的报告文学《"超级妇女"》。

《儿童文学》第6期发表周锐的童话《森林手记》。

8月

1日，《萌芽》第7期发表桂兴华的纪实小说《燃烧你自己》、范幼华的纪实小说《蓝楼轶事》。

5日，《上海文学》第8期发表格非的中篇小说《大年》、赵国平的诗歌《阅读雨丝》。

5日，《山花》第8期发表叶辛的悼念散文《安息吧，肖岱同志》。

10日，《文汇月刊》第8期发表许杰的散文《我与杨万才》、赵丽宏的诗歌《母语四重奏（致远走天涯的朋友们）》。

27日，《文汇报》发表余秋雨的散文《牛车水》。

本月，俞天白的长篇小说《X地带》由上海文艺出版社出版。

王安忆的散文集《蒲公英》由上海文艺出版社出版。

9 月

1 日，《萌芽》第 9 期发表孙甘露的短篇小说《小说二题》(《相同的另一把钥匙》、《只有风景依然》)。

5 日，《上海文学》第 9 期发表陈丹燕的短篇小说《中学女生的传奇》。

10 日，《文汇月刊》第 9 期发表白桦的散文《被遗忘的诺曼底》。

10 日，《小说界》第 5 期发表赵丽宏的散文《快慰的惊讶》，徐芳的微型小说《海螃蟹》等小说。

11 日，《解放日报》发表赵丽宏的散文《秋虫之鸣》。

25 日，《收获》第 5 期发表余秋雨的散文《柳侯祠·白莲洞》、周民的散文《海洋的女儿》。

10 月

1 日，《萌芽》第 10 期发表陈丹燕的短篇小说《寒冬丽日》。

3 日，《文汇报》发表王安忆的散文《香港去来》。

5 日，《上海文学》第 10 期发表罗洛的自选诗《四月（组诗）》。

13 日，《解放日报》发表刘绪源的散文《批评的解析》。

11 月

1 日，《萌芽》第 11 期发表徐芳的散文《雨夜中温暖的平面》、陆萍的散文《写在印度的上空》。

5 日，《上海文学》第 11 期发表王安忆的中篇小说《悲恸之地》。

10 日，《小说界》第 6 期发表徐开垒的传记文学《巴金传——期待》。

20 日，《人民文学》第 11 期发表赵丽宏的散文《夕照中的等待》。

20 日，《文汇报》发表吴强的散文《莫斯科的诗情画意》。

25 日，《收获》第 6 期发表孙甘露的《请女人猜谜》、格非的短篇小说《青黄》、张献的剧本《时装街》。

25 日，《十月》第 6 期发表俞天白的报告文学《上海，复苏中的金融中心》。

12 月

1 日，《萌芽》第 10 期发表来自上海的作者吴卫星、汤晓军的纪实小说《错位》，来自上海的作者李宗贤的短篇小说《募捐》。

5 日，《上海文学》第 12 期发表沙叶新的短篇小说《"文革"稗史》、孙甘露的组诗《从回忆开始》。

20 日，《当代》第 6 期发表俞天白的长篇小说《大上海沉没》，后由人民文学出版社 1991 年 8 月出版。关于这部作品，张炯说："俞天白是个现实主义作家，而且是敏锐的、富于现代感的、力求与生活同步的作家。""《大上海沉没》与读者见面后，在上海即造成相当的轰动，这固然与小说尖锐地提出大上海面临的危机与困境，确实引起广大上海市民的强烈共鸣分不开，而更重要的恐怕还在作者的现主义艺术创造，比之前人，比之自己，都确实有所突破和超越，从而使作品无论在内容上，还是艺术上，都令读者耳目一新。""俞天白的《大上海沉没》这部四十万字的长篇小说在《当代》发表，无疑是我国城市文学的重要收获。"（《〈大上海沉没〉与城市文学勃兴》，《当代》1989 年第 4 期）

24 日，《文汇报》发表许锦根的散文《痛在谁的身上》。

27 日，《文汇报》发表陈村的杂文《重在有喜》。

本月，陆星儿的长篇小说《留给世纪的吻》由北京十月文艺出版社出版。

1989 年

1 月

15 日，《江南》第 1 期发表赵丽宏的散文《品画三题》。

15 日，《钟山》第 1 期发表王安忆的中篇小说《岗上的世纪》。作品较为大胆，直言不讳地写当代中国的"性"。

15 日，《文汇月刊》第 1 期发表黄宗英的散文《好人唐纳》。

25 日，《收获》第 1 期发表陆星儿的中篇小说《歌词大意》。

本月，《野草》第 1 期发表王安忆的散文《客访绍兴》。

《奔流》散文专号发表赵丽宏的《鸟谜》等散文。

朱金晨的诗集《红红白白》由漓江出版社出版。

2月

5日，《上海文学》第2期发表彭瑞高的短篇小说《怪圈怪人》。"上海诗坛"专栏刊登了上海诗人的诗歌：李彬勇的《水之北（组诗）》、孙晓刚的《城市的面粉狂醉及其它（组诗）》、纪少华的《法号（外一首）》、张安平的《清明》、郑文晖的《无题》、沈刚的《回归线》。同期，发表了陈村的散文《深刻的梦》。

6日，《河北文学》第2期发表赵丽宏的散文《致黄河》。

10日，《读书》第2期发表蔡翔的随笔《母亲与妓女——关于〈白涡〉》。

10日，《文汇月刊》第2期发表陆星儿的短篇小说《太阳太红了》、郑海瑶的作家论《陆星儿印象》、赵丽宏的散文《岛人笔记》、孙颙的散文《黑色纪念碑》、朱金晨的诗歌《火锅》。

16日，《解放日报》发表陈沂的散文《春节吃饺子的故事》。

本月，《剧本》第2期发表赵耀民的小剧场实验剧本《亲爱的，你是个谜》、《一课》。

3月

10日，《北京文学》第3期发表王安忆的中篇小说《神圣祭坛》。

10日，《小说界》第2期"上海人一日"征文，发表了余秋雨的《家住龙华》等文，还发表了陈村的中篇小说《张副教授》、王安忆的散文《访日点滴》。

20日，《人民文学》第3期发表格非的短篇小说《风琴》。

25日，《收获》第2期发表王安忆的散文《房子》、王毅捷的散文《漩涡》，周民的散文《今夜》，王唯铭的报告文学《一九八八："金字塔"崩溃之后》。

30日，《作品》第3期发表赵丽宏的散文《品画三题》。

30日，《福建文学》第3期发表陈村的评论《胡扯》。

30日，《文学报》发表了何满子的杂文《隐私权》、施雁冰的散文《喜庆宴会》以及于第4版继续连载余秋雨的《上海人——历史沿革、文化心态、人格构成》。

4 月

1 日,《作家》第 4 期发表陈村的短篇小说《起子和他的五幕梦》。

1 日,《萌芽》第 4 期发表沈嘉禄的短篇小说《月晕》、韩建东的短篇小说《蝙蝠》。

5 日,《上海文学》第 4 期发表罗洛的组诗《苏联行》、周佩红的散文《海戏》。

王安忆的小说集《海上繁华梦》由花城出版社出版发行。

本月,潘旭澜的散文《剪不断理还乱》发表于《百花洲》第 4 期。

5 月

1 日,《作家》第 5 期发表王安忆的散文《法兰克福》。

1 日,《萌芽》第 5 期发表唐颖的短篇小说《那片阳光还在》。

5 日,《上海文学》第 5 期发表孙甘露的短篇小说《夜晚的语言》。

10 日,《小说界》第 3 期"上海人一日"征文,发表了赵丽宏的《求医记》等文,同期刊登唐宁的中篇小说《都市的玫瑰》、"留学生文学"刊登孙颙的《此岸彼岸》,竹林的短篇小说《街头"sketch"》、桂兴华的短篇小说《苦苦的桂花酒》。

11 日,《文学报》发表余秋雨的随笔《美丽而艰深——徐志摩〈半夜深巷琵琶〉》。

25 日,《收获》第 3 期发表王安忆的中篇小说《弟兄们》、柯灵的散文《马思聪的劫难》、施蛰存的访谈《且说说我自己》。关于《弟兄们》,王安忆说她探讨的是"一种纯粹精神的关系,如没有婚姻、家庭、性爱来作帮助和支援,可否维持。"(《神圣祭坛·自序》,《乘火车旅行》,第 43 页,中国华侨出版社 1995 年版)

25 日,《小说家》第 3 期发表王安忆的短篇小说《荷兰行》。

25 日,《百花洲》第 3 期发表陈村的短篇小说《心,杀》。

6 月

1 日,《萌芽》第 6 期发表"上海青年作家小说专号",包括陈洁

《圣诞快乐》、陈村《屋顶上的脚步》、陆星儿《虚假的黎明》、彭瑞高《田塘纪事二题》、孙甘露《边境》、金宇澄《标本》、蒋丽萍《心肌炎》、凌耀忠《同类的悲哀》、盛晓红《迷失》、蒋亶文《去过》、张献《鸭子》、西飏处女作《寂静之声》。

5 日，《上海文学》第 6 期发表周民的诗歌《在那遥远的地方》、毛时安的散文《面对废墟》。"上海诗坛"特别刊出上海诗人的作品：朱浩的《投递（组诗）》、黄晓燕的《一路平安》、钟民的《出游（组诗）》。

5 日，《北京文学》第 6 期发表孙甘露的短篇小说《岛屿》。

17 日，《作品与争鸣》第 6 期发表巴金的《随想录（五则）》。

本月，王西彦的散文《折翅的鸟和网里的鱼》发表于《随笔》第 6 期。

7 月

1 日，《萌芽》第 1 期发表程永新的散文《伊犁之夜》。

5 日，《上海文学》第 7 期发表程乃珊的中篇小说《祝你生日快乐》、何立伟的短篇小说《天下的小事》。在《祝你生日快乐》中，程乃珊塑造了民族工商业者家族的第三代成员，通过都市一角，非常真实地描绘出当时的社会各阶层的心理是怎样失去平衡的，留下了生动的风俗画面。

10 日，《小说界》第 4 期发表王晓玉的短篇小说《阿花》。"上海人一日"专栏刊出陈沂的《在美军上校家作客》、陆景云的《发言，在人民大会堂》、秦瘦鸥的《重到太平山下》等文。

10 日，《文汇月刊》第 7 期发表王小鹰的散文《海燕印象》。

25 日，《收获》第 4 期"人生采访"专栏刊登贾植芳的《且说说我自己》、晓明的散文《贾植芳先生其人其事》。本期还刊登了秦培春的电影剧本《风骚老镇》。

8 月

1 日，《广州文艺》第 8 期发表赵丽宏的散文《岛人笔记》。

10 日，《文汇月刊》第 8 期发表桂兴华的诗歌《红豆咖啡厅》、赵丽宏的散文《崎岖的五彩路》。

9月

1日，《萌芽》第9期发表宋耀良的散文《动物岩画考察》。

5日，《上海文学》第9期发表陈东东的散文《丧失了歌唱和倾诉》。

5日，《散文世界》第9期发表王安忆的《又旅德国》、沙叶新的《在墨尔本看戏》。

5日，《收获》第5期发表余秋雨的散文《笔墨祭》。

6日，《花溪》第9期发表陈村的诗歌《有个地方》。

10日，《小说界》第5期发表陆星儿的中篇小说《一个女人的一台戏》、"上海人一日"专栏刊出叶永烈的《家门的开放》、桂兴华的《下午，逼迫我行动》。

本月，《东海》第9期发表王安忆的短篇小说《洗澡》。

10月

1日，《萌芽》第10期发表陆新瑾的短篇小说《人生车站》、徐芳的诗歌《阳光沸腾的矮麦地》。

5日，《上海文学》第10期发表赵长天的中篇小说《预鸣》，作品采用假定式叙事与现实主义手法相结合的创作方法来表现主题，解剖了人的现实社会心理。本期的"上海诗坛"专栏刊出：孙悦的《橙色（组诗）》、王寅的《精灵之家（组诗）》、陆忆敏的《室内一九八八（组诗）》、王群的《界外（外一首）》、韩国强的《低缓的诉说由此及彼（组诗）》。

10日，《文汇月刊》第10期发表罗洛的诗歌《心之歌》、赵丽宏的诗歌《祖国颂》。

20日，《人民文学》第10期发表陈继光的小说《欲望的金门》。

本月，《春风》第10期发表程乃珊的短篇小说《黄花无语》。

11月

5日，《上海文学》发表嵇伟的散文《为什么流浪，流浪远方》。

10日，《小说界》第6期发表赵丽宏的短篇小说《岛上笔记》、高低的微型小说《护身符》。"上海人一日"征文专栏发表徐锦根的《信任》等文。

15日，《钟山》第6期发表格非的短篇小说《夜郎之行》。

20 日，《人民文学》第 11 期发表黎焕颐的诗歌《思辨的人生——在黄土地上》、陈东东的诗歌《纸鹤》、白桦的诗歌《十四行短歌 11 首》。

25 日，《收获》第 6 期发表格非的短篇小说《背景》、朱耀华短篇小说的《日食》。"人生采访"专栏刊登了蒋孔阳的《且说说我自己》。

12 月

1 日，《萌芽》第 12 期发表桂兴华的报告文学《另一个"爱神"》，开设"上海作者诗辑"，发表上海诗人孙晓刚、李彬勇等的诗歌。

5 日，《上海文学》第 12 期发表程永新的小说《醉了的勃鲁斯》、张士敏的小说《丘必德号》、陈东东的组诗《八月之诗》。"上海诗坛"专栏刊出：罗洛的《不惑之歌——为建国四十周年而作》、徐芳的《爱的围城（组诗）》、郑洁的《城市户口（组诗）》、叶千章的《西部男人》。

5 日，《散文世界》第 12 期发表陈伯吹的《红旗春风欢度玉门关》。

10 日，《诗刊》第 12 期发表赵丽宏的诗歌《画梦》。

10 日，《文汇月刊》第 12 期发表陆幸生的报告文学《我们是很优秀的——纪念我们 40 岁和返沪 10 周年》，同期刊登王安忆的短篇小说《好婆和李同志》并被《中篇小说选刊》第 4 期选载。

本月，《小说家》第 6 期发表叶辛的长篇小说《省城里的风流艳事》。

1990 年

1 月

5 日，张旻中篇小说《邂逅》发表于《莽原》第 1 期。5 日，《上海文学》第 2 期发表程永新的中篇小说《生活中没有"假如"》、赵丽宏的诗歌《赵丽宏自选诗》。"海上诗坛"专栏发表诗歌姜浪萍的《卵石》、戴达的《回忆：乳娘的葬礼（外一首）》、纪少华的《秋月》、赵颖德的《夜思》、董景黎的《紫晕》。

10 日，《文汇月刊》第 1 期发表张烨的诗歌《红钥匙》。

15 日，《钟山》第 1 期"新写实小说大联展"栏目发表程乃珊中篇小说《供春变色壶》。

25 日，《收获》第 1 期发表西飏的中篇小说《树林》。

本月，《萌芽》第 1 期发表姜峰、姜鹰的报告文学《1989 中国廉政风暴》。

李其纲的中篇小说《坐在草底下的人》发表于《小说界》第 1 期。同期，"上海人一日"征文专栏刊登宋耀良的《寻找舍布棋沟岩画》、吴强的《他们春风满面》、徐芳的《阳光下的开阔地带》。

《人民文学》第 1 期发表郑开慧的短篇小说《旋转的城堡》。

2 月

10 日，《文汇月刊》第 2 期发表张烨的诗歌《一首关于死亡的诗》。

本月，《萌芽》第 2 期发表陈丹燕的小说《玻璃的夏天》、殷慧芬的小说《自戕》、阮海彪的小说《鸽子》、程永新的小说《风铃》、林宕的小说《暗响》、张烨的诗歌《白雪诗》、晨路的散文《历史便如你自己》。

3 月

5 日，《上海文学》第 3 期发表邓刚的短篇小说《海里有很多鱼》、叶辛的中篇小说《山里山外》。

10 日，陆星儿中篇小说《同一扇石库门》发表于《文汇月刊》第 3 期。

25 日，格非长篇小说《敌人》、李晓中篇小说《最后的晚餐》、夏衍的散文《"左联"六十年祭》、余秋雨的散文《这里真安静》、王唯铭的纪实文学《1989：尾声？先兆？》、赵长天的散文《独居舟山八日记》发表于《收获》第 2 期。本月，俞天白、冰洁的中篇小说《母别子兮，子别母》发表于《小说界》第 2 期。同期，"上海人一日"征文专栏刊登朱晓琳的《周末》、路其国的《"透视"的一日》。

4 月

5 日，《上海文学》第 4 期"海上诗坛"发表诗歌郑成义的《山寺桂枝（外一首）》、火俊的《敲门（外一首）》、黎焕颐的《过扬州》。

10 日，桂兴华的诗歌《"七重天"舞厅》、程勇的诗歌《苦恋》发表于《文汇月刊》第 4 期。

本月，《萌芽》第 4 期刊登全小林的小说《自白》、陈嘉涛的组诗《蓝鸟》、董景黎的组诗《自地平线》。

青年作家沈善增的长篇小说《正常人》（下部）发表于《电影·电视·文学》第 4 期，该小说展现了人生舞台上种种既无大悲也无大喜的世态人情。

5 月

10 日，辛笛的《诗二首》、赵丽宏的散文《紫砂王》发表于《文汇月刊》第 5 期。

20 日，赵长天的散文《师道》发表于《解放日报》。

20 日，郑荣华的小说《夙愿》、谢台生的报告文学《南去列车》、陆萍的诗歌《细雨打湿花伞》发表于《萌芽》第 5 期。

20 日，王晓玉的中篇小说《阿贞——"上海女性"系列之二》、瞿世镜的散文《我是中国人！》、沙叶新的散文《安得一小灶披间》发表于《小说界》第 3 期。

本月，潘旭澜的散文《小小的篝火》发表于《散文》第 5 期。

6 月

5 日，殷慧芬的中篇小说《厂医梅芳》、孙文昌的中篇小说《未能忘却人之初》发表于《上海文学》第 6 期。同期"上海诗坛"专栏发表诗歌冰夫的《仰望（组诗）》、郭在精的《神圣的爱（外二首）》、徐薇华的《送（外一首）》、陆培的《逝去（外一首）》。

10 日，蒋丽萍的小说《二月杏花八月桂》、余秋雨的散文《华语情结》、柯灵的随笔《两本书的自序》、施蛰存的随笔《论老年》、程乃珊的散文《落花有意流水无情》、赵丽宏的诗歌《抒情四题》发表在《文汇月刊》第 6 期上。

本月，盛晓红的小说《泪光》，孙未的散文《下乡》，孙欣、朱金晨等的诗歌《星汉灿烂》发表于《萌芽》第 6 期。

7 月

5 日，徐蕙照的中篇小说《无底洞》发表于《上海文学》第 7 期。

该小说通过三姐妹不同的生活道路的选择，窥视了城市的人情世态。

25 日，崔京生的中篇小说《远航》、赵长天的中篇小说《门外》、余秋雨的散文《漂泊者们》、吴强的散文《旅美通信》发表于《收获》第 4 期。本月，《萌芽》第 7 期推出"上海地区作者报告文学专辑"，发表了阿寅的《超越黄土》、沈刚的《心狱边缘》、葛颂茂、李济生的《地铁梦》、叶永平的《都市里的"米老鼠"》、胡展奋、陈其福的《谬种溃散录》、江迅的《付培彬的魅力》、庄大伟的《PMT 行动》、陈圣来的《囚歌》，同期刊登沈镭的散文《乡间破屋的人生》、费立凡的散文《古井》、姜龙飞的组诗《现代生活》。

乐美勒的剧本《留守女士》发表于《上海戏剧》第 7 期。

8 月

本月，朱大建的报告文学《鲲鹏展翅》、王唯铭的小说《黑夜中的追逐》、孙为的小说《生日》、蒋育正的小说《虹》、桂兴华的诗歌《上海牌新思绪》发表于《萌芽》第 8 期。

9 月

5 日，叶辛短篇小说《小说三题》发表于《山花》第 9 期。

5 日，孙颙的短篇小说《夜行车》、罗洛的诗歌《又是江南（组诗）》发表于《上海文学》第 9 期。

25 日，李晓中篇小说《挽联》发表于《收获》第 5 期。

本月，魏心宏的小说《自由自在》、周颖莹的小说《立体眼睛》发表于《萌芽》第 9 期。

彭瑞高的中篇小说《下海》、缪国庆的散文《航路已经开通》发表于《小说界》第 5 期。

王安忆的长篇游记《旅德的故事》由江苏文艺出版社出版。

10 月

5 日，唐颖的中篇小说《不要作声》发表于《上海文学》第 10 期。该小说较为成功地塑造了优越物质环境下探寻自我内心世界的知识女性形象。本期还发表了胡万春的小说《失利的英雄》，该小说敏锐地反映了中国工人阶级的"特殊性格"在新时期所经受的新的考验。

本月，沈嘉禄的小说《30 号小姐》、梅聊的小说《访客》、路其国的报告文学《飞跃海峡的亲情》、盛曙丽的报告文学《煤饼世界》、徐芳的诗歌《徐芳诗歌四首》发表于《萌芽》第 10 期。

《萌芽》第 10 期发表徐芳的诗歌《入睡的孩子》。

王小鹰所写的《忤女逆子》由北岳文艺出版社出版。该小说通过外在形象和内心图景的描摹，写出了一场家庭生活悲喜剧。

11 月

5 日，《上海文学》第 11 期"上海诗坛"专栏发表孙悦的《苍茫岁月（组诗）——观良渚文化展览》、姜金城的《西北风景（组诗）》、宫玺的《集句实验：物归原主（五题）》、栾新建的《诗二首》。

5 日，张旻的中篇小说《初恋的代价》发表于《星火》第 10、11 期合刊。

25 日，王安忆中篇小说《叔叔的故事》、金宇澄中篇小说《轻寒》发表于《收获》第 6 期。《叔叔的故事》获得首届上海中长篇小说二等奖。该小说描述了一个多重性格的"叔叔"的生活流程，在心理分析方面的描写富有特色。金宇澄中篇小说《轻寒》勾勒了江南小镇上人们之间的微妙关系，写得俗而不粗，细而不腻。

本月，陈村短篇小说《布熊》、孙颙的中篇《雪庐》、王小鹰的中篇《意外死亡》发表于《小说界》第 6 期。

王月瑞的小说《圆外的世界》、沈宁悦的小说《猫魂》、冯俊儿的组诗《离别北方》发表于《萌芽》第 11 期。同期刊登上海市奉贤县微型小说大奖赛作品选登，刊登了杨森、王鹤林等的作品。

12 月

5 日，张旻中篇小说《寻常日子》发表于《上海文学》12 期。

5 日，梅聊的小说《真爱》、朱大建的报告文学《在理想之火的熔炼下》、陈鸣华的诗歌《小城游戏》、鲍笛的诗歌《季节河》发表于《萌芽》第 12 期。

本年

赵丽宏的《赵丽宏散文选》由三联出版社出版。

巴金的《巴金全集》14、15 卷由人民文学出版社出版。这两卷全集收录了作者在建国后 17 年创作的散文作品以及"文革"刚结束的部分散文作品。

1991 年

1 月

5 日，张旻的短篇《多雨的季节》发表于《莽原》第 1 期。

15 日，张洁短篇小说《柯先生的白天和夜晚》、范小青中篇小说《清唱》、史铁生的散文《我与地坛》、李杭育的散文《散文的又一种可能性》、陈村的诗《风景》、俞果的诗《江南组画（组诗）》、叶荣臻的诗《过湖》、刘国萍的诗《时空（组诗）》发表于《上海文学》第 1 期。

10 日，赵丽宏的散文《我的音乐·老外》发表于《小说林》第 1、2 期合刊。

25 日，陈村中篇小说《最后一个残疾人》、陆星儿中篇《小凤子》、周佩红散文《今生今世》发表于《收获》第 1 期。

本月，戴厚英短篇《人之将死》、张旻短篇《二女生》发表于《小说界》第 1 期。

羊羽的短篇小说《梦》、高立群的处女作短篇小说《阳光之下》、胡展奋的报告文学《疯狂的海洛因》发表于《萌芽》第 12 期。

白桦的散文《梅香正浓》发表于《随笔》第 1 期。

2 月

6 日，《文汇报》刊登施蛰存的随笔《西明寺》。

15 日，王安忆的中篇《妙妙》发表于《上海文学》第 2 期。

本月，韩国强的小说《黄昏如歌》、殷慧芬的报告文学《璀璨的人生篇章》、宋耀良的散文《青海湖畔野牛画》发表于《萌芽》第 2 期。

戴厚英的随笔《母亲的照片》发表于《随笔》第 2 期。

3 月

1 日，王晓明的《追问录（七—十一）》发表于《作家》第 3 期

1 日，程乃珊的短篇《心曲向谁诉》发表于《广州文艺》第 3 期。

10 日，王安忆随笔《写作小说的理想》发表于《读书》第 3 期。

15 日，赵长天的中篇《身份》、朱大建的报告文学《上海乡下人》、殷慧芬的短篇小说《蜜枣》、彭瑞高的短篇小说《合铺》发表于《上海文学》第 3 期。

22 日，陆萍的散文《多稼路》发表于《文汇报》。

25 日，崔京生的中篇《长江口》、吴亮短篇小说《吉姆四号》、金宇澄的散文《夜之旅》、李子云的散文《童心不泯》发表于《收获》第 2 期。

本月，《萌芽》第 3 期发表朱少君的小说《玫瑰梦》、蒋亶文的小说《废墟上的微笑》。

陆星儿短篇小说《请罪——〈天生是个女人〉之二十》发表于《百花洲》第 2 期。

刘观德的《我的财富在澳洲》发表在《小说界》，之后该小说由上海文艺出版社出版。发表后引起了广泛讨论。这是一部纪实性长篇小说。它描写的是以牛（即作者）为主的几个中国留学生，在异国他乡的澳洲拼搏、奋斗的艰难经历及其心态。小说发表之后，在社会和文艺界引起反响。徐中玉、朱桦说，这是"一部真实性很强、生活气息浓烈，而且表现出不少人生憬悟，成为新起的'留学生文学'中第一部具有时代精神的优良作品"。"作品的价值主要即因它是一支虽很悲凉，但始终充满着爱国深情的动人的歌"。（《他的财富在澳洲，终属故土》，《小说界》1991 年第 6 期）

4 月

15 日，彭瑞高的报告文学《幸存者》、孙建成的中篇小说《大哥》、贾植芳的散文《一段难以忘却的记忆》发表于《上海文学》第 4 期。"上海诗坛"专栏发表诗歌戴仁毅的《田园牧歌——听贝多芬第六交响曲》、米福松的《喷泉（外一首）》、陆新瑾的《十字路口（外一首）》。

本月，《文学自由谈》（季刊）第 2 期发表王安忆的《看电影也是读书》。

王安忆中篇小说《歌星日本来》发表于《小说家》第 2 期。

《萌芽》第4期发表陈伯玉的小说《反真》、石头的《金堂》、王唯铭的报告文学《1990，走进新空间》、阿寅的报告文学《赤诚交响曲》、蔡翔的散文《落日》、季振华的诗歌《心烛》。

5 月

15日，陆星儿中篇《黄昏》、叶兆言中篇《挽歌》、峻青中篇《秋肃蒋山》、陈平原的论文《小说的类型研究——兼谈作为一种小说类型的武侠小说》发表于《上海文学》第5期。

25日，余秋雨的散文《风雨天一阁》、罗洛的散文《琐事杂忆》发表于《收获》第3期。

本月，王安忆长篇小说《米尼》发表于《芙蓉》第3期。

《萌芽》第5期发表夏商的小说《年轻的布尔什维克》、洪国斌的诗歌《给一位时装模特儿》。

《当代》第5期发表竹林的长篇小说《女巫》。

《百花洲》第5期发表季振邦的散文《山水情绪》。

6 月

3日，赵丽宏的散文《音乐》发表于《人民文学》第6期。

15日，《上海文学》第6期"上海诗坛"专栏发表黎焕颐的《千年岁月（组诗）》、程勇的《乡村情歌》、王志荣的《秋天的沉思（二首）》、包晓朵的《寂寞抒怀（组诗）》、郑成义的《雨中迷楼（外二首）》。

本月，《萌芽》第6期发表梅聊的小说《微小的人》、程永新的散文《八月的流转》、陆萍的诗歌《细雨打湿花伞》。

7 月

1日，《电视、电影文学》第4期发表黄允的电影剧本《上海一家人》（17—20集）。3日，《文汇报》发表施蛰存的随笔《武陵春》、李子云的随笔《服饰与文化》。

1日，《人民文学》第7期发表樊天胜的小说《心海》。该小说被选入1991年《全国短篇小说佳作集》。

25日，朱耀华的中篇小说《苔痕》、崔京生的短篇小说《暗道》、柯灵的散文《回看血泪相和流》发表于《收获》第4期。

30日，《文汇报》发表赵丽宏的诗《山湖林烟》。

31日，《十月》第4期发表巴金的散文《我仍在思考，仍在探索，仍在追求》。

本月，《小说界》第4期发表叶辛的小说《孽债》。

《萌芽》第7期发表郑芸的小说《燃烧的薄荷》、金文龙的报告文学《上海航天人》、梅平的散文《太子庵传说》。

8月

15日，《上海文学》第8期发表潘向黎的短篇《西风长街》、周民的散文《三望菱湖镇》。

17日，《文艺报》发表巴金给家乡的两封信。

27日，《文汇报》发表徐开垒的文章《把灾祸化作学问——祝柯灵写作生涯六十年》。

本月，《小说家》第4期"中篇擂台"栏目刊发陈村的小说《愿意》。

《萌芽》第8期发表西飏的小说《遥远的风景》、姜龙飞的诗歌《生存咏叹》。

《作品与争鸣》第8期发表王安忆的中篇小说《叔叔的故事》，附宋强的评论《"我"观"叔叔"——评〈叔叔的故事〉》，阎舒的评论《"叔叔"的困惑——谈〈叔叔的故事〉》。

9月

15日，《上海文学》第9期发表殷慧芬的中篇小说《欲望的舞蹈》、张旻的短篇小说《恭为人师》、蒋丽萍的散文《乡音、音乐与公害》。"上海诗坛"专栏发表于之的诗歌《夏雨（外一首）》、丁兴群的诗歌《热爱生活（组诗）》、宁宇的诗歌《敦煌（组诗）》、施茂盛的诗歌《崇明的鸟（二首）》、朱蓓蓓的诗歌《刈麦者》。

25日，《收获》第5期发表孙颙的短篇小说《我们的年月》、茹志鹃的散文《一炷清香》。

本月，《小说界》第5期发表徐开垒的《巴金传》（续传）。

《巴金全集》由人民文学出版社出版。

《萌芽》第9期发表彭瑞高的小说《水乡二篇》，黄飞珏、韩蕴慧的小说《界外》、孙航宇的报告文学《"零号首长"的故事》。

10 月

1 日，《文汇报》发表罗洛的散文《我心中有一支歌》。

10 日，《文汇报》发表徐中玉的散文《深夜戈壁滩上的金湖》。

10 日，《读书》第 10 期刊发施蛰存的文章《鲁拜·柔巴依·怒湃》。

15 日，《上海文学》第 10 期发表茹志鹃的短篇小说《跟上，跟上》、白桦的诗《春季中的十日》。

11 月

1 日，《电视、电影文学》发表黄允的电视剧本《上海一家人》（25—28 集）。该剧在第十届"大众电视金鹰奖"中获优秀连续剧奖。

6 日，《文汇报》发表陈村的散文《旧物》。

15 日，《钟山》第 5 期发表女作家小辑，其中有王安忆的中篇小说《乌托邦诗篇》。

25 日，《收获》第 6 期发表余秋雨的散文《寂寞天柱山》。

26 日，《文汇报》发表潘旭澜的文章《寄空中：致杜鹏程》。

本月，《十月》第 6 期发表沙叶新的剧本《黄花魂》。

《小说界》第 6 期发表沈嘉禄的中篇小说《风》、徐开垒的传记文学《巴金传》（续卷完）。

《萌芽》第 11 期发表张旻的《告别崇高的职业》。

徐俊西的文集《再现与审美》由学林出版社出版。

12 月

15 日，《上海文学》第 12 期发表罗洛的诗歌《访缅诗抄》、徐芳的诗歌《写给新居和儿子的第一首诗（外一首）》。

18 日，章培恒的散文《友谊乎？寂寞乎？》发表于《文汇报》。

本月，《萌芽》第 12 期发表程勇的小说《情雨》、蒋菁的处女作小说《五月黄梅天》、陆萍的散文《异国迷航》。

贺国甫的《大桥》发表于《剧本》第 12 期。该剧以南浦大桥建设工程为背景，塑造四化建设者的群象，歌颂上海工人阶级无私奉献、开拓创新的"大桥精神"，当年 10 月赴京参加全国话剧交流演出，获第二届"文华大奖"、"五个一工程"奖等一系列重大奖励。

1992 年

1 月

25 日，李晓的中篇小说《叔叔阿姨大舅和我》、叶辛的中篇小说《悠悠落月坪》、张旻的中篇小说《往事》发表于《收获》第 1 期。

本月，程乃珊的散文集《让我对你说：寄自灵魂伊甸园的信札》由四川人民出版社出版。

《小说界》第 1 期发表赵长天的中篇《书生》、周佩红的中篇《黑眉岛》。

《萌芽》第 1 期发表尹慧芬的小说《梦中锦帆》、程小莹的小说《两个人的冬天》、孙航宇的散文《落叶的歌》、陈东东的诗歌《陈东东诗七首》。

2 月

10 日，《诗刊》第 2 期发表罗洛的诗《咏物二首》等。

15 日，叶辛的中篇小说《名誉》、孙颙的短篇《摊牌》、朱晓琳的短篇《紫雾》、陈东东的诗歌《第一场雪（组诗）》、赵丽宏的散文《乌克兰人》发表于《上海文学》第 2 期上。

23 日，《文汇报》发表孙颙的散文《高高的书架下》。

本月，方硕的小说《欧阳先生》、肖强的报告文学《受难与战斗》、胡东生的报告文学《走出〈最后的晚餐〉》发表于《萌芽》第 2 期。

吴钧陶的诗歌《南浦大桥颂》发表于《诗刊》第 2 期。

3 月

15 日，《上海文学》第 3 期发表了西飏的短篇小说《此岸彼岸》、周佩红的散文《随着灵魂回一次海上》。

20 日，《花城》第 2 期戴厚英的短篇小说《完成》、余秋雨的散文《江南小镇》等。

25 日，赵长天的中篇小说《透视》、宋琳的短篇小说《黑猩猩击毙驯兽师》、茹志鹃的散文《你的火种呢》发表于《收获》第 2 期。

本月，孙甘露的短篇小说《大师的学生》、陆星儿的中篇小说《没有眼泪的日子》发表在《小说界》第2期。

余秋雨的散文集《文化苦旅》由知识出版社出版。该书计37篇，为系列性文化散文。倪华强说："'文化苦旅'站在历史的大瀑布前观看理想的飞流直下，描述理想从天堂跌落人间所溅起的美丽浪花；转身迈步，文化苦旅走出的却是一连串悲壮。"（《余秋雨散文散论》，《当代作家评论》，1993年第2期）。孙绍振则指出："余氏的散文，在这历史的难题面前应运而生。他在当代散文史上的功绩，就是从审美的此岸架设了一座通向审智的桥梁，但是这座桥是座断桥，他不可能放弃审美，去追随罗兰·巴尔特写作不动情感的被认为是后现代的'审智'散文。"（《余秋雨：从审美到审智的"断桥"论余秋雨在中国当代散文史上的地位》，《当代作家评论》，2000年第6期）。

《萌芽》第3期推出散文诗歌专号，发表了陆幸生的散文《到对岸去》、蒋丽萍的散文《如歌的日子》、朱浩的散文《倾听月光》、朱金晨的诗歌《春天抒情诗》、陈放的诗歌《飞雪季节》、施茂盛的诗歌《农业之卷》。

4月

本月，孙欢的小说《爱或者孤独》、朱全弟的报告文学《第四个领域》、陈柏森的诗歌《他们刚下班》发表于《萌芽》第4期。

5月

15日，沈嘉禄的短篇小说《有胡须的少年》、赵丽宏的诗歌《忆大足》发表于《上海文学》第5期。

25日，李其纲的中篇小说《调酒师的女儿》、徐中玉的散文《晚晴来时鬓已霜》发表在《收获》第3期上。

本月，哈华回忆延安文艺座谈会的散文《春花秋月何时了，往事知多少》、盛晓红的小说《蓝色人生》、潘向黎的小说《告别蔷薇》、桂国强的报告文学《东方之翼》发表于《萌芽》第5期。

黎焕颐的诗歌《题南浦大桥》发表于《诗刊》第5期。

须兰的中篇《仿佛》、孙颙的微型小说《百字小说10篇》发表在

《小说界》第 3 期上。

陈丹燕的长篇小说《绯闻》由春风文艺出版社出版。

6 月

本月，胡展奋的报告文学《焦灼的黄土地》、刘国萍的诗歌《天行》、陈勇的诗歌《被拒绝的地方》发表于《萌芽》第 6 期。

7 月

15 日，王周生的短篇小说《黑人理发师巴瑞》、桂兴华的诗歌《我的年龄》发表于《上海文学》第 7 期。

25 日，《收获》第 4 期发表彭小莲的中篇小说《阿冰顿广场》。

本月，孙泽敏的报告文学《水上法医》发表于《萌芽》第 7 期。

8 月

15 日，彭瑞高的短篇小说《屋脊》发表于《上海文学》第 8 期。

本月，阿寅的报告文学《恶梦，结束在 NA HA 港》、童梦侯的报告文学《西伯利亚的荒林中》发表于《萌芽》第 8 期。

9 月

10 日，赵丽宏的诗歌《俄罗斯屐痕》发表于《诗刊》第 9 期。

11 日，叶辛的散文《遥念山乡》发表于《解放日报》。

15 日，格非的小说《傻瓜的诗篇》发表在《钟山》第 5 期上。

15 日，张旻的短篇《回忆》、潘旭澜的散文《山村年到》发表于《上海文学》第 9 期。

本月，路其国的报告文学作品《挺立的人们》、姜龙飞的散文《圣诞无雪》、徐芳的诗歌《城市冬景》、鲍笛的诗歌《我躺在草地上》发表于《萌芽》第 9 期。

殷慧芬的中篇小说《早晨的陷阱》发表在《小说界》第 5 期。

10 月

10 日，屠岸、丁力的《关于〈祭黄帝陵〉的通信》发表在《诗刊》第 10 期上。

15 日，邓刚的中篇小说《俄罗斯酒鬼》、赵丽宏的诗歌《石头的目光（组诗）》、罗洛的诗歌《江南之春》发表于《上海文学》第 10 期。

本月，沈顺辉的散文《最后的梦》、杨寿龙的报告文学《粉红色的梦幻曲》、周洪涛的报告文学《上海南泥湾》、孙建军的诗歌《岁月的风声》、米福松的诗歌《无题》发表于《萌芽》第 10 期。

11 月

15 日，屠岸的诗歌《诗七首》、朱晓琳的散文《写给依玛的信》、米福松的诗歌《遥远之恋（组诗）》、孙悦的诗歌《向日葵》发表于《上海文学》第 11 期。

25 日，格非的长篇小说《边缘》、孙甘露的中篇小说《忆秦娥》发表于《收获》第 6 期。

26 日，吴芝麟的散文《到了珍珠港》发表于《解放日报》。

本月，叶辛的短篇小说《凶案一桩》发表于《中国作家》第 6 期。

叶辛的小说《孽债》（下卷）、叶永烈的《延安一日》、王周生的长篇小说《陪读夫人》（上卷）发表于《小说界》第 6 期。

韩国强的小说《浮尘》、张冠中的报告文学作品《世纪挑战者》发表于《萌芽》第 11 期。

12 月

15 日，张旻的中篇小说《不要太感动》、黎焕颐的诗歌《天地情》、施圣扬的散文《阳台居》发表于《上海文学》第 12 期。

本月，陆棨的中篇小说《多事之秋》、陈明发的报告文学作品《为了明天升起的太阳》、陈丹燕的散文《充盈与恍惚（外一章）》发表于《萌芽》第 12 期。

1993 年

1 月

1 日，须兰的中篇小说《宋朝故事》、王周生的长篇小说《陪读夫人》（下卷）发表于《小说界》第 1 期。

10 日，格非的中篇小说《锦瑟》发表于《花城》第 1 期。

15 日，王元化与茹志鹃的书简、辛笛的诗歌《近作三首》、白桦的诗歌《我的命运的骏马》发表于《上海文学》第 1 期。

25 日，余秋雨的散文《一个王朝的背影》、李晓的中篇小说《一种叫太阳红的瓜》发表于《收获》第 1 期。

本月，王静江的中篇小说《都市里的欲望》、胡展奋的报告文学《躁动的陕北》、史学东的小说《再次倾诉》、戴达的散文《孤心与诗神》、姚育明的散文《女儿和一》、陈鸣华的诗歌《陈鸣华诗十首》发表于《萌芽》第 1 期。

罗洛的散文集《我与胡风》由宁夏人民出版社出版。

秦文君的小说《男生贾里》由少年儿童出版社出版。该小说之前刊登于《巨人》复刊号。

2 月

15 日，殷慧芬的中篇小说《横越》发表于《上海文学》第 2 期。同期刊登罗洛的诗歌《韩国纪行》、肖岗的诗歌《海滨偶遇》、夏中义的散文《承诺（二题）》。

19 日，王周生的散文《笑过的印记》发表于《新民晚报》。

本月，彭瑞高的小说《山墙》发表于《萌芽》第 2 期。

3 月

1 日，陈村的散文《寻人游戏》发表于《小说家》第 2 期。

15 日，施茂盛的诗歌《崇明（组诗）》、徐芳的散文《讲一个鸡的故事》、蒋丽萍的散文《八月，在山中》发表于《上海文学》第 3 期。

25 日，王安忆的长篇小说《纪实和虚构》、陈村的短篇小说《临终关怀》、余秋雨的散文《流放者的土地》发表于《收获》第 2 期。

本月，陈丹燕的小说《恶意满怀》、蒋丽萍的小说《许莲》、叶荣臻的诗歌《喊风》发表于《萌芽》第 3 期。

彭瑞高的中篇小说《牛舌》、张旻的短篇小说《陈音和吴珺》发表于《小说界》第 2 期。

何满子的散文《皇帝与文人》发表于《随笔》第 3 期。

4 月

1 日，张旻的中篇小说《生存的意味》发表于《作家》第 4 期。

本月，叶荣臻的小说《永别了，武器》、宗平的小说《杨梅熟了的季节》、桂国强的报告文学《虎头山之歌》发表于《萌芽》第4期。

5月

10日，陈村的短篇小说《琴声黄昏》发表于《小说林》第3期。

15日，吴俊的散文《书之累》发表于《上海文学》第5期。

本月，沈嘉禄的短篇小说《玩具》发表于《小说界》第3期。

王安忆的中篇小说《伤心太平洋》、余秋雨的散文《脆弱的都城》、王晓明的散文《冬天的回忆》发表于《收获》第3期。

杜超的小说《你好，校长》、林宕的小说《水》、程勇的小说《都市多雨》、王肖练的散文《外婆》发表于《萌芽》第5期。

赵长天的长篇小说《天命》由上海文艺出版社出版。

6月

15日，《上海文学》第6期发表了潘旭澜的散文《往日（两题）》。

本月，朱耀华的小说小辑刊登小说《履雪》、许云倩的小说《一个人走过》、陆幸生的报告文学作品《世纪的年轮》发表于《萌芽》第6期。

叶辛的小说《金色婚姻》、陈继光的散文《世界在这里聚会——浦东日记》发表于《人民文学》第6期。

王安忆的长篇小说《纪实与虚构》，由人民文学出版社出版。

7月

1日，王安忆的短篇小说《光荣蒙古》发表于《时代文学》第4期。

1日，王安忆的中篇小说《进江南记》发表于《作家》第7期。

1日，须兰的中篇小说《月黑风高》、《闲情》，短篇小说《石头记》、《银杏银杏》，蒋丽萍的中篇小说《朝朝暮暮》发表于《小说界》第4期。发表于《小说界》第4期。

15日，程小莹的短篇小说《青春留言》发表于《上海文学》第7期。

25日，格非的中篇小说《湮灭》、余秋雨的散文《苏东坡突围》发表于《收获》第4期。

本月，高立群的小说《星移斗转》、孙未的散文《也是有缘》、朱金晨的诗歌《江南抒情诗》发表于《萌芽》第 7 期。

8 月

3 日，季振邦的散文《戒诗》发表于《文汇报》。

15 日，王安忆的中篇小说《香港的情和爱》、白桦的散文《困惑的年代——"如何是解脱?"石头希迁禅师答曰："谁缚汝?"》发表于《上海文学》第 8 期。

本月，赵丽宏的散文集《抒情的回声》由浙江人民出版社出版。

王国伟的散文《无尽的思念》、宓明道的散文《生命的欢欣》、陆萍的诗歌《美的瞬间》、沈善增的诗歌《都市的禅》发表于《萌芽》第 8 期。

王晓鹰的小说《我们曾经相爱》由上海文艺出版社出版。

王晓玉的《紫藤花园》由花山文艺出版社出版。

9 月

1 日，王安忆的中篇小说《"文革"轶事》、俞天白的长篇小说《大上海漂浮》(《大上海人》之二)发表于《小说界》第 5 期。后者在《小说界》5、6 期上连载。《"文革"轶事》之后获得第二届上海中长篇小说三等奖。

10 日，戴厚英的短篇小说《老尧》发表于《花城》第 5 期。

11 日，格非的短篇小说《雨季的感觉》、《公案》发表在《钟山》第 5 期。

25 日，余秋雨的散文《千年的庭院》发表于《收获》第 5 期。

本月，薛汉根的微型小说《晚年》、徐芳的组诗《镜中爱恋》发表于《萌芽》第 9 期。

10 月

15 日，叶辛的中篇小说《废人柏道斌》、毛时安的散文《长夜属于你》发表于《上海文学》第 10 期。

本月，曹阳的卷首语《短些，短些，再短些》、邓剑的散文《天使和白鸟》、全小林的报告文学《新生代文化人》发表于《萌芽》第 10 期。

11 月

1 日，张生的中篇小说《每天都是日常生活》、孙颙的中篇小说《醉爷》发表于《小说界》第 6 期。

15 日，陆星儿的短篇小说《麻纱窗帘》、寇建斌的短篇小说《夜色》、刘庆邦的短篇小说《血劲》、陈宝光的短篇小说《幽会》发表于《上海文学》第 11 期。

25 日，崔京生的短篇小说《移情》、巴金的散文《最后的话》、余秋雨的散文《抱愧山西》发表于《收获》第 6 期。

本月，陆星儿的长篇小说《精神病医生》（选载，全篇由上海文艺出版社出版）于《百花洲》第 6 期。

12 月

15 日，张旻的短篇小说《回忆父亲》发表于《上海文学》第 12 期。

本月，萧鲤的小说《萧江村的风波》、程小莹的小说《工人情趣》、何悦人的散文《斑竹笛》发表于《萌芽》第 12 期。

本年

《巴金散文选》自选集由中国文联出版公司出版。

1994 年

1 月

1 日，《作家》第 1 期发表了张旻的短篇小说《枪》。

2 日，《新剧本》第 1 期发表了沙叶新的话剧《东京的月亮》。

5 日，《上海文学》第 1 期发表了朱金晨的诗歌《老井》。

15 日，格非的中篇小说《相遇》发表在了《大家》双月刊创刊号。

25 日，《收获》第 1 期发表了须兰的中篇小说《红檀板》、柯灵的长篇小说《十里洋场》、余秋雨的散文《乡关何处》。柯灵的长篇小说《十里洋场》真实地描写了当时的时代氛围和生活在这方土地上人们的心理体验，给读者以很强的心理冲击。

本月，《江南》第 1 期发表了西飏的短篇小说《平常心》。

2 月

本月，《萌芽》第 2 期发表路其国的短篇小说《元旦故事》、高低的微型小说《老远老远的地方》、施茂盛的散文《往日情愫》、徐芳的组诗《熔炼》。

3 月

1 日，《小说界》第 2 期发表了须兰的中篇小说《樱桃红》。

25 日，《收获》第 2 期发表了余秋雨的散文《天涯故事》。

本月，《萌芽》第 3 期发表程勇的短篇小说《飞翔》、朱金晨的报告文学《震荡的绿茵场》。

4 月

1 日，《大家》第 2 期发表了陈村的短篇小说《小说老子》。

15 日，王安忆的散文《我们家的男子汉》发表于《文汇报》。

本月，《萌芽》第 4 期发表陈丹燕的短篇小说《旧货店》、路其国的微型小说《超越荧屏》、蒋丽萍的散文《独行记》。

5 月

1 日，《春风》第 9 期发表了陈丹燕的短篇小说《高大健壮的男孩》。

5 日，《上海文学》第 5 期发表了叶辛的短篇小说《罪犯》、铁舞的诗歌《光芒（三首）》。

15 日，《江南》第 3 期发表了叶辛的散文《山乡短笛》、赵丽宏的散文《上海的脚步》。

25 日，《收获》第 3 期发表了余秋雨的散文《十万进士》（上）。

本月，《萌芽》第 6 期发表了夏商的短篇小说《雨季的忧郁》。

6 月

5 日，《上海文学》第 6 期发表了陈丹燕的短篇小说《花园》。

18 日，《劳动报》发表了沈善增的散文《弄堂与人生》。

20 日，《当代》第 3 期发表了赵丽宏的散文《麦积山（外一章）》。

本月，《小说家》第 3 期发表了陈村的短篇小说《小说老子》。

7 月

1 日，《小说界》第 4 期发表了程乃珊的中篇小说《归》、张旻的长篇小说《情戒》。

5日，《上海文学》第7期发表了陈丹燕的散文《中国人的微笑》、《东德人波德》，潘旭澜的散文《小学梦痕》。

25日，《收获》第4期发表了余秋雨的散文《十万进士》（下）、彭瑞高的中篇小说《夜祭》。

本月，《少年文艺》第7期发表梅子涵的小说《林东的故事》。

8月

3日，《人民文学》第8期发表了叶辛的短篇小说《月亮潭情案》。

9月

5日，《上海文学》第9期发表了周佩红的散文《你的名字是什么》、张新颖的散文《城市里的谣言》、白桦的诗歌《包青天（外两首）》。

25日，《收获》第5期发表了李晓的长篇小说《四十而立》、余秋雨的散文《遥远的绝响》。

本月，《萌芽》第9期发表了高低的短篇小说《半边床》、严志明的诗歌《青春心绪（外三首）》、桂国强的报告文学《游子觅踪》。

10月

5日，《上海文学》第10期发表了赵长天的短篇小说《风办》。

7日，《天津文学》第10期发表了叶辛的短篇小说《凶手》、张旻的短篇小说《幻》。

本月，《小说家》第5期陈丹燕的短篇小说《科拉克夫方场上的月亮》。

《芙蓉》第5期发表王安忆的散文《关于"死"的文章》。

《萌芽》第10期发表了竹林的诗歌《竹林抒情诗四首》。

11月

1日，《散文》第11期发表了赵丽宏的《莫扎特的造访》、《我观散文》。

《小说界》第6期发表戴厚英、戴醒的书信《母女两地书》。

5日，《上海文学》第11期发表了孙建成的短篇小说《心不在焉》、夏中义的散文《树咏（三则）》。

11日，《青年文学》第11期发表了陈思和的随笔《张新颖〈栖居与游牧之地〉序》、《〈校园流行色〉序》。

25日，《收获》第6期发表了赵长天的长篇小说《不是忏悔》（后由人民文学出版社于1995年5月出版）、余秋雨的散文《历史的暗角》、王元化的散文《新春絮语》。

30日，赵丽宏的诗歌《岛》发表于《解放日报》。

本月，《十月》第6期发表了巴金致臧仲伦的书简。

《萌芽》第11期发表殷慧芬的报告文学《和平将军》。

12月

5日，《上海文学》第12期发表了叶辛的中篇小说《狼嗥》、俞天白的短篇小说《"一七零四八"》、孙颙的新市民小说《今日行情》。

29日，《解放日报》发表朱珊珊的诗歌《铁路工人》。

1995年

1月

1日，萧丁的诗歌《诗的时代》发表在《解放日报》上。

5日，白桦诗歌《情歌》、《龙华》发表在《上海文学》第1期上。

10日，辛笛的诗《九月，在戈壁》发表在《诗刊》第1期上。

10日，《花城》第1期刊登格非短篇小说《初恋》。

25日，《收获》第1期刊登格非短篇小说《凉州词》。

本月，夏商的中篇小说《轮廓》、喻晓的中篇小说《城市生活》、曹钧的短篇小说《雨景》、韩国强的诗歌《春天（外三首）》发表于《萌芽》第1期。

白桦的散文集《混含痛楚和愉悦的岁月》由知识出版社出版。

2月

1日，《作家》第2期刊载张旻短篇小说辑，包括短篇《月光下的错误》。

5日，沈嘉禄的新市民小说《大晴天》、陈丹燕的散文《混乱的生机》发表在《上海文学》第2期上。

5日，王强的中篇小说《望断天涯路》、吴建国的中篇小说《瑞丰镇》、杨勇的报告文学作品《跳槽去淘金》、魏福春的散文《龙妈》、鲍笛的诗歌《明天》、冯俊儿的诗歌《我的工厂》发表于《萌芽》第2期。

3月

本月，小聊的中篇小说《西溪河畔》、施茂盛的中篇小说《苏达》、施茂盛的诗歌《一咏三叹》、蒋丽萍的诗歌《秋雨梦魂》发表于《萌芽》第3期。

《中国作家》第2期发表陈丹燕中篇小说《域外人物肖像》。

王安忆的长篇小说《长恨歌》自《钟山》第2期起连载，至第4期完毕（后由作家出版社于1996年5月出版）。《长恨歌》发表后，引发巨大反响，随即罗岗发表了《寻找消失的记忆：对王安忆〈长恨歌〉的一种疏解》，他认为恢复记忆是王安忆创作的一种基本动力，书写是和"遗忘"在比赛，面对历史经验的流失，无奈中只能有一种努力，藉对破碎、片断经验的书写与记录来赓续那势必被湮没的文化记忆。（1995年《当代作家评论》第5期）王德威认为《长恨歌》的价值在于其寓言性，他指出《长恨歌》有个华丽却凄凉的典故，王安忆一路写来，无疑对白居易的视景，做了精致的嘲弄。在上海这样的大商场间，大欢场里，多少蓬门碧玉，才敷金粉，又堕烟尘。王琦瑶因选美会而崛起，是中国'文化工业'在一时一地过早来临的讯号；但她的堕落，又似天长地久的古典警世寓言。（王德威：《现代中国小说十讲》，第290—298页，复旦大学出版社2003年版）该作品是1990年代上海文学的最重要收获之一。

4月

本月，金瘦的短篇小说、高彦杰的报告文学《太阳从轮椅上升起》、严志明的诗歌《红草莓》、徐芳的诗歌《徐芳抒情诗七首》发表于《萌芽》第4期。

5月

5日，《上海文学》第5期发表赵长天的短篇小说《拒绝谜底》、王安忆的散文《寻找苏青》。

《小说界》第 3 期发表唐颖的中篇小说《糜烂》、须兰的中篇小说《思凡——玄机道士杀人案》。

25 日，《收获》第 3 期发表王彪的中篇小说《哀歌》、叶辛的短篇小说《狂徒》。

本月，何满子的随笔《"后国学"虚脱症》发表于《随笔》第 5 期。

朱学勤的随笔《思想史上的失踪者》发表于《读书》第 5 期。

6 月

5 日，《上海文学》第 6 期发表王安忆的文学随想《无韵的韵事——关于爱情的小说文本》、夏商的中篇小说《爱过》。

本月，刘希涛的组诗《风情旅程》发表于《萌芽》第 6 期。

孙甘露的小说《呼吸》由花城出版社出版。

7 月

1 日，《作家》第 7 期发表陈东东的诗歌《时间：1985—1994》。

5 日，《上海文学》第 7 期刊发表陈丹燕的《纽约客（三篇）》、辛笛的诗歌《溶浆照亮了酡颜（外一首）》。

5 日，陈村的中篇小说《该死的人》、高低的短篇小说《男人的"口红"》、朱金晨、朱咏春的报告文学《中国足坛转会启示录》、程勇的诗歌《驿站》发表于《萌芽》第 7 期。

25 日，《大家》第 4 期发表张旻中篇小说《审查》。

格非长篇小说《欲望的旗帜》、唐颖的中篇小说《无力岁月》发表在《收获》杂志 1995 年第 5 期上。

本月，巴金新作《再思录》由上海远东出版社出版，收录了巴金在《随想录》完成之后九年里写作的各类文章。

8 月

本月，王月瑞的中篇小说《今宵没月亮》、施茂盛的散文《居家生活》发表于《萌芽》第 8 期。

9 月

5 日，《上海文学》第 9 期发表王安忆的散文《寻找苏青》。

15 日,《钟山》第 5 期发表夏商的中篇小说《酝酿》、蔡翔的散文《色彩感觉》。

本月,《小说界》杂志第 5 期发表须兰中篇小说《纪念乐师良宵》。

高立群的小说《那枚春天里的绿叶》、小聊的小说《谐频专卖店》、徐慧芳的微型小说《道·最后的情感》发表于《萌芽》第 9 期。

王安忆散文集《乘火车旅行》（金蔷薇随笔文丛·第二辑），由中国华侨出版社出版。

竹林的散文《帽子的故事》发表于《芒种》第 9 期。

潘向黎的散文《收藏时光》发表于《青年文学》第 9 期。

10 月

5 日,《上海文学》第 10 期发表殷慧芬的中篇小说《纪念》、潘旭澜的散文《若对青山谈世事——怀念朱东润先生》。

本月,戴涛的微型小说《根》、徐慧芬的微型小说《茶道》、朱金晨的诗歌《海呵,你这南方的海》发表于《萌芽》第 10 期。

周佩红的散文《母亲这样的女人》发表于《鸭绿江》第 10 期。

11 月

本月,《小说界》杂志第 6 期发表了孙颙的长篇小说《烟尘》（后由上海文艺出版社于 1996 年 11 月出版）。还发表了王安忆的散文《墨尔本行散记》、赵丽宏的散文《古人的枕头》。

《小说家》第 6 期发表张旻的中篇小说《犯戒》。

皮皮的散文《疯子精神》、袁宏的散文《淡蓝色的烟霞》、马茂洋的诗歌《关于家园》发表于《萌芽》第 11 期。

12 月

5 日,沈嘉禄的短篇小说《酒夜》发表在《上海文学》第 12 期上。

本月,丁旭光的短篇小说《汉白玉》、袁宏的散文《走在城市边缘》、夏商的散文《夏周》、陆新瑾的诗歌《沉思·越过风景》、居有松的诗歌《夜行船》发表于《萌芽》第 12 期。

沙叶新的幽默作品集《阅世戏言》由华东师范大学出版社出版。

1996 年

1 月

5 日，《上海文学》第 1 期发表陈丹燕的散文《未曾相识燕归来》。

25 日，《收获》第 1 期发表王安忆的中篇小说《我爱比尔》。

28 日，《上海戏剧》第 1 期发表赵莱静、陈云发的都市新话剧《难忘玫瑰红》。

本月，《小说界》第 1 期发表卫慧的短篇小说《爱情幻觉》。《萌芽》第 1 期开设发"人物素描"专栏，第 1 期至第 10 期每期发表一篇李劫的散文，记录了张献、丁聪、于坚、沈善增、洪峰、施蛰存等人的状态。本期还发表陈丹燕的短篇小说《晾着女孩裙子的公寓》，本年《萌芽》的第 1 期至第 6 期开设陈丹燕的随笔专栏，第 1 期发表《寻找自己喜爱的生活》。

《格非文集》（三卷本）：《树与石》、《眺望》、《寂静的声音》由江苏文艺出版社出版。

张旻的小说《犯戒》由中国华侨出版社出版。

柯灵的小说《事情小说》由上海文艺出版社出版。

陈村的散文集《四十胡说》，赵丽宏的散文集《灵魂的倾诉》由上海人民美术出版社出版。

吴亮的随笔集《逍遥者说》由浙江文艺出版社出版。

陆萍的诗集《寂寞红豆》由上海人民美术出版社出版。

2 月

本月，《萌芽》第 2 期发表铁舞的诗歌《预感的雪》。

3 月

5 日，《上海文学》第 3 期发表柏桦的诗歌《诗二首》。

25 日，《收获》第 2 期发表赵丽宏的散文《遗忘的碎屑》。

本月，《萌芽》第 3 期发表陈丹燕的散文《人生大讨论：生活和活着有什么不同》、严志明的诗歌《故乡在我记忆深处》、骆玉明的散文《〈聊斋〉与女特务》。

叶辛的10卷本《叶辛文集》，由江苏文艺出版社出版。

4月

5日，《上海文学》第4期发表王安忆的中篇小说《姊妹们》、潘旭澜的随笔《良知坦然》。

9日，陆星儿的散文《采访穷人》发表于《解放日报》。

5月

25日，《收获》第3期发表茅盾的长篇小说《霜叶红似二月花》（续稿），该续稿共五万余。写于1974年，主要是作品的大纲、梗概和初稿片段。本期还发表孙建成的中篇小说《隔离》。

本月，贾植芳的散文《路翎，我命苦的兄弟》发表于《书城》第5期。

蔡翔的散文《底层》发表于《钟山》第5期。

《小说界》第3期发表王周生的中篇小说《红姨》。

6月

1日，《作家》第6期发表格非的短篇小说《谜语》《窗前》。

5日，《上海文学》第6期发表潘向黎的短篇小说《无梦相随》、唐颖的短篇小说《丽人公寓》、徐蕙照的短篇小说《折桂》。柯灵的散文集《明月天涯》、《浮沉小记》、《煮字人语》，由上海远东出版社出版。

骆玉明的散文《美的魅惑》发表于《艺术世界》第6期。

本月，《萌芽》第6期发表潘向黎的散文《爱情经典中的中国男性》。

7月

5日，《上海文学》7月号发表赵丽宏的随笔《青春和天籁》、陈丹燕的散文《自珍》。

本月，《萌芽》第7期发表沈善增的散文《我的生死困惑》、毛尖的散文《蝶恋花》。

格非的长篇小说《欲望的旗帜》由江苏文艺出版社出版。

8月

5日，《上海文学》第8期发表彭瑞高的中篇小说《本乡有案》、王周生的短篇小说《安乐死》、金宇澄的散文《温去》、本期刊登上海诗坛诗作：程勇的主持人语《沪风》，陈东东、许德民、铁舞、陈鸣华、孙悦的诗歌。

11 日，《青年文学》第 8 期发表张旻的短篇小说《顾梅的故事》。

本月，《小说界》第 4 期发表卫慧的短篇小说《纸戒指》。

《萌芽》第 8 期发表徐芳的诗歌《植物》。

曹聚仁的散文集《上海春秋》，由上海人民出版社出版。

9 月

5 日，《上海文学》发表了姜金城的诗歌《江南民歌》。

25 日，《收获》第 5 期发表柯灵的文章《悼罗荪》。

本月，《作家》9 月号发表了张旻作品小辑，其中包括其短篇小说《意外事件》《父子斗》，散文《永远的女孩》和创作手记《小说家的欲望》。

上海话剧艺术中心——上海青年话剧团制作体在沪首演大型历史话剧《商鞅》。编剧姚远，导演陈薪伊。剧本发表于《上海戏剧》1997 年第 2 期和《剧本》1997 年第 4 期。

10 月

17 日，《作品与争鸣》第 10 期发表王安忆的中篇小说《我爱比尔》。

26 日，《人民日报》发表宁宇的诗歌《紫砂壶》。

本月，茹志鹃的短篇小说集《儿女情》，王安忆的短篇小说集《人世的沉浮》，须兰的中篇小说集《思凡》，陈丹燕的散文集《遥远地方的音乐声》，黄宗英的散文集《我公然老了》，由文汇出版社出版。

陆星儿的散文集《一撇一捺》，由上海文艺出版社出版。陆星儿的散文集《女人不天生》，由上海书店出版社出版。《女人不天生》与秦文君的《婚姻风景线》、蒋丽萍的《尘缘的感念》、潘真的《永远的雨季》、素素的《相知天涯近》等五本散文集均属上海书店推出的"红樱桃"丛书系列。

吴亮的散文集《与陌生人同在》由湖南文艺出版社出版。

铁舞的诗集《山水零墨》由百花文艺出版社出版。

11 月

19 日，《文汇报》发表潘向黎的散文《不采蘋花即自由》。

25 日，《收获》第 6 期发表赵长天的中篇小说《老同学》。

本月，陈村的短篇小说集《裙枪》、散文集《躺着读书》，由江苏文艺出版社出版。

陈丹燕的长篇小说《独自狂舞》，由上海文艺出版社出版。

邓云乡的散文集《水流云在书话》由上海书店出版社出版；《书情旧梦：邓云乡随笔》由东方出版中心出版。

12 月

本月，吴亮的随笔集《观察者说》由浙江文艺出版社出版。

《萌芽》第 12 期发表商羊的短篇小说《一月十三日之杀人未遂》、严志明的诗歌《怀念乡音》。

陈村的随笔集《躺着读书》由江苏文艺出版社出版。

1997 年

1 月

9 日，《解放日报》发表程勇的诗歌《问候你的山峦一片葱茏》。

本月，《萌芽》第 1 期发表朱文颖的短篇小说《艺人》，同期发表南妮的散文《在时髦的背后》。卫慧的中篇小说《艾夏》、棉棉的中篇小说《一个矫揉造作的晚上》。该刊从本期起，本年的每期都有一篇王安忆的小说讲稿，此期刊有小说讲稿《小说的世界》，第 2 期刊有《处女作的世界》、第 3 期刊有《〈心灵史〉的世界》等。孙甘露的随笔集《在天花板上跳舞》由文汇出版社出版。

2 月

1 日，《作家》第 2 期发表夏商的短篇小说《出梅》、西飚的短篇小说《闭上眼睛》、徐蕙照的短篇小说《放逐爱情》、张新颖的短篇小说《不着边际》。

本月，《萌芽》第 2 期发表商羊的短篇小说《谋取幸福》、徐蕙照的短篇小说《今夜没故事》、桂国强的散文《驮着历史的十字架》、潘向黎的散文《请小姐吃饭（外一篇）》。

3 月

本月,《萌芽》第 3 期发表王淑瑾的短篇小说《不系之舟》、董景黎的诗歌《早餐时分》《在南方》。

《小说界》第 2 期发表王小波的中篇小说《红拂夜奔》、赵波的短篇小说《情变》。

《小说家》第 2 期发表格非的短篇小说《月亮花》和《解决》、格非的随笔《寒冷和疼痛的缓解》。

4 月

19 日,叶辛的散文《西雅图之思》发表于《解放日报》。

本月,《萌芽》第 4 期发表赵波的短篇小说《温润童心》、吴亮的散文《坐巴士回家》。

李振声的散文《祖父的石驳岸》发表于《天涯》第 4 期。

5 月

4 日,《文汇报》发表孙颙的散文《球迷心态》。

5 日,《上海文学》第 5 期发表孙建成的小说《流年图》、程小莹的小说《温柔一少年》。

15 日,《天涯》第 3 期发表王安忆的短篇小说《屋顶上的童话》。

15 日,《大家》第 3 期发表张旻的短篇小说《男孩秦南》。

25 日,《收获》第 3 期发表王小鹰的长篇小说《丹青引》(后由人民文学出版社于 1998 年 1 月出版)、赵长天的中篇小说《再见许鹄》、金宇澄的短篇小说《不死鸟传说》。

28 日,《上海戏剧》第 3 期发表杜宣的四幕十五场史诗剧《沧海还珠》。

本月,《漓江》第 3 期发表夏商的中篇小说《恨过》、西飏的短篇小说《美人鱼》。

《萌芽》第 5 期发表朱晓琳的短篇小说《法兰西不是故乡》、南妮的散文《永恒的伤痛》、上海实验学校的集体创作《展翅飞翔》。

《小说界》第 3 期发表殷慧芬的中篇小说《屋檐下的河流》。

6 月

本月，《山花》第 6 期发表张生的中篇小说《陆通的故事》。《萌芽》第 6 期发表商羊的短篇小说《生活在春天》、毛时安的散文《波特曼之夜》。

7 月

1 日，《作家》第 7 期发表夏商的短篇小说《一个耽于幻想的少年之死》。

20 日，《钟山》第 4 期发表夏商的中篇小说《剪刀石头布》。

24 日，《文汇报》发表葛剑雄的散文《石库门，留得住吗?》。

25 日，《收获》第 4 期发表彭小莲的中篇小说《一滴羊屎》、王彪的短篇小说《成长仪式》、黄立宇的短篇小说《一枪毙了你》。

本月，《小说界》第 4 期发表棉棉的《啦啦啦》等中篇小说。

《上海文学》第 7 期发表彭瑞高的中篇小说《乡镇合一》、赵丽宏的随笔《流水和高山》、张烨的诗歌《坚守（外一首）》、黎焕颐的诗歌《上海风（两首）》、王果的诗歌《天籁明眸》。

《山花》第 7 期发表夏商的短篇小说《正午》。

8 月

25 日，《大家》第 4 期发表夏商的中篇小说《看图说话》。

本月，《上海文学》第 8 期发表西飏的短篇小说《青衣花旦》。

9 月

5 日，《萌芽》第 9 期发表商羊的短篇小说《搬家游戏》。

10 日，作为"'新星杯'短篇小说公开赛"的参赛作品，王安忆的短篇小说《从黑夜出发》发表在《北京文学》第 9 期。

15 日，格非的短篇小说《沉默》发表在《天涯》第 5 期。

15 日，《江南》第 5 期发表张生的短篇小说《一九九三年的表演》。

25 日，《收获》第 5 期发表格非的中篇小说《赝品》。

本月，《上海文学》第 9 期发表李肇正的中篇小说《头等大事》。

《萌芽》第 9 期发表商羊的短篇小说《搬家游戏》。

王安忆散文集《重建象牙塔》由上海远东出版社出版。

10 月

5 日，《萌芽》第 10 期发表钱国梁的诗歌《我弹拨春的旋律》。

本月，《上海文学》第 10 期"上海女性作家作品专辑"发表唐颖的中篇小说《爱的岁月最残酷》、殷慧芬的中篇小说《焱玉》、王安忆的短篇小说《蚌埠》、陈丹燕的短篇小说《上海小姐》。

《儿童文学》第 10 期发表谢倩霓的小说《日子》。

11 月

5 日，《萌芽》第 11 期发表秦文君的中篇小说《小鬼鲁智胜》、朱金晨的诗歌《江南抒情诗》、严志明的诗歌《生长爱情的那一片树林》。

5 日，《莽原》第 6 期发表陈思和的散文《门槛上的断想》。

25 日，《收获》第 6 期发表陈村的长篇小说《鲜花和》（后由上海文艺出版社 1997 年 11 月出版）、王安忆的中篇小说《文工团》。

本月，《小说界》第 6 期发表卫慧的《黑色温柔》、王安忆的小说讲稿《〈复活〉的世界》。

赵丽宏的散文集《晶莹的瞬间》，由河北少年儿童出版社出版，散文集《心里的珍珠》由上海人民出版社出版，散文集《拨动心弦》由海天出版社出版。

12 月

5 日，《萌芽》第 12 期发表路玮的短篇小说《房檐四角的天空》。

本月，《上海文学》第 12 期发表赵长天的短篇小说《中国餐馆》、沈嘉禄的短篇小说《琴弦上的舞蹈》。

《山花》第 12 期发表张旻的小说《向红》。

王安忆专著《心灵世界》由复旦大学出版社出版。该书根据她在复旦大学讲课时的讲稿整理而成。全书共十三章，围绕着心灵世界展开，前两章属概述，阐述其小说理论，中间八章以其理论评析了八部中外名著，后三章论说了小说结构、语言、风格等。

上海话剧艺术中心——上海人民艺术剧院制作体在沪演出话剧《尊严》。编剧沙叶新，导演俞洛生。剧本发表于《新剧本》第 3 期。

1998 年

1 月

1 日，《小说界》第 1 期开始开设"上海纪实"征文专栏，本期发表徐开垒的《我的上海经》、陈村的《儿时的山》、潘向黎的《都市的秋意散句》等文。

5 日，《上海文学》第 1 期发表潘旭澜的杂文《大渡河钟声——太平杂说》。

25 日，《收获》第 1 期发表余秋雨的散文《关于友情》。

本月，《作家》和《漓江》联合举办短篇小说元月展，汇集各地 20 位年轻作家的作品。其中，《漓江》第 1 期刊发的作品有张旻的《远方的客人》、夏商的《水果布丁》。

《十月》第 1 期发表王安忆的短篇小说《天仙配》。

《萌芽》第 1 期发表商羊的小说《小西天》、陈丹燕的散文《蓝色群山的那一边》、潘向黎的随笔《是谁在说"我爱你"》，同期刊登铁舞的诗歌《空中音乐杂志及其他》、苏宏的诗歌《短诗七首》、戴仁毅的诗歌《独木舟》。

史中兴的散文集《脚印留在这里》由山西教育出版社出版。

2 月

5 日，《上海文学》第 2 期发表程小莹的短篇小说《背朝你或望其项背》。

本月，《萌芽》第 2 期发表朱晓琳的中篇小说《走过香榭丽舍大街》、陈丹燕的散文《轻愁》、远洲的诗歌《远洲的秋天》、鲁萍的诗歌《鲁萍诗四首》。

3 月

1 日，《小说界》第 2 期发表棉棉的短篇小说《九个目标的欲望》。

1 日，陈丹燕的散文《豌豆上的公主》、洪国斌的诗歌《与城市相伴》、崔月明的诗歌《生命的醒悟》、怡然的诗歌《秋天》发表在《萌芽》第 3 期上。

1日，《花城》第2期发表张旻的短篇小说《两个汽枪手》。

25日，《收获》第2期发表须兰的中篇小说《光明》、余秋雨的散文《关于名誉》。

本月，《剧本》第5期发表上海话剧艺术中心——上海青年话剧团制作体在沪演出两幕音乐喜剧《歌星与猩猩》。编剧赵耀民，导演熊源伟。

王安忆的中篇小说《忧伤的年代》发表于《花城》第3期，由《小说选刊》第7期选载。

4月

5日，《山花》第4期发表格非的短篇小说《未来》。

5日，《上海文学》第4期发表彭瑞高的中篇小说《多事之村》。

本月，何影泓的小说《大约在冬季》、陈丹燕的散文《麦田的失落》、潘向黎的散文《愿你成为"素颜美女"》、韩彬的诗歌《韩彬四月诗抄》、王忠范的诗歌《经历》发表于《萌芽》第4期。

5月

1日，《小说界》第3期发表董懿娜的短篇小说《折翼而飞》。

5日，《大家》第3期发表王安忆的短篇小说《流星划过天际——屋顶上的童话》。

5日，《萌芽》第5期发表陈丹燕的散文《鸟巢的内疚》、潘向黎的散文《带着钱包去约会》。

11日，《青年文学》第5期推出"文学方阵·上海"，刊登羊羽的中篇小说《在P城逗留》、潘向黎的中篇小说《无雪之冬》、夏商的短篇小说《童年的夜晚》。

15日，《天涯》第3期发表王安忆的短篇小说《小东西》。

20日，《钟山》第3期发表王安忆的短篇小说《千人一面》（附创作谈）、格非的短篇小说《让它去》（附创作谈）。

25日，《收获》第3期发表殷慧芬的中篇小说《欢乐》、余秋雨的散文《关于谣言》。

本月，赵丽宏的散文集《在岁月的荒滩上》、《岁月的目光》、《天堂就在你身边》，分别由吉林人民出版社、广东旅游出版社和江苏教育出版社出版。

王唯铭的散文集《女人的城市》由中国文学出版社出版。

6 月

5 日，《上海文学》第 6 期发表唐颖的中篇小说《绝色的沙拉》、潘向黎的中篇小说《变歌》、卫慧的短篇小说《爱人的房间》。

本月，竹林的五卷本《竹林文集》，由华夏出版社出版。竹林曾以处女作《生活的路》率先反思知青上山下乡运动，被认为是当代知青文学的先声。《文集》收入了竹林的知青文学代表作，除此之外，还收入了她展现当代生活的《女巫》《苦楝树》《挚爱在人间》等长篇小说。文集还收入了她的中短篇小说。韩石山评价竹林，"从《生活的路》到《女巫》，我们可以说竹林一直在不懈地努力着，努力使她的小说的语言，化为推动情节进行的力，楔入事件的内核，打入人物的心性，进而打入读者的情感。"（《这样的语言这样的故事》，1999 年《小说评论》第 6 期）

王安忆的短篇小说《大学生》发表于《江南》第 6 期。

王安忆的短篇小说《聚沙成塔》发表于《珠海》第 6 期。

白桦的诗歌《雪原落日》发表于《诗刊》第 6 期。

叶辛出版文学界第一本作家写真集《半世人生》，该书以 160 幅照片配发了 3 万字的散文，由上海画报出版社出版。

余秋雨的散文集《山居笔记》，由文汇出版社出版。

7 月

1 日，《作家》第 7 期推出七十年代出生的女作家小说专号，收入卫慧的《蝴蝶的尖叫》、棉棉的《香港情人》。

1 日，《小说界》第 4 期发表丁丽英的短篇小说《法会》。

1 日，《山花》第 7 期发表，卫慧的短篇小说《水中的处女》（"七十年代出生作家"栏目）。

5 日，《萌芽》第 7 期发表商羊的短篇小说《脆弱二重唱》、陈丹燕的随笔《天使降落在人间》。

15 日，《江南》第 4 期推出"九十年代新作家小说专号"，收入李肇正的中篇小说《祈祷》，张生的短篇小说《另外一个人》。

25 日，《收获》第 4 期发表余秋雨的随笔《关于嫉妒》。

本月，赵耀明的剧本《歌星与猩猩》发表于《剧本》第 7 期。

8 月

3 日，《人民文学》第 8 期发表卫慧的短篇小说《甜蜜蜜》。

5 日，《上海文学》第 8 期发表王安忆的短篇小说《轮渡上》，丁丽英的短篇小说《熨斗·约会》，棉棉的短篇小说《每个好孩子都有糖吃》、张生的短篇小说《结局或者开始》、潘旭澜的散文《走出梦话——太平杂说》。

5 日，《萌芽》第 8 期发表小聊的小说《去迈阿密比赛的人》、陈丹燕的随笔《你对咖啡到底有什么感觉》。

9 月

1 日，王安忆的短篇小说《杭州》发表在《小说界》第 5 期上。同期刊登李子云的散文《今天和昨天》、曹可凡的《爱怨琵琶记》、彭瑞高的《历史的刻刀》。

1 日，《作家》第 9 期发表夏商的短篇小说《刹那记》、《金陵客》及创作谈。

1 日，《山花》第 9 期发表棉棉的短篇小说《白色在白色之上》、《黑烟袅袅》（"七十年代出生作家"栏目）。

1 日，《中篇小说选刊》第 5 期刊载李肇正的中篇小说《城市生活》。

5 日，《萌芽》第 9 期发表陈丹燕的随笔《怀孕的故事》。

11 日，《青年文学》第 9 期发表张生的短篇小说《迟到的伤逝》。

11 日，《解放日报》发表许纪霖的散文《寂寞的胡适之》。

25 日，《收获》第 5 期发表王安忆的中篇小说《隐居的时代》、余秋雨的随笔《关于善良》。

10 月

1 日，《作家》第 10 期发表王安忆的短篇小说《遗民》。

5 日，《上海文学》10 月号发表殷慧芬的中篇小说《吉庆里》。

5 日，《萌芽》第 10 期发表程勇的诗歌《情歌五章》、铁舞的诗歌

《倾听阳光》、陈丹燕的随笔《当一个孩子出生的时候》。

11 月

1 日，《小说界》第 6 期发表卫慧的短篇小说《葵花盛开》、彭瑞高的中篇小说《大选》。

5 日，《上海文学》第 11 期发表西飐的中篇小说《河豚》。

5 日，《萌芽》第 11 期发表陈丹燕的随笔《亲密关系》。

5 日，第 5 期《芙蓉》"七十年代人"专栏发表卫慧的中篇小说《欲望手枪》。

6 日，上海海美琪大戏院上演四幕七场越剧新作《孔乙己》。剧作取材于鲁迅的《孔乙己》、《药》等小说。编剧沈正钧，导演郭小男。

20 日，《钟山》第 6 期发表卢新华的中篇小说《细节》。

25 日，《收获》第 6 期发表格非的中篇小说《打秋千》，丁丽英的短篇小说《疯狂的自行车》，张生的短篇小说《片断》，余秋雨的随笔《关于年龄》。

12 月

5 日，《萌芽》第 12 期发表商羊的短篇小说《城西有雾》、赵波的短篇小说《假发下的伤心人》、陈丹燕的随笔《成为妇人》。

5 日，《上海文学》第 12 期发表西飐的小说《河豚》、叶辛的短篇小说《小说家》。

本年

为迎接新中国成立 50 周年和上海解放 50 周年，上海作协计划推出四套"大上海"丛书：《大上海小说丛书》（第二辑）、《大上海纪实文学丛书》、《上海 50 年文学精选》和《上海 50 年文学批评丛书》。小说丛书包括《肇事者》（赵长天）、《暂憩园》（史中兴）、《我儿我女》（陆星儿）、《躁动的城市》（李肇正）和《水月》（蒋丽萍）等五部长篇。这些作品取材于上海城市发展的历史，作家依据自己熟悉的上海城市生活场景展开创作，刻画了生活在上海的不同身份的人物的形象，展现了他们在改革开放和上海城市发展中的命运，具有较为深刻的社会意义。纪实文学丛书描绘了上海 150 多年丰富多彩的历史画卷。文学批评丛书分为理论卷、思潮卷、评论卷、作家论卷等。收入各类理论批评文章 150 余篇，共约 190 余万字。

1999 年

1 月

3 日，《人民文学》第 1 期推出了"特别推荐"专栏，刊登"建国50 年征文"中的优秀作品，至第 8 期止。首期发表了陈丹燕的短篇小说《阳光下午才能照进来》。

5 日，《大家》发表卫慧的中篇小说《陌生人说话》。

5 日，《花城》第 1 期发表张旻的中篇小说《求爱者》。

5 日，《山花》第 1 期发表卫慧的短篇小说《跟踪》，孙里的散文《送别茹志鹃》。

5 日，《萌芽》第 1 期发表戴舫的诗歌《秘密》。

6 日，《当代小说》第 1 期发表张生的短篇小说《你一生见过几个医生》，葛红兵的短篇小说《你说你是谁》。

25 日，王安忆、程乃珊、袁鹰、孙甘露等人在《收获》第 1 期上"百年上海"专栏，陆续发表了随笔，至第 6 期止。

本月，《上海文学》第 1 期发表彭瑞高的中篇小说《六神有主》赵波的短篇小说《等待三十岁的来临》，丁丽英的短篇小说《孔雀羽的鱼漂》，西飏的文章《虚构之虚构》。

王安忆的短篇小说《小饭店》发表于《阳光》第 1 期，分别被《小说月报》第 4 期、《小说选刊》第 5 期选载。

3 月

1 日，《作家》第 3 期发表了张旻的中篇小说《王奇的故事》。

5 日，《萌芽》第 3 期发表丁丽英的随笔《美国乡下人》、潘向黎的随笔《在金钱问题上"毕业"》、任晓雯的诗歌《让我告诉你什么是诗》。本期开始开设陈丹燕的专栏《中国盒子》。

6 日，《当代小说》第 3 期发表潘向黎的小说《彩虹》。

20 日，《钟山》第 2 期发表王安忆的短篇小说《酒徒》。

25 日，《收获》第 2 期发表赵长天的中篇小说《以后再说》、程乃珊的随笔《上海先生》，贾植芳的随笔《上海是个海》。

本月，《上海文学》第 3 期发表卫慧的中篇小说《硬汉不跳舞》，丁丽英的短篇小说《该换一个机芯了》。

4 月

15 日，《长城》第 3 期发表格非的短篇小说《苏醒》。

17 日，《文艺报》发表茹志鹃的遗作《我写〈剪辑错了的故事〉的种种》。

25 日，《收获》第 3 期发表杨朱文颖的中篇《浮生》、张生的短篇小说《刽子手的自白》、谷野的散文《夜上海，由此开始：上海的宝善街时代》、黄裳的散文《上海的旧书铺》。

本月，《上海文学》第 4 期发表陈丹燕的短篇小说《无旗之杆》。

《文学报》月末版——《大众阅读》首发，并发表卫慧的小说《爱要怎么说出口》。

《天涯》第 4 期发表王安忆的短篇小说《剃度——屋顶上的童话五》。

5 月

本月，《上海文学》第 5 期发表王安忆的小说《喜宴》、《开会》以及创作随笔《生活的形式》。在文章中，作者说自己写农村，其实写的就是农村生活的方式，并且作者认为这样一种生活方式呈现出的是审美的性质，上升的形式。同期，还发表陈丹燕的小说《煤炉上的 Toast》。

《电视·电影·文学》第 5 期发表王安忆短篇小说《艺人之死》。

6 月

5 日，《山花》第 6 期的"自由撰稿人"专栏发表丁丽英的小说《到滨江大道的草坪坐一坐》以及随笔《自由的代价——自由撰稿人的生活》，蔡翔的随笔《语词》。

10 日，《北京文学》第 6 期发表《世纪留言》，包括叶永烈、叶辛等上海作家。还发表王安忆的短篇小说《青年突击队》。

15 日，《上海戏剧》第 6 期发表陆军的小剧场话剧《夏天的记忆》。

本月，《上海文学》第 6 期发表潘向黎的中篇小说《牵挂玉米》。

7 月

1 日，《芙蓉》1999 年第 4 期发表棉棉的《一个病人》。

25 日，《收获》第 4 期发表茹志鹃的中篇小说《她从那条路上来》及王安忆的随笔性评论《从何而来，向何而去》、吴亮的散文《地图与肖像》。

本月，《上海文学》第 7 期发表商河的短篇小说《幻美》、《火之诗》及创作谈《在缄默与诉说之间》。

8 月

本月，《大上海小说丛书》第二辑出版，包括以下 5 部作品：赵长天的《肇事者》、李肇正的《躁动的城市》、蒋丽萍的《水月》、陆星儿的《我儿我女》、史中兴的《暂憩园》，均以反映上海现实生活为主。

9 月

5 日，《芙蓉》第 5 期发表王安忆的中篇小说《飞向布宜诺斯艾利斯》。

5 日，《萌芽》第 9 期发表任晓雯的诗歌《城市和我的梦》

20 日，《钟山》第 5 期发表西飏的中篇小说《床前明月光》，张生的短篇小说《听听这个声音》。

25 日，《收获》第 5 期发表陆星儿的中篇小说《姗姗出狱》、孙甘露的散文《时间玩偶》。

本月，《上海文学》第 9 期发表张旻的短篇小说《第三次会面》。

卫慧的长篇小说《上海宝贝》由春风文艺出版社出版。其后不久便被禁止发行，认为该书"内容格调低下，宣扬虚无主义，低俗颓废的人生观，并夹杂淫秽内容"。出版社也因此受到处罚。一时之间，卫慧与《上海宝贝》引起了热议，其中不乏从道德角度对其贬斥的评论。也有学者给予肯定的评价，如吴义勤认为："卫慧的《上海宝贝》把女主人公在两个情人之间灵与肉、情与欲的冲突刻画得淋漓尽致，而大胆、坦白具有'身体快感'性质的叙事话语更是赋予小说以独特的'另类'品格。"（吴义勤：《新生代长篇小说对'中国叙事'风格的营构》，《文学报》2005 年 7 月 14 日）也有论者提倡"对《上海宝贝》及相关的身体写作现象，以及其引发出的对'女权主义'的矛盾立场，必须与 80 年代知识界的'文化热',知识分子重新想象'现代(性)'及其意变,以及受其影响的 80 年代以降妇女和社会性别进行分析。"(钟雪萍:《谁是女权主义者——由〈上海宝贝〉和"身体写作"引发的对中国女权主义矛盾立场的思考(上)》,郭英德主编:《励耘学刊·文学卷》2007年第 2 辑,第 48 页,学苑出版社 2008 年版)

本月,王安忆的中短篇小说集《隐居的时代》由上海文艺出版社出版。

10 月

1 日,《作家》第 10 期发表张旻的短篇小说《半道上》。

3 日,《人民文学》第 10 期推出"人民文学创刊 50 周年特辑"刊登王安忆小说《冬天的聚会》,黄宗英的散文《我背"长城砖"》、赵丽宏的散文《日晷之影》。

本月,《上海文学》第 10 期发表彭瑞高的中篇小说《叫魂》、茹志鹃的中篇小说《下乡日记》及王安忆的随笔性评论《谷雨前后,点瓜种豆》。

《北京文学》第 10 期发表王安忆的短篇小说《招工》。

11 月

5 日,《芙蓉》第 6 期发表棉棉的短篇小说《你的黑夜,我的白天》。

本月,《上海文学》第 12 期发表王安忆的短篇小说《花园的小红》。

《雨花》第 11 期发表潘旭澜的杂文《太平杂说》。

12 月

本月,《上海文学》第 12 期发表丁丽英的短篇小说《我们感谢什么吧》、朱金晨的诗歌《美丽的飘落》。

本年

谢有顺主编的"文学新人类"丛书第一辑由珠海出版社出版。包括《像卫慧那样疯狂》(卫慧著)、《迷花园》(朱文颖著)。此书为"70 后作家"正式出版的第一套丛书。

赵丽宏的散文集《赵丽宏自选集》(四卷)、《鸟痴》,由上海文艺出版社出版。

张远山的思想随笔集《永远的风花雪月,永远的附庸风雅》,由上海三联书店出版。

第二部分
文学活动与事件

1976 年

10 月

15 日，以周海婴为顾问的中华人民共和国鲁迅展览代表团一行 7 人，应中日文化交流协会和日本经济新闻社的邀请，乘飞机离沪前往日本仙台市参加中华人民共和国鲁迅展览会开幕式，并进行友好访问。

本月，《朝霞》丛刊和月刊停刊。《朝霞》杂志，包括《上海文艺丛刊》、《朝霞》丛刊和《朝霞》月刊。《上海文艺丛刊》是上海人民出版社于 1973 年出版的一本丛刊。第一辑名为《朝霞》。这个名字来源于这本丛刊中史汉富一篇同名小说。《上海文艺丛刊》随后改名为《朝霞》丛刊。1976 年，《朝霞》月刊最为突出的主题就是"批邓、反击右倾翻案风"。这一年，除了"八亿征帆战狂澜""千军万马追穷寇"等"诗歌"栏目之外，最值得一提的是，为了便于与"走资派"进行斗争，《朝霞》月刊从 1976 年第 1 期起，开辟了一个"朝霞随笔栏目"这个栏目从 1976 年第 1 期到第 8 期，共发表文章 13 篇。起作用就是对"走资派"、"修正主义"的战斗。（吴子林：《朝霞》："文革"后期文学的重要阵地——以《朝霞》月刊为研究中心 2014（2））

12 月

本月，上海戏剧学院在上海公演《雷雨》，该剧由朱端钧导演。

本年

本月，《少年科学》（月刊）创刊，它是结合科学性和趣味性的少年儿童的科普期刊，以小学高年级和初中学生为主要读者对象。

1977 年

1 月

7 日，上海市文化系统在人民剧场（今大舞台）隆重举行纪念周恩来总理逝世一周年大会。所属基层单位干部、群众 2 000 余人参加，缅怀周恩来的丰功伟绩，愤怒控诉"江青反革命集团"及其上海余党诬陷周恩来的滔天罪行。8 日，演出歌颂周恩来光辉业绩的文艺节目专场。

10 日—2 月 5 日，中共上海市文化局党委召开扩大会议，深入揭批查"江青反革命集团"的罪行。中央工作组陈锦华等参加会议。李太成调回市文化局主持清查工作。

3 月

27 日，为纪念《在延安文艺座谈会上的讲话》发表三十五周年，中国歌剧团演出歌剧《白毛女》，上海话剧团演出话剧《难忘的一九七六》。

28 日，上海芭蕾舞剧《白毛女》剧组应邀出访法国、加拿大。

5 月

27 日，为纪念《在延安文艺座谈会上的讲话》发表三十五周年，上海话剧团演出话剧《难忘的一九七六》。

6 月

8 日，上海市文化局在人民剧场（今大舞台）召开揭发控诉江青反革命集团迫害文艺工作者的罪行大会。

29 日，上海市文化局创评组邀请部分专业和业余文艺评论工作者观看《暴风雨中的烈火》《难忘的一九七六》《十月金风》等剧，讨论了如何围绕反映人民群众同江青反革命集团进行斗争的专题进行文艺创作。

30 日，上海市文化局组织喜剧专场演出。剧目有《关不住的一股劲》《处处有雷锋》等。话剧团、曲艺队、上影厂等单位 20 多人，围绕喜剧的矛盾冲突，以及表现手法等进行讨论。

8 月

27 日—9 月 2 日，市文化局召开揭批江青反革命集团亲信于会泳在文化系统的罪行座谈会。

11 月

28—30 日，《上海文艺》编辑部召开短篇小说创作座谈会。参加座谈会的有上海市业余作者 30 余人。老作家巴金参与会议。这次座谈会主要内容是学习粉碎"四人帮"问世后的优秀短篇小说《取经》，以及讨论其他两个短篇小说的初稿。通过学习和讨论，着重解决生活和创作的关系问题。短篇小说《取经》最早发表在《河北文艺》4 月号上，经《人民文学》当年 11 月号转载，引起广泛反响。

12 月

本月，《人民日报》编辑部在上海邀请巴金、于伶、柯灵、王西彦、茹志鹃等文艺界人士参加座谈会，继续揭发和批判"四人帮"炮制"文艺黑线专政"论的罪行。26 日《人民日报》发表了巴金的发言《除恶务尽，不留后患——揭批"四人帮"炮制"文艺黑线专政"论的罪行》。

《小朋友》在上海复刊。

1978 年

1 月

1 日，经上海市革委会批准，从即日起，原上海人民出版社的建制撤销，恢复上海市出版社、印刷、发行工作，恢复了上海人民出版社、上海文艺出版社、上海人民美术出版社、上海古籍出版社、少年儿童出版社、上海教育出版社、上海科学技术出版社、上海辞书出版社、上海译文出版社和原已建立的上海书画社 10 个出版社。

本月，上海戏剧学院戏剧研究室和表演系表演教研组联合召开揭露"四人帮"、重新评价斯坦尼斯拉夫斯基体系座谈会。这是打倒"四人帮"之后，我国戏剧界第一次举行关于斯坦尼斯拉夫斯基体系的座谈会。会议发言摘要发表在《戏剧艺术》创刊号上。

2 月

5 日，《文汇报》头版报道，春节前夕，中共上海市委宣传部举行了文学艺术和哲学社会科学工作者座谈会。巴金一些老中青文艺和哲学科学社会工作者参加会议并发言。会议坚决贯彻执行毛主席的"百花齐放，百家争鸣"的方针，旨在鼓励作家创作，打开因为"四人帮"所造成的不敢创作的局面。

21 日，上海市文联和所属各协会正式恢复活动。上海市文联召开主席团扩大会议，对今后一个阶段的工作进行研究和部署。上海市文联主席巴金主持会议。出席这次会议的有文联、作协、剧协等各协会的委员、主席、副主席、理事，及文艺工作者 90 多人。

3 月

13—14 日，上海作协召开座谈会，畅谈学习五届人大和五届政协文件的体会，讨论作协今明两年工作规划，并决定作协原有的小说散文、诗歌、文艺理论、电影戏剧、儿童文学、民间文学、古典文学、外国文学等八个小组陆续恢复活动。不少作家还在会上交流了自己的创作打算和深入生活的计划。吴强表示在创作迅速反映现实斗争的短篇小说的同时，继续完成反映抗日战争的长篇小说《堡垒》，剧作家于伶计划要写两个电影剧本和两个话剧，其中一个反映我党早年在上海斗争历史的剧本《开天辟地》已经脱稿。作家白薇计划再到河南黄泛区农场深入生活，续写《垦荒曲》第三部。作家们积极踊跃，纷纷表示争取创作优秀的作品以献礼三十周年国庆。

本月，上海戏剧学院学报《戏剧艺术》（季刊）创刊。第 1 期开辟关于专题讨论斯坦尼斯拉夫斯基体系，发表戏剧艺术研究室表演系表演教研组的文章《关于斯坦尼斯拉夫斯基体系的讨论》；同期发表顾仲彝的《谈"戏剧冲突"》、胡妙胜的《舞台美术的虚与实》和白桦的《历史的回顾与思考——创作〈曙光〉所想到的》。

4 月

1 日，《文汇报》报道了复旦大学中文系近期举办了"关于批判与继承问题"和"形象思维问题"的讨论会、报告会。

11 日，作协上海分会召开民间文学座谈会。与会者纷纷揭发控诉"四人帮"对民间文学和民间文学工作者的摧残和迫害，就民间文学如何更好地为实现新时期的总任务贡献力量，如何尽快重建民间文学工作者队伍，抢救由于"四人帮"长期摧残而面临失传危险的优秀民间文学传统作品谈了一些打算，并制订了初步的工作规划。出席座谈会的有民间文学研究工作者、新民歌和新故事作者和搜集整理者 40 多人。

5 月

本月，上海文艺出版社编辑出版的文学作品选读丛书之一《建国以来短篇小说》（上册）出版。该书选入了建国以来较为优秀的或有一定特色的短篇小说 41 篇，其中有马烽的《我的第一个上级》、王愿坚的《普通劳动者》、方之的《在泉边》、艾芜的《野牛寨》、杜鹏程的《工地之夜》、李准的《耕耘记》、玛拉沁夫的《花的草原》等，也包括一些新近创作的作品，如巴金的《杨林同志》、王汶石的《通红的煤》、刘心武的《班主任》、王子硕的《评功会上》。

6 月

16 日，上海《文汇报》"文艺评论"版开辟专栏"关于题材多样化问题的讨论（一）"，发表文艺短论：柯灵的《首先强调什么?》、宋大雷的《题材问题需要讨论一下》、沙叶新的《题材要不拘一格》、陈伯吹的《题材问题的管见》四篇文章。编者在按语中强调指出文艺作品的题材问题，被'四人帮'弄得十分混乱。有必要从理论、路线上澄清是非、肃清流毒，拨乱反正。柯灵在文章中指出："在文艺创作的题材问题上，当前首先应当强调什么? ——强调多样化，还是强调重大题材? 我的想法是首先强调多样化。理由如下：一，'四人帮'实行文化专制主义，疯狂反对毛主席'百花齐放，百家争鸣'的方针。提倡题材多样化，目的就是为了正本清源，拨乱反正，肃清'四人帮'的流毒，贯彻毛主席的文艺方针。二，题材多样化，包括重大题材在内。题材多样化并不排除重大题材，不应该把它们对立起来。"陈伯吹在文章中提出："在这上面，要有两点论：文学创作选取题材是一面，怎样剪裁、构思、写作是又一面。为高尔基所赞赏并支持的《教育诗篇》的作者马卡连柯曾经这么说：问题不在于写什么样的题材，而在于什么样的写法。这话对于文学创作及其题材来说是颇有启发的。"

20日，《文汇报》文艺评论专栏继续开辟"关于题材多样化问题的讨论（二）"，发表王西彦《更多样些，也更深刻些》、夏衍《关于〈李自成〉的一封信》（写于6月7日）、徐振辉、沈志冲《文艺要不要娱乐性？》、沈永宝《谈作家的生活根据地》四篇文章。王西彦在文章中提出："怎样从各个不同的角度，来反映我们宏伟灿烂的革命现实，满足广大读者认识丰富多变的革命现实的愿望，正是我们革命文艺工作者的历史任务。我们的专业和业余作者，经历不同，岗位各异，大家更具各自的生活经历，各自对现实的体验，采取各不相同的题材，就能形成我们社会主义文艺园地的繁荣景象。题材上的百花齐放，力求多样化，也正是时代的要求"。关于"题材和作品的深度问题"，作者要有"比较丰富的生活积累，也具备一定的观察、分析能力，还得有相当的艺术素养和技巧来表现。这三者互有关联，相辅相成。"

7 月

7日，《文汇报》第4版继续开辟"关于题材多样化问题的讨论"专栏（三），发表罗守让的《理直气壮地提倡写重大题材》、朱怿的《不必强调"重大"与"一般"》、陈绍伟的《题材多样化会导致资产阶级自由化吗？》、竣东的《"题材无差别"论，还是"题材决定"论——与宋大雷同志讨论》。罗守让在文章中提出："虽然题材大小并不能完全决定作品的好坏和优劣，但是，题材却无疑地仍然是和一部作品反映生活的深度和广度相联系着的。正像现实生活中的巨大事件常常牵动着亿万人的心一样，描写重大题材的文艺作品——如果这种描写是成功的话——是更能发挥它的作用和影响的"。"还应看到，强调写重大题材，可以更好地使文艺为当前的三大革命运动服务。重大题材，特别是现实的重大题材，直接地表现出我们现在所进行的重大斗争，表现出八亿人民在华主席领导下进行的浩浩荡荡的新长征，表现出我们时代的风貌，正是革命文艺的极其重要的任务。"至于"什么是重大题材和比较重大的题材"，"一些人似乎是将重大题材看得太死太窄了。重大题材是和一般题材相比较而言的，不能搞绝对化，搞形而上学。""我们要从过去对所谓重大题材的狭窄的认识中走出来，从而正确地去认识和描写今天的现实生活向我们提供的丰富的重大题材。"

本月，作家协会上海分会与《上海文艺》编辑部在复旦大学中文系联合举办短篇小说创作辅导讲座，内容主要有文学创作基础知识、中国和外国一些作家的作品分析、新人新作的评介，共分20次讲，每周一讲。

8 月

3日，《文汇报》继续开辟"关于题材多样化问题的讨论"专栏（五），发表了艾明之的《题材随想》、秦牧的《太阳光下的一滴滴水珠》、薛允璜的读者来信，他们以随笔的形式发表了对题材多样化的看法。

22日，《文汇报》以《评小说〈伤痕〉——来稿摘登》为题，发表了陈思和的《艺术地再现生活的真实》、朱祖贻的《好就好在真》、顾云卿的《需要这样的"人情味"》、马勇前的《这是否也是一种"伤痕"》、唐宝根的《为什么把它当作真实的故事》、徐徇的《美中不足》、许锦根的《应当塑造出各种各样的人物》、翁思再的《悲剧是禁区吗?》、赵文献的《血和泪的控诉》、赵乃炘的《意料之外　情理之中》10篇读者来稿，引发了对这篇作品的讨论。

9 月

11日，新华社上海报道，上海市煤气公司助理技术员桑伟川得到彻底平反。他曾因写了一篇评论《上海的早晨》的文章，遭到张春桥一伙残酷迫害，被非法判处七年徒刑。

本月，在《上海文艺》编辑部的大力协助下，《文艺报》在上海邀请部分专业、业余作家和文艺理论工作者举行了三次座谈，就有关揭批"四人帮"的短篇小说创作问题进行了讨论。与会者有60多人，《上海文艺》编辑部负责人钟望阳、肖岱、张军以及《光明日报》、《解放日报》、《文汇报》、上海文艺出版社等新闻出版单位的有关编辑、记者也参加了座谈。会上讨论了自《哥德巴赫猜想》、《班主任》等问世以来文艺创作领域相继出现的一批揭露批判"四人帮"的小说，着重讨论了"生活真实与艺术真实"、"暴露'四人帮'的罪行与正确反映文化大革命"、"能不能写悲剧"、"恢复现实主义传统与坚持革命现实主义与革命浪漫主义相结合的创作方法"、"解放思想，冲破禁区，'百花齐放，百家争鸣'"这四方面内容。绝大多数与会者认为：这些短篇小说的总的政治倾向是好的，是打倒"四人帮"以后文艺创作中的可喜的新收获；尽管这些作品在不同程度上都还存在着这样或那样的缺陷和不足，但我们应该采取欢迎、鼓励、扶植、帮助的态度，使它进一步提高和发展。

中国作协上海分会与少年儿童出版社联合举办儿童文学创作讲座。

上海美术电影制片厂摄制的动画片《大闹天宫》（上、下集）在英国第 22 届伦敦国际电影节获最佳影片奖。

文化部艺术教育司在上海戏剧学院召开表演教学研讨会。来自京沪两地 20 多位戏剧艺术家、理论家围绕斯坦尼斯拉夫斯基体系问题进行了研讨。会议持续到 11 月初。座谈会由李超主持。主要讨论了两个问题：一、在从新中国成立到"文革"的 17 年当中，表、导演教学究竟是黑线专政还是红线专政？二、如何建立我们民族的表、导演体系？两个问题均涉及如何对斯坦尼斯拉夫斯基体系进行评价的问题。

12 月

29 日，撤销上海话剧团建制，恢复上海人民艺术剧院和上海青年话剧团。

本年

散文集《十月长安街》由《散文选析》组编辑、上海教育出版社出版。天鹰的《1958 年中国民歌运动》由上海文艺出版社再版。《东港谍影》（孟森辉、周云发、陈镇江编剧，沈耀庭导演，上海电影制片厂）、《失去记忆的人》（杨时文、斯民三、周泱编剧，黄佐临、颜碧丽导演，上海电影制片厂）上映。

1979 年

1 月

18 日，中共中央宣传部（简称中宣部）在北京召开全国理论务虚会议，从理论上拨乱反正，取得重大收获，3 月 30 日邓小平作了讲话，提出"坚持四项基本原则"的指导思想。上海与此会同时，也召开理论务虚会，会议贯彻了中宣部会议精神。

本月，《革命故事会》恢复原刊名《故事会》。从本年第 1 期起，仍为双月刊，每逢单月出版。"《故事会》尽力在通俗与高雅之间打开一条通道，通俗但不媚俗，高雅绝不高悬。"（沈国凡：《故事会：一本中国期刊的神话》，上海社会科学院出版社，2003 年 12 月）

《学术月刊》复刊，王亚夫继续担任总编辑。

2 月

10 日，上海人民艺术剧院《彼岸》剧组赴北京参加国庆 30 周年献礼剧目调演。

10 日，上海市文化局在上海艺术剧场召开文化系统 1978 年度先进集体、先进工作者大会，对 9 个先进单位、34 个先进集体、202 名先进工作者颁发奖品、奖状。

14 日，上海师大和上海师院中文系联合举办，由全国 23 个省市、71 个单位、120 多人参加的典型问题学术讨论会在上海师大举行。在怎样认识艺术典型的问题上，复旦大学的蒋孔阳认为：典型是反映了社会某些本质规律，并取得一定成就的艺术形象。有一些人则认为：典型是通过鲜明独特的个性，体现一定阶级、阶层、社会集团某些本质和历史规律性的艺术形象。讨论还围绕着典型性、共性、阶级性的关系展开了讨论。姚雪垠在给会议寄来的信中认为：在阶级性和所谓人性的关系上，要解放思想，敢于冲破形而上学的禁区。这里，既要看到阶级间的矛盾对立，又要看到阶级间的相互依存，既要认识到阶级间对立的道德标准和美学观念，又要看到不同的阶级间还有共同的道德标准和美学观念，并且也要承认阶级性反映在个人的心理、感情、性格中是非常曲折的，有时要受到各种因素的影响和制约，甚至还不能摆脱动物本能的作用。(《关于艺术典型的论争》，《文汇报》1979年2月14日)

29日，《文汇报》刊载《总结建国三十年来的文艺运动〈中国当代文学史〉大纲讨论会举行》一文，介绍在上海举行的《中国当代文学史》大纲讨论会有关情况。该讨论会编写组的成员以及来自全国四十多所高等院校与有关单位的近百人参加了座谈会。教材编写组顾问、中国社会科学院文学研究所副所长陈荒煤就建国以来文艺运动发展过程中的一些重要问题发表了自己的看法。此书是教育部根据全国文科教材编写规划，委托北京师范大学、北京师范学院、西北大学、吉林师范大学、哈尔滨师范学院、武汉大学、武汉师范学院、华南师范学院、南京大学、上海师范学院十所高等院校协作编写的。

3月

6日，上海市文化局在少年宫剧场召开大会，为在"文化大革命"中"破坏革命样板戏"的三大冤案(指谈元泉案件、《白毛女》文艺小分队案件和洪富江、施春年案件)的受害者进行平反昭雪。

4月

20日，《上海文学》第4期上发表该刊评论员文章《为文艺正名——驳"文艺是阶级斗争的工具"说》，文章梳理了"文艺是阶级斗争的工具"这个口号形成和流传的过程，并分析了其产生的社会历史根源。"'文艺是阶级斗争的工具'这个提法，如果仅仅限制在指某一部分文艺作品(对象)所具有的某一种社会功能这个范围内，那么，它是合理的。如果把对象扩大，说全部文艺作品都是阶级斗争的工具，说文艺作品的全部功能就是阶级斗争的工具，那么，原来的合理就成了歪理。""只有把文艺与生活的关系作为首先的和基本的关系来考察的文艺观，才是唯物主义的文艺观"，"我们的文艺要真正打碎'四人帮'的精神枷锁，'解'而得'放'，迅速改变现状，满足群众的需求，就必须对'文艺是阶级斗争的工具'这个恶口号进行拨乱反正的工作"。《上海文学》第6—11期开辟"关于《为文艺正名》的讨论"专题，各地报刊也就此问题展开讨论，不同意见明显形成赞成"工具论"和反对"工具论"两大阵营。王得后认为，"在阶级社会中，文艺作品的真实性、思想性、艺术性同阶级性的关系，不是各自独立的，更不是对立的，事实上，阶级性是基本的、主导的属性，它渗透于真实性、思想性和艺术性之中。因此，文艺作品的认识作用、教育作用和审美作用都不是非阶级的和超阶级的，而是建立在阶级性基础上的，而是带着阶级性的。所以，'文艺是阶级斗争的工具'乃是阶级社会中文艺的本质属性。"（王得后：《给〈上海文学〉评论员的一封信》，《上海文学》，1979 年第 6 期）张居华认为，"在存在着阶级矛盾和阶级斗争的社会里，一切文学艺术都是阶级斗争的形象的工具，这是一条不依人们的意志为转移的客观规律，是不容否定的马克思主义文艺理论、毛泽东文艺思想的基本原则。否定文艺是阶级斗争的工具，就是否定文艺事业应当成为无产阶级总的事业的一部分，成为整个革命机器中的'齿轮和螺丝钉'，因而就是否定无产阶级的党的文学原则。"（张居华：《坚持无产阶级的党的文学原则——"文艺是阶级斗争的工具"不容否定》，《上海文学》，1979 年第 7 期）而肖平则认为，"文艺是阶级斗争的工具，只是特定历史时期文艺的社会作用的特殊表现，而不是文艺的本质。把特殊现象当做本质是错误的，这样就不能解释文艺的全部现象，特别是会对文艺创作实践产生极为不良的影响。"（肖平：《文艺理论也应随实践发展》，《上海文学》，1979 年第 8 期）随后 10 月 20 日，《上海文学》第 10 期继续发表相关问题的讨论，包括方克强的论文《斥"养活说"》、罗竹风针对《为文艺正名》所作的《文艺必须正名》。《文艺必须正名》表达了如下观点：第一、"文艺是阶级斗争的工具"说，从来就是不够全面、不够准确的，因为它把文艺的一种性能无限夸大了，以偏概全，不符合文艺的固有规律，因而是不科学的。第二、故意使阶级斗争扩大化激化，是有百害而无一利的，实践已经充分证明了这一点。第三、人类的生活是多方面的，也是丰富多彩的，阶级斗争不过是生活海洋中的水，不能以局部代替全体。谁也不能硬说，生活等于阶级斗争。不能把反映生活的文艺作品，简单化地概括为"阶级斗争的工具"。第四、现在阶级斗争虽然还存在，但是性质不同了，规模也大为缩小了，文艺作为生活的反映，不能局限在这个非常狭小的天地里。11 月 20 日，《上海文学》第 11 期发表徐中玉针对《为文艺正名》发起的讨论《文艺的本质特征是生活的形象表现》。

本月，从《当代美国短篇小说集》开始，"外国文艺丛书"陆续由上海译文出版社出版。它介绍了当代主要国别短篇小说集和《都柏林人》《第二十二条军规》等 50 多种作品。

5 月

12 日，上海市文化局在文化广场举行慰问汇报会，由赴云南、广西慰问自卫反击战的英雄部队演出归来的剧团代表丁是娥、王文娟、王正屏、杨玉蓉等汇报英雄事迹和学习体会。市宣传、财贸、教卫、工、青、妇等系统约 8 000 余人出席大会。

本月，当代文学作品集《重放的鲜花》由上海文艺出版社出版，印数达 100 000 册。其中有流沙河、王蒙、邓友梅、宗璞等 17 位作者的 20 篇作品，包括诗歌、小说、特写等。

6 月

29 日，上海社联召开深入讨论真理标准问题座谈会，夏征农、陈沂出席并讲话，顾理、钦本立、李佐长、陈章亮、周原冰等发言。同日，市委党校也召开真理标准问题讨论会。大家认为，上海关于真理标准的讨论不深不透，要更好地贯彻中共十一届三中全会精神，必须补上这一课。

30 日，上海市文化系统右派改正工作告一段落。

本月，北京大学、北京师范大学、北京师范学院中文系中国现代文学教研室共同主编的《新诗选》由上海教育出版社出版。该书从属于《中国现代文学史参考资料》丛书，作为中国现代文学史的教学参考书。编于本书的作品，限于我国新民主主义革命时期创作的属于新文学范畴的新诗，以新诗发展史上重要诗人及其他有一定影响的短诗为主，酌情考虑革命烈士的新诗和民歌，对于所谓资本阶级诗歌流派的作品，少量选入。全书收录了李大钊、郭沫若、胡适、冯至、闻一多、朱湘、李金发、戴望舒、冯文炳、徐志摩、卞之琳、何其芳、艾青、臧克家、郭小川、穆旦、贺敬之、张志民、杜运燮、李瑛、铁衣甫江、雁翼、韩笑、王老九等共 207 位诗人的作品。

上海社会科学院的学术刊物《社会科学》创刊。

7 月

本月，有关领导部门在上海召开两次关于瞿秋白评价问题的座谈会，对瞿秋白《多余的话》的真伪，瞿秋白与鲁迅等问题进行讨论。认为瞿秋白的一生是"功大于过"，应实事求是做出公正的结论。

上海译文出版社主办的《世界之窗》（双月刊）创刊。

8 月

2—10 日，《上海文学》参与在长春市和吉林市举行的部分省市文艺期刊负责人座谈会。参加的其他文艺期刊还有：《长春》、《雨花》、《延河》、《作品》、《湘江文艺》、《安徽文学》、《北方文学》、《奔流》、《鸭绿江》、《长江文艺》、《东海》。新华社、中央人民广播电台、《文艺报》、文化部文艺研究院理论政策研究室、光明日报、《文艺研究》、《文学评论》、《人民文学》、中国青年出版社、新华社吉林分社、《十月》丛刊，以及《社会科学战线》、《新苑》丛刊、《江城》、《延边文艺》、《芒种》、《春风》月刊都分别派负责同志、编辑、记者，参加了会议。与会者认为："粉碎'四人帮'，特别是党的十一届三中全会以来，文艺战线的形势是好的"，但是，"最近几个月来，社会上出现了'左'、右两股思潮。尤其是极左思潮，妄图否定党的三中全会精神。大家认为：《河北文艺》六月号发表的《'歌德'与'缺德'》一文，就是这种极左思潮的产物。""与会同志表示，在文艺界当前这场大论战中，要抓住《纪要》，联系实际，狠批极左思潮。""会议一致认为，继续解放思想，坚定不移地贯彻双百方针，是进一步办好文艺期刊的关键所在。"（记者吴泰昌：《把文艺刊物办到人民心里去——记部分省市文艺期刊负责人座谈会》，《文艺报》1979 年第 9 期；记者阿红：《继续解放思想　繁荣文艺创作——部分省、市文学期刊举行编辑工作座谈会》，《鸭绿江》1979 年第 9 期）

4 日，《文汇报》刊载《上海市文联和戏剧界人士就〈"歌德"与

"缺德"〉一文分别举行座谈会 警惕春天里的冷风促进文学艺术繁荣》一文。该文介绍了 8 月 3 日上海市文联举行大型座谈会，讨论《"歌德"与"缺德"》的有关情况。参加座谈的有来自上海文学、电影、戏剧、音乐等界的 50 人，巴金到会并作了发言。会议由巴金和钟望阳主持，中共上海市委副书记、市委宣传部部长陈沂出席了会议，并讲了话。许多人指出，正当文艺界在三中全会和五届人大二次会议精神鼓舞下，解放思想、打破禁区，为繁荣社会主义文艺而努力工作的时候，出现了这样的文章，这是一股与当前的形势以及广大文艺工作者的心愿极不和谐的冷风。由这篇文章引起的讨论，是文艺界一场大是大非的争论，它涉及思想路线上的问题，涉及文艺界的领导权掌握在谁手中的问题，因此应该引起我们的足够重视。

9 月

2 日，《红旗》第 9 期开辟"关于党如何领导文艺工作的讨论"专题，发表中共上海市委宣传部和该刊文艺部邀请上海部分文艺工作者举行的文艺座谈会上的发言：吴强《创作上的疑点感受》、罗竹风《批评与棍子》、唐振常《看电影与听报告》等文章。

20—29 日，上海文艺出版社邀请来自北京、陕西、四川、河北、辽宁、浙江、江苏及上海的故事工作者和从事故事理论研究的人员 30 余人在上海文艺会堂召开了新中国成立以来第一次全国性的故事工作者座谈会。

23 日，市文联、市文化局、市电影局、市出版局联合举办文艺界知名人士欢庆国庆 30 周年座谈会。中共上海市委书记彭冲及各单位负责人等 300 余人出席会议。

25 日，中国作协书记处举行会议，通过吸收新会员的决议，吸收了四百五十二名新会员，包括上海作家宗福先、卢新华等。这是中国作家协会在粉碎"四人帮"后恢复工作以来，吸收的第一批会员。

10 月

本月，《闻捷专集》由复旦大学中文系编印。本书系"中国当代文学研究资料"之一种。

11 月

22 日，《汉语大辞典》编纂处在上海成立。

本月，唐弢主编的《中国现代文学史》（1—3 册）由上海人民出版社出版。

12 月

本月，少年儿童出版社在上海召开儿童中长篇小说创作座谈会，号召作家们为小读者们多创作反映新时期生活的中长篇小说。

本年

被多年打入冷宫的中国现代文学史上著名作家郁达夫的小说《沉沦》《春风沉醉的晚上》、姚雪垠的《差半车麦秸》、丁玲的《莎菲女士的日记》、俞平伯的散文《桨声灯影里的秦淮河》、陈独秀的论文《文学革命论》等作品陆续与读者见面，这是上海教育出版社出版的《中国现代文学史参考资料》中的一部分。

本年上映的由上海制片厂制片的影片主要有：《苦恼人的笑》《从奴隶到将军》等。

本年摄制的由上海制片厂制片的影片主要有：《巴山夜雨》《天云山传奇》（谢晋导演）等。

同年，上海社会科学院文学研究所组织专业人员开始着手上海"孤岛"文学的研究工作。

1980 年

1 月

23 日—2 月 13 日，中国戏剧家协会、中国作家协会、中国电影家协会在京联合召开全国剧本创作座谈会。会上结合《假如我是真的》（又名《骗子》）、《在社会的档案里》、《女贼》等有争议的剧本，就近年来戏剧和电影剧本创作中出现的一些新情况和新问题，以及当前文艺创作题材、作家的职责、作品的社会效果等几个重要理论问题，交换意见，展开了自由、热烈的讨论。中共中央政治局委员、中央宣传部部长胡耀邦同志在会议结束前作了长篇重要讲话。

本月，文汇报社创办《文汇增刊》，翌年1月改名为《文汇月刊》。

3月

本月，由上海总工会主办的文艺月刊《工人创作》创刊。创刊号上发表了工人作者唐克新、费礼文、李根宝、郑成义、赵长天等人的文章。茹志鹃发表了创作谈。

5月

本月，为纪念上海解放31周年，上海人民艺术剧院在沪演出十场话剧《陈毅市长》，编剧沙叶新，演出顾问曹漫之，艺术指导黄佐临，导演胡思庆，魏启明饰演陈毅。剧本发表在《剧本》第5期上。

6月

5日，由上海文汇报《文汇增刊》举办的第一届"文汇电影奖"颁奖会在上海市市政府大礼堂举行。《啊！摇篮》、《归心似箭》、《小花》获最佳电影奖，影片《从奴隶到将军》的编剧梁信获最佳编剧奖。

本月，全国高等学校文艺理论研究会在上海创办《文艺理论研究》（季刊）。

本年

草创于1978年的黄浦区文化馆诗歌组正式成立，赵丽宏担任组长。诗歌组曾先后编印过《黄浦文艺》《黄浦诗叶》《黄浦江诗会》和《城市诗人》报等多种油印和铅印报刊（内部交流），举办过多种大型诗歌朗诵会。1986年和1989年，黄浦区先后举办过两届"黄浦艺术节"，诗歌组奉献出两本合集，即《浦江魂——献给首届黄浦艺术节的诗》和《花的长街——献给上海市第二届黄浦艺术节的诗》。两本书分别由赵丽宏、桂兴华作序，收抒情诗45首和70首。黄浦区文化馆诗歌组乃上海城市诗人社。正式成立后的城市诗人社第一任诗社名誉社长为黄浦区文化馆领导刘健；社长为缪国庆，副社长为赵国平、梁志伟；秘书长为钱蕴华；理事有桂兴华、陈放、王成荣、董景黎、俞聪、王玉意、陈柏森等。

1981 年

1 月

1 日，上海市作协主办的青年文学刊物《萌芽》正式复刊。

15—19 日，上海市文化局召开创作会议。

本月，上海文艺出版社《电影与戏剧》第一辑刊登了北京广播学院电视系教授任远署名汉生的《电视剧杂谈》一文，被认为是我国第一篇将电视剧作为独立艺术形态加以阐释的理论文字。

3 月

12 日，《光明日报》发表巴金的文章《现代文学资料馆》，阐述创办现代文学馆的建议。

24 日，1980 年全国优秀短篇小说评选结果揭晓，发奖大会在京举行。周扬、夏衍、张光年、贺敬之、陈荒煤、林默涵、刘白羽等文艺界领导以及文艺界人士 500 多人出席大会。张光年致开幕词，周扬作重要讲话，何士光代表获奖作家发言。其中，在上海期刊上发表的作品有：张弦的《被爱情遗忘的角落》，发表于《上海文学》1980 年第 1 期。

4 月

2 日，综合性文学周报《文学报》在上海创刊。该报是我国文坛、报坛第一张大型综合性专业文学报纸。《文学报》的办报宗旨是迅速报道国内外重大文坛信息，评介作家精品力作，扶持文学新人，开展文学批评，繁荣文学创作。

5 月

27 日，第二届"文汇电影奖"授奖仪式在上海举行，《巴山夜雨》、《天云山传奇》、《法庭内外》获最佳故事影片奖。

本月，上海文艺出版社创办大型文学期刊《小说界》（双月刊）。

《电视·电影·文学》杂志独立出版，它原本是《萌芽》的增刊。是全国唯一一家集电视、电影、文学三位一体的大型综合性文学双月刊。开风气之先，发行量高达 36 万。

6 月

11 日，市文化局召开上海市创作题材规划座谈会，市、区文化部门的领导和文艺团体的创作人员 350 多人参加。

13 日，中共上海市委副书记、宣传部长陈沂作关于加强文艺创作的专题报告。

13 日，《文汇报》发表了李黎同志与艾青同志商榷的文章《"朦胧诗"与"一代人"》，该报编者在按语中说，艾青同志的文章发表后，"在一部分诗歌爱好者和读者中引起热烈议论。许多同志来稿，赞赏艾青同志对朦胧诗的分析，也有同志对艾文提出了不同的看法。"关于朦胧诗，李黎认为"诗人标新立异的文学现象，从社会与文学发展的长河来看，却总是'应运而生'的。"李黎在分析了朦胧诗产生的社会条件后认为"朦胧诗孕育于我国的社会生活之中，出自我国诗人之手，用的是汉语的思维方式与表达方式。""艺术美感的性质，决不属于纯粹客体的性质，而是二者的结合，其中诗人的主观因素又是起主要和决定的作用的。""尽管诗人是按照'我'对生活的独特感受来描绘生活，但整个人类的情感却是惊人地相通的。"关于如何理解看不懂的问题，李黎认为，一种新的诗歌流派刚一出现，由于从形式到内容都与传统的表现手法有很大不同，而读者多年来的阅读习惯已经养成，接触到的都是直观，具体，激情外露，不用深思，不需读者艺术再创作就可以懂得的作品，因此，现在面对这样一种全新的诗歌形式，就会"读不懂。""但是作为一个真正的艺术家、诗人，却决不会仅仅为了投合读者传统的欣赏习惯，而放弃真理，放弃自己应有的艺术追求。"

9 月

14 日，上海鲁迅纪念馆经过整修，增添了 170 多件珍贵文物，在鲁迅百年诞辰举行"鲁迅生平陈列"展览。9 月 24 日，纪念鲁迅诞辰 100 周年，中共市委领导、文艺界人士等 150 人，前往鲁迅墓地举行扫墓献花。9 月 12 日—10 月 20 日，演出芭蕾舞《阿 Q 正传》、《伤逝》、《魂》，越剧《鲁迅在广州》，滑稽戏《阿 Q 正传》等 4 台剧目，演出 35 场。

15 日，以巴金为团长，由中国笔会中心理事朱子奇、叶君健、毕朔望、中国上海笔会中心理事杜宣、中国广州笔会中心理事黄庆云等九人组成的代表团，出席了在巴黎——里昂举行的国际笔会第十五届大会。

本月，《1980 年全国优秀短篇小说评选获奖作品集》由上海文艺出版社出版。

10 月

本月，为隆重纪念辛亥革命七十周年，上海青年话剧团上演了《孙中山与宋庆龄》、上海人民艺术剧院上演了《鉴湖女侠》。

11 月

本月，由中国民间文艺研究会上海分会主办的《民间文艺集刊》在上海创刊，始为半年刊。邹韬奋主编的《生活日报》和《大众生活》（香港版）由上海书店影印出版。

12 月

18—22 日，中国作协第三届理事会第二次会议在北京举行。冯至主持了会议。会上选举时年 80 岁的巴金为中国作协主席。

29 日，《文学报》编辑部召开"问题小说"座谈会，就"问题小说"的产生、发展和存在等问题展开讨论。此后该报开辟专栏发表这方面的讨论文章。

本月，少年儿童出版社创刊大型儿童文学丛刊《巨人》，主编包蕾、陈伯吹、贺宜。

1982 年

1 月

本月，在《文学报》上开辟讨论专栏，连续发表三十余篇文章，就"问题小说"展开争鸣探讨，至 6 月 17 日告一段落。讨论的主要观点有：

一、关于"问题小说"的提法，一些学者表示赞成。吴欢章认为，我们现在所谈的"问题小说"，有它的特殊性，不能一般地看。应当重视粉碎"四人帮"以后新旧交替的历史时期的特点，关注社会转折过程中各种矛盾尖锐。这类"问题小说"是值得研究的。（《"问题小说"应当深化》）。张炯认为，问题小说作为一个品种出现在小说创作中，正像爱情小说、讽刺小说、心理小说等等一样，都是从写人生的小说中逐渐分蘖出来的。问题小说的产生和发展，是世界性的文学现象。粉碎"四人帮"以来，相当数量的问题小说涌现出来。但是并不主张所有的小说家都去写问题小说，但问题小说作为创作中的一个品类，作为文学园苑中的一枝独放的花卉是不应该被鄙薄或被贬斥的（《关于问题小说》）。张韧在分析当前文学创作的现状之后，认为在中短篇小说创作中，问题小说仍然占有令人瞩目的地位。问题小说并没有到了结使命的地步（《问题小说与当前的文学创作》）。

另一些观点则不赞成"问题小说"的提法，如石方禹不赞成"问题小说"的提法，认为，文艺既然是描写社会生活中的人的，因此必不可免地总要触及社会生活中或社会关系中的许许多多、大大小小的问题，这也就是触及人生。社会生活是总的概念，其中必然包括社会问题，相反，只提社会问题，这很难概括全部社会生活（《问题小说与干预生活》）。刘金也不赞成"问题小说"的提法，认为文学创作对象是人，作家应当从描写人出发去揭示提出社会生活中的矛盾，或者叫问题，而不是把写人和写问题的关系颠倒（《应当鼓起人民解决问题的勇气》）。刘叔成认为，写"社会问题"与写"人生"的提法毕竟是有区别的。写"社会问题"，着重的是较为抽象的思想观念，而写"人生"强调的则是具体、形象、充满生气的人的命运。他反对因这一提法产生的误解，乃至使得作品产生概念化的倾向。他提倡文学创作中写"人生"与写"社会问题"的统一。（《对"写人生"的补充》）介于上述两种意见之间，蒋孔阳认为，写人生和写问题本身并无什么矛盾，既然创作，作家就是思想家，不可能不接触问题。所以人生和问题是无法分开的。作家要从生活出发，深入生活，在生活中发现问题，发现矛盾，在生活中解决遇到的人生问题（《写人生和写问题本身并无矛盾》）。

二、关于"问题小说"的创作及深化问题。秦兆阳认为，不能对

"问题小说"一律持反对态度。历史上不少作家的作品是写问题的。在粉碎"四人帮"、拨乱反正的时候，出现了不少"问题小说"，作者看到了落实政策、体制改革等方面出现的问题，群众又感兴趣，于是就赶紧写。这样的作品对克服改革中的阻力，反映一些问题，是有一定作用的，也是需要的。秦兆阳也提出了批评意见，认为这些作品不重视写人、人物个性不突出，形象不丰满，不能深深地打动人。(《努力塑造生动感人的人物形象——记秦兆阳关于问题小说的一次谈话》)。鸿猷、立元对冯骥才的两篇作品作了对比分析，认为只要坚持现实主义真实性的原则，坚持真实性与倾向性一致的原则，无论是写问题还是写人生，都不会通向概念化的死胡同(《"问题小说"的生命力何在——从冯骥才作品谈起》)。作家胡万春、周嘉俊等联系自己的创作实际发表意见认为，不必忙着给自己画地为牢，也不必把自己定为写"社会问题"的小说家，还是从现实生活出发，沉到生活的旋涡中去，努力塑造好社会主义的新人(《现实生活决定我的创作》《沉到生活涡中去》)。叶孝慎指出，"问题小说"带有先天的缺陷，其问题有三，一是"问题"大于形象，派生出"主题先行"。二是问题小说，容易失之偏颇。三是问题小说提出的问题争议很多、措辞偏激(《问题小说有先天缺陷》)。

2 月

本月，由上海美术电影制片厂摄制、阿达导演的美术片《三个和尚》获西柏林第 23 届国际电影节的短片银熊奖。

3 月

15 日，意大利驻华大使塔马尼尼到上海巴金寓所宣布 1982 年"但丁国际奖"授予巴金一事。

22 日，1981 年全国优秀短篇小说奖发奖大会在北京举行。上海当选作品名有：《黑娃照相》(张一弓，《上海文学》第七期)、《本次列车终点》(王安忆，《上海文学》第十期)。

5 月

12 日，上海获剧本优秀创作奖的作品《秦王李世民》《陈毅市长》《母与子》《路灯下的宝贝》《唐太宗》《血总是热的》等的作者，赴京参加授奖大会。

8 月

1日,《上海文学》第8期在"关于'现代派'的通信"专栏里刊登冯骥才、李陀、刘心武之间对高行健的《现代小说技巧初探》一书的评价意见,由此引起关于"现代派"问题的争鸣。这三封信是:《中国文学需要"现代派"!——冯骥才给李陀的信》、《"现代小说"不等于"现代派"——李陀给刘心武的信》和《需要冷静地思考——刘心武给冯骥才的信》。冯骥才表示"我们需要'现代派',是指社会和时代的需要,即当代社会的需要;所谓'现代派',是指地道的中国的现代派,而不是全盘西化、毫无自己创见的现代派。"李陀认为"西方现代派文学的表现技巧是很复杂的一个体系。"要"注意吸收、借鉴西方现代派小说中有益的技巧因素或美学因素。"刘心武则提示不仅要从全世界文学发展的总规律上去看问题,也要充分地从相对而言的微观角度——即制约现代中国文学发展的特殊规律的角度看问题。

12 月

7日,作家苏青逝世,享年69岁。苏青于1943年发表的长篇自传体小说《结婚十年》,因其中的大胆描写毁誉纷纷。小说出版单行本以后,半年内再版九次。作为三四十年代海派文学女作家的代表人物,与张爱玲"珠联璧合",红极一时。当时被称为"上海文坛最负盛誉的女作家"。曾主办《天地》杂志,创办《小天地》杂志及四海出版社。1949年后留居上海,担任越剧团专职编剧。1954年《宝玉与黛玉》演出连满300多场,创剧团演出最高纪录。"文革"中多次受批斗。

本月,《申报》由上海书店开始影印出版,每套印400册,于1987年10月出齐。

本年

6月和12月,复旦大学召开两次"中国文化史研究学者座谈会",是新中国建立以后中国大陆首次举行的关于文化史研究的专题学术会议。年内上海还举行全国性的东西方文化比较研究学术讨论会,成立了上海东西方文化比较研究中心,周谷城任名誉主席,王元化任主席。在全国"文化热"的形成中发挥了重要作用。

上海师范学院（现上海师范大学）中文系部分教师开始研究抗战时期沦陷区文学。

《萌芽》杂志设立"《萌芽》文学创作荣誉奖"，获奖作品作为"《萌芽》丛书"发行。

上海文艺出版社出版《叶圣陶论创作》。

中国民间文艺研究会上海分会编《民间文艺集刊》（二）、《民间文艺集刊》（三）由上海文艺出版社出版。

钟敬文《钟敬文民间文艺学集》（上、下）由上海文艺出版社出版。

袁珂《神话论文集》由上海古籍出版社出版。

1983 年

1 月

16 日，中国电影文学学会在上海成立，林杉任会长。

2 月

1 日，上海市文化局改革创作人员的管理办法，在上海艺术表演团体中开始全面试行首演报酬制。凡首次公演的剧目、节目都将付给作者一次性首演酬金。

3 日，上影厂摄制，吴贻弓导演的影片《城南旧事》在日、意、美、苏、法、中等 21 个国家的 22 部影片的角逐中，以压倒性票数荣获第二届马尼拉国际电影节最佳故事片的"金鹰奖"。这是国产故事片在"文革"后首次在国外获奖。

3 月

16 日，中国作家协会主办的全国第一届（1979—1982 年）新诗（诗集）奖、第二届（1981—1982 年）报告文学奖、1982 年短篇小说奖、第二届（1981—1982 年）中篇小说奖的评奖结果揭晓，84 位作者的 75 篇（部）作品获奖。获奖的上海作家作品有：优秀新诗（诗集）一等奖：《归来的歌》（艾青）；优秀报告文学奖：《橘》（黄宗英）；优秀中篇小说奖获奖作品：《流逝》（王安忆）。

25日，《人民日报》第三版发表巴金的《文学创作的道路永无止境——在全国四项优秀获奖作品授奖大会上的讲话》。

本月，尹在勤、孙光萱合著的《论贺敬之的诗歌创作》由上海文艺出版社出版。

4月

本月，《大众电视》举办第一届"大众电视金鹰奖"。叶辛编剧的《蹉跎岁月》获得了优秀电视连续剧奖。

5月

1日，《上海文学》杂志社编辑部举办首届"《上海文学》奖"。

7日，法国总统弗朗索瓦·密特朗在上海展览馆宴会厅授予中国作协主席巴金法兰西共和国荣誉勋章。

28日，上海人民艺术剧院根据李存葆同名小说改编的话剧《高山下的花环》，自2月份在沪公演以来，共演出130场，观众达15万人次。

本月，中国民间文艺研究会上海分会编《民间文艺集刊》（四）由上海文艺出版社出版。

8月

7日，上海电影制片厂拍摄的儿童故事片《泉水叮咚》在意大利第十三届吉福尼国际儿童电影节上被评为最佳影片，并获得"共和国总统奖"。

本月，应美国爱荷华大学"国际写作计划"的邀请，剧作家吴祖光和女作家茹志鹃赴美参加该计划组织的文学创作、讨论和参观访问活动，并于1984年1月2日回到北京。茹志鹃的女儿、青年作家王安忆也应邀随访。

9月

12—26日，应中国作协邀请，日本著名作家水上勉率日本作家代表团一行6人访华。

24日，巴金会见了代表团，并向日本作家赠送《巴金选集》和《巴金散文选》。

10 月

22 日，《文汇报》第 1 版刊载评论员文章《抵制和反对精神污染》。随即，11 月 2 日上午，胡乔木与邓力群一起同《文汇报》总编辑马达谈话。马达首先汇报了文汇报学习贯彻十二届二中全会文件的情况及上海文艺界的情况。胡乔木就清除精神污染的政策问题、人道主义和异化问题，结合文艺复兴以来欧洲文学发展的历史和当前中国文艺界的状况，讲了很多重要意见。（《胡乔木传（上）》，胡乔木传编写组著，当代中国出版社，人民出版社 2015 年 1 月版）

11 月

20 日—12 月 10 日，上海市文化局、上海市文联、中国戏剧家协会上海分会联合举办第二届上海戏剧节。演出 15 台共 19 个剧目，话剧有《生命·爱情·自由》、《女市长》、《春之圆舞曲》等。其中，《生命·爱情·自由》是一出反映"左联"诗人殷夫生平的史诗剧，由上海人民艺术剧院演出，编剧罗国贤，总导演黄佐临，导演吴培远、嵇启明。剧本发表在《剧本》第 11 期上。10 日，戏剧节闭幕，历时 19 天，观众近十万。（《文汇报》1983 年 12 月 11 日第 1 版）1984 年 2 月 27 日，戏剧节在人民大舞台举行总结发奖大会。

12 月

戏剧家田汉诞辰 85 周年，上海市文化局与上海市文联联合举行纪念活动，并举行田汉学术讨论，上演了田汉编演的京剧《谢瑶环》、话剧《关汉卿》和越剧《情探》选场。

24 日，为纪念毛泽东诞辰 90 周年，上海市文化局、市总工会、团市委、广播事业局联合举办"上海市纪念毛泽东同志诞辰 90 周年歌会"，演唱了毛泽东诗词歌曲 40 余首。

1984 年

1 月

本月，上海人民艺术剧院在沪召开"佐临及其写意戏剧观"学术讨论会，围绕"写意戏剧观"问题展开讨论。《上海戏剧》第 2 期刊登了讨论会综述《什么是中国式社会主义戏剧观》。

2 月

9 日，上海电影译制厂厂长、译制片导演陈叙一，就观众关心的译制片生产中有关清除精神污染的问题作了解答，指出积极开展对外文化交流是我们党的既定方针，清除精神污染并不妨碍引进译制外国影片，对西方影片中的爱情和色情、武打和凶杀等应加以区别，重在引导观众正确理解和欣赏外国影片。

20 日，法国驻华大使马乐在上海向巴金授予法国政府颁发的荣誉勋章证书。（《文坛 1984 年 2 月大事记》，《当代文坛》1984 年第 4 期）

3 月

19 日，上海纺织工人影评协会举行成立大会。一千多名影评员将定期在各基层厂进行业余影评活动。

29 日，《文汇报》刊载消息：由中国民间文艺研究会上海分会和《采风》报举办的 1983 年度新故事作品评奖已经揭晓。《周总理请客》、《阿福寻娘》、《桂珍改嫁》、《他为什么回国》、《内部消息》、《两张存单》等 6 篇作品获作品奖。获奖作者中青年业余作者占了一半。

本月，《上海"孤岛"文学回忆录》（上册）由中国社会科学出版社出版，下册 1985 年 9 月出版，填补了"孤岛"文学研究的空白。

4 月

12 日，《文学报》发布消息：上海文艺期刊发行量上升。《小说界》从十三万份上升到十七万份；《收获》稳定在五十万份。

本月，"海上诗群"在上海成立，主要成员有王寅、孟浪、刘漫流、陈东东、孙放、周泽雄（笔名天游）、张远山等。

5 月

14—18 日，第 47 届国际笔会大会在日本东京召开，出席会议的有世界各地的作家、诗人、翻译家、文学教授等六百余人，代表着四十多个笔会中心。以中国笔会中心会长、作家巴金为团长出席了会议。巴金应邀在会议上就总议题发表演说，题为《核时代的文学——我们为什么写作？——在第四十七届国际笔会大会上的发言》。

16 日，上海京剧院宣布，将继续扩大、巩固承包演出队，同时实行全面的岗位责任制。院部以"出榜招贤"的方式选择承包的队长，全院人员反响热烈。

本月，牛汉的诗集《温泉》由上海文艺出版社出版。收《鹰的诞生》《悼念一棵树》《华南虎》《飞翔的梦》等诗三十三首，前有绿原的《活的诗——代序》。作品多作于 1970 至 1976 年。此诗集后获中国作家协会第二届新诗（诗集）奖。

6 月

20—25 日，首次全国电影资料工作会议在上海召开。会上成立了电影艺术档案在资料学会筹备小组。中国电影艺术研究中心还发出《关于征集解放前电影资料的启事》。

本月，上海电影制片厂文学部实行承包制，从 1984 年 6 月起至 1985 年 12 月止，分成两个承包期。文学部正副主任担任承包组长，编辑 21 人和承包组长等订合同，实行包人员、包任务、包成本。

7 月

7 月 27 日—8 月 3 日，杭州市文协在浙江新安江举行专题讨论会，对李杭育的"葛川江"系列小说进行探讨，来自杭州和上海的近 20 名评论者、作家、编辑及李杭育参加了讨论。1983 年以来，随着《沙灶遗风》《最后一个渔佬儿》《珊瑚沙的弄潮儿》等一系列小说的发表，李杭育的"葛川江"系列小说开始引起读者与评论界的注视。会议围绕"葛川江"小说的总体风格、"最后一个"形象的时代价值、是否是"挽歌"、李杭育的创作潜力等问题，进行了讨论。上海的学者参与了讨论。（原载《文艺报》1984 年第 10 期）

8 月

3 日，上海市第三次文代会在市政府大礼堂召开，推举巴金为文联名誉主席；并选出文联主席夏征农，副主席于伶、王峰、方去疾、冯岗、李俊民、杜宣、吴强、吴宗锡、吴贻弓、沈浮、沈柔坚、陈其五、张骏祥、孟波、姜彬、贺绿汀、赵超构、胡蓉蓉、袁雪芬、黄绍芬。

23日，上海市新故事讨论会在浙江千岛湖畔举行。

9月

本月，《小说界》杂志举行了"关于提高小说创作质量的座谈"，李国文、陈冲、汪渐成、陈忠实、徐孝鱼、陆星儿、沈乔生、邓开善、徐光兴、姚忠礼参与了讨论。

10月

16日，巴金抵达香港，引起"巴金热"。18日，巴金接受香港中文大学颁授的第27届荣誉文学博士学位，出席了学位颁授典礼。19日，接见三十多位记者访问，畅谈自己的创作计划。20日，香港中文大学举行欢迎巴金的师生座谈会，邀请作家刘以鬯、曾敏之等参加。中文系教授余光中主持会议。11月1日，巴金与香港文化界部分人士举行座谈会，就文学问题亲切地交换意见。11月3日，巴金离港。在港期间，巴金的著作成为畅销书，关于巴金的新闻和报道都登载在报纸的显要位置。

12月

2日，上海召开文艺体制改革座谈会，一致呼吁在城市改革中文艺界要力争走在前列。王元化讲话指出，以副养文、以工养文是可以搞的，但不能影响出人出戏，要讲经济效益，也要按艺术规律办事。

3日，《文汇报》报道了《小说界》在南京召开的青年作者座谈会。与会者提出，当前"通俗文学热"是一种新的文学现象。时代的变革必然带来群众多方面多层次的文化需求的增加，以及读者欣赏趣味和心理的变化。文学刊物要注意时代变革带来的群众多方面多层次的文化需求以及读者欣赏趣味和心理的变化。

21—26日，由上海社会科学院发起并主办的全国东西文化比较研究讨论会在上海召开。全国近百名代表出席，主要讨论如何理解文化及东西文化概念，东西文化比较研究重新提出的时代特点，中国文化的特点及中西文化的差异等问题。会上成立东西文化比较研究中心，周谷城任名誉主席，王元化任主席。

本月，《上海文学》杂志社、浙江文艺杂志社和西湖杂志社联合召开"杭州会议"。一批青年作家、批评家聚会杭州，有阿城、李杭育、韩少功、陈思和、李子云、周介人、许子东、程德培、李陀、郑万隆、吴亮、宋耀良、南帆、李庆西、鲁枢元、季红真、黄子平等。会议的参与者上海的学者蔡翔对会议评价道："这次会议不约而同的话题之一，即是'文化'。我记得北京作家谈的最兴起的是京城文化乃至北方文化，韩少功则谈楚文化，看得出他对文化及文学的思考由来已久并胸有成竹，李杭育则谈他的吴越文化。而由地域文化则引申至文化与文学的关系。其时，拉美文学'爆炸'，尤其是马尔克斯的《百年孤独》对中国当代文学刺激极深，由此则谈到当时文学对西方的模仿并由此造成的'主题横移'现象。"（蔡翔：《有关"杭州会议"的前后》，《当代作家评论》2000年第六期）时任会议主持方《上海文学》编辑部主编的周介人在会后总结了会议的概况："一九八四年十二月，《上海文学》编辑部、杭州市文联《西湖》编辑部、浙江文艺出版社在杭州陆军疗养院联合举办青年作家与评论家对话会议。会议的议题是：《新时期文学：回顾与预测》。会议中，大家集中就小说观念与文学批评观念进行了研讨。""我们的对话会议，自始至终被一个问题所困扰，这就是阿城在会议开始时所提出的：究竟什么叫小说？究竟什么叫文学批评？"（周介人：《文学探讨的当代意识背景》，《文学自由谈》1986年第1期）在文学史上，这次会议与之后发生在1985年的文学"寻根热"有着直接的联系，《上海文学》是"寻根文学"的有力推介者。

本年

上海社会科学院主办介绍系统论、控制论、信息论（简称"三论"）的讲座，在上海最早开展了有关介绍和研究"三论"的活动。

1985 年

1 月

6日，中国作协第四届理事会举行第一次全体会议，巴金当选为作协主席。

31日，《文学报》公布该报举办的"命题文学"（春之美）评奖结果，刘琦的诗《路》等 40 篇作品获奖。

2 月

6 日，上海重奖故事片《高山下的花环》。奖给导演谢晋 3 000 元、摄制组 10 000 元。

16 日，中国作协上海分会召开第四届理事会第一次会议，传达决定：由茹志鹃任上海作协常务副主席，主持作协日常工作；肖岱任《收获》副主编，茹志鹃、李子云任《上海文学》副主编；巴金继续任这两个刊物的主编。

本月，由京不特发起的"撒娇派"在上海创立。自印民间诗刊《撒娇》，其主要成员有京不特、锈容、胖山等。（参见徐敬亚等编《中国现代主义诗群大观 1986—1988》，第 176 页，同济大学出版社 1988 年版）

上海市群众艺术馆内部不定期发行的《新故事》，改名为《上海故事》，32 开本，公开发行。1987 年改为月刊，每期发行数十万份，在全国故事类刊物中发行量位居第二。该刊物曾获得"中国大众文学事业突出贡献奖"。

3 月

29 日，上海《解放日报》创办的大型文学季刊《连载小说选刊》在上海创刊。

本月，《上海社会科学院学术季刊》创刊。主编罗宗，副主编陈燮君。

上海电影公司宣告成立，原市电影局和上海电影制片厂撤销。上影公司下设技术公司、制作集体、演员剧团、文学部等机构。

4 月

2 日，文化部、中国文联、中国剧协等单位，在上海联合举办周信芳诞辰九十周年纪念大会。李先念、邓颖超为大会寄来了题词。会上宣读了周扬的书面发言，宣布成立周氏艺术研究会，周扬任会长。麒派艺术演出活动也在上海同时举行。

2—8 日，文化部、全国文联、全国剧协、上海市文化局、上海市文联、上海京剧院等 10 个单位联合举办纪念京剧表演艺术大师周信芳诞辰 90 周年活动，在上海文艺会堂隆重举行纪念大会。党和国家领导人李先念、邓颖超、习仲勋、胡乔木等为大会题词。来自全国的文艺界 600 余人参加，文化部副部长周巍峙讲话。会上还宣读了纪念周信芳诞辰 90 周年筹委会主任委员周扬的纪念词，周信芳的子女也回国参加纪念活动。纪念活动期间共举行纪念演出 11 场和 2 天学术讨论，并出版了周信芳纪念画册。

20 日，上海市作协召开上海市老中青文学理论批评工作者座谈会，王元化、许杰、徐中玉、钱谷融、许子东等 60 余人参加会议。与会者就繁荣上海文学评论等问题进行热烈讨论。

25 日，中央发出 20 号文件《关于艺术团体改革的意见》，指出："在调整艺术团体时，对某些古老稀有的艺术品种（如昆曲）……应予以保护和扶持"，随后文化部又发出《关于保护和振兴昆剧的通知》，市文化局随即召开上海昆剧团及有关方面的座谈会。

30 日—5 月 6 日，上海国际图书展览在上海举办，有 16 个国家和地区的 117 个出版商参展。

5 月

2 日，市文化局召开创作工作会议，直属艺术团体、各区、县文化局、剧团创作人员和领导，以及市宣传系统有关单位 500 余人参加。传达全国文化厅（局）长会议精神，根据上海市文艺创作的情况，提出要求和措施，中共上海市委宣传部领导就繁荣艺术创作问题讲话。

14 日，上海昆剧团举办"昆剧精英展览演出"，共 9 场、31 个折子戏和一台大戏。全国剧协主席曹禺、文艺界知名人士、中共上海市委宣传部、文化局领导等出席开幕式。日本戏剧家尾崎宏次率领日本话剧人社观摩团专程来沪观看。这期间还举行了大型座谈会。

15 日，美国文学艺术研究院授予中国作家协会主席巴金为该院名誉外国院士称永号。美国驻华大使在北京向巴金面交名誉院士的徽章和证书。

20 日，上海市作协召开上海市老中青文学理论批评工作者座谈会，王元化、许杰、徐中玉、钱谷融、许子东等 60 余人参加会议。与会者就繁荣上海文学评论等问题进行热烈讨论。

20 日，上海社联在上海市体育馆隆重举行纪念中国社会科学家联盟成立 55 周年大会。上海社联名誉主席夏征农主持大会，主席罗竹风作纪念报告。上海社联名誉主席周谷城，上海市委第二书记胡立教出席大会并讲话。胡乔木、许涤新、夏征农为大会题写贺词。

25 日，第 4 届儿童文学园丁奖授奖大会在上海举行，萧育轩的长篇小说《乱世少年》、戈隆阿弘的中篇小说《火把歌》等 13 篇作品获奖。

本月，丁阿虎的小说《今夜月儿明》引起争议，《儿童文学选刊》编辑部就该文所反映少女"朦胧的爱情"等问题，刊登多篇争鸣文章。该期刊创立于 1981 年，由上海世纪出版集团少年儿童出版社编辑出版，每期精选全国近期出版的儿童文学报刊上的优秀作品和节选近期出版的长篇儿童文学作品，同时刊登若干新世纪以来出版或发表的儿童文学精品力，显示了上海期刊对儿童文学创作的推动作用。

6 月

本月，"振兴上海第三产业研讨会"在上海召开，先后出版《第三产业的理论与实践》和《大力发展第三产业》两本专著以及《振兴上海第三产业之路》、《第三产业纵横谈》等论文集。对第三产业理论研究主要集中在社会主义与第三产业的关系，第三产业的劳动性质评价，第三产业劳动与价值创造，上海第三产业的发展战略等方面。

7 月

14 日，上海人民艺术剧院根据法国大仲马同名小说改编的话剧《三剑客》，在瑞金剧场演出。副市长刘振元、法国驻沪总领事傅纳维尔、法国驻华使馆文化参加了首演式。

同月，包子衍著的《雪峰年谱》由上海文艺出版社出版，这是国内第一部冯雪峰年谱。

8 月

24 日，为纪念抗日战争和世界反法西斯战争胜利 40 周年，上海文联在文艺会堂举行文艺界大型座谈会。

28 日，上海沪剧院一行 45 人，由名誉院长丁是娥率领，应青海省政府邀请，赴西宁市以及青海劳改农场，演出 9 场最新创作的剧目《逃犯》。

本月，上海人民艺术剧院在沪演出曹禺的话剧《家》。总导演黄佐临，执行导演虞留德、刘桐标。演出着力于创造诗的意境，并由此对原剧本作了剪裁。

9 月

2 日，上海人民艺术剧院一行 46 人，应日本民主音乐协会、日中文化交流会邀请，赴东京、名古屋、京都等城市演出巴金原著、曹禺改编、黄佐临导演的名剧《家》。10 月 18 日，《家》剧组又应香港中华文化促进会之邀，赴香港参加"现代中国名剧展"演出。11 月初返沪。

3 日，纪念抗日战争与反法西斯战争胜利 40 周年大型综合文艺晚会在文化广场举行，参加演出的单位有上海交响乐团、上海乐团、上海歌剧院、沪剧院、京剧院以及业余文艺团体，演出节目有《抗日战争交响乐》、大型舞蹈《铁蹄下的歌女》《故土情》、沪剧《芦荡火种》片断，以及大合唱《新四军之歌》等。

3 日，上海人民艺术剧院与法国马赛国家剧院合作排演法国话剧《三剑客》，大仲马原作，编导马赛尔·马雷夏尔。

30 日，以苏联文化部戏剧艺术局局长恰洛夫为团长的苏联戏剧工作者一行 5 人抵沪访问，这是中断了 20 余年交流后苏联戏剧界第一次来访，观摩了演出，并参观了上海戏剧学院。

本月，宝山县沪剧团自去年 5 月实行体制改革以来，改编演出的现代剧《家庭公案》连满 550 场，该团分别受到宝山县政府、市文化局的嘉奖。

10 月

17—11 月 14 日，中国青年艺术剧院赴上海演出 4 台话剧，引起上海观众的强烈反响。这 4 台话剧分别是：《高加索灰阑记》、《魔方》、《挂在墙上的老 B》和《街上流行红裙子》。

15 日，《社会科学报》创刊，由上海社会科学院主办，总编辑为蓝瑛，以介绍理论和学术动态为宗旨。

27 日，第二届上海十月业余剧展开幕。演出 21 台，58 个剧目，观众 5 万余人次。

29 日，《文汇报》发表唐弢的文章《当代文学不宜写史》引发了争论。唐弢先生认为："当代文学是不宜写史的。现在出版了许多《当代文学史》，实在是对概念的一种嘲弄。不错，从时间上说，昨天对今天来说已是历史，上一个时辰里发生的事情也可以说是这一时辰里同类事物的历史；但严格说来，历史是事物的发展过程，现状只有经过时间的推移才能转化为稳定的历史。""历史需要稳定。有些属于开始探索的问题，有些尚在剧烈变化的东西，只有经过时间的沉淀，经过生活的筛选，也经过本身内在的斗争和演变，才能将杂质汰除出去，事物本来面目逐渐明晰，理清线索，找出规律，写文学史的条件也便成熟了。"他认为用《当代文学述评》取代现存的《当代文学史》。《当代文学不宜写史》的发表引发了争鸣，《文汇报》上刊登了争鸣文章。如，晓诸的一篇文章：《当代文学应该写史》（载《文汇报》1985 年 12 月 12 日）。文章直接针对唐文的"稳定"说，侧重举例，以事实反驳："'二十四史，的第一部《史记》，从我国远古传说写起，一直写到司马迁生前的'当时'。《史记》中的《今上本纪》，就直接写当时的皇上汉武帝；而《汉书》写作时，西汉早已过去，历史已经'稳定'。但《汉书》中的汉武帝以前部分，明显不如《史记》写得好。"晓文还提出：马克思是写最新当代史的典范，"巴黎公社失败后的两三天，他就写了巴黎公社史即《法兰西内战》。马克思并没等到巴黎公社历史'稳定'后再写巴黎公社"。"具体到能否为当代文学写史的问题"，晓诸说，中华人民共和国一成立，王瑶同志就写了《中国新文学史稿》，而这不折不扣是中华人民共和国成立前的当代文学史；新民主主义革命时期的许多文学现象"本来面目"未必都"清晰"了，"但唐弢同志还不是照样主编了现代文学史吗？可见，要等到'写文学史的条件成熟'了以后才写的说法，无论在理论上还是实际中都是说不通和行不通的"。《文汇报》上掀起的这场争鸣，后来还在更广泛的阵地上进行。1986 年 1 月《中国社会科学院研究生院学报》上又发表了唐弢先生的《一个想法》，文章除进一步

发挥了《不宜写史》中的论点外，还提出了修正。（《中国社会科学》
1986 年第 5 期）

本月，中国电影评论家学会与《文汇报》联合主办的《中国电影时
报》创刊。

11 月

8 日，由中国青年艺术剧院和上海戏剧学院联合举办的南北戏剧家
对话座谈会在上海召开。与会代表就戏剧与观众、戏剧与时代、戏剧形
式的革新问题等进行了探讨。

18—19 日，上海市委宣传部、《解放日报》、《文汇报》和《社会科
学》编辑部联合举行"海派"文化特征学术讨论会。与会者就如何理解
海派文化特征等问题展开了讨论。

12 月

2 日，上海戏剧学院举行建院 40 周年庆祝会，同时纪念已故院长熊
佛西诞辰 85 周年、逝世 20 周年，并为熊佛西铜像揭幕。

15 日，复旦大学、华东师大、上海师大三所高等学校文艺理论工
作者举行座谈会，就当前文艺批评新方法问题进行了讨论。与会者认
为，新方法论的兴起促进了文艺批评的发展。

15— 20 日，《收获》杂志社、《花城》编辑部和《特区文学》编辑
部在深圳联合举办都市文学笔会。与会者围绕都市文学的产生、发展等
问题进行了探讨。

27 日，由上海青年文学艺术联谊会、上海领带厂联合举办的首届
上海青年"敦煌"文学奖评选活动揭晓，青年女作家程乃珊荣膺本届青
年敦煌文学大奖。王安忆、吴亮、赵丽宏、陈村荣获大奖提名奖；王小
鹰、孙颙、金宇澄等 26 人获得包括中短篇小说、报告文学、散文等 14
个项目的青年"敦煌"文学系列奖和新人新作奖；复旦大学诗社、石化
总厂"海贝文学社"等 20 个业余文学团体获"优秀业余文学社团奖"。

上海青年话剧团在沪演出话剧《红房间·白房间·黑房间》。编剧
马中骏、秦培春，导演胡伟民。该剧充满导演个性、其改编方式由实到
虚的大胆处理显示出剧作的青春活力与探索性。

1986 年

1 月

27 日，《文汇报》从本日起开辟"文艺期刊改革笔谈"专栏，就文学期刊自身存在的危机等问题发表意见。

本月，上海译文出版社创办《外国故事》（双月刊）。

2 月

23 日—3 月 8 日，上海举行第三届戏剧节，共有 12 台 16 个剧目参加演出，其中话剧包括上海人民艺术剧院的《寻找男子汉》、上海青年话剧团的《傻瓜进行曲》和《红房间·白房间·黑房间》等。获创作演出奖的有《寻男子汉》《傻子进行曲》《瓜园曲》《乾隆下江南》，获优秀演出奖的有越剧《第十二夜》、京昆折子戏《活捉》等。此外，戏剧节还颁发了演出奖、导演奖、主演奖、配角奖及各种单项奖。上海十多家新闻单位的文艺记者为本届戏剧节设立的"花冠奖"也评出了演员奖、探索奖、新人奖和创作奖。演出 47 场，观众 5.5 万人次，各省市代表 1 300 名来沪观摩。中共上海市委、市政府领导黄菊、曾庆红、刘振元、谢丽娟等出席开幕式。

3 月

31 日，市文化局召开 1986 年剧场工作会议。

本月，《小说界》第 2 期公布该刊主办的"全国微型小说大赛"获奖作品名单，16 篇作品获奖：朱士奇的《神奇的绳子》、路东玉的《！！！！！！》获得一等奖，程天保的《历史与奔马》、彭达的《一个女市长的遗愿》、王明义的《夜归》、张长的《月光下》获得二等奖，濮本林的《那团云雾》、李本深的《划羊皮筏子的人》、徐芳的《海岬像一块墨》、姚思源的《国粹》、吴若增的《又及》、金峰的《白龙溪纪事》、柏代华的《魔戒》、谢荣贵的《摆渡的白族姑娘》、沙黾农的《畅销书》、沈善增的《平凡的星期天》获得三等奖。此外，公布了第二届《小说界》作品奖（1984—1985）获奖作品名单：孙建忠的长篇小说《醉乡》、冯苓植的中篇小说《虬龙爪》、彭见明的中篇小说《梨木梳子》、楚良的中篇小说《家政》、陈冲的中篇小说《会计今年四十七》、赵长天的中篇小说《市委书记的家事》、王小鹰的中篇小说《星河》、沈善增的短篇小说《走出狭弄》、李本深的短篇小说《黑树》。

4 月

2 日，上海文化录音、录像中心成立。

3 日，《文学报》报道，上海青年文艺理论家探讨关于文艺批评观念更新的相关问题。主要是围绕着夏志厚、王晓明、许子东和李劼的《批评观念与思维逻辑论纲》一文提出的批评家主体与作品客体"双向同构关系"的观点进行讨论。

5—9 日，由中国作家协会、中国社会科学院文学研究所等联合举办的国内外文艺理论信息交流会在天津召开中国莎士比亚研究会、中央戏剧学院、上海戏剧学院联合举办的中国首届莎士比亚戏剧节在北京、上海举行。北京演出的莎翁名剧有 11 台，上海有 14 台，其中的话剧作品包括郦子柏导演、中央戏剧学院排演的《黎雅王》，杨宗镜导演、中央实验话剧院排演的《温莎的风流娘儿们》，北京师范大学北国剧社排演的《第十二夜》等。其中，《查理三世》《仲夏夜之梦》《雅典的泰门》《泰特斯·安德洛尼克斯》《驯悍记》《终成眷属》《温莎的风流娘儿们》在我国是首次演出。在此期间，还举行了莎士比亚学术研讨会。《戏剧报》第 6 期特辟专栏对莎士比亚戏剧节予以报道。

15—22 日，文艺创作座谈会在上海召开，全国各地 100 多名文艺工作者在会上共同交流经验，探讨繁荣文艺创作的问题，会上提出要为创作提供"和谐、宽松、相互理解、相互信任的良好创作气氛"。

5 月

5—6 日，上海文艺出版社召开第二届《小说界》作品奖授奖暨小说创作座谈会。孙健忠的长篇小说《醉乡》等作品获奖。谌容、张一弓、陈村、王安忆、李庆西等到会着重就繁荣长篇小说创作问题谈了看法。鲍昌在会上作关于新时期十年小说创作态势的报告。

5—10 日，复旦大学中文系等单位联合主办的"新时期文学讨论会"举行。近百名正在文化、新闻、出版、高校和科研机构从事领导工作和当代文学教学、研究的历届校友，齐集母校，回顾从一九七六年至一九八六年十年期间文学发展的历程，探讨它的成就与不足，展望新时期文学的明天。提交会议的三十九篇论文和讨论会上的发言，主要集中在下列几个方面：一、如何估价新时期文学。与会者高度评价新时期文学，不少同志认为新时期文学的成就超过了"五四"以来各个时期。有的同志用"裂变"形容这十年的文学，认为这是继"五四"文学革命以来我国文学最大的一次变革。过去那种人为的"大一统"的文学时代已经一去不复返了。文学创作向着多元化、全方位、多层次、辐射式的态势跃动，文学批评向着广阔的理论思维空间拓展，文学观念正处于深刻的开拓和变革之中。二、如何看待一九八五年文学。有的同志认为：一九八五年文学给人的感受是文学的生机解冻并且勃发出来。这是文学的黄金时代到来的前奏，也是文学繁荣的标志，有的同志认为，一九八五年文学开始了一个历史性的转折。一九八五年文学的新态势，是包括理论批评这一方面在内的。与会者大多认为，八五年理论批评的崛起，是这一年中一个十分突出的文学现象。有的同志甚至认为理论批评飞跃的幅度和成就超过了创作。不少同志指出，以前的理论批评，摆脱不了创作的附庸地位，相对于创作而言，它是跛脚的，理论批评界也有一种自卑心理。八五年一开始便是生气勃勃的，理论批评大声疾呼变革和更新，开始改变了自己的形象，在创作面前丝毫也不感到愧色，被讥为"小儿麻痹症"的日子过去了。三、西方现代派文学对新时期文学的影响。新时期实行对外开放政策后，西方现代派文学介绍的广度与深度远远超过二、三十年代，给借鉴创造了良好的条件。还有一种意见认为，谈论这种影响、关系意义不大。因为这种影响如果作为文化因子的碰撞，无疑需要契机，这种契机只能在中国的土壤上。外因固然存在，内因却是主要的：中国的社会生活客观上提供了现代主义的创作课题，艺术家的自我觉醒，现代意识要寻找适当的表现方式，艺术本身发展的不间断性和多方位性。（钟闻《"新时期文学讨论会"纪略》，《复旦学报》1986 年第 4 期）

10—15 日，"上海文化发展战略讨论会"在沪召开，后出版《上海文化发展战略》。上海形成"文化热"高潮。

30 日，作协上海分会与《萌芽》杂志联合召开"金宇澄小说讨论会"，与会同志对金宇澄的作品给予了充分的肯定，青年评论家方克强认为其 1985 年的作品《光斑》、《方岛》、《异乡》较之前的《失去的河流》有技巧上的进步，青年评论家程培德对其语言驾驭能力表示满意。时为复旦大学的郜元宝认为其小说还不够精致，评论家周介人认为其很有创作个性。讨论会充分肯定了金宇澄的艺术追求，他擅长表现上海市民的心态。参加会议的还有上海创作联络办公室主任唐铁海、青年评论家和作家蔡翔、沈善增、周惟波、张重光、孙雪吟、孙甘露等，编辑魏威、谢德辉以及市工人文化宫书评组等二十余人。

本月，上海人民艺术剧院创作的话剧现代剧《寻找男子汉》，在上海艺术剧场上演。该剧参加第三届上海戏剧节，获创作、演出奖。

中国作家协会上海分会组织召开了诗人黎焕颐诗歌作品讨论会。黎焕颐停止写作 20 年后于 80 年代先后出版了《在历史的风雪线上》等 4 本诗集。讨论中认为，诗人从自己的亲身的遭遇出发，较为深刻地感受到了历史的负重。

6 月

9—13 日，上海作协、影协分会等单位联合举办的"城市人的生态和心态——城市文学、电影创作研讨会"，在上海举行，与会者探讨了上海文艺创作缺乏地方特色的原因等问题。

17—27 日，在上海举行了由中国俗文学学会和上海社科院文学所联合举办的"中国俗文学学术研讨会"，与会者探讨了中国俗文学研究如何运用新方法开拓新领域的问题。

19—29 日，中国作家协会常务副主席茹志鹃应邀赴北欧，出席在挪威奥斯陆举行的第 2 届"国际女作家书展"。书展期间，中国女作家与挪威、印度、南非等国的女作家进行了小规模的文学对话，同瑞典汉学家及奥斯陆大学东亚语系的汉学家们交流了中国文学界的情况，彼此加深了了解，为今后开展文化交流奠定了基础。

本月，魏明伦的川剧《潘金莲——一个女人的沉沦史》在上海公演后，引起上海戏剧界和上海观众的强烈关注和浓厚兴趣。或褒或贬，活跃热闹，荒诞川剧《潘金莲》在上海演出引起强烈反响，对戏剧观念的更新，繁荣创作，活跃学术空气，无疑是一种促进。（《文学报》1986年6月12日）

中国作家协会上海分会组织召开了诗人冰夫的诗歌作品讨论会。冰夫近年来出版了诗集《萤火》，用优美抒情的笔调，写出了秀丽的江南水乡和壮美的边疆景色，描述他在部队时生活过的山东老区农村。

7 月

22日，上海歌剧院《大禹的传说》剧组应黑龙江省文化厅的邀请，赴哈尔滨参加第十四届哈尔滨之夏音乐会的演出。

本月，上海青年艺术剧院在上海演出话剧《天才与疯子》，编剧赵耀民、导演杜冶秋。

《文汇报》文艺部和《小说界》编辑部在上海联合举行了《橄榄》讨论会。《小说界》1986年第6期开设了一期针对这部小说的笔谈。

8 月

本月，老舍一部长篇佚稿《天书代存》在上海被发现。这是至今发现的老舍唯一的一部书信体小说和唯一的一部与别人（赵少侯）合写的小说。此事由新华社于本月9日进行了报道。

由上海电视台《我们这一代》专题节目和上海新华书店省版门市部联合举办的"上海青年最喜爱的十本书"评选揭晓。当选的10本书，按票数顺序是：［法］卢梭的《一个孤独的散步者的遐想》（张弛译，湖南人民出版社）、［德］卡西尔的《人论》（甘阳译，上海译文出版社）、柯云路的《新星》（人民文学出版社）、河北人民出版社编辑的《青年知识手册》（河北人民出版社）、台湾作家琼瑶的《我是一片云》（福建人民出版社）、王锦泉主编的《徐志摩散文选集》（百花文艺出版社）、台湾作家琼瑶的《几度夕阳红》（鹭江出版社）、台湾作家琼瑶的《船》（北岳文艺出版社）、伊人的《沉思与遐》（浙江人民出版社）。当选的三套系列丛书按票数顺序是：《走向未来》（四川人民出版社）、《夜读》（学林出版社）、《生活启示录》（浙江人民出版）。其中，"走向未来"丛书出版时间始于 1984 年，终于 1988 年，时间跨度 5 年。该套丛书涉及社会科学和自然科学的多个方面，包括了外文译作和原创著作。丛书计划出 100 种，到 1988 年共出书 74 种。丛书作者集中了 20 世纪 80 年代中国优秀的一批知识分子，代表了当时中国思想解放最前沿的思考。此事由《光明日报》于本月 29 日进行了报道。

9 月

9 日，上海舞剧院成立。同日上海越剧院一行 57 人以"中国越剧团"名义赴法国参加"巴黎秋季艺术节"，演出剧目《红楼梦》。

11 日，中国作协上海分会在上海召开以群、傅雷逝世 20 周年纪念座谈会。与会人员一致称赞这两位遭迫害而早殒的文艺家对我国文学艺术事业所做出的贡献。

16—26 日，上海文艺出版社在上海、浙江两地举行"传记、纪实文学讨论会"。各地近 60 名与会者就传记、纪实文学、革命回忆录创作中的一些问题进行了讨论。

20 日，上海昆剧团应文化部的邀请，晋京演出 17 场、62 个折子戏、2 台古典名剧和《墙头马上》。获得文化部颁发的振兴昆剧第一奖。中国剧协还举行欢迎以俞振飞为首的上海昆剧团大型座谈会。计镇华、华文漪、蔡正仁、岳美缇、王芝泉等 5 名演员获第四届全国戏曲表演"梅花奖"。

29 日，市文化局与教育局联合召开"上海市业余艺术教育经验交流会"，由 6 个单位介绍经验，并宣布《关于社会力量举办业余艺术教育学校（班）暂行管理办法》。

本月，在北京举行的新时期文学 10 年全国学术研讨会期间，上海代表李劼与北京代表张陵、李浩非、李陀等人曾就文学本体性和文学语言问题展开过讨论，并一致认为，对这一问题的深入研究将为中国文学理论和文学批评的发展注入新的活力，具有重大的意义。李劼在向大会作的题为《关于人道主义和文学语言的思考》（《中国青年报》1986.9.26）的发言中则进一步提出了文学语言的本体论课题。他认为，"文学的发展应该是文学自身的发展，而不是种种非文学因素的高扬"。并认为，"文学的根本变革往往在于形式的更迭，或者说文学的革命（这里指的是叙事结构、表现方式、语象结构、意象结构等等文学的本体性内容，就如绘画语言中的线条、色彩、构图本身一样）。"

10 月

4日，市文化局举办第三届上海十月歌会。

10日，经市文化局同意，上海交响乐团、上海越剧院红楼剧团、滑稽剧团、仲林舞剧团作为进行体制改革的试点单位。

15日，《文汇报》举办的全国"短报告文学征文"评选揭晓并举行发奖大会。北京市胡少安的《面向海洋》等11篇作品获奖。

16日，上海市文化系统工会成立。

11 月

3—7日，中国作家协会主办的"中国当代文学国际讨论会"在上海金山宾馆举行。应邀参加讨论会的有澳大利亚、奥地利、加拿大、捷克斯洛伐克、朝鲜、法国、民主德国、联邦德国、意大利、日本、蒙古、挪威、波兰、新加坡、西班牙、瑞典、瑞士、苏联、美国、英国等20个国家的66位代表。其中有苏联费德林、瑞典马悦然、法国贝洛贝、英国詹纳尔、美国葛浩文等著名汉学家。国内的知名作家、评论家王蒙、陆文夫、柯灵等42人作为正式代表参加会议。讨论会的中心议题是"我观中国当代文学"，由各国汉学家就对中国当代文学的理解，从不同角度提出问题进行讨论，了解中国当代文学的现状、特点和发展趋向以及新时期文学的新特点。全国文艺界知名人士近百人出席了开幕式。中国作协上海分会主席于伶主持会议，中国作协副主席王蒙致欢迎辞。

8日，中国作协上海分会理论室、《文汇报》文艺部和上海师大中文系等单位联合召开座谈会，就新时期文学的流变、发展和建设等问题进行了讨论。《文汇报》1986年12月8—15日，连载本次讨论会发言摘要《挑战和争鸣——一次新时期文学讨论会发言摘要》。

17—20日，以苏联作家协会理事会书记、著名诗人伊尔戈·亚历山大罗维奇·伊萨耶夫为团长的苏联作家代表团访问上海。该团在上海访问期间，先后与上海诗人就诗歌创作进行了亲切的交谈。伊萨耶夫对中国和上海诗歌创作给予高度评价，希望上海同行编选一本上海诗人选集，由苏联诗人负责翻译介绍，带给苏联的广大读者。

21日，上海市文化局、剧协上海分会、上海艺术研究所联合主办汤显祖逝世370周年纪念活动，上海昆剧团演出《牡丹亭》片段等，并举行学术讨论会。

30日，中国戏剧家协会、剧协上海分会、上海戏剧学院、人民艺术剧院联合主办黄佐临从事戏剧活动50周年纪念活动。演出佐临早期导演的《夜店》、《布谷鸟又叫了》、《激流勇进》等剧的片段，还举办"黄佐临戏剧活动资料图片展览"。

12 月

2—9日，国家教育委员会社会科学发展研究中心、北京大学、中国人民大学、复旦大学等15个单位发起的全国高校第一届文艺学研讨会在海南岛海口市举行。会议就现代文学理论的走向和趋势，现代文学理论的体系和形态两大议题展开了讨论。

10日，鲁迅研究会在上海市成立，许杰为会长。

14日，第二届上海青年文学奖揭晓。该奖由上海青年文学艺术联谊会设立。本次王安忆荣获大奖，陈洁、傅星、陈村、宋琳、吴亮等20人分获文学系列奖，其中民间文学是首次评奖。交通大学"寸草"文学社等五个社团获优秀文学社团奖。

29日，上海市文联举办的首届"上海文学艺术奖"评奖揭晓。《咱们的退伍兵》等8部影片，《穷街》等4部电视片，《昨天·今天·明天》等22幅美术作品，《起飞》等20幅摄影作品获奖。赵焕章、于本正、白沉、特伟、丁善德、朱践耳、吕其明、沈传薪、金复载、陆在易等获创作奖；宗福先、罗毅之、胡伟民、谭冰若、叶栋、杨民望、束纫秋、姜彬等获文艺理论、评论奖；向梅、魏启明、牛犇、胡晓平、李名强、温可铮、陈燮阳、闵惠芬、焦晃、俞洛生、黄葆慧、关怀、王兰泉、马莉莉、陈燕华、王金葆等获表演奖。

本月，上海人民艺术剧院在沪演出话剧《寻找男子汉》。编剧沙叶新，导演雷国华。剧本发表在《十月》第 3 期上。

上海人民艺术剧院在沪演出三幕话剧《传呼电话》。编剧宗福先，导演苏乐慈。剧本发表在《剧本》1987 年第 2 期上。

中国作家协会上海分会组织召开了青年诗人许德民的诗歌作品讨论会。诗人的近作用无规范的语言组合、复变的结构方式，展示以现代城市为背景的生命体验过程，强调创作直觉和审美表象。诗作在讨论会上引起较大的反响。

由中国民间文艺研究会上海分会主办的《民间文艺集刊》，由半年刊改为季刊，刊名也改为《民间文艺季刊》。

本年

上海文艺出版社推出"文艺探索书系"，刘再复的著作《性格组合论》、公刘及邵燕祥作序的《探索诗集》、王蒙、严文井、茹志鹃作序的《探索小说集》、陈恭敏、陈颙、薛殿杰作序的《探索戏剧集》、钟惦棐、罗艺军作序的《探索电影集》等。编者在前言中说"最近几年，我国的文艺正在发生深刻的变革。从题材内容到表现手段，从文艺观念到研究方法，出现了'全方位的跃动'。无论是创作还是理论，都呈现出前所未有的锐气和活力。作家、理论家的想象领域和思维空间迅速拓展。这是时代的改革浪潮，在文艺领域中激起的回响。文艺探索书系，正是在这样一个总的社会文化背景下面应运而生的。书系兼收创作和理论。创作部分，除了按体裁形式选编诗歌、小说、戏剧、电影等作品外，还将考虑出版个人的探索作品集和某一方面的多人探索作品集。理论部分均为组织撰写的专题论著，其中以探讨文艺基础理论为主，兼收对作家作品进行多角度考察和宏观性研究的著作。"编选的宗旨"一方面是为了积累和交流探索的成果，另一面则是想提倡和发扬探索精神，以造成一种宽松的、和谐的'精神气候'和文化环境，打破文艺创作和文艺研究中的某种消极的思维定势，更加有力地推动社会主义文艺健康地发展。"

1987 年

1 月

本月，社科院文学研究所和作协上海分会联合创办的《上海文论》（双月刊）在上海创刊。

4 月

7 日，由《诗刊》、《文学报》等单位联合举办的大型诗歌座谈会在上海召开。会议就诗与生活、诗与现实、诗与城市改革等议题进行了讨论。

5 月

9 日，作家、翻译家韩侍桁在上海病逝，终年 79 岁。他"早年从事文学创作，写有文艺批评和杂文多种；30 年代，曾和鲁迅先生有过交往。几十年来，翻译了日本、俄国、法国、英国、美国、丹麦、芬兰等国文学著作近四十部，对我国文化事业的发展作出了有益的贡献"。（《韩侍桁同志逝世》，《鲁迅研究月刊》，1987 年第 6 期）

由新闻出版署、全国妇联、宋庆龄基金会和全国少年儿童艺术委员会联合主办的第一届幼儿图书评奖结果在京揭晓，61 种图书获奖。上海教育出版社出版的《幼儿数学》获得优秀幼儿读物奖。

22 日，为纪念毛泽东《在延安文艺座谈会上的讲话》发表 45 周年。上海市文联在文艺会堂隆重举行纪念会。

本月，由上海市作协、文学报、上海大学文学院联合主办的海洋文学座谈会在上海召开，与会者就陆俊超的《幸福的港湾》、樊天胜的《阿扎与哈利》、张士敏的《选择》、罗齐平的《看守日记》、张锦江的《将军离位之后》等描写海上生活的小说作品进行了讨论。

6 月

23 日，《萌芽》1985—1986 年度文学创作荣誉奖授奖茶话会在上海举行。沈贻炜的《乌恰海子》、郑柯的《河套人》、王德忱的《高丽洞》等 8 篇小说，朱幼棣的《在南极的日夜》等 3 篇报告文学，曹明华的《因为有了秘密（三篇）》等 2 篇散文和伊甸《青春歌（组诗）》等 3

首诗歌获奖。这两年来，《萌芽》发表了计 700 余位文学新人的 350 余万字各类文学作品。

25 日，《小说选刊》与《萌芽》编辑部联合在浙江上虞举行"青年作者小说创作讨论会"。

7 月

1 日，上海人民艺术剧院在沪公演 8 场写意话剧《中国梦》。编剧孙惠柱、费春放，总导演黄佐临，执行导演陈体江、胡雪桦。黄佐临说："如今我探索的是：斯坦尼斯拉夫斯基——布莱希特——梅兰芳戏剧艺术原理的结合，而《中国梦》正是这种探索实践的具体例子，我期望把斯坦尼斯拉夫斯基内在的移情作用和布莱希特的外部姿态以及梅兰芳的'有规范的自由行动'，合而为一……这是我曾为之奋力追寻的一个戏剧品种。我坚信未来的中国话剧将的戏剧观发展。"（《〈中国梦〉——全球两种文化交流的成果》，《佐临研究》，第 13 页，中国戏剧出版社 1990 年版）

21—22 日，上海哲学社会科学学会联合会召开"上海学会工作会议"，总结交流学会工作经验，加强学会建设，更好地为改革开放服务。

8 月

20 日，儿童文学作家，原上海少年儿童出版社副社长贺宜逝世，终年 73 岁。范泉说，"他不仅长期和少年儿童交往，有着扎实的写作儿童文学的生活基础，而且还从'儿童文学'课的讲授中，直接体会到文学创作的艺术方法，为他毕生从事儿童文学创作准备了取之不尽的写作素材以及从生活中提炼、概括的艺术手段。除了八·一三因家乡沦陷奔走逃难，以及在史无前例时期挨斗劳动，被迫搁笔外，一直到他 70 岁时不能执笔为止，他从未停止过写作，年年有作品问世"。贺宜"在进入六十年代以后，敢于撷取重大题材，为社会主义的精神文明和生产建设做出卓越的贡献"。（《记贺宜》，《编辑学刊》1993 年第 3 期）

9 月

23 日，《文汇报》举办的文汇杂文征文评奖揭晓，屈超耘的《话说"暗示学"》等 12 篇作品获奖。

本月，上海人民艺术剧院在沪演出话剧《想入非非》。编剧是澳大利亚的杰克·希伯德，翻译是胡文仲，导演是澳大利亚的卡里洛·甘德瑞。

10 月

8—10 日，在上海鲁迅纪念馆倡议下，上海市社联、文联、中国作协上海分会、上海社科院文学研究所、虹口区文化局、复旦大学、华东师大、上海师大、上海文艺出版社等 20 个单位联合发起并集资筹办了纪念鲁迅定居上海 60 周年大会暨学术讨论会。鲁迅生前友好、上海各界知名人士和有关方面负责人王尧山、袁雪芬、赵家璧、许杰、蒋孔阳、卢丽娟以及专程来沪参加纪念活动的鲁迅研究家王士菁、黄源等人在会上讲了话。陈沂、杜宣、石凌鹤、陆治、贾植芳、钱谷融等各界人士 300 余人参加了大会。

12 日，中国作协上海分会、《萌芽》编辑部在沪召开纪实小说讨论会，探讨纪实的特色、发展趋势及局限等问题。

19 日，北京十月文艺出版社在京召开陆星儿长篇小说《留给世纪的吻》座谈会。与会者认为，这部作品是陆星儿创作道路的一个小结，反映了她"营造更强大、更饱满的自我，走向更纷繁、更广阔的世界"的新的创作趋向，值得重视。

本月，上海人民艺术剧院在沪演出话剧《自烹》。编剧是台湾剧作家张晓风，导演是雷国华。

11 月

1—6 日，上海文艺出版社参与在贵州都匀召开的全国"少数民族故事大系"研讨会，就少数民族民间故事搜集、整理及有关问题进行研讨。

4 日，上海市文联《电视·电影·文学》编辑部邀请上海部分青年理论工作者就中篇小说《倾斜》（江浩，《电视、电影、文学》1987 年 5 期）召开创作讨论会。会上，与会者就作家"文化人格"问题展开了热烈的讨论。与会者一致肯定了小说《倾斜》对社会现实和文化所表现的激情以及作者写作态度的真诚，并指出它"提供了一种我们失掉的东西。"

12 月

20 日，《中国石油报》和《文学报》编辑部在天津联合举办中国石油诗赛授奖大会，150 名作者分获一、二、三等奖。李季被追授"特别荣誉奖"。这是全国石油企事业单位从未有过的一次盛大诗歌比赛。

22—26 日，上海市委在沪召开文艺创作座谈会，围绕着如何解放艺术生产力、繁荣上海文艺创作，迎接建国 40 周年进行讨论。

28 日，《上海艺术家》编辑部等 8 家华东地区戏剧期刊联合举办的"田汉戏剧奖"评奖揭晓。刘萍创作的剧本《未消逝的余波》27 篇（部）作品分获创作、评论奖。

1988 年

1 月

本月，上海青年话剧团在沪演出八场话剧《半个天堂》。编剧赵耀民、李容，导演杜冶秋。

3 月

14 日，上海市文联在文艺会堂举行纪念田汉诞辰 90 周年、逝世 20 周年大型座谈会。

本月，中国作家协会上海分会主办的文学研究刊物《文学角》创刊。

以丁锡满为组长，姜彬、杨振龙、白秀琳、任嘉禾为副组长的上海市民间文学集成领导小组成立，并设立了集成办公室。

4 月

3 日，中国作家协会第四届（1985—1986 年）全国优秀中篇小说评奖揭晓，共有 12 篇作品获奖，王安忆的《小鲍庄》获奖。

5 月

14 日，《收获》副主编萧岱去世。

6 月

6—14 日，值美国戏剧大师奥尼尔诞辰 100 周年之际，上海市文化

局、南京大学等单位先后在南京、上海两地举行"南京——上海奥尼尔
戏剧节",共有 12 台奥尼尔的戏剧参加演出。其间,上海剧团贡献的话
剧有:上海青年话剧团的《大神布朗》《尤奕》,上海人民艺术剧院的
《马可·百万》,上海歌剧院的《鲸油》以及上海戏剧学院、复旦大学、
上海越剧院的 3 台《悲悼》。

20 日,上海文艺出版社、《上海文学》编辑部等单位联合举办王安
忆的《流水三十章》和残雪的《突围表演》作品讨论会,与会者认为她
们都以女性特有的眼光去观察被扭曲、被摧残的人性,不同的是残雪表
示了直露的愤慨,而王安忆则表达了温情的批判,两位作家都显示了较
强的创造力。

本月,《萌芽》荣获中国作家协会、中华文学基金会颁发的"庄重
文文学奖"。

7 月

20 日,陈思和、王晓明在《上海文论》第 4 期开辟"重写文学史"
专栏,对已成定论的文学史进行重新评价。这一专栏旨在"重新研究、
评估中国新文学重要作家、作品和文学思潮、现象,刺激文学批评的活
跃,激起人们重新思考昨天的兴趣和热情"。该专栏至 1989 年第 6 期结
束,共编辑了 9 期,每期刊有"主持人的话",介绍该期专栏的大致内
容。专栏分别讨论、涉及"赵树理方向"、柳青的《创业史》、"别、车、
杜在当代中国的命运"丁玲小说创作、胡风文艺理论、姚文元的文艺批
评道路、"礼拜六派"、革命文学中的宗派、"山药蛋派"、《青春之歌》、
《子夜》、《女神》、何其芳文学道路、郭小川诗歌、闻一多等话题。这一
专栏对文学界产生了极大的影响,也引起了评论界对"重写文学史"问
题的争论。相关理论文章有陈思和的《关于"重写文学史"》(发表于
《文学评论家》,1989 年第 2 期)、杨义的《应该创立文学史理论体系》
(发表于《人民日报》1989 年 4 月 11 日)等。

8 月

11—17 日,中国现代文学馆、人民文学出版社和牡丹江师院中文
系在黑龙江牡丹江联合举办"中国文学史(古、现、当代)研究学术讨

论会"，对文学史研究的现状进行了反思和展望，也对"重写（现代）文学史"的问题进行了进一步思考。9月24日《文艺报》第38期第3版以《怀疑·批判·重写》为题选登了与会者的会议发言。其中包括：王晓明的《破除机械进化论》、陈思和的《要有个人写的文学史》。

9月

3日，上海人民艺术剧院在沪演出话剧《耶稣·孔子·披头士列侬》，编剧沙叶新，导演熊源伟。该剧中耶稣、孔子、列侬同台出场，引发了观众的兴趣，也引起了一定的争议。

26日，应联邦德国汉堡市政府的邀请，中国作协书记处书记邓友梅率中国作家代表团一行6人赴联邦德国参加汉堡市"中国文化月"活动，上海作家王安忆、程乃珊位列其中。

10月

7日，小说家师陀在上海逝世，享年78岁。师陀，原名王长简，又名芦焚。师陀在其"芦焚"时期，即20世纪30—40年代的小说创作，注目于现代中国城乡"生活样式"的社会生态分析，其观照乡土中国"生活样式"的小说，呈现出一种"反田园诗叙事"的倾向，其解剖现代都市"生活样式"的小说，则表现出一种"反摩登叙事"的倾向。如果说，前一类作品展现了师陀抒情与叙事的杰出才华，后一类作品则凝聚了师陀深入解析人性蜕变及其心理深度的过人造诣。这些独特的成就为师陀在中国现代小说史以至文学史上赢得了重要的地位。（解志熙：《现代中国"生活样式"的浮世绘——师陀小说叙论》《清华大学学报》（哲学社会科学版））他在京派中具有独特的艺术个性，如叙述的讲究、讽刺的加重、人物贫富的清晰度很明显等，具有特别的文学地位。

本月，《小说界》邀请北京、上海等地的作家、评论家举行"留学生文学"专题座谈。《小说界》主编江曾培主持了座谈会，苏炜、戴厚英、陆星儿等出席了会议。与会者就留学生文学的特殊意义、成就与不足进行了讨论。与会者认为，留学生处于中西两种文化、两种世界碰撞的交界点上，因此其作品更能敏锐地反映出价值观念的变革和当代人在变革中的情感变化，也能跳出传统的狭隘观念来揭示我们社会的优劣成败。在讨论留学生文学的提高、深化问题时，有人认为只有作者从"中国人"的情结中解脱出来才能介入所在国的社会问题；也有人认为"中国意识"难以摆脱也不应摆脱，这才是留学生文学的基本特点。还有人认为，在评价留学生文学时要克服狭隘的爱国主义观念，不能把回国与否作为评价条件，也不可盲目地崇洋媚外。

上海市第5届故事会串由上海市群众艺术馆主办，全市各区县均派代表队参赛。夏友梅的《作怪的财神菩萨》、沈云娟的《女队长和她的情敌》、乌盛林的《神秘的新人》获创作一等奖。

11月

14日，《上海文论》编辑部在北京召开"重写文学史"座谈会。

23—28日，文化部艺术局在京举办"文化部振兴昆剧汇报演出"。上海昆剧团参与演出了《牡丹亭》《玉簪记》《义侠记》等剧目。

12月

15—30日，文化部在天津主办"京剧新剧目汇演"。来自北京、天津、上海、江苏、河北、辽宁、甘肃、贵州等省市的京剧剧团和中国京剧院的18台25出新剧目参加汇演。上海京剧院创排的京剧《曹操与杨修》以最高票获得优秀京剧剧目奖，被誉为"中国京剧现代化里程碑式的作品"。

本月，"中国潮"报告文学征文评奖揭晓。由全国百家期刊共同发起的"中国潮"征文活动，历时一年，共发表了近千篇报告文学作品。此次，共评选出一等奖10篇、二等奖30篇、三等奖60篇。其中荣获一等奖的作品陈冠柏的《蔚蓝色的呼吸》发表于上海期刊《文汇月刊》，上海作家陆星儿的《超级妇女》（发表于《十月》）荣获二等奖。

本年

民间诗刊《喂》创刊，一土在创刊号的题记中写道，"如果能像我本身一样，我的诗使你感到意外，愿意同你交个朋友。我早就说过，你好"。第一期《喂》刊出一土的15首诗，2篇短论，羊工的12首诗，1篇散论，醉权的15首诗，1篇短论。第一期《喂》从上海发给全国各地后，在诗友之中引发了共鸣，收到了不少建议、批评和稿件。1998

年至 1994 年间共出版 8 期，发表上海及全国各地 49 位先锋诗人近 400 首诗篇，填补了当时上海诗歌民刊的空白。（海岸：《〈喂〉：上海诗歌前浪掠影》）

1989 年

1 月

2 日，上海人民艺术剧院名誉院长、戏剧家黄佐临《关于振兴话剧的 14 条意见》，于 1988 年 12 月在《人民日报》上发表。中国剧协、中国话剧家研究会为此在京举行座谈。

19 日，《文学报》头版刊登报道《"全民卖书"影响和冲击了图书市场》，该报道称：上海市新闻出版局局长袁是德认为，这种情况正破坏着图书发行行业的社会效益保障机制，同时影响了国家的财政收入，当前必须治理发行环境，整顿发行秩序。

本月，上海举行电影艺术家郑正秋先生诞辰 100 周年纪念活动。郑正秋先生是我国电影创始人之一。中国电影家协会、中国电影艺术研究中心、中国影协上海分会在上影厂联合召开纪念会，高度评价了这位中国电影事业的拓荒者。中国影协程季华、中国电影艺术研究中心奚姗姗等专程来上海参加纪念活动。夏衍同志为纪念会亲笔写了发言稿。参加纪念会的还有吴贻弓、成志谷、王世桢、桑弧等。

2 月

20 日，小说家丰村在上海逝世，享年 72 岁。丰村从 20 世纪 30 年代末发表小说，直到 1949 年全国解放止，共发表了 30 多个短篇小说，曾被誉为"写短篇的能手"。

23 日，《文学报》头版头条发表报道《一批读者投书〈诗刊编辑部〉——尖锐批评当前诗坛现状》。同期刊发了《89 年，社会转型期的文学——上海文学刊物编辑六人谈》。上海文学刊物的六位编辑对当前的文坛状况和文学发展表达了自己的看法。《收获》编辑部主任肖元敏、出版部主任顾绍文认为："现在想要组到好的长篇颇有难度，很多以中篇知名的作家其长篇写得并不好。似乎有种倾向，作家不写长篇就不足以显示自己'成熟'。"《上海文学》副主编周介人认为："短篇创作不太景气，是一个颇为奇怪的现象。一股新的思潮'新写实主义'可能成为目前转型期社会的代表性文学思潮。"《萌芽》主编曹阳说："现在文坛确处低谷，其原因是多方面的。如何扶植上海的青年作家，有一些工作刊物是可以做的。"《小说界》副主编郏宗培认为："目前创作生产力处分流状态，但有才华的年轻作家的作品仍有相当的冲击力。"《电视·电影·文学》副主编桂未明认为："89年纪实文学仍将是个热点，但中国不可能出现很突出的优秀作品。"

28日，中国作协主办的新时期全国优秀散文（集）杂文（集）评奖揭晓，巴金的《随想录》、夏衍的《夏衍杂文随笔集》、陈白尘的《云梦断忆》等24部散文（集）获奖。

本月，上海人民艺术剧院演出三幕话剧《梦迢迢》，编剧杜宣，导演欧阳山尊。

3月

13日，中日儿童文学交流上海中心在上海正式成立。陈伯吹任中心会长，任大霖、李楚城为副会长。3月25日，日中儿童文学美术交流中心在日本东京成立，前川康男任会长，松居直为副会长。两中心的成立，旨在通过两国儿童文学、美术作品及作家、画家的交流活动，更好地促进两国的儿童文学和美术创作，从而达到反战和平，关心孩子成长的目的。

30日，《文学报》刊发消息，徐中玉当选为上海作协主席，罗洛、白桦、徐俊西、赵长天、王安忆当选为副主席。

本月，上海人民艺术剧院在沪演出现代伦理剧《原罪》，编剧赵耀民，导演雷国华。

4月

本月，台湾女作家三毛到上海探望被她称之为"大陆爸爸"的漫画家张乐平。

第三届儿童少年电影"童牛奖"揭晓。上海电影制片厂的《紫红色的皇冠》、上海美术电影制片厂的系列美术片《葫芦兄弟》获优秀美术片奖。

5 月

17 日，《上海文学》主办的"中国文学 40 年文学道路"研究会在沪举办。70 多位中外学者参与会议，总结当代文学发展的成就，展望文学发展的未来。

26 日，上海儿童文学作家周锐的《拿苍蝇的红桃王子》获得全国少儿文化艺术委员会主办的"中国新时期（1979—1988 年）优秀少儿文艺读物奖"一等奖。

本月，《上海文学》第 5 期开辟了"批评家俱乐部"栏目，本期发表由朱大可主持，张献、宋琳、孙甘露、杨小滨、曹磊等人参与的对话《保卫先锋文学》。该对话在 1989 年 1 月 30 日在作协上海分会举办。该专栏针对当时的文学现象组织了一系列批评家文章，如第 6 期发表李其纲、格非、吴俊等人的对谈《小说本体和小说意识》，第 7 期发表《关于"世纪末"的对话》，第 8 期发表陈晓明、许明、陈燕谷、靳大成的对话《先锋派与文明的解体》。

7 月

本月，上海青年话剧团在沪演出郑毓芝、陈茂林编剧，陈茂林导演的四幕九场话剧《昨夜之灼》。

9 月

9 月—11 月，围绕庆祝建国 40 周年，上海理论界举办一系列学术活动。主要有：9 月 19—22 日上海市哲学学会、复旦大学、华东师范大学、上海社会科学院、交通大学、上海市委党校等联合召开的"马克思主义哲学在中国 40 年"理论讨论会。11 月 13—14 日上海社联举办马克思主义在中国 40 年理论讨论会。

10 月

本月，哥伦比亚作家加西亚·马尔克斯的长篇小说《百年孤独》由上海译文出版社出版，黄锦炎等译。这部荣获 1981 年诺贝尔文学奖的作品，一经翻译，在中国的创作界引起了极大的反响。

11 月

9 日，《文汇报》发表一组文章就"文艺的功能性"问题进行了探讨，其显著特点是：将文艺功能与文艺家的主体意识和社会责任感联系起来从整体上作认识与把握。蒋孔阳在《主体意识和社会责任感》一文中认为，"从根本上说，作家的主体意识和他的社会责任感，是密切相关、同步前进的"。"作家是搞精神文明建设的，他应当首先重视自己精神文明的建设。这样他的作品才能感动人和教育人，达到为人民为社会主义服务的目的"。近年来，文艺创作上的"自我实现"论颇为盛行，这一理论认为文艺应表现"主体意识"、"自我意识"，文艺的目的、功能在于"自我实现""自我表现"，艺术是一种"自我扩张"的手段，而创作过程则是自我拓展的过程。针对这一理论，邱明正在《漫论"自我实现"》一文中指出："自我意识固然需要通过自我内省，但是内省必须以生活实践、审美实践、艺术实践为基础，以对象的存在为前提，以正确的思想为指导"。"艺术创作包含着自我实现"，"但自我实现是有前提的，它需要有适当的环境，自我要同时代、集体相和谐"。否则，"所谓自我实现就只能是一种纯粹的个人行为，或者只是一种空想"。在中国当前的社会历史条件下，如何从整体上认识和把握文艺的功能，周介人的《对文艺功能的再认识》认为，"必须强调文艺的政治功能、认识功能与审美娱乐功能"。"文学艺术的政治性应该与作家主体对于生活的独立思考与艺术再创造相一致，应该与人民群众的历史实践相一致，应该与艺术的真实性与审美性相一致。"陈思和的《文艺要着眼于提高民族文化素质》一文则从中华民族文化素质的角度出发，认为"人的审美能力是需要训练的"。赵莱静的《文艺应缩短与人民的距离》一文认为，"在宣扬美的，鞭挞丑的，发挥文艺的社会功能的这两个方面，帮助人民群众正确地认识生活和改造生活，是我们文艺家义不容辞的责任"。毛时安的《文艺创作的"三多"和"三少"》也指出："我赞成文艺多元价值观。多元价值应该由一元价值主导。提倡艺术的使命感、责任感，正确表现大时代人民的改革生活，人民的欢乐与痛苦，应该成为文学的主导功能。"

10 日，《文汇月刊》第 11 期发表了一组理论文章探讨《河殇》，包括：沈定平的《〈河殇〉历史观及其理论来源剖析》、蒋大椿的《〈河殇〉抛开了唯物史观》、瞿林东的《华而不实的学风》、林甘泉的《〈河殇〉与超稳定系统假说》、齐世荣的《必须重视对〈河殇〉的批判》。

12 月

5 日，《上海文学》举办"蜂花杯"上海四十年优秀小说奖，旨在检阅四十年来上海小说创作的成绩，团结老、中、青三代小说家，繁荣上海的小说创作。

13 日，中国现代文学史家王瑶因病在沪逝世，享年 75 岁。严家炎认为："王瑶先生是当代杰出的文学史家，在中古文学和现代文学的研究、教学方面，都作过重大的贡献。他的《中国新文学史稿》是我国第一部史料丰富、体系完备的现代文学史著作，为中国现代文学学科奠立了最早的基石。他对鲁迅的研究，巴金的研究，以及现代文学许多专题的研究，都达到了很高的水平。"（《悼念王瑶先生》，《鲁迅研究月刊》1990 年第 1 期）

23 日，由《解放日报》《文汇报》、上海人民广播电台等 5 家新闻单位资料研究人员编写的《上海全书》出版，这是全面介绍上海基本情况的大型工具书。

1990 年

1 月

23 日，巴金先后 4 次向上海图书馆捐赠手稿和珍藏的图书、期刊 3 994 册，其中包括介绍世界著名音乐家的传记和生平资料（俄文版）等。

本月，《上海戏剧》第 1 期刊登朱镕基在与参加第二届中国艺术节的上海演出团部分同志座谈时的讲话《更好地发挥社会主义文艺对人民群众的鼓舞、激励、推动作用》；从本期起，开辟"关注话剧"专栏，就话剧发展现状、前景问题展开讨论，陆续发表黄佐临的《话剧界面临的是"人心"问题》、周本义的《话剧要有自己的理想和追求》、陈恭敏的《剧作家不能置时代与现实于不顾》、焦晃的《话剧舞台真正有生命力的是人物形象》、荣广润的《两次刺激后的思考：剧作家能与时代、能与人民的需求共鸣吗？》（第 1 期）；王胜华的《寻找话剧之船的不冻港——话剧艺术两极化刍议》、花建的《发展戏剧批评》、刘永来的《中国先锋戏剧的彷徨》、余叔芹的《现实，又在召唤现实主义》（第 2 期）；朱伟国的《在大众传播中推销话剧》、汤逸佩的《多元并存　各显神通——九十年代中国话剧展望》（第 3 期）；马骏的《我看话剧危机》、唐卫宸的《戏剧危机中的戏剧批评》、范立的《走一走这条路》、李晓岚的《拿你自己的特长与别人竞争》（第 4 期）；吴俊的《门外剧谈》、陈思和的《舞台下的外行话》、梁永安的《话剧漫议三题》（第 5 期）等文章。

2 月

11 日，上海文学发展基金会正式成立，巴金任会长。

19 日，"上海电影文艺沙龙"开始试营业，它将致力于发展和繁荣中国的电影文化事业。该"沙龙"的董事长由著名表演艺术家秦怡担任。

本月，首届长篇小说评奖于揭晓。上海文艺出版社于 1986 年决定设立长篇小说大奖，首届评奖的范围为该社 1986 年至 1988 年期间出版的长篇小说。巴金担任评奖委员会名誉主任，王蒙、冯牧任主任委员。大奖的准备工作在 1989 年初开始，经过多次讨论，从 3 年来出版的 43 部长篇小说中，选出 7 部作品送交评委会评审。经过评委投票，一等奖空缺，评出二等奖 1 部：《皖南事变》（黎汝清著），三等奖 2 部：《危楼纪事》（李国文著）和《橄榄》（朱春雨著），提名奖 4 部：《曲里拐弯》（邓刚著）、《晒太阳》（张宁著）、《龙村——坐牛车的都市女郎》（陈元珍著）、《青天在上》（高晓声著）。

3 月

2 日，上海举行纪念中国左翼作家联盟成立 60 周年大会。"左联"是中国共产党领导下的第一个革命文学团体，开创了文艺自觉地同无产阶级革命运动相结合的道路。以鲁迅为旗手的"左联"，在介绍和传播马克思主义文艺理论，倡导无产阶级革命文学，培育进步文艺队伍，建立与世界进步作家的联系，反击国民党文化"围剿"等方面，做出了巨大的贡献。上海市委副书记陈至立在纪念大会上讲话，"左联"老战士、上海文联主席夏征农作了专题报告。中国文联和作协向纪念大会表示祝贺。上海800多名文艺界人士参加大会。作为"左联"诞生地的上海，各文艺团体和单位连日来纷纷举办纪念座谈会和学术讨论会，"左联"会址纪念馆3日起对外开放，纪念"左联"成立60周年的电影周也同时举行。(《人民日报》1990年2月3日第5版载综合新闻《继承革命传统繁荣文艺事业上海纪念"左联"成立60周年》)

本月，《上海戏剧》和上海文化发展基金会、上海市演出公司共同主办的首届上海戏剧表演艺术"白玉兰奖"开始评选。"白玉兰奖"是经上海市人民政府、中共上海市委宣传部批准的上海市常设戏剧表演艺术奖。自1990年起，每年评选一次，当年评选上年度在上海舞台公开演出的话剧、戏曲、儿童剧、歌剧、舞剧的主配角演员。

4 月

10日，著名作家吴强因病在上海逝世，终年80岁。吴强（1910—1990），原名汪大同，江苏涟水县人。1933年在上海参加左翼作家联盟，1938年在皖南参加新四军，1939年加入中国共产党。先后担任新四军政治部宣传部文艺干事、科长，及纵队、兵团政治部宣传部长等职。解放战争期间参加莱芜、淮海等著名战役。解放后，历任华东军区政治部文化部副部长。1952年转业，历任华东文联党组成员和中国作协上海分会副主席，中国作协理事等职。吴强三四十年代的主要作品有短篇小说《激流下》、《三战三捷》（与宋洁合作）；散文《夜行》《老黑马》《淮海前线纪事》；独幕话剧《一条战线》《激变》及三幕话剧《繁昌之战》和《逮捕》。1946年起开始酝酿《红日》的创作，1952年秋写好了《红日》的故事梗概和人物表，1953年和1954年，作为《红日》的创作准备，先后写了中篇小说《他高高举起雪亮的小马枪》及《养马的人》。1957年《红日》出版。之后的创作主要有60年代出版的文艺评论集《文化生活》、70年代末创作的短篇小说《灵魂的搏斗》及长篇小说《堡垒》等。

28日，"蜂花杯"上海40年优秀小说奖在沪举行领奖仪式。评奖活动由中国作协上海分会主办，共选出获奖作品19部（篇），其中有长篇小说《红日》《上海的早晨》《金瓯缺》等5部；中篇小说《小鲍庄》《蓝屋》等5部；短篇小说《百合花》《伤痕》《黎明的河边》等9篇。

5月

本月，上海青年话剧团在沪演出话剧《和空气爱人做游戏》。编剧贾鸿源，导演娄乃鸣。

《萌芽》第5期公布1989年萌芽文学奖获奖作品及作者简介。上海作家唐颖的小说《那片阳光还在》获奖。

第四届《上海文学》奖揭晓，以1988年、1989年文学创作为评奖范围，注重突出主旋律、坚持多样化。获奖作者体现出"三代同堂"的特点，他们中有老作家罗洛，有中青年作家高晓声、程乃珊、陆星儿、范小青。此外，获奖作者来自社会各个方面，其中有来自部队的作家雷铎，来自基层的作家如上海市小绍兴鸡粥店职工沈嘉禄、杭州钢铁总厂的周天步等。

7月

本月，上海市委书记、市长朱镕基在中共上海市委宣传部召开的第十五次理论工作者双月座谈会上强调：上海要在抓经济建设的同时，一定要重视思想建设和文化建设。他希望上海的文艺工作者要深入实际、深入群众，写出能反映我们时代精神，具有上海特色的、有感染力的群众喜闻乐见的文艺作品。

8月

30—9月12日，第三届全国书市在上海举办。全国400余家出版社的4万余种图书参加展销。

本月，日本福冈亚洲文化奖委员会决定，将首届亚洲文化奖授予中国著名作家巴金。同时获奖的还有泰国作家克立·巴莫、英国中国科学史权威李约瑟以及日本著名电影导演黑泽明和社会学家矢野畅。

10月

10—15日，第三届上海电视节在沪举行，来自35个国家和地区的

350 家电视台、制片公司的 1 200 名代表参加了电视节。206 部电视剧参加了"白玉兰"奖的角逐。我国参赛的电视剧《结婚一年间》，邱茹云的扮演者王频获"白玉兰"大奖最佳女主角奖。

15 日，上海图书馆、作协上海分会联合举办《夏衍文学创作生涯 60 周年展览》开幕。

12—18 日，上海市文化局、上海艺术研究所，上海市话剧艺术研究会、中国剧协上海分会和上海文化发展基金会联合主办"上海话剧发展研讨和话剧展演"活动。本次活动旨在繁荣促进上海地区话剧事业的发展，寻求振兴上海话剧的路径。与会者评议了由上海艺术研究所和上海市话剧艺术研究会联合完成的研究报告《上海话剧发展对策研究》，讨论了话剧创作主旋律与多样化问题，交流了各地话剧创作的经验，还就话剧院团的体制及管理问题展开了讨论。研讨会期间，还展演了《消失的雨点》《魂兮何方》《四弦琴》《GBT 异常》《生辰纪念》《天边有一簇圣火》《迷雾人生》等九台话剧。

19—26 日，上海文化发展基金会、中国福利会、上海市文化局、电影局、教育局、广电局、团市委、市妇联等 10 家单位联合主办"1990 年上海儿童戏剧展演、科教美术影片展映"。中国福利会儿童艺术剧院参加展演的节目有：歌颂英雄少年赖宁的《生命的瞬间》，曾参加第二届中国艺术节的童话剧《魔鬼面壳》，反映当代中学生生活的《四弦琴》，以低幼儿童为主要对象的《大森林里的小故事》，以及由童话剧《皇帝的耳朵》、历史剧《甘罗十二为使臣》《花木兰替父从军》组成的独幕儿童剧专场。上海木偶剧团展演的剧目有：木偶剧《红宝石》《密林枪声》《森林小学的孩子们》和一台木偶短剧集锦，此外，戏剧节还演出了一台皮影戏。

21—28 日，上海市文艺心理研究会举行学术研讨会。会议举行了 4 场报告会。9 位研究者作了专题发言。周冠生作了"梦的创造与创造的梦"的发言。他从弗洛伊德、荣格关于梦的理论着手，认为梦具有积极意义；李家耀在"喜剧角色创造的高峰体验"的发言中，认为，喜剧表演中产生的这种"高峰体验"，实际上是演员自我和角色自我充分合一时的一种最佳创造心境；魏庆安在"悲剧创造心理初探"的发言中，对以往的几种悲剧理论提出了不同的看法。他认为，悲剧的本质是人的需要包括本能的需要不能得到满足。

本月，上海青年话剧团在沪演出话剧《本世纪的最后梦想》。编剧赵耀民，导演王晓鹰。

11 月

21 日，由中国作协上海分会与复旦大学中文系联合主办的首届巴金国际学术研讨会在上海市青浦县举行。参加研讨会的有来自海内外的 60 余位中国现当代文学和巴金研究的专家、学者、教授。会议共收到论文 40 余篇。与会者分别就巴金研究的回顾与展望、巴金思想与创作道路、巴金小说美学、《随想录》的意义与价值，以及巴金在现当代文学史上的地位等专题展开了讨论。

12—16 日，少年儿童出版社和中日儿童文学交流上海中心在上海教育国际交流中心联合举办的"90 年上海儿童文学研讨会"召开。国内 120 余位著名的儿童文学作家、理论家、出版家，及来自德国、日本、捷克和斯洛伐克等国的 12 位儿童文学专家出席了会议。日中儿童文学美术交流中心会长前川康男、新加坡文艺协会会长骆明，以及香港的一些儿童文学著名作家等给会议发来了贺信和贺电。研讨会的主题是"为了孩子的健康成长，为了儿童文学的进步繁荣"。会议共收到国内外代表的论文 73 篇。陈伯吹、束沛德、任大霖、中川正文［日］、米夏·朗姆［德］、王文田［德］、安德烈［捷］等 36 位中外代表作了大会发言。

本年

上海民间文艺家协会编《民间文艺季刊》（1990 年第 1—4 期）由上海文艺出版社出版。

1991 年

1 月

4 日，上海市政府决定设立上海文学艺术奖。（《文汇报》1991 年 1

月 5 日第一版消息）

17 日，上海青年话剧团在沪首演话剧《走近毛泽东》。编剧曲信先、向能春，导演李家耀。

24 日，《文汇报》第三版报道我国首部大型科幻童话连续剧《小龙人》目前在北京人民大会堂举行了隆重的开机仪式。

29 日，作协上海分会主办的《海上文坛》创刊。本刊是由上海市作家协会主办的文学月刊。

30—2 月 1 日，上海文艺工作会议举行，上海市委书记、市长朱镕基号召文艺工作者深入生活，更多创作和演出反映伟大时代的优秀作品和剧目。

本月，《上海文论》第 1 期中特辟了"当代视野中的大众文艺"的专栏，以期引起文艺界、理论界和舆论界的重视和深入研究。首先，一些学者力图厘清大众文艺的概念，毛时安在《大众文艺：世俗的文本与解读》一文中认为："大众文艺"就对象而言，主要是指近年在大陆出现的，通过印刷、光电等现代大众传播媒介手段所大量复制，供大众阅读、消闲、欣赏需求的各种文艺制品的总和。蔡翔在《大传统、小传统及其他》中提出流行的不一定就是"通俗文学"。"通俗文学又必定是流行的，因为它反映乃至代表了一般市民的普遍文化心态。"其次，学者讨论了大众文艺的属性和特征。如，邹平在《大众文艺与文化人》一文中认为大众文艺的性质是通俗性、艺术性和商品性的结合。杨文虎在《大众文艺：生产—流通—消费》中认为："物质技术发展并不仅仅提供了大众文艺得以形成的手段，它还创造了人们对大众文艺的需求。""被大量生产复制出来的大众文艺产品，必须作为商品投入广大的流通领域。"因而，"大众文艺的最终实现，还在于受众的乐于接受的消费。"陈大康在《论通俗小说的双重品格》（《上海文论》1991 年第 4 期）一文中指出书坊主的介入使通俗小说变成了商品。除此之外，对于大众文艺的前景，包亚明在《消费中的沉沦与救赎》一文中认为大众文艺"不断地被标准化，其标准化和程式化能够轻而易举地与大众趣味及期待视界相衔接，又因其标准化和程式化同样轻而易举地被大众阅读所遗忘和淘汰。"章培恒在《从武侠小说的发展看大众文学的前景》一文中对中国武侠小说的演变作一个历史的宏观的描述。

2月

11日，上海文学发展基金会正式成立，著名作家巴金担任会长。由巴金、于伶、王元化发起、筹办的上海文学发展基金会正式成立，著名作家巴金担任会长。文学前辈夏衍、著名学者赵朴初担任该会顾问。

3月

25日，上海图书馆联合北京图书馆、中国现代文学馆、中国电影出版社在北京图书馆举行"夏衍文学创作生涯60年展览"开幕式，并举行"夏衍文学创作生涯60年"电影周开幕式。

4月

13日，上海青年话剧团在沪首演话剧《情结》。编剧许雁，导演杜治秋。剧本发表在《剧本》第1期上。

5月

10日，上海电影评论学会评出1990年十佳影片：《焦裕禄》《北京，你早》《我的九月》《老店》《兵临绝境》《龙年警官》《别哭，妈妈》《血色清晨》《假女真情》《大气层消失》。

本月，《萌芽》第5期公布1990年萌芽文学奖获奖作品及作者简介。上海作家陈丹燕的小说《玻璃的夏天》、沈嘉禄的小说《30号小姐》、梅聊的小说《真爱》、朱大建的报告文学《鲲鹏展翅》、徐芳的诗歌《徐芳诗选四首》获奖。

6月

21日，上海电影制片厂摄制的影片《开天辟地》在首映式在北京人民大会堂隆重举行。

22日，上海市工人文化宫话剧队在沪首演话剧《大桥》，编剧贺国甫。剧本发表在《剧本》第12期上。

本月，上海译文出版社签约购买外国文学作品《斯佳丽》版权，在中国大陆出版界中首次取得国外畅销书的独家版权。

7 月

7 日，上海青年话剧团在沪首演八场话剧《巨人的情怀》。编剧曲信先、向能春，导演李家耀。剧本发表在《新剧本》1992 年第 1 期上。

10—17 日，上海人民艺术剧院在沪首演话剧《留守女士》。编剧乐美勤，导演俞洛生。剧本发表在《上海戏剧》1990 年第 6 期和《剧本》1994 年第 3 期上。

10 月

30 日，上海人民艺术剧院在沪首演话剧《太阳·雪·人》，编剧沙叶新，导演林荫宇。剧本发表在《新剧本》1992 年第 2 期上。

本月，上海青年话剧团在沪首演话剧《三声笛》。编剧北婴，导演苏乐慈。剧本发表在《上海艺术家》1992 年第 4 期上。

11 月

本月，上海译文出版社与外国文学出版社合作出版的"外国文学名著丛书"、"二十世纪外国文学丛书"获第一届全国优秀外国文学图书特别奖；上海译文出版社出版的《泰戈尔抒情诗选》《安娜·卡列尼娜》《丧钟为谁而鸣》《海涅诗选》获第一届全国优秀外国文学图书一等奖。

1992 年

4 月

16 日，复旦大学、华东师大和上海师大文艺理论教研室于上海师大文苑楼，围绕着"马克思主义与当代文艺学的发展"的议题进行了讨论，徐中玉、朱立元、吴中杰、应必诚、王纪人、徐缉熙、黄世瑜、楼昔勇、宋耀良、杨文虎、方克强等参与会议。会上提出包括能否提"当代性"、马克思文艺理想与文艺理论关系如何、教学的困境如何克服、怎样理解改革开放与文艺理论的关系等等问题，与会者围绕问题，提出了与时俱进的新见解。与会同志一致认为：文艺理论在建设自己的学科框架的时候，应花大精力研究这些现实提出的新问题。至于对马克思主义文艺理论的研究和阐释，谁也不能说自己拥有了专利权。会议纪要刊登于《文艺理论研究》1992 年第 4 期。

18—19 日，中国莎士比亚研究会在上海师大隆重召开"纪念朱生豪诞生八十周年研讨会"。会长曹禺先生在北京医院欣然命笔为"朱生豪先生八十周年纪念"题辞："正气凛然、贡献巨大"。出席研讨会的有来自我国十二个省市的 40 余位莎学专家学者和艺术家。

5 月

本月，著名戏剧电影剧作家于伶从事剧影工作六十周年。于伶同志是我国革命文艺的拓荒者，上海新中国电影事业的创业人。为表彰和纪念于伶同志为革命文艺事业的杰出贡献，上海市作家协会、上海市电影家和戏剧家协会于 6 月 26、27 两日联合在上海举行《于伶戏剧电影创作生涯六十年》学术研讨会和剧影回顾演映展、图片书刊展览等祝贺活动。

《萌芽》第 5 期公布 1991 年萌芽文学奖获奖作品及作者简介。上海作家胡展奋的报告文学《疯狂的海洛因》获奖。

8 月

21 日，《上海文化艺术报》更名为《上海文化报》。

本月，上海青年话剧团"精品剧场"演出英国荒诞派剧作家哈罗德·品特的《情人》。导演赵屹鸥。

9 月

1—10 日，上海鲁迅纪念馆举办"鲁迅与日本"文物史料展。展览共分四个部分。第一部分通过"宏文学院""仙台医专""佐藤屋"和鲁迅所在学校的校长，教授及同班同学的照片等史料，再现了鲁迅在日本七年的生活情况。第二部分以大量的书籍，信件，条幅，绘画等实物，展示出鲁迅与内山完造、增田涉、山本初枝等二十多位日本友人的交谊。第三部分是鲁迅对日本作家与作品的介绍和翻译。第四部分是中日两国各界人士对鲁迅的哀悼和纪念。该展览共展出文物 50 多种，照片及复制品共 300 余件。

10 月

6 日，由上海市作家协会和文学报社联合主办的"冯英子、郑拾风、林帆、萧丁杂文创作座谈会"于1992年10月6日在新民晚报社大厅举行。上海市30余位作家、评论家、学者出席了会议。会议对这4位活跃在文坛上的杂文家的辛勤笔耕，取得的卓著成绩表示赞赏。

27日，上海作协和上海社科院文学研究所、《文学报》联合举行"李晓文学创作研讨会"。李晓自1986年初发表短篇小说《机关轶事》以来，已陆续创作中、短篇小说近百万字，出版了4本小说集，其中《继续操练》获1987年度全国短篇小说奖和上海青年文学大奖。《天桥》获全国中篇小说奖。与会者认为，李晓的小说富有讽刺意味和社会意蕴，在审美取向、艺术表现等方面已形成自己的特色。

11 月

7—12日，第四届上海电视节在沪举行。《十字街头》在"白玉兰"大奖角逐中，获最佳记录短片奖。

19日，上海文艺界、理论界的代表欢聚一堂共同参与郭沫若诞辰100周年纪念日活动，纪念这位中国现代史上具有开创性的文化巨人。中共上海市委副书记陈至立出席了大会并作了主题报告《开创性的文化巨人》。

12 月

5日，第五届庄重文文学奖颁奖大会在厦门召开，16名青年作家获奖，包括上海文学界人士：王安忆、李晓、王晓明等。

1993 年

2 月

2日，上海文艺、理论、出版界的200多位知名人士齐聚一堂，共贺文化界的老前辈、老领导夏征农90华诞。

14日，中国作家协会第二届（1986—1991）"全国优秀儿童文学奖"揭晓。本次评选标准为：内容健康，具有时代特色，文学品位较高，具有艺术感染力，艺术上有创新，符合少年儿童心理，为少年儿童喜闻乐见。获奖小说包括上海作家作品：沈石溪的《一只猎雕的遭遇》

（江苏少年儿童出版社）、秦文君的《少女罗薇》（少年儿童出版社）、张秋生的《小巴掌童话》（少年儿童出版社）、周锐的《扣子老三》（湖南少年儿童出版社）、鲁兵的《虎娃》（少年儿童出版社）。

24 日，上海青年话剧团在沪首演话剧《OK，股票》。编剧赵化南，导演陈明正。剧本发表在《剧本》第 6 期和《上海艺术家》第 6 期上。毛时安认为，赵化南的"话剧《股票三部曲》，几乎就是中国股市从认购证起步到企业并购上市的历史写照。他成功的剧作总是附着在一个实实在在的历史背景上，依赖着结结实实的生存经验。这种对现实的敏感和捕捉的能力，是他的创作总是生气勃勃地保持着与生活同步的姿态，有着一种激动人心的鲜活。""化南对重大社会事件的关注和艺术构思从来不在宏大叙事层面上展开，而是不动声色地将其溶化到最日常、最生机盎然的市民生活之中。普通市民的平凡、琐碎、日常，乃至他们处理人际关系时的小动作、小手腕、小机智和其后得逞的小乐趣，都在他烂熟于心的艺术创造中，得到了极具人间气息和人间情怀的展示。"（见毛时安主编:《岁月流声——赵化南剧作选》，上海社会科学院出版社 2002年版）该剧获得 1992 年话剧"五个一工程"奖。

3 月

3 日，上海译文出版社举行了建社 15 周年的座谈会。与会的领导与出版界的有关人士肯定了上海译文出版社 15 年来多出书、出好书的成绩，并望上海译文出版社进一步总结经验，将外文书籍的翻译和出版工作搞得更好。

本月上、中旬，上海市委宣传部、上海社会科学院、上海文化发展基金会联合召开了"加快上海文化市场建设系列研讨会"。与会者就上海如何加快文化产业建设，使上海文化事业与国际文化市场接轨的问题进入了深入的研讨。

4 月

14—19 日，华东地区戏剧期刊第七届"田汉戏剧奖"评奖活动在上海举行。共有 14 个剧本，13 篇评论获奖。其中赵耀民的《闹钟》获剧本一等奖。评论一等奖空缺。

27日，上海民间文艺家协会在上海作家协会西厅召开了"二十世纪的中国民间文学"的专题讨论会。与会代表畅谈了中国二十世纪以来民间文学的创作和研究的历程。

本月上旬，沪港两地近80位儿童文学作家相聚在上海作协大厅，围绕"儿童文学如何贴近时代、贴近生活"的主题举行了研讨会。这次研讨会是由中国福利会、上海作家协会及香港儿童文艺协会联合策划的。

本月，上海人民艺术剧院在沪首演话剧《昨日的桂圆树》。编剧徐频莉，导演范益松。剧本发表在《上海艺术家》第4期上。

5月

25日，杜宣文学戏剧生涯60周年祝贺研讨会隆重举行。祝贺研讨会上，与会者高度评价了杜宣的创作成就，认为杜宣从事文学戏剧的生涯，也是他从事革命活动的生涯。

本月上旬，上海市文联、上海文学艺术院、文学报联合举办了"文艺与市场经济"的研讨会，围绕着社会主义市场经济条件下，文艺怎样发展、文化人怎样生存的问题进行了深入的讨论。

本月，《萌芽》第5期公布1992年萌芽文学奖获奖作品及作者简介。其中，获奖的上海作家作品有殷慧芬的中篇小说《梦中锦帆》、陆棣的中篇小说《多事之秋》、桂国强的报告文学《东方之翼》、孙泽敏的报告文学《水上法医》。

6月

15日，《上海文学》第6期发表王晓明、张宏、徐麟、张柠、崔宜明的谈话《旷野上的废墟——文学和人文精神的危机》，7月15日，《上海文学》第7期开设"批评家俱乐部"，发表由陈思和主持、郜元宝、严锋、王宏图、张新颖参加讨论的谈话文章《当代知识分子的价值规范》。《读书》杂志在1994年第2至7期以"人文精神寻思录"为主题连续发表相关讨论文章，王晓明、陈思和、朱学勤、高瑞泉、袁进、张汝伦、李天纲、许纪霖、陈思和、蔡翔、季桂保、陈引驰、王鸿生、耿占春、何向阳、曾凡、曲春景、吴炫、王干、费振钟、王彬彬等众多学者参与了讨论，掀起了在当时文学界和思想界有重要影响的长达数年的"人文精神"大讨论。许多报刊如《光明日报》《文汇报》还开辟了专栏，前后大概有100多篇文章发表。王晓明主编的《人文精神寻思录》（文汇出版社，1996年2月版），丁东、孙珉主编的《世纪之交的冲撞——王蒙现象争鸣录》（光明日报出版社，1996年版）相继出版，成为这一大讨论的总结。直至90年代后期，这个话题依然被继续关注和讨论着，后来的王蒙现象之争、道德理想主义之争、新启蒙等热门话题，都与"人文精神"讨论有话语间的密切联系。

29日，第二届上海文学艺术奖获奖名单颁奖，施蛰存获杰出贡献奖。余秋雨的散文集《文化苦旅》获优秀成果奖。长篇小说《孽债》、小剧场话剧《留守女士》获优秀成果奖提名奖。

7月

2日，上海市作家协会举行"殷慧芬小说创作研讨会"。作协主席徐中玉、副主席罗洛、赵长天、王安忆和宗福先、毛时安、周介人、江曾培、陆星儿等30多位著名作家、评论家出席了会议。与会者一致认为，殷慧芬在工业题材的文学创作方面，较她以往的同类创作有所突破。

20—22日，上海市文联第四次代表大会在展览中心举行。中共上海市委书记吴邦国，副书记、市长黄菊等出席开幕式；市委副书记陈至立致祝词。大会选举朱践耳为主席，王峰、王伟平、叶辛、杜宣、李伦新、吴宗锡、吴贻弓、沈柔坚、郑礼滨、胡蓉蓉、草婴、赵长天、姜彬、黄绍芬为副主席。

8月

4日，上海市作家协会和花山文艺出版社于1993年8月共同举办了"王晓玉长篇小说《紫藤花园》研讨会"。来自北京、上海、河北等地的30余位作家、评论家出席了会议。许多评论家认为，这部小说不仅具有浓郁而深重的历史沧桑感，而且还致力于挖掘人性的隐秘，在风格上兼有豪迈大气和委婉细腻之感。

6日，上海人民艺术剧院、上海牧羊神文化实业公司在沪联合首演话剧《美国来的妻子》，编剧张献，导演陈明正。

7日，上海人民艺术剧院在沪首演话剧《喜福会》。编剧是美国的苏珊·金，导演是美国的阿文·布朗、俞洛生。

本月，上海现代人剧社成立。该社是90年代初中国文艺体制改革后，经上海文化局审核批准组建的第一家以制作人为中心的实验性剧团。剧社受上海艺术研究所艺术指导。自成立以来，剧社演出的所有剧目均不靠国家行政拨款，尝试走社会办文化的新路，以法人剧团的资格进行营业性演出与交流。

9 月

11日，上海人民艺术剧院在沪公演话剧《东京的月亮》。编剧沙叶新，导演陈体江、日本的内山鹑。剧本发表在《新剧本》第1期上。

25日，现代文学家许杰先生在上海病逝，享年92岁。许杰，字士仁，1901年出生于浙江天台。1922年毕业于省立第五师范学校。学生时代及发起并组织《微光》文学社，主编《越铎日报》副刊《微光》1924年发表成名作——短篇小说《惨雾》，被茅盾誉为"一篇杰出的作品"。以后相继发表《台下的喜剧》《菜芽与小牛》《赌徒吉顺》《改嫁》等多篇小说，茅盾称誉他是"成绩最多的描写农民生活的作家。"当过小学和中学教学教师，后加入文学研究会。1928年，现代书局出版了他的《明日的文学》一书，是中国最早的无产阶级革命文学论著之一，他的《鲁迅小说讲话》一书，是鲁迅研究史上第一部系统研究鲁迅的专著。1930年起先后任教于中山大学、安徽大学、暨南大学、同济大学、复旦大学。1951年调至华东师范大学任教，历任华东师范大学教授、中文系主任、中国鲁迅研究会理事、上海写作学会会长等职。晚年的许杰，仍然钟情于他所从事的教育和文学事业，参与了《辞海》的编辑工作，撰写了《〈野草〉诠释》一书。徐中玉在《群言》1993年12期上发表《一生进步一生坎坷——深切怀念许杰先生》的纪念文章，文章以多年同事、学生辈的身份回忆了许杰先生追求进步却又坎坷的一生，"许老一生进步，一生坎坷，一生清贫，一生忠厚。是我的楷模。"文章以较大篇幅写了他在"反右""文革"中被划成"右派"所受到的20年的非人待遇和精神折磨。"突出地显示出了他作为一个中国有志之士应有的坚贞骨格。"

本月，上海文艺出版社连续推出了山西老中青三代作家的三部长篇小说新作，他们分别是高岸的《世界正年轻》、成一的《真迹》和李锐的《旧址》。为了深入探讨三部长篇新作的创作成就，上海文艺出版社和山西省作家协会于9月15日在太原联合邀请京、津、沪、陕、晋等五省市部分文学工作者及三部作品的作者进行了座谈会。与会者认为，尽管这三部长篇小说分别出自不同的手笔，但在他们作品中所显示出来的扎实的生活、艺术功底和严肃的创作态度以及对艺术不懈的求索精神是共同的，这一点在当今商品经济大潮冲击、特别是在社会上某些浮泛风气盛行的背景下就显得尤为可贵。

10 月

7—14日，首届上海国际电影节在上海举行，这是我国唯一一个世界A级电影节。33个国家和地区的164部影片参展参赛。

18日，现代作家秦瘦鸥在上海逝世，享年85岁。秦瘦鸥，原名秦浩，1908年生于上海嘉定县。1927年7月毕业于上海商科大学经济系。曾任上海持志学院、大夏大学文学院讲师，专授中国古典文学。业余从事通俗文学的创作和翻译。1934年译作《御香缥缈录》发表，声名鹊起。1941年在上海《申报》副刊连载社会言情小说《秋海棠》，引起轰动。新中国成立后任香港《文艺报》副刊组组长。50年代末回到上海，历任上海文化出版社编辑室主任、上海文艺出版社编审、上海辞书出版社编辑。这时期创作了工人题材的中篇小说《刘瞎子开眼》、电影剧本《患难夫妻》、《婚姻大事》等。1982年创作《秋海棠》后代续篇《梨园世家》第二部《梅宝》。另著有长篇小说《危城记》、中短篇小说《第十六桩离婚案》、《劫后日记》等。秦瘦鸥逝世后，吴承惠发表《红花送别——忆秦瘦鸥先生》，文章从秦瘦鸥先生生前特意安排人们在悼念他的时候手持红花的细节入手，回忆了秦瘦鸥先生安于贫困、淡泊名利的高洁作风。

15—17日，由中国文联、中国影协、上海文联、上海影协、上海文化发展基金会和中国联合国教科文组织全国委员会联合举办的"93
国际青少年电影研讨会"在上海举行，会议的主题是"跨世纪的一
代——青少年电影形象的塑造"。中国、美国、瑞士、法国、以色列、
俄罗斯等国的电影专家出席研讨会。

29 日，上海市作家协会、上海社会科学院文学研究所、《文学报》
社联合召开了"竹林长篇小说《女巫》研讨会"。上海专业作家竹林自
1979 年出版了粉碎"四人帮"后第一部真实反映知青生活的长篇小说
《生活的路》以后，一直在沪郊农村深入生活和创作，取得了十分丰硕
的创作成果。她的长篇《女巫》由人民文学出版社出版发行，并引起社
会广泛关注。

11 月

25—29 日，在华东师范大学召开由中国文艺理论学会主办、上海
文化发展基金会，上海文学发展基金会协办，《文艺理论研究》编辑部
和华东师大中文系承办的中国文艺理论学会第六届学术研讨年会。会议
由执行副会长徐中玉教授主持。名誉会长陈荒煤、会长王元化、中国作
协副主席冯牧等出席了会议。来自全国各地及港澳地区的专家、学者
100 余人与会。会议以"五四新文化以来文艺理论研究的回顾与展望"
为中心议题，就"二十世纪中国文论的演化""八十年代中国文论的回
顾与反思""二十世纪中国文论与外国文论""当前中国文艺学及人文学
术的困境与趋向"等专题进行了交流和讨论。

12 月

8 日，文化部艺术局、中国戏剧家协会在京召开座谈会。上海戏剧
团赴京展演座谈会。与会者认为，上海 4 台赴京展演的戏剧剧目，体现
了上海戏剧工作者在艺术创作中的开放意识、精品意识、市场意识和海
派意识，为中国戏剧走出低谷，在剧目建设和二度创作上的探索革新提
供了成功的经验。参加此次展演的 4 台剧作分别是：淮剧《金龙与蜉
蝣》、话剧《OK，股票》、小剧场话剧《美国来的妻子》、京剧《扈三娘
与王英》。

10 日，上海市作家协会和复旦大学于作协大厅举行纪念座谈会，

纪念郭绍虞诞辰 100 周年纪念日。

17 日，由上海市作家协会、上海少年儿童出版社、《少年报》社、《儿童时代》杂志社联合主办的"陈伯吹儿童文学创作生涯 70 周年"研讨会在上海举行。陈伯吹一生著述颇丰，70 年来，他为中国儿童文学的事业孜孜不倦，做了大量的组织、宣传和评论工作，扶持和培育了许多儿童文学作家和编辑。会议对陈伯吹 70 年的儿童文学创作成就给予高度的评价。近百位儿童文学家、作家、评论家、编辑出席会议并给予他高度评价。

本年，上海文艺出版社推出的"中国民话六种"，是以《中国神话》《中国鬼话》《中国童话》《中国仙话》《中国佛话》等六本书所组成。上海文艺出版社还出版了《中国社会民俗史丛书》，主要从社会学和上海近代文学的角度审视中国历史上的下层文化，并着重对这些民俗现象进行了考察。

1994 年

1 月

1 日，《小说界》第 1 期发表李子云、陈思和、陈村、孙颙、谷梁、吴俊的对话录《须兰小说六人谈（1993.10.20）》。

5 日，《上海文学》第 1 期发表了陈思和的理论文章《民间的浮沉——从抗战到文革文学史的一个尝试性解释》，其后在《文艺争鸣》发表了《民间的还原——文革后文学史某种走向的解释》，提出了"民间"的理论概念。认为"民间是与国家相对的一个概念，民间文化形态是指在国家权力中心控制范围的边缘区域形成的文化空间"。其特点是"藏污纳垢"，其审美风格是"自由自在"。并以"庙堂"、"广场"和"民间"三大文化空间为理论框架来讨论 20 世纪中国知识分子问题和文学史的发展过程，该问题的讨论一直持续到新世纪之后。继陈思和提出民间理论概念之后，一批批评家王光东、张新颖、郜元宝、张清华等相继发表论文，围绕民间、民间立场、本年 9 月 5 日，《上海文学》

第9期发表了王晓明主持的评论文章《民间文化·知识分子·文学史》。该讨论围绕陈思和发表在《上海文学》1994年第1期上的《民间的浮沉》，对这套概念与分析框架进行进一步的讨论。陈思和、张柠、郜元宝、高恒文、刘洪涛、陈福民、罗岗、杨扬、张闳参与了讨论。

4 月

1—5日，由上海社会科学院文学研究所等单位共同发起的"文学史观与文学史学研讨会"在福建漳州举行。会议对有关文学史观与文学史学建构的多方面问题进行了广泛、深入的讨论。

8日，上海通俗文艺研究会成立。由复旦大学著名教授贾植芳任会长，该研究会将团结全市从事通俗文艺创作与评论的作者，推动通俗文学、通俗音乐的发展。

8—11日，上海第二届"长中篇小说优秀作品大奖"终评委会议在教育会堂举行，参加会议的有评委会主任徐中玉、副主任江曾培、评委蒋孔阳、钱谷融、潘旭澜、徐俊西、李子云、邱明正、余秋雨、陈思和、王晓明。这项评奖活动是由上海文艺出版社、上海市作家协会、上海文化发展基金联合会举办的，获奖作品是从1992年至1993年两年来在上海出版和发表的中长篇小说中评选出来的。最后评选出包括张炜的《九月寓言》在内的共九部（篇）获奖小说。

13日，在上海市作协东厅举办"邓伟志杂文集《我就是我》研讨会"。参加研讨会的有徐中玉、罗洛、赵长天、白桦、李伦新、郑拾风、毛时安、吴云溥、赵丽宏等上海市的作家、评论家、散文家20余人。

本月，26卷本《巴金全集》在巴金老人90华诞之际全部出齐，该书由人民文学出版社出版，巴金亲自参与了《全集》的编选过程，为其中17卷写了珍贵的跋语，并把编完《全集》视为自己最后的重要工作。《巴金全集》收入了作者自1921年以来除译文外的全部著作及迄今所见的书信、日记。这部《全集》是我国首次出版的健在作家的全集。

5 月

25日，上海市作家协会和上海市文联在作协大厅联合举办了"宁宇诗歌创作研讨会"。

6 月

1 日，戏剧艺术家、著名导演黄佐临在上海逝世，享年 88 岁。黄佐临早年留学英国，在英国伯明翰大学学习，结交了英国著名作家、幽默大师萧伯纳。1935 年，他再度赴英国学习戏剧艺术。抗日战争期间在上海、重庆等地从事进步戏剧活动，组织成立了上海职业剧团。新中国成立后历任全国人大一、二、三届代表，第四届全国政协委员，中国戏剧家协会副主席，上海人民艺术剧院院长。执导《荒岛英雄》《夜店》《林冲》《蜕变》《大马戏团》《天罗地网》《乱世英雄》《升官图》《假凤虚凰》《腐蚀》《一千零一天》《激流勇进》《布谷鸟又叫了》《第二个春天》《霓虹灯下的哨兵》《伽利略传》等近百部戏剧和电影作品。他于 60 年代发表的《漫谈戏剧观》一文，以及对斯坦尼斯拉夫斯基、布莱希特、格鲁托夫斯基等戏剧流派的系统介绍，推动了我国戏剧事业的发展和繁荣。他追求梅兰芳、布莱希特、斯坦尼斯拉夫斯基三者之间的共同性综合起来，被誉为"北焦（菊隐）南黄（佐临）"，在国际上产生影响。

2 日，海外华文文学研究所在同济大学成立。该所特聘冰心、萧乾、冯牧等著名作家为顾问。萝莉、梁凤仪等人为客座教授。

21 日，上海第二届"长中篇小说优秀作品大奖"颁奖仪式在衡山宾馆举行，共有九部（篇）小说获此殊荣，其中包括长篇小说一等奖一部：《九月寓言》（张炜），二等奖一部：《四牌楼》（刘心武），三等奖两部：《陪读夫人》（王周生）、《大上海漂浮》（俞天白）；中篇小说一等奖空缺，二等奖两篇：《接近于无限透明》（朱苏进）、《叔叔阿姨大舅和我》（李晓）；三等奖三篇：《享福》（陆文夫）、《最后一个生产队》（刘玉堂）、《"文革"轶事》（王安忆）。

9 月

20—26 日，国际莎士比亚戏剧节在沪举行。这次莎剧共有 10 台剧目演出。包括《第十二夜》《麦克白》《罗密欧与朱丽叶》《莎姆雷特》《奥赛罗》《威尼斯商人》《亨利四世》《王子复仇记》等。

10 月

5—10 日，由全国政协常委、香港《镜报》文化企业有限公司名誉董事长徐四民为团长的香港作家代表团，在上海参观访问。香港作家代表团在沪期间，参观访问了浦东新区、宝山钢铁总厂、闵行开发区和旗忠村，同上海文学界人士进行了座谈。

11 月

本月，《上海文学》颁奖仪式在上海举行，来自各地的 18 位作家、评论家分获中短篇小说、散文和理论奖。荣获中篇小说奖的 7 篇作品是刘玉堂的《最后一个生产队》、池莉的《白云苍狗谣》、沈海源的《窟窿》、李锐的《黑白》、刘醒龙的《暮时课诵》、王安忆的《香港的情与爱》、张欣的《首席》。王周生、王霄夫、苏童、王蒙和沈子东获短篇小说奖，张炜、萌娘获散文奖，薛毅、南帆、王晓明、李洁非获理论奖。

12 月

15 日，上海市作家协会在大厅举行了"上海市作家协会成立 40 周年"大型座谈会。16 日，是上海市作家协会成立 40 周年纪念日。为此，上海市作家协会举办了一系列庆贺活动。

17 日，在华东师大举行"庆贺徐中玉 80 华诞暨从事文学与教学活动 60 周年"活动。该活动由华东师范大学文学艺术学院、上海市作家协会和民盟上海市委联合举办。

1995 年

5 日，李洁非、许明、钱竞、张德祥的会议对话录《九十年代的文学价值和策略》发表在《上海文学》第 1 期上。在《九十年代的文学价值和策略》中，与会者针对当今社会现实究竟是怎样触动了文学，当前文学创作与现实的差距究竟体现在哪里，以及文学又该如何来对当下中国做出它的反应展开讨论。

5 日，王蒙在《沪上思絮录》中回应了"人文精神"话题。他对所谓"人文精神失落"说法"颇感困惑"，在他看来，中国本来就没有什么人文精神，也就无从谈什么"失落"，倒恰恰是"市场经济的发展终于使人文精神有了一点点回归"，"反而大喊失落"。他认为"失落"的也许只是一部分人所认准的那一种人文精神，但是"人文精神似乎并不具备单一的与排他的价值标准"，"把人文精神神圣化与绝对化，正与把任何抽象概念与教条绝对化一样，只能是作茧自缚"。王蒙也在文章中评价了王朔，认为他"敢于自嘲，具有一种轻松直率的性格魅力。"

<h3 style="text-align:center">3 月</h3>

1日，杜宣作品研讨会在上海文艺活动中心举行。夏征农、徐中玉、罗洛、蒋孔阳、钱谷融、姜彬、刘金等60位文艺界人士出席。

8日，上海一些青年文学批评家举行了"世纪末中国文学与批评研讨会"。研讨会是由上海师范大学中文系主办的，参加会议的有杨扬、薛毅、张宏、王纪人、吴亮、蔡翔、郜元宝等。

25—27日，中国作家协会第四届主席团第九次会议在上海召开。与会者共同学习了邓小平的文艺理论和江泽民总书记关于繁荣文艺的重要讲话，讲话强调1995年在繁荣文学创作方面重点抓三点：一是优秀的长篇小说；二是优秀的报告文学；三是优秀的少儿文艺作品。会议围绕"团结、鼓劲、活跃、繁荣"等主题展开论述。会议强调，坚持文艺"为人民服务，为社会主义服务"的方向，坚持"百花齐放""百家争鸣"的方针，是发展和繁荣社会主义文学的重要保证。巴金主持了会议开幕式并请人代读了讲话稿，希望中国作协爱护作家、帮助作家、鼓舞作家，创作出无愧于伟大时代的文学精品。他说："我对文学事业充满信心。我从一代一代年轻作家身上看到了希望。我希望作家们在安定团结的大目标下团结起来，营造一个和谐、宽松的气氛。这样我们的文学事业才能发展，文学创作才会繁荣。他还说，作协要按照会章为作家们多做服务，我们有一支很好的作家队伍，要多帮助他们，让他们充分发挥聪明才智，展示各自的风采。在世纪交替的时候，应该有更多的好作品出现。我们的作家应该增添信心，加强责任，富于良知，敢讲真话，用自己的笔为养活了我们的读者，提供更丰富的精神食粮，无愧于'作家'的称号。"会议通过了《无愧时代，面向未来，努力开创社会主义文学新局面》的决议，本次会议还推荐张锴担任中国文联书记处常务书记。

5 月

18 日，上海部分作家就"城市生活长篇小说创作"展开研讨。一部分作家认为，小说家不应将自己与复杂的现实生活隔绝而进入到另一世界中。

本月，上海比较文学研讨会举行学术研讨，数十名专家学者就"比较文学视野中的中国作家与作品""比较文学与文学史的重构"等展开对话。

6 月

15 日，《萌芽》第 6 期公布 1994 年萌芽文学奖获奖作品及作者简介。获奖的上海作家作品有高立群的《无心快语》、王一新的报告文学《新"围城"》、莫臻的报告文学《历史的回答》。并附上了徐中玉与郜元宝的评审意见。

22 日，第三届上海文学艺术奖揭晓结果，柯灵获杰出贡献奖。

27 日，上海市文联举行庆祝成立 45 周年招待会和回顾图片展。中共上海市委书记黄菊发来贺信，陈至立、金炳华题词。

7 月

25 日，上海市作家协会和上海文学发展基金会等单位联合举行了"吴强追思会"，以纪念这位老作家逝世 5 周年。

8 月

24 日，上海 200 余位文艺家举行纪念抗日战争胜利五十周年座谈会，贺绿汀、孟波等发言。

9 月

5 日，上海市文联、市作协、市鲁迅纪念馆联合举办了"鲁迅与抗战"学术座谈会，以纪念鲁迅诞辰 114 周年。来自文艺、新闻、出版界的 50 多位老同志和专家、学者出席了座谈会。

21 日，《文汇报》和上海文艺出版社、文学报共同召开长篇小说《苍天在上》研讨会，与会者呼吁有更多的作品，能够高扬时代精神。

27 日，上海通俗文学研究会与河南《传奇故事》杂志社联合在上海召开了通俗文学创作座谈会。

28 日，上海市文联和团市委联合举行了青年文艺工作者座谈会，全市百余位青年文艺工作者聚会于上海文艺活动中心文艺大厅，交流了他们各自的成长过程和艺术心得。

10 月

9 日，《文学报》在锦江小礼堂举行了出刊 800 期大型座谈会，上海新闻界、文学界、出版界、高等院校的部分领导、作家、学者、教授近百人出席座谈。

23—24 日，中共中央宣传部召开的 1994 年度精神文明建设"五个一工程"工作会议暨颁奖大会在上海举行。会议强调宣传思想文化战线要认真贯彻党的十四届五中全会精神，切实抓好精神产品生产，百花齐放，多出精品，把最好的精神食粮奉献给人民。丁关根、李铁映、黄菊出席会议并讲话。入选 1994 年度精神文明建设"五个一工程"的话剧有《鸣岐书记》《同船过渡》《徐洪刚》《周恩来在南开》《世纪风》《甘巴拉》《沙洲坪》和《极光》。

30 日—11 月 1 日"首届世界华文女作家创作研讨会"在上海宝钢宾馆举行。会议由复旦大学主办，由上海宝钢集团协办，讨论了聂华苓、於梨华、喻丽清、吕大明、戴小华、淡莹、梦莉、张晓风、袁琼琼、周蜜蜜等多位华文女作家的创作。会上评论家与作家直接交流，为华文女作家创作开创了一个高层次的平台。

11 月

3 日，在上海召开第三届亚洲儿童文学大会，本月 7 日胜利闭幕。这次大会由中日儿童文学美术交流上海中心、上海文学发展基金会（儿童文学基金）、少年报社、少年儿童出版社和儿童时代社共同主办。

14 日，上海作协举办《秋水与火焰——上海作家访谈录》一书的座谈会。该书由郭在精所著，由上海远东出版社于本年出版。

12 月

5 日，薛毅主持讨论会记录《知识分子与市民意识形态》、薛毅的评论《日常生活的命运》、许纪霖的评论《崇高与优美》，以及由程文超主持，张柠、杨苗燕等人参与的讨论会记录《此岸诗情的可能性》发表在《上海文学》第 12 期上。其中，薛毅试图澄清知识分子与日常生活的复杂关系。他指出只有给予日常生活以意义，才能守护日常生活。但是，现有的日常生活并不应束缚人们的理论与文学的想象力，否则，新的可能性不会得以无限的开启。而且，对现有的日常生活的批判也是知识分子不应放弃的权利，它不是用以敌视日常生活，而是用以揭露那控制日常生活的背后的力量，那毁坏了日常生活使之呈停滞状态的力量。在这种机制中，一种更有意义的有活力的生活形态会渐渐浮现在人们的想象中。也许，理想、崇高、神圣将会以新的方式进入到日常生活之中。许纪霖则用所谓"崇高和优美"来分别命名鲁迅、巴金所代表的知识分子精英话语和张爱玲所体现的现代都市的市民话语。当下的情形是充溢着现代市民精神的张爱玲重新复活，而且替代鲁迅、巴金成为上海都市文化的新偶像。他特别强调，这一切的变化是那样意味深长，远远不是文学史的解释就能胜任的。它实际上意味着一个时代的更替，意味着从神圣社会向世俗社会的转型。

12日，上海举行了张炜长篇小说《家族》研讨会。与会的京、沪、鲁等地作家、评论家对小说表示了高度评价。

18日，上海市青年文学艺术联合会成立。旨在加强优秀青年文艺工作者和青年文艺爱好者的联系、动员和依靠社会各界的力量，丰富青年业余文化生活，提高青年文学艺术修养，培养青年文学艺术人才，团结全市广大青年文艺工作者，繁荣社会主义文艺。

26日，上海作家协会举行研讨会，讨论"故事会"现象。在当今杂志销量纷纷下降之时，《故事会》销量今年猛增100多万，达423万。其奥秘在于坚持民族性、大众性和现代性的结合。

1996 年

1 月

2日，《上海文学》杂志举行了"新市民小说"研讨会。《上海文学》倡导"新市民小说"，已发表殷慧芬的《纪念》、唐颖的《红颜》、牛伯成的《背影》等佳作，受到广大读者的欢迎。《上海文学》还在

"批评家俱乐部"等栏目中开展了人文精神与市民理想之关系的讨论，在评论界引起一定反响。

19 日，"华东师大作家群现象"研讨会于 1996 年 1 月 19 日在华东师大举行，上海市文联、作协、教委的领导、专家和毕业于师大的部分中青年作家出席了会议。

31 日，纪念潘汉年同志诞辰 90 周年座谈会在上海召开，《潘汉年在上海》《潘汉年诗文选》在沪同时首发。

本月，上海市马克思主义学术著作出版基金第七次评审结果揭晓，《夏衍剧作艺术论》等 20 部书稿获得资助出版资格。该基金建立于 1989 年，由上海市委宣传部每年拨专款及有关方面捐款而组成。自 1990 年实施以来，基金已分 7 批资助了约 190 部学术著作出版。

上海市作协、上海文化发展基金会和《萌芽》杂志社开展"当代青年文学阅读意向"调查活动，了解读者对文学的兴趣所在和价值判断，调查的目的是为了明确文学出版物的市场走向。调查表明，青年读者仍对文学寄予厚望，他们不仅把文学阅读的目的归于"陶冶性情、体味人生"，而且把文学作品的主要功能放在"探索人性的真实"和"宣扬高尚的道德"上，主张文学必须"保持高雅品质，改善社会风气"。

2 月

16 日，中福会党组召集少年宫、儿艺剧院、儿童时代社、电视制作中心等单位，就"如何繁荣少年儿童文化艺术事业"进行座谈。

22 日，上海市文艺界知名人士共同为于伶庆祝生日和拜年。

本月，王晓明编选的"人文精神"讨论文集《人文精神寻思录》由文汇出版社出版。此书收录 26 篇讨论文章或对话，并附有《"人文精神"讨论文章篇名索引》。王晓明在"编后记"中说："'人文精神'的提倡其实是知识分子的自救行为"，不妨将它看作是"知识分子的自我诘问和自我清理"，陈思和认为王晓明选编的《人文精神寻思录》和丁东选编的《人文精神讨论文选》两书的出版，标志着"人文精神"大讨论的结束。陈思和认为，"人文精神的讨论，并非几个穷酸文人吃不饱肚子才来牢骚的,这是一次知识分子的自我反省,是知识分子对新时代精神滑坡的集体抗衡,虽然这并没能阻止知识分子精神的滑坡。在这次讨论中可以看到知识分子自我调整与时代关系的努力。这也是新中国成立以来知识分子第一次不依靠官方自己来发现问题讨论问题,而这之后,也就再也看不到集团性的全国范围内的大讨论了。所以从这个意义上说,这次讨论,可以称得上'空前绝后'。"(罗四鸽:《对精神滑坡的集体抗衡——陈思和答关于"人文精神大讨论"的若干问题》,《文学报》2008 年 12 月 18 日)

4 月

1 日,第六届"永乐杯"上海影评人奖评选揭晓。获年度十佳影片的有:《红樱桃》《赢家》《黑骏马》《阳光灿烂的日子》《变脸》《孤儿泪》《大辫子的诱惑》《天国逆子》《生死千里》。谢飞(《黑骏马》)、霍建起(《赢家》)获最佳导演奖。

5 月

2 日,中国夏衍电影学会成立,陈荒煤任会长。

7 日,上海翻译家协会举行了上海翻译家协会成立 10 周年纪念会。

20 日,中国作家协会、中共上海市委宣传部、上海作家协会、少年儿童出版社在上海联合举办秦文君儿童文学作品研讨会。与会的作家、评论家认为,秦文君创作的长篇小说《十六岁少女》《孤女俱乐部》《男生贾里》《女生贾梅》,短篇集《少女罗薇》,散文集《女孩船》,报告文学集《中学生的情感世界》等作品,具有鲜明的时代气气息,积极向上。真实生动地反映了当代少年自立、自强的时代风貌和心理变化。其作品语言俏皮,充满童趣,情节生动、形象鲜明、轻松活泼,给了儿童读者追求真理的勇气和信心。

本月,为纪念毛泽东同志《在延安文艺座谈会上的讲话》发表 54 周年,上海召开邓小平文艺理论学习交流会。《文学报》《每月评论》专版刊登《邓小平文艺理论对毛泽东文艺思想的新发展》(邱明正)、《市场经济下文艺与两个文明建设之关系》(朱立元、王文英)等两篇理论文章。

6月

13日，上海作家协会诗歌创作委员会召开了'96诗歌创作研讨会。会议由作协副主席罗洛介绍了西班牙的世界诗人大会的情况，潘颂德等介绍了武汉"华人诗歌发展研讨会"的情况。出席会议的有30多位诗人，与会者着重讨论近年来上海诗歌创作状况和今后发展走向。

25日，上海市作协儿童文学创作委员会和少年儿童出版社联合举办鲁兵儿童文学创作50周年研讨会。

本月，第三届上海市长中篇小说优秀作品大奖（1994—1995）揭晓，此次评奖共有13部作品入围，其中两个项目的一等奖空缺。《苍天在上》（陆天明）、《醉太平》（朱苏进）获长篇小说二等奖，《父亲是个兵》（邓一光）、《耙耧山脉》（阎连科）获中篇小说二等奖。揭晓新闻发布会于6月4日在上海锦江饭店举行。

7月

4日，首都文化界在人民大会堂聚会，纪念茅盾诞辰一百周年。上海作协、市文联、上海炎黄文化研究会和社科院文学研究所召开了"纪念茅盾诞辰一百周年座谈会"。

19日，上海作家协会召开了"创作与深入生活"座谈会。会议由徐俊西、叶辛主持。参加会议的有专业作家与部分创作上较活跃的作家王小鹰、赵丽宏、陈继光、王祖铃、叶永烈、陆星儿、沈善增、俞天白、王晓玉、王周生等近30位。

8月

25日，女作家戴厚英于寓所不幸被人杀害，终年58岁。研究者黄裳指出："八十年代以来的中国文坛，在小说的领域，戴厚英可算是第一个举起人性的自省旗帜的人，她为人性的自省付出了巨大的代价，为人性的理想付出了鲜血生命。""她爱祖国、爱人民、爱故土、爱乡情的人性的素质，与她强烈的忧患意识相结合，使她对民族、历史、时代的反省，总是与个体生命在当下境遇中的体察，人性的理想追求息息相关，她以对自我人性的内省为内驱力，而在文学世界里展开繁杂的人生的悲、喜剧，让我们从中透视当代中国人人性的荒谬与本真、失落与回归之演变的漫长、痛苦的历程，而她自己在人生的旅途中从盲从到反思，从迷茫到清醒，从蒙昧到怀疑，从怀疑到批判，并在时代的巨大变迁中不断追求对人的认识，呼唤人性理想，从而促使自我的人性在'凤凰涅槃'中获得新生、升华。戴厚英的作品总给人以一种悲凉感。"（《人性的自省——戴厚英论》，《文艺理论研究》1998 年第 6 期）

本月，上海市作协召开了"作家创作与深入生活"的座谈会。

9 月

6 日，《文艺报》报道：上海文艺出版社推出"当代文坛大家文库"，已出版《巴金七十年文选》《冰心七十年文选》《夏衍七十年文选》《施蛰存七十年文选》《柯灵七十年文选》。

18 日，我国电影表演艺术家，原中国影协副主席、原上影演员剧团团长白杨逝世，终年 76 岁。

本日，文学报和少年报联合举办微型小说征文活动。评委会由著名儿童文学作家陈伯吹任主任，评委由叶辛、李仁晓、郦国义、江曾培、任大星、张秋生、胡良骅等著名作家、领导和编辑组成。

上海话剧艺术中心——上海青年话剧团在沪首演大型历史话剧《商鞅》。编剧姚远，导演陈薪伊。剧本发表于《上海戏剧》1997 年第 2 期和《剧本》1997 年第 4 期。

10 月

19 日，鲁迅先生逝世 60 周年纪念日，中国作家协会、中国鲁迅研究会、上海市作家协会、上海市文联和上海市鲁迅纪念馆在上海展览中心举行了鲁迅先生逝世 60 周年纪念大会。中共上海市委副书记陈至立代表中共上海市委、市政府在会上致辞。中宣部副部长、中国作协党组书记翟泰丰作了主题报告。同时，"不朽的民族魂——鲁迅逝世 60 周年纪念展"在上海鲁迅纪念馆开幕。

22 日，由文学报和上海文化发展基金会联合主办、上海鑫城建筑装潢工程有限公司协办的"纪念茅盾诞辰 100 周年"征文的评选结果揭晓：上海师范大学中文系邵伯周教授的理论文章《茅盾几部重要作品的评价问题》荣获一等奖，著名作家叶君健的文章《我的主编茅盾》获荣誉奖。

11 月

12 日，上海市作家协会与少儿出版社联合举行"圣野儿童文学创作 50 周年研讨会"。与会者历数《欢迎小雨点》等诗歌留给他们终生难忘的印象，称赞圣野诗歌反映了孩子们的喜怒哀乐，滋润了一代又一代儿童的心灵。

14 日，剧作家、导演张骏祥在上海病逝，终年 86 岁。学者胡克认为："张骏祥的电影观念代表了中国 40 年代中期到 80 年代中期电影观念发展的一个重要流派的演变，早期电影观念由两部分组成，理论部分来自美国戏剧美学，创作部分是个性十足的电影喜剧，成为五六十年代中国主流电影观念主要代表之一"，"80 年代，他的电影文学价值的观点引起学术争论，引发了中国电影理论的变革。"（胡克：《张骏祥的电影观念》，《当代电影》2005 年第 4 期）

本月，上海市虹口区人民政府为曾在上海居住和战斗过的鲁迅、瞿秋白、郭沫若、茅盾、叶圣陶、冯雪峰、夏衍、沈尹默、丁玲、内山完造等十位文化名人居住地举行挂牌仪式。

1997 年

1 月

5 日，诗人孙大雨在上海病逝，享年 92 岁。孙大雨是"新月社"后期代表诗人之一，也是一位翻译家，中国著名的莎士比亚研究学者。其十四行体诗创作在新诗史上占有一定的历史地位。徐志摩曾指出："大雨的商籁体的比较的成功已然引起不少响应的尝试。"

14 日，上海市作家协会召开了"女性与都市文学"研讨会，就上海所涌现的阵容整齐、创作实力雄厚的女作家群体这一文化现象进行了专题讨论。

本月，上海的《巨人》杂志和台北的《民生报》联合举行"首届海峡两岸中篇少年小说"征文活动。

上海沪剧院和《芦荡火种》原作者文牧先生家属向上海市第一中级人民法院起诉汪曾祺及江苏文艺出版社侵犯其署名权。此案后以原告撤诉收场，双方协议再版后的《汪曾祺文集》将依据1965年《人民日报》发表《沙家浜》剧本时的署名——根据沪剧《芦荡火种》改编，沪剧原作者文牧，北京京剧团集体改编，执笔汪曾祺、杨毓珉。

1996年度"刘丽安诗歌奖"颁布，上海诗人金海曙同韩东、欧阳江河、于坚、翟永明等人一同获奖。

3 月

20日，在上海展览中心友谊会堂隆重举行上海市作家协会第六次会员大会。上海市作协党组书记、副主席徐俊西向大会作了《上海市作家协会工作报告（1989—1997）》。

26—29日，由文化部振兴京剧指导委员会、中国京剧艺术基金会、上海市文化局、文汇报、本月，上海京剧院联合主办的上海京剧发展战略研讨会在沪举行。

本月，在上海作家协会第六届理事会第一次会议上，罗洛当选为上海作家协会主席。

4 月

8日，《上海文学》编辑部召集了一些近年来在文坛比较活跃的青年理论评论工作者举行座谈会，就当前文学理论、评论如何介入文坛创作热点，注意批评的方式和方法以及上海青年理论评论队伍建设等问题，进行了深入而广泛的讨论。

22日，华东师大中文系全体师生为执教数十年，奠定中文系第一块基石的施蛰存、徐中玉、钱谷融教授颁发"华东师范大学中国语言文学系终身成就奖"，以表达对三位恩师的衷心感谢和崇高敬意。

本月，陈丹燕的长篇小说《一个女孩》的德译本《九生》获联合国全球青少年文学奖。

5 月

13日，上海市委宣传部、市委党校、市社联共同举办"上海市纪念真理标准讨论20周年座谈会"。

14 日，'96《萌芽》新人奖在上海揭晓。获此殊荣的是小说《天堂》的作者张磊（上海）、小说《家教》的作者刘文诚（上海）、小说《白领文雅》的女作者周洁茹（常州），纪实文学《范志毅、谢晖、高佳的生活写真》的作者张伟（上海），散文与随笔《如果，一朵花很美》的作者王开岭（山东）、《电子时代与文化权力的再分配》的作者瘦马（南京），诗歌《唯一的少年》的女作者朱小蝉（浙江）。

27 日，学林出版社和上海文学艺术院创作中心联合举办了李伦新散文、随笔创作研讨会。

31 日，第七届中国电影"童牛奖"在上海揭晓颁奖。本届"童牛奖"共有参赛儿童片 19 部。《我也有爸爸》《滑板梦之队》《驴嘎上电视》获优秀故事片奖；《自古英雄出少年——华佗学医》《大森林里的小故事——小蜗牛过生日》获优秀美术片奖。《我也有爸爸》《孤儿泪》与《红发卡》获得少儿评委"永乐杯奖"优秀故事片奖。

本月，《文学报》与《上海文化报》等单位联合召开了旅日作家林惠子的小说《樱花恋》和《忏悔梦》作品研讨会。

中国文联"世纪之星工程"展演活动在上海举行，王占君、徐梅花、吴学华、张绍林、张继刚、李维康、赵奇、裴艳玲、潘虹、郭文景 10 位中青年文艺家荣获"世纪之星"的称号。

6 月

7 日，剧作家、电影事业家于伶在上海病逝，终年 91 岁。夏衍说："于伶的一生，伴随着中国现代戏剧运动以至整个革命运动从艰难创业到发展壮大的坎坷曲折的历程。他同我们这一代知识分子一样，经历了几十年风霜雷电的考验。流过汗，流过泪；追求过，挣扎过，痛苦过，欢乐过。然而，他们上下求索，九死不悔，始终朝着既定的目标迈出坚实的步伐。"（夏衍：《〈长夜行人〉序》，袁鹰著：《长夜行人——于伶传》，第 2—3 页，上海文艺出版社 1994 年版）

本月，由上海市作协、市总工会和《上海文学》杂志社联合举办的"文学反映当代生活研讨会"在北京举行。来自湖北的刘醒龙、邓一光，河北的谈歌、关仁山，天津的肖克凡与上海文学、评论界人士 60 余人畅谈创作体会。

7 月

1 日，中英两国政府香港政权交接仪式港举行，中国政府开始对香港恢复行使主权、香港特别行政区正式成立。在东方明珠塔下举行"上海市庆祝香港回归祖国文艺晚会"是上海市为庆祝香港回归的又一次盛大活动，有 350 多名编导、独唱、戏剧、舞蹈演员参加。

10 月

3 日，上海文化界知名人士夏征农、杜宣、袁雪芬、丁景唐和鲁研、文博界人士 40 余人聚会于上海鲁迅纪念馆举行"鲁迅定居上海 70 周年学术座谈会"，会议围绕鲁迅定居上海的内在必然性、鲁迅定居上海对于中国新文化运动的意义和影响、上海之所以成为中国新文化运动中心的原因、上海的人文历史地位及其吸引力等问题展开了热烈探讨。

26 日，第七届上海影评人奖（永乐杯）十佳影片颁奖仪式在上海颁奖仪式在上海影城举行。王兴东获最佳编剧奖（《离开雷锋的日子》）；《大转折》《红河谷》《离开雷锋的日子》《埋伏》《红月亮》《红发卡》《离婚了，就别来找我》《男孩女孩》《我也有爸爸》《伴你到黎明》获十佳影片奖。

本月，上海鲁迅纪念馆新辟"赵家璧专库"。赵家璧是鲁迅生前好友、著名的编辑出版家，他一生以"读书、写书、编书、出书"自勉，在六十余年的编辑、创作生涯中，发起组织并主编了《中国新文学大系》，为中国的新文化事业作了重要的贡献。"赵家璧专库"收藏赵家璧的捐赠，计有《中国新文学大系》第一辑、《良友文学丛书》《良友文库》《万有文库》《晨光文学丛书》等 15 类 440 余册珍贵图书，大多是 20 世纪 30 年代鲁迅、茅盾、郑伯奇、郁达夫、巴金、老舍、丁玲、沈从文等人创作、翻译和所编的图书。

上海话剧艺术中心——上海人民艺术剧院制作体在沪演出话剧《老式喜剧》。编剧〔苏联〕阿尔布卓夫，导演戴榕。

11 月

6 日，陈伯吹在沪逝世，享年 91 岁。陈伯吹于 1927 年出版第一部小说《学校活记》，30 年代进入创作鼎盛期，出版了诗集《小朋友诗集》《小朋友歌谣》、童话诗《小山上的风波》《牧童》、童话《阿丽思姑娘》《波罗乔少爷》，小说《华家的儿子》《火线上的孩子们》等，在当时引起较大反响。建国以后，陈伯吹出版了《一只想飞的猫》《幻想张着彩色的翅膀》《中国的铁木尔》等作品。由于长期从事儿童教育和儿童读物的编辑工作，陈伯吹的儿童文学观也带着鲜明的教育家色彩。他认为儿童文学创作应适应儿童的心理发展特点，同时强调作品要健康的思想内容，对儿童进行积极的教育引导，注重作品的知识性和趣味性。陈伯吹的理论，代表了 20 世纪 50 年代对儿童文学认识所能达到的高度，构筑了该时代儿童文学理论的基本框架，他的这些主张后来被称为"童心论"。除了创作与理论研究之外，陈伯吹对中国儿童文学界的贡献还体现在儿童文学队伍的组织工作以及捐款成立"上海儿童文学园丁奖"（后改名为"陈伯吹儿童文学奖"）上。后者每年评选一次，用以鼓励儿童文学创作。

28 日，"九十年代文学潮流及思想文化特征"讨论会由上海作家协会组织召开。参加讨论的有文学界知名人士徐俊西、王纪人、陈伯海、陈思和、邹平、杨扬、方克强、朱立元、郦国义、杨文虎、邱明正、于建明、盛英（天津）、徐生民等。与会者认为，与八十年代相比，九十年代文学确实出现了较明显的内部结构性调整和变化，文学开始重于探讨旋涡下的东西。

本月，第十五届中国电视金鹰奖在上海揭晓。《和平年代》《儿女情长》《车间主任》获得最佳长篇电视连续剧奖；《大漠丰碑》《深圳人》获最佳中篇电视连续剧奖；张宏森（《车间主任》）获最佳编剧奖。

上影出品的故事片《我也有爸爸》在印度国际儿童和青年电影节上获最佳影片金像奖。

上海昆剧团《司马相如》剧组赴成都参加第五届中国艺术节。主要演员岳美缇获文化部第八届文华奖，剧本获上海文学艺术优秀成果奖。

12 月

2 日，纪念中国话剧诞生 90 周年活动在上海揭开序幕。活动持续了两周，上海话剧艺术中心、上海戏剧学院、中国福利会儿童艺术剧院、现代人剧社等话剧团的艺术工作者为观众奉献了多场优秀话剧演出；活动期间主办方还举办了为期 2 天的话剧艺术现状研讨会。

16 日，为缅怀中国著名语言学家、宗教学家、出版家、辞书编纂家、杂文家罗竹风逝世一周年，上海社会科学联合会举办纪念罗竹风座谈会。

本月，上海文艺出版社在沪召开长篇小说创作笔会。此次笔会的主要议题是怎样提高长篇小说的质量和产量。陈忠实、韩少功、邓刚、李锐、陈世旭、陈村、江曾培、王安忆、格非等作家以及上海文艺出版社总编辑何承伟、副总编辑郏宗培参加了笔会。

上海市新闻出版局从上海学术著作出版基金中拨出一部分款项作为长篇小说（含少儿长篇）的专项修改奖励，鼓励作家和出版社精益求精多出力作。

上海话剧艺术中心——上海人民艺术剧院制作体在沪演出话剧《尊严》。沙叶新，导演俞洛生。剧本发表《新剧本》第 3 期上。

本年

《中国新文学大系》第四辑共 20 卷由上海文艺出版社出版，收录从 1949 年到 1976 年间的作品，分为文学理论、小说、戏剧、电影、散文、诗歌、史料等 6 个分卷。《大系》中收录了当年被认为"毒草"，如萧也牧的小说《我们夫妇之间》；文艺理论卷中收入被错误批判过的理论文章如胡风、俞平伯等人的文章；散文、杂文卷中收入流沙河的《草木篇》、遇罗克的《出身论》及《燕山夜话》和"三家村"等曾被判为"毒草"的文章；电影卷中《海瑞罢官》《不夜城》和"文革"期间的《创业》也入选。按《大系》体例要求，入选作品原则上只收"初版本"，如《红灯记》选收翁偶虹、阿甲的改编本；选收沪剧《芦荡火种》不收京剧《沙家浜》等。这一辑还首次列选这一时期台湾、香港、澳门作家的新文学作品。

1998 年

1 月

12—13 日，上海《巨人》杂志、台湾《民生报》与海峡两岸儿童文学研究会联合举办的"海峡两岸中篇小说创作研讨会"在上海召开。与会者就中篇少年小说的创作现状及如何推动海峡两岸儿童文学创作的交流和发展进行了探讨。同时，1997 年海峡两岸中篇少年小说征文获奖名单揭晓，共评出一等奖三名，佳作奖七名。一等奖包括《我的经历和你的故事》（常新港）、《你是我的妹》（彭学军）、《等待红姑娘》（台湾陈素宜）。佳作奖则有《五天半的战争》（简平）、《天天天蓝》（饶云漫）、《远山》（谢华）、《菱子的选择》（殷健灵）、《少年本色》（小民）、《地球与 Q 星》（王图刚）及《美国的月亮》（缪忆纬）。

2 月

24 日，由文汇报社举办的首届"笔会文学奖"在上海召开。报告文学奖得主为沙叶新，江迅获报告文学提名奖；传记文学奖得主为邓琼琼、张建伟；散文随笔奖得主为龙应台，木人、曹明华获散文随笔提名奖；杂文提名奖由刘洪波、安立志获得；文学新人奖得主为潘向黎。

3 月

本月，1997 年度中国科幻小说银河奖在上海颁发。科幻小说银河奖是由《科幻世界》于 1986 年设立。本届，上海科幻作家绿杨的《黑洞之吻》获得特等奖。

上海 11 家出版社协力推出大型图书文库"海螺·绿叶"文库。这套文库由上海市新闻出版局牵头，联合 11 家出版社对众多图书资源进行重新遴选组合，分类编为常人修养、文学精选等 10 个专集 100 种图书。这在上海出版史上也是一件新鲜事，同时上海海螺有限公司买下文库的冠名权，这是一种出版社和企业合作的新途径。

4 月

23 日，第四届上海文学艺术奖揭晓。巴金、贺绿汀、王元化、谢晋获得杰出贡献奖。王安忆的长篇小说《长恨歌》，王小鹰的长篇小说

《丹青引》，钱谷融的论著《艺术·人·真诚——钱谷融论文自选集》，王运熙、顾易生等的《中国文学批评通史》，电影《红河谷》等12部作品获得优秀成果奖。

5月

4日—5日，第七届《上海文学》优秀作品奖在上海揭晓。此次评选范围是1994—1997年在该杂志上发表的作品，共评出中篇小说10篇、短篇小说8篇、散文3篇及理论文章4篇。在25位获奖者中，上海作家有14位，展示了近年来上海文学创作的实绩。该奖项于1984年设立，已评选过六届。

12日，《萌芽》新人奖揭晓，小说类《不系之舟》《搬家游戏》《房檐角的天空》的作者王淑瑾、商羊、路玮；纪实作品《窃车：正在升级的都市犯罪》《乡镇企业中的大学生群落》的作者张雄、蒋东敏等8位新人获此奖励。

本月，由文化部、上海市政府主办的'98上海国际艺术节在沪举行。来自国内艺术表演团体的10台剧目和14台国外参演作品参加了戏剧节的展示演出和祝贺演出。其中，参加演出的国内话剧有《蛐蛐四爷》《沧海争流》以及音乐话剧《歌星与猩猩》。

上海话剧艺术中心——上海青年话剧团制作体在沪演出话剧《禁闭》。编剧是法国的让·保尔·萨特，导演赵屹鸥。

6月

2日，人民文学出版社、中国左翼作家联盟会址纪念馆、上海市虹口区图书馆联合主办的"纪念冯雪峰诞辰95周年座谈会"在虹口区图书馆举行。

本月，《萌芽》颁奖活动在杭州举行，公布了"'97《萌芽》新人奖获奖名单"。

7月

28日，上海一些文艺评论家、学者和出版界人士聚会在上海市作家协会，针对近年来的中长篇小说创作特征和特色展开了热烈的讨论。与会者普遍认为，近年来的长篇小说创作发展还是应当充分肯定的。仅上海王安忆的《长恨歌》、王小鹰的《丹青引》、陈村的《鲜花和》，还有发表在上海的韩少功的《马桥词典》、周懋庸的《长相思》等等，都引起了比较大的社会反响。

8月

本月，巴金任名誉主编、汇集《收获》40年来散文精品的《〈收获〉文库·散文卷》6册，由文汇出版社出版，共收编了《收获》自1957年创刊以来发表的当代名家散文200余篇。

9月

9日，上海第四届（1996—1997）"长中篇小说优秀作品大奖"评奖揭晓，在选送的14部长篇小说、30部中篇小说、7部纪实和报告文学中，共评选出长篇小说一等奖1部：韩少功的《马桥词典》；二等奖2部：王小鹰的《丹青引》、余纯顺的纪实文学《壮士中华行》；三等奖2部：史铁生的《务虚笔记》、周懋庸的《长相思》。中篇小说一等奖1部：阎连科的《年月日》；二等奖2部：万方的《和天使一起飞翔》、王蒙的《春堤六桥》；三等奖4部：王安忆的《我爱比尔》、彭瑞高的《本乡有案》、刘醒龙的《分享艰难》、殷慧芬的《屋檐下的河流》。中共上海市委宣传部在上海图书馆举行小说创作座谈会，市领导为获奖作家颁奖。

本日，中共上海市委宣传部于上海图书馆举行"小说创作座谈会"。在座谈会上，作家代表交流了思想感受和创作体会。市领导为获得"上海第四届长中篇小说优秀作品大奖"的上海市作家颁了奖。

12日，诗人罗洛因病在上海逝世，享年71岁。罗洛1945年开始发表作品。著有杂文集《人与生活》，诗集《春天来了》《雨后》《阳光与雾》《海之歌》《山水情思》，诗论集《诗的随想录》，短篇小说《我知道风的方向》《出发》《我爱》《我心中有一支歌》，译著诗集《法国现代诗选》《萨特抒情诗选》《魏尔仑诗选》，主编《诗学大辞典·中国卷》等。1999年，上海社科院出版社出版《罗洛文集》，全书分为"诗歌""译诗""诗论""散文·译文·科学论著"四卷，共300万字，收录罗洛创作的诗歌500余首，译诗300余首，论文及散文各百余篇，较为全面地展现了一个诗人的才华、对历史的沉思、对人生的感悟和一个中国知识分子的心路历程与理想追求。

17日，"'98国庆当代诗会"由文学报与上海新时代诗歌工作委员会、市教委、市总工会、市文化局、8168云晨信息台及各大新闻单位联合举办。本次活动为时两个月，活动的奖项设置共分个人奖、团体奖和优秀组织奖三项。

25—26日，上海戏剧学院、中国莎士比亚学会在沪举办"莎士比亚在中国——演出与研究"国际研讨会。与会者围绕莎剧在中国舞台上的演绎、西方人眼中的中国莎剧演出、莎剧在中国及亚洲的嬗变、莎士比亚英译探讨及莎学批评等问题展开了探讨。

10 月

7日，女作家茹志鹃因病在上海逝世，享年73岁。茹志鹃创作了许多以小见大的作品，如《百合花》《静静的产院》《如愿》《阿舒》《三走严庄》《剪辑错了的故事》等。短篇小说《百合花》质朴感人。1979年2月，《人民文学》刊发了茹志鹃的《剪辑错了的故事》，该小说获1979年全国优秀短篇小说奖，具有独特的艺术构思与深刻的社会意义，开创了新时期小说创作艺术探索的先河。茹志鹃的创作具有特有的细腻温婉的抒情基调，同时具有反映历史的真实性，在文学史上占有重要的一席。

18—24日，上海戏剧学院和加拿大多伦多大学人文学院联合在沪主办'98上海国际小剧场戏剧节暨学术讨论会。

19日，中国民主促进会上海市委员会、上海市妇女联合会和上海鲁迅纪念馆在上海民主党派大厦联合举行鲁迅夫人、现代中国妇女运动领袖之一、民主促进会创始人之一许广平诞辰100周年纪念座谈会。

22日，由上海翻译家协会和市文联研究室共同举办的第七届金秋诗会在文艺活动中心大厅举行，近160位翻译家、诗人、演员、诗歌爱好者参加。

本月，上海话剧艺术中心——上海人民艺术剧院制作体在上海上演话剧《办公室秘密》，编剧卫中，导演俞洛生。

上海文化出版社推出以"对话"为主要体裁和基本特色的出版物《跨文化对话》。第 1 辑主题是"未来十年中国和欧洲最关切的问题",围绕文化冲突、生物发展与伦理道德以及电脑网络等对人类生活的影响展开讨论。

11 月

5 日,作协文艺理论沙龙"现代社会与文学想象空间"讨论会举行。参加会议的文艺评论家有徐俊西、邱明正、邹平、郜元宝、王宏图、杨剑龙、王雪瑛等。作协文艺理论委员会主任王纪人主持了会议。与会者认为九十年代以来的文学及影视创作得失参半。

12 月

16 日,上海市举行京剧《曹操与杨修》公演十周年纪念活动及座谈会。座谈会上,与会者结合该剧产生与演出、修改的过程,指出《曹》的成功是党的"双百"方针在新时期得到贯彻落实的实际成果。

本月,上海文学艺术界联合会第五次代表大会在上海举行。吴贻弓当选为新一届上海市文联主席,王峰、方增先、叶辛等当选为副主席。

上海话剧艺术中心——上海青年话剧团制作体在沪演出话剧《小平,您好》。编剧赵家捷,导演雷国华。剧本发表在《新剧本》第 2 期上。

上海古籍出版社推出由当代知名女作家石楠、赵玫、王晓玉、庞天舒等联袂创作的女性历史题材小说"花非花"系列。其中,"花非花"系列包括石楠的《陈圆圆·红颜恨》、王晓玉的《赛金花·凡尘》、庞天舒的《王昭君·出塞曲》、赵玫的《武则天·女皇》等四部长篇。几部作品是几位女作家书写的著名的女性历史人物的人生故事,具有强烈的女性文学气息。

上海话剧艺术中心演出大型史诗话剧《小平,您好》。

本年

《萌芽》自 1998 年 12 月开始启动"新概念作文大奖赛",由《萌芽》杂志社联合北京大学、复旦大学、华东师范大学等 7 所重点大学共同发起,聘请王蒙等著名作家学者担任评委。大赛以"叛逆者"的姿态提出了三条方针:"新思维",提倡无拘无束;"新表达",使用个性语言；"真体验"，真实、真切、真诚地感受、体察生活。《"新概念作文大赛"倡议书》中称："所谓'新概念'，就是针对中学语文教学的现状而提出，要探索一条还语文教学以应有的人文性和审美性之路。"组织者希望挖掘"具有语文创造活力的优秀作品，通过《萌芽》出版而直接辐射于全国的文学界和教育界，而通过长期与《萌芽》保持联系的专家学者的评荐文章，也可以为中学语文教育提供正确的导向作用。"大赛组织者对参赛者（参赛者分为3组：应届高中毕业生；除高三外的初高中学生；除中学生以外30岁以下的青年人）的许诺是，获奖作品除在《萌芽》杂志刊登外，还将由专家点评，结集出版。从第一届开始，与《萌芽》共同发起比赛的全国重点大学承诺为获奖的高三文科人才提供破格录取的"绿色通道"。1999年第一届、2000年第二届"新概念作文大赛"中，有21名一等奖获奖者被各大高校破格免试录取。大赛的成功有效地拉动了《萌芽》的销售量，到第二届"新概念作文大赛"启动时，杂志已是供不应求。（见易舟：《〈萌芽〉成功"突围"》，《文艺报》2003年1月30日）"大赛"汇聚了社会各界力量（包括大学校长、者、中学教师、作家、出版杂志社编辑等）推动了语文教育的改革，《萌芽》的销售量随着"新概念"大赛逐年热度的飙升而猛增。由此引发了关于语文教育、教育体制、文学与商业、作家与写手身份等诸多话题的热议。同时，韩寒、郭敬明、张悦然等一大批"80后"作家由此走上文坛。"新概念作文大赛"对中国教育与中国文学至今仍有影响。

1999 年

1 月

14日，上海市作协召集部分文艺理论家就"大众传媒时代的文学批评"的话题展开了热烈的讨论，与会者各抒己见，探讨了大众传媒的特点和文学批评如何与传媒协调关系等问题，对批评自身也作了不少反思。

23 日,《文汇报》开设专栏:"期刊断奶,文学怎么办",关注国内许多文学期刊将取消国家财政补贴,而转向在市场中生存和发展的这一现象。其中发表了肖复兴的《面向市场大势所趋》、周政保的《变与不变》、叶辛的《要沉住气》、沈乔生的《没有人能脱离市场》。

本月,《萌芽》第 1 期刊登《"新概念作文大赛"倡议书》。介绍了新概念作文大赛的缘起、作为先行高考制度的补充形式的功能以及具体做法。刊登了顾晓鸣、贾植芳、骆玉明、赵丽宏等专家学者对作文与大赛的看法。

3 月

本月,《上海文学》第 3 期发表了许纪霖、刘擎、罗岗、薛毅的《寻求"第三条道路"——关于"自由主义"与"新左翼"的对话》。该对话关注了 20 世纪末中国思想界发生的最引人注目的一场思想论战,即自由主义与"新左翼"的论战。该论战的导火索是 1997 年年底《天涯》杂志发表的汪晖的文章《当代中国的思想状况与现代性》。由此学界围绕着中国现代性以及现代化发展模式展开广泛讨论。该对话中,四人对这场论争发表了各自的看法和见解。刘擎认为,自由主义和新左翼的争论仍然是对中国现代化问题的回应。罗岗认为看待这个问题的时候,还需要回到资本主义和社会主义的关系上来。薛毅指出,应该重新深入理解资本主义和社会主义。许纪霖对当今中国的"自由主义"与"新左翼"感情是复杂的,对双方都有充满敬意,也有不赞同的地方。许纪霖指出,在这场论战中,双方的分歧首先在于:在 20 世纪 90 年代全球化的语境下,是否"历史已经终结?"他以为在世纪末的今天,在"自由主义"与"新左翼"的这两极之间,有必要发展出温和的中间力量,即兼顾自由与公正的新自由主义和社会民主主义。

4 月

26 日,上海市作协和上海文艺出版社在上海书城六楼演讲厅召开了关于"大上海小说丛书的对话"座谈会,丛书作者以及十多位知名作家、评论家与自由到会的几十位文学爱好者进行了别开生面的圆桌座谈会,大家就第二辑"大上海小说丛书"的创作,文学在当今社会中如何自救及发展等问题展开了热烈的讨论。

5 月

本月，上海文艺出版社出版第三、四届（1994—1995、1996—1997）"长中篇小说优秀作品大奖"获奖作品集。

6 月

26 日，美学家蒋孔阳在上海逝世，享年 77 岁。《文学报》7 月 1 日刊发朱立元的《先生，中国美学界铭记您》、徐俊西的《真理占有我——悼念孔阳先生》、吴中杰的《审美人生》、蒋年的《爸爸永远和我们在一起》以及蒋红的《我回来了，爸爸却走了……》等悼念文章。曾繁仁认为："蒋孔阳先生在马克思主义实践论基础上，运用综合比较的方法，以人与现实的审美关系为逻辑起点，所建立起来的融汇中西、贯串古今、囊括史论的'审美关系论美学'，在美的本质、美学规律、美感特征、审美范畴、中西艺术等一系列问题上完成了卓越的理论建树，显示出开阔的理论视野和巨大的学术包容能力，对总结 20 世纪、面向 21 世纪的中国美学具有方向性的指导意义。"（曾繁仁：《蒋孔阳美学思想评述》，《文史哲》2000 年第 5 期）

本月，《文学报》月末版开专版讨论"作家当院长教授好吗？"，陈思和、叶兆言等参与了讨论。

由王文英主编的《上海现代文学史》由上海人民出版社出版。该著作是第一部较为系统的上海地方文学史专著。作者在上海文学史学界对孤岛时期、抗战时期、20 世纪 30 年代在上海的左联作家等一系列专题进行研究的基础上，对上海现代文学演变历史作了一次全方位的梳理与探究。

7 月

22 日，上海文联文艺批评沙龙就"九十年代上海文论"这个问题展开讨论，与会的上海评论家就 20 世纪最后 10 年上海文学批评界的成就得失，热烈地发表了意见。评论家们指出，20 世纪 90 年代文论发展有阶段性。参加这次沙龙活动的评论家有徐俊西、王纪人、陈思和、方克强、于建明、陈惠芬、蔡翔、杨扬、杨文虎、戴翊、邹平、杨剑龙、张新颖、包亚明等。

8 月

21 日，《文学报》刊登赵丽宏的文章《文学永远不会消亡——在日本答记者问》，这是 1999 年 5 月赵丽宏带领上海作家代表团应邀访问日本时与东京记者的谈话。

9 月

15 日，上海译文出版社为海明威开设网站，并与网民举行了主题对话。这是国内第一个为外国作家开设的中文网站。

21 日，上海市委宣传部文艺处、市作协和上海文艺出版社在位于嘉定的上海汽车工业活动中心联合举办"长篇小说《汽车城》研讨会"。殷慧芬长篇小说《汽车城》作为"大上海小说丛书"第三辑第一部，引起了文坛评论界和社会的广泛关注。与会者认为，《汽车城》的气势很大，视野开阔，创作手法大开大合，富有阳刚之气。作品凝聚了对时代、生活的深刻思考，显示了厚重感。

21—24 日，应文化部邀请，上海戏剧学院话剧《家》剧组赴京参加国庆 50 周年献礼展演。

24 日，王西彦在上海逝世，享年 86 岁。王西彦曾任上海作协副主席，其早年作品多以农村生活为题材，晚年撰写了一系列以回忆为主的散文。王西彦的创作追求的是"像鲁迅、契诃夫那样，写得越真实越朴素越好；用手中的笔把家乡人民苦难生活的真相写下来，以表达自己的骨肉之痛和悲愤之情。""在长期的创作实践中，他始终以农民式的固执和倔强，在属于自己的那方土地上默默而辛勤地耕耘，为我们奉献了一百多个短篇小说和十几部长篇小说，并对我国现实主义小说艺术作出了可贵探索和独特贡献。"（孙升亮：《王西彦的小说创作》，《文学评论》1999 年第 3 期）

本月，上海文艺出版社推出 8 部重点长篇和一套《大上海纪实文学丛书》，8 部长篇小说包括《汽车城》《山水有相逢》《黑洞·炼狱·流水》和《十字门》等。

10 月

23 日，《上海电影志》首发式在式在沪举行。该书记载 1896—1995

年上海电影百年的发展史，先后有 250 位专家参与编纂，历时十年完成，由上海社会科学院出版社出版。

本日，由上海市旅游事业管理委员会、上海市松江区人民政府、上海市对外文化交流协会和上海现代管理研究中心联合主办的"'99 上海旅游节国际吟诗会"在松江区方塔公园隆重举行。

11 月

1 日—12 月 7 日，由文化部主办，上海市人民政府承办的首届中国上海国际艺术节在沪举行。

5 日，上海市作协就"现代社会与文学想象空间"的话题展开讨论。

8—16 日，上海戏剧学院首次举办中日韩三国青年戏剧家表演工作坊。此次活动受到联合国教科文组织下属国际戏剧中心 ITI 的委托。活动期间，三国的青年演员学习了中国戏曲基本功的表演，并参与即兴表演训练，观摩了上海戏剧学院创作的小剧场话剧《生存还是毁灭/谁杀了国王》《庄周戏妻》以及藏戏《文成公主》。

18 日，由上海翻译家协会、上海欧美同学会和上海比较文学研究会联合主办的"新世纪文学创作的走向与前景交流会"于文艺活动中心召开。近 50 名学者、翻译家、作家出席了这次交流会。法国著名新小说派代表作家米歇尔·比托尔应邀作专题学术交流。

本月中旬，上海榕树下网站和《文学报》等单位联合举办"1999 网络原创文学作品奖"征文。2000 年底，第二届网络文学大赛进入高潮，举办单位"榕树下"文学网站在此时抵达最兴旺期。从 1999 年到 2001 年，连续三届网络文学大赛促进了网络文学的发展。2001 年之后，大赛停办。

本月，第十八届"陈伯吹儿童文学奖"颁奖大会在上海举行，获奖作品有小说《鼓掌员的荣誉》《比乐和军》《留级生沙龙》《女孩风景》《永恒的生茆》，童话《森林里拾来的魔法师》《霍去病的马》等。

12 月

4 日，上海市作协文艺批评沙龙就"九十年代文学"的论题展开了讨论。与会的上海文学理论家、批评家们对于中国九十年代文学的现状进行了热烈讨论，提出了一些颇为客观与中肯的见解。

15日，《上海戏剧》第12期揭晓该刊所评选出的20世纪中国十大戏剧大师的结果。分别是梅兰芳、曹禺、田汉、老舍、黄佐临、焦菊隐、周信芳、王国维、欧阳予倩、郭沫若。

24日，上海文联邀请了上海信息办的领导及沪上的一些文艺评论家、大学教授、广告人、记者、网站主持和走部分网络作者共同探讨网络时代的艺术空间。来自网站"榕树下"的一些网络作者、复旦大学教授顾晓鸣、复旦大学教授陈思和、上海信息办公室主任贺寿昌等作了发言。

本年

《文学报》"大众阅读"栏目特辟"网络文学专版"（7月29日）。编者认为，"我国的网络文学正悄然兴起，网虫们在电脑键盘敲打出的文字在BBS中贴出，迅即不胫而走。网络的广袤空间，给文学创作展示了一片新天地，形成了无数个作者和读者群。"第1期刊登痞子蔡的网络小说《雨衣》，并陆续刊登安妮宝贝的《告别薇安》等著名网络小说。8月26日起特邀"榕树下"文学网站供编特稿，此外还刊登多篇探讨网络文学的访谈及文章，如《如何看待网络小说及其前景》（7月8日）和《"网话文"刍议》（12月9日）。《如何看待网络小说及其前景》一文里针对网络小说的兴起与传统文学的边缘化问题展开对话。《"网话文"刍议》一文指出，一种"不问文体，唯有思索，无意讨好，辞达而已"的"网话文"新文体被创造出来，并正向印刷物转移。《文学报》作为上海的文学类专业报纸，较早关注到网络文学的兴盛与发展，并组织讨论。主流作家主动介入网络文学，网络媒体与传统媒体开始互动。上海作家陈村首开个人网页《看陈村》，他对新兴的网络文学十分看好，认为网络使文学真正贴近大众，新一代文学青年将在网民中涌现。

第三部分
文学期刊要目

1977 年

10 月

20 日，《上海文艺》创刊。并在创刊号上刊登了桑城的文章《评"四人帮"的帮刊〈朝霞〉》，此外还发表了巴金的短篇小说《杨林同志》和茹志鹃的短篇《出山》，从本期到第三期连续发表姚雪垠长篇历史小说选载《高夫人东征记——历史小说〈李自成〉第三卷中的一个单元》。本期发表顾工的诗歌《延安的宝塔》，郭绍虞的词《念奴娇·纪念毛主席去世一周年》，臧克家的诗歌《忆向阳》，赵朴初的诗歌《临江仙》，任干的散文《秋收季节》、李程碑的散文《华主席在湘阴》、何为的散文《山城莲塘》、曹靖华的散文《"电工"鲁迅》、王洪珍的散文《我要唱》、杜宣的散文《十月》。

11 月

20 日，《上海文艺》第 2 期发表周永平的小说《小袁和老袁》、于炳坤的小说《地层深处》、何聪的报告文学《为了千秋万代》、柯灵的散文《水流千里归大海》、夏阳的散文《并肩战斗携手前进》、陆扬烈的散文《石油花》、徐开垒的散文《红旗升起的地方》。

12 月

20 日，《上海文艺》第 3 期发表陈旭明的小说《酒葫芦》、彭新琪的小说《禁声》、于伶的散文《瞻仰南湖党的"一大"纪念船纪诗》、老舍遗作《诗四首》、沙白散文诗歌《黄浦江之歌》、黄东成的诗歌《带回虎头山土一色土》。

1978 年

1 月

20 日,《上海文艺》第 1 期发表艾芜的短篇《衬衣》、贾平凹的短篇小说《第一堂课》、端木蕻良的诗歌《诗二首》、陈毅遗作《诗四首》、周而复的诗歌《一颗巨星从天坠——长诗纪念周总理中的一节》、巴金的散文《最后的时刻》、张爱萍的回忆录《"红旗十月满天飞"——忆和陈毅同志的三次会见》、茹志鹃的散文《十二月的春天》、黄宗英的散文《迎接大跃进》。

2 月

20 日,《上海文艺》第 2 期发表玛拉沁夫的小说《草原上的浪花》、徐迟的特写《石油头》、孙犁的散文《伙伴的回忆》、秦牧的评论《论长篇历史小说〈李自成〉》、阿英遗作评论《关于〈李闯王〉的写作技术》、白桦的《"形象思维"管见》、孟伟哉的《从反动小说〈闪光的军号〉谈起——"四人帮"为什么反对形象思维》。

3 月

20 日,《上海文艺》第 3 期设短篇小说特辑,发表张天民的《锤》、贾平凹的《满月儿》、白桦《痛苦与欢乐》、崔京生的《大海猎手》等,同期开辟"外国文学作品介绍"专栏,本期刊载契诃夫的短篇小说《马车夫》和《退休的奴隶》,并发表沙汀的文章《关于人物形象的塑造——谈谈契诃夫的短篇小说〈万卡〉和〈苦恼〉》和孙犁的文章《忆晋察冀的火热斗争生活——〈白洋淀纪事〉重印散记》。

4 月

20 日,《上海文艺》第 4 期发表叶文玲的短篇小说《小憩》,同期还刊登了臧克家散文《〈有的人〉的遭遇》、秦牧的理论文章《〈艺海拾贝〉新版前记》,本期外国文学作品介绍法国作家莫泊桑的小说《两个朋友》。王光祖、方仁念的文章《摈弃现实主义的一块样板——评浩然的

〈三把火〉》。

5 月

20 日，《上海文艺》第 5 期发表从维熙的小说《女瓦斯员》、吴强的小说《灵魂的搏斗》、铁凝的小说《夜路》、孟尧的小说《表态》、赵长天的小说《快板连长》。

6 月

20 日，《上海文艺》第 6 期发表赵丽宏的诗歌《雨中》、刘白羽的散文《海歌》、贾平凹的散文《第五十三个》、黄宗英的报告文学《美丽的眼睛》。

7 月

20 日，《上海文艺》第 7 期发表邓友梅的小说《我们的军长》、尤凤伟的小说《延河水》、郑克西的小说《雪夜铁流》、韩石山的小说《腊梅》、姚雪垠的七律诗《题册子》、李瑛的诗歌《关于今天的战斗——致青年战友之一》、于伶的散文《怀念郭沫若》、秦牧的评论文章《我们需要传记文学》、蒋孔阳（执笔）的文章《典型、典型化、典型环境》（文学讲座），本期外国文学作品介绍莱蒙托夫的小说《塔曼》。

8 月

20 日，《上海文艺》第 8 期发表贾大山的小说《分歧》，杨牧、易中天的《草原上的诗传单》（诗三首）、雁翼的诗《题科学考察站》（外二首）、碧野的散文《山高水长——记老水利专家雷鸿基》、曹文轩的创作谈《为什么短篇不短?》、蒋孔阳（执笔）《典型、典型化、典型环境》（续一，文学讲座）。本期外国文学作品介绍了英国作家乔治·索恩伯里的小说《灵机一动》。

9 月

20 日，《上海文艺》第 9 期发表该刊评论员文章《一个反革命的共同纲领——批林彪、"四人帮"合谋抛出的"文艺黑线专政"论》（《人民日报》1978 年 10 月 31 日第 3 版转载）。同期发表李荣峰的文章《为一批长篇小说恢复名誉——批判〈批判毒草小说集〉的反动观点》、唐弢散文《怀景宋同志——〈许广平谈鲁迅〉序》、蒋孔阳（执笔）《典型、典型化、典型环境》（续完，文学讲座）。

10 月

20 日，《上海文艺》第 10 期发表崔京生的短篇小说《能掐会算》、房树民的短篇小说《明天还得走》、顾工的诗《我庆幸》、刘剑青的文章《在生活的激流中——谈粉碎"四人帮"以来的短篇小说》。本期外国作品介绍了法国作家阿·都德的小说《旗手》和美国作家艾·考德威的小说《星期天下午》。

11 月

20 日，《上海文艺》第 11 期发表李季的短篇小说《病房三章——暮云期手记断片》，卢新华的短篇小说《上帝原谅他》，艾明之的短篇小说《雾》，萧平的短篇小说《墓地与鲜花》。其中《墓地与鲜花》获 1978 年全国优秀短篇小说奖。同期还发表公刘的诗歌《星——我为大有希望的一代歌唱》，本期外国作品介绍了美国作家马尔兹的小说《警察》，并刊发评论员文章《艺术与民主》，《人民日报》1978 年 12 月 23 日第 3 版摘要转载该文，题为《文苑百花盛开离不开适宜的民主气候——〈上海文艺〉论艺术和民主》。

12 月

20 日，《上海文艺》第 12 期发表王蒙的小说《光明》、韶华的小说《"未可及"别传》、林斤澜的小说《开锅饼》、冯牧的散文《光荣归于为真理而斗争的战士——看〈于无声处〉有感》、茹志鹃的报告文学《红外曲》、陈恭敏的文章《"伤痕"文学小议》。

1979 年

1 月

20 日，《上海文艺》第 1 期开始改名为《上海文学》，发表李准的《石头梦》（其长篇小说《黄河风情》中的一章）、刘心武的短篇小说《找他》、左建明的短篇小说《阴影》、黄裳的散文《大江滚滚思潮激》、吴运铎的回忆录《淮南烽火》、吕剑的诗歌《感怀二首》。

25 日，上海文艺出版社的《收获》在停刊十三年后在上海复刊，发表周而复的长篇小说《上海的早晨》（第三部）（连载，第 2 期续完）、刘心武的短篇小说《等待决定》、陈白尘的电影剧本《大风歌》、彭宁、何红、周宋戈的电影剧本《瞬间》、郭小川的诗《严厉的爱》（遗作），创作谈巴金的《关于〈春天里的秋天〉及其他》、老舍的《我怎样写骆驼祥子》、沙汀的《生活是创作的源泉》。

2 月

20 日，《上海文学》第 2 期发表刘绍棠的短篇小说《含羞草》、李准的小说《长安街头》（其长篇小说《黄河风情》中的一章）、韩石山的短篇小说《猪的喜剧》、彭荆风的短篇小说《瞎子》、周嘉俊的短篇小说《独特的旋律》、邹荻帆的诗歌《灿烂的城》、任洪渊的诗歌《寄美国登月者》、屠岸的诗歌《剑麻》（外一首）等。

3 月

20 日，《上海文学》第 3 期发表聂华苓的短篇小说《爱国奖券——台湾轶事》，成为海外中国血统作家在国内登出的第一篇作品。同期刊登贾平凹的小说《雪夜静悄悄》、刘真的小说《黑旗》、赖少其的散文《游目淮滨》、蔡其矫的诗歌《波浪》、徐刚的诗歌《春到更相思（诗二首）》。

25 日，《收获》第 2 期发表从维熙的中篇小说《大墙下的红玉兰》、冯骥才的中篇小说《铺花的歧路》、张抗抗的短篇小说《爱的权利》、白桦的话剧《今夜星光灿烂》等。《大墙下的红玉兰》发表后引起讨论。1979 年 7 月 12 日，《文艺报》第 7 期开辟"作品讨论"专栏，讨论这篇小说。

4 月

20 日，《上海文学》第 4 期发表林斤澜的短篇小说《拳头》、於梨华的短篇小说《涵芳的故事》、金河的短篇小说《重逢》、楼适夷的散文《痛悼傅雷》。同期发表该刊评论员文章《为文艺正名——驳"文艺是阶级斗争的工具"说》。

5 月

20 日，《上海文学》第 5 期发表尤凤伟的短篇小说《清水衙门》、艾青的诗歌《天涯海角》（外二首）、雁翼的诗歌《在远洋船上》（诗四首）、吕剑的诗歌《返航》、孙静轩的诗歌《芒果树》（外一首）、傅仇的诗歌《在甜蜜的森林里》（外一首）、蔡其矫的诗歌《集装箱码头》（外一首）、荒煤的散文《怀念君里》、黄宗英的散文《槟榔妹妹》、柯蓝的散文《早霞短笛》等。

25 日，《收获》第 3 期发表杨沫的长篇小说《东方欲晓》（选载）、谌容的中篇小说《永远见过你》、茹志鹃的短篇小说《草原上的小路》、吴祖光的话剧《闯江湖》、吴泰昌的回忆录《阿英的最后十年》等。

6 月

20 日，《上海文学》第 6 期发表陆文夫的短篇小说《特别法庭》、陈伯吹的短篇小说《接过一支枪》、李瑛的诗歌《为了祖国》、傅天琳的诗歌《港口情思》。

7 月

20 日，《上海文学》第 7 期发表程乃珊的短篇小说《妈妈教唱的歌》、沙鸥的诗歌《故乡》等。

25 日，《收获》第 4 期发表李克异的长篇小说《历史的回声》（连载）、姚雪垠的《慧梅出嫁》（《李自成》第三部）、贾平凹的短篇小说《竹子和含羞草》、师陀的话剧《西门豹》（四幕历史话剧）等。

8 月

20 日，《上海文学》第 8 期发表韦君宜的短篇小说《清醒》、雁翼的诗歌《长江别话》（外一首）、严阵的诗歌《光明顶》等。

9 月

20 日，《上海文学》第 9 期发表王蒙的短篇小说《悠悠寸草心》、陈村的短篇小说《两代人》、辛笛的诗歌《酒花林下》、黎焕颐的诗歌《华清池》（外一首）、赵丽宏的诗歌《海的翅膀》、公刘的诗歌《刑场》等。

25 日，《收获》第 5 期开始连载叶辛的长篇小说《我们这一代年轻人》、发表聂华苓的长篇小说《台北一阁楼》（选载，选自其长篇小说《桑青和桃红》）、於梨华的长篇小说《傅家的儿女们》（选载）、白先勇的短篇小说《游园惊梦》（选自其短篇小说集《台北人》）等。

10 月

20 日，《上海文学》第 10 期发表崔京生的短篇小说的《寂静的雨夜》、公刘的短篇小说《肠梗阻》、士敏的短篇小说《"sos! sos! ……"》、苏叔阳的短篇小说《告别》、杨建的短篇小说《执法者》、孙静轩的诗歌《海洋抒情诗》（二首）、刘湛秋的诗歌《天空》（外一首）、傅仇的诗歌《在海瑞故乡》、苏金伞的诗歌《一丛淡红色的波斯菊》、聂绀弩的诗歌《挽邵荃麟同志》等。

11 月

20 日，《上海文学》第 11 期发表刘心武的短篇小说《这里有黄金》、高晓声的短篇小说《系心带》、成一的短篇小说《四嫂》、何为的散文《遥远的上海街头之声》、骆耕野的诗歌《自白》、丁芒的诗歌《秋蝉》等。

25 日，《收获》第 6 期发表冯骥才的中篇小说《啊!》、李黎的两个短篇小说《西江月》、《谭教授的一天》、柯岩的报告文学《船长》等。

12 月

20 日，《上海文学》第 12 期发表蒋子龙短篇小说《基础》、王西彦的短篇小说《船与舵》、蒋金彦短篇小说《三人行》、贾大山的短篇小说《瞬息之间》、理由的报告文学《淘气的姑娘》、邵燕祥的诗歌《沙漠吃不掉北京》、吕剑的诗歌《北山》、顾工的诗歌《我决不是这样地向往未来……》等。

1980 年

1 月

20 日，《上海文学》第 1 期发表张弦的短篇小说《被爱情遗忘的角落》、茹志鹃的短篇小说《儿女情》、达理的短篇小说《虔诚》、郑万隆的短篇小说《酸果》、陈辽的散文《浪头里的石头（悼方之）》、巴金的散文《悼方之同志》、白桦的诗歌《眼睛》、陈放的诗歌《青春》、赵丽宏的诗歌《一个设计师的幻想》、肖川的诗歌《绿洲》等。

20 日，《文汇月刊》创刊，时名为《文汇增刊》，第 1 期发表了诗歌：邵燕祥的《相思二题》，公刘的《声音》，"作家书简"专栏发表了姚雪垠的《姚雪垠致茅盾》、茅盾的《茅盾复姚雪垠》、姚雪垠的《姚雪垠致叶圣陶》、叶圣陶的《叶圣陶复姚雪垠》，同期发表了小说：刘心武的《楼梯拐弯》、於梨华的《交换》。

2 月

20 日，《上海文学》第 2 期发表王润滋的短篇小说《寒夜里的哭声》、李锐的短篇小说《燃烧的爱情》、张笑天的短篇小说《底色》、南丁的短篇小说《死魂灵》、雷抒雁的诗歌《泰岱之诗》（二首）、蔡其矫的诗歌《沉船》等，发表畅广元的《生活·政策·文学》、陆钡珑《文章公式纵横谈》、陈深的《改名换姓和艺术民主》、金梅的《文学上的雅量》、蒋国忠的《关于现实主义》等理论文章。

20 日，周而复的游记《莱茵河掠影》、罗洛的诗歌《诗（外一首）》。陈思和的读后感《一个少女心灵的解剖——读〈春鸣〉》、张洁的小说《爱，是不能忘记的》。

25 日，《收获》第 1 期发表谌容的中篇小说《人到中年》、张一弓的中篇《犯人李铜钟的故事》、鲁彦周的中篇小说《呼唤》、王若望的中篇小说《饥饿三部曲》、长篇小说《冷遇》（选载）等。

3 月

20 日，《上海文学》第 3 期发表陈村的短篇小说《我曾经在这里生活》、叶楠的短篇小说《印有金锚的飘带》、贾平凹的短篇小说《提兜女》、陈白尘的散文《回顾"左联"展望未来》、张洁的散文《白玉兰》、李瑛的诗歌《献给仙人掌的赞歌》、沈重的诗歌《不能再等》、忆明珠的诗歌《峨眉山泉歌》、沙鸥的诗歌《从冬到春》（三首）、梁上泉的诗歌《瀚海绿洲》、辛笛的诗歌《金色的秋天》、公刘的诗歌《华表的传说》、顾城的诗歌《水龟出游记》（寓言诗），发表倪诚侃的《别一种战法》、吴奔星《"干预生活"一议》、王元化的《人性札记》、张名河的《打开金色的账簿》、徐缉熙的《"创作方法"是一个科学概念吗?》、叶易的《关于浪漫主义》等理论文章。

20日，《文汇增刊》第3期发表了辛笛的文章《感事（欢呼五中全会为刘少奇同志平反）》、茹志鹃的小说《一支古老的歌》、柯灵的悼念散文《向拓荒者致敬》、公刘的诗歌《流沙与诗》、曾卓的读书札记《永远的春天》。

25日，《收获》第2期发表老舍的长篇小说《鼓书艺人》（选载）、沈修的中篇小说《夜客》、徐恒进的中篇小说《悠悠东流水》、汪浙成、温小钰的短篇小说《积蓄》、叶文玲的短篇小说《毋忘草》、余平夫的短篇小说《汽车号码的过时》、柯岩的报告文学《东方的明珠》。同期发表散文随笔：张洁的《盯梢》、周而复的《马克思故居》等。

4 月

20日，《上海文学》第4期发表韦君宜的短篇小说《告状》、林斤澜的散文《盆景》、叶文福的诗歌《墓碑》（外一首）、刘湛秋的诗歌《我喜欢绿茵的草地》、曲有源的诗歌《春天》、公刘的报告文学《裂缝，绝不只是一种》等。

5 月

10日，《文汇增刊》第4期发表了罗洛的诗歌《迟开的蔷薇》、陈白尘的杂文《谈悼词及其他》、曾卓的读书札记《美的寻求者》。

20日，《上海文学》第5期发表冯牧的文章《关于近年来的文学创作的主流及其它》、孔捷生短篇小说《追求》、竹林的短篇小说《洁白的梨花瓣》、江河的诗《星星变奏曲》、舒婷的《诗二首》（《日光岩下的三角梅》《双桅船》）、杨炼的诗《为几个动词而创作的生活之歌》（二首）、李亚平的诗《夜登枇杷山》、王小妮的诗《田野里的印象》诗（二首）、骆耕野的诗《机耕大道》、周涛的诗《草原与绿洲》等。

25日，《收获》第3期发表王颖的长篇小说《两种美国人》、张抗抗的中篇小说《淡淡的晨雾》、邓友梅的短篇小说《双猫图》、张一弓的短篇小说《牺牲》、苏叔阳的话剧《左邻右舍》等。

6 月

20日，《上海文学》第6期发表王蒙的短篇小说的《海的梦》、郑万隆的短篇小说《长相忆》、李陀的短篇小说《白色头盔下的美和梦》、韩少功的短篇小说《火花亮在夜空》、金近的童话《小青蛙跳得高》等，并发表关于短篇小说《唉……》的讨论。冬澜、陈祥宝、周克家、旭东等发表了相关评论文章。

7 月

10 日，《文汇增刊》第 5 期发表王若望的《闲话"面子"》、辛笛的诗歌《听歌以后》、戴平的剧评《陈毅市长向我们走来——评话剧〈陈毅市长〉》、白先勇的小说《花桥荣记》。

20 日，《上海文学》第 7 期发表卢新华的短篇小说《典型》、菡子的短篇小说《夜不收》、焦祖尧的短篇小说《"爱人"》、俞天白的短篇小说《女儿的心愿》、邹荻帆的诗《给几个诗友》（三首）、公刘的诗《长江口》（七首）、黎焕颐的诗《写在一块钢板上》、丁芒的诗《上海的雨夜》等，并发表顾骧的《"双百"方针杂议》、缪俊杰的《新时期社会主义文艺的方向——对"文艺为人民服务，为社会主义服务"的一点理解》、肖仁吾的《"唉"调、"啊"调和"吗"调》、陆寿钧的《"茶馆文学"的联想》、唐代凌的《镜子与"艺术的真实"》、亦木的《战法别一种》《作家应该对生活提出自己的见解》等理论文章。

25 日，《收获》第 4 期发表白桦的中篇小说《妈妈呀！妈妈！》、陈残云的中篇小说《深圳河畔》、崔京生的短篇小说《帆缆》、王安忆的短篇小说《广阔天地的一角》、艾芜的散文《地貌的青春》、巴金的散文《二十年的心愿》等。

8 月

10 日，《文汇增刊》第 6 期发表罗竹风的杂文《周总理与宗教工作》，陈梦熊的杂文《董必武同志在红岩写的信和诗》、赵丽宏的诗歌《伞》。

20 日，《上海文学》第 8 期发表汤吉夫的短篇小说《老涩外传》、张抗抗的短篇小说《白罂粟》、叶文玲的短篇小说《舅公》、彭荆风的短篇小说《小城初会》、贾平凹的散文《空谷箫人》、刘毅然诗的《雪花在帐篷前歌唱》、雁翼的诗《蜜蜂姑娘》（二首）等。

9 月

20 日，《上海文学》第 9 期发表夏衍的《也谈"深入生活"》，以及陈建功的短篇小说《迷乱的星空》、刘振华的短篇小说《张文礼吃救济》、范小青的短篇小说《夜归》、辛笛的诗《九月，田野的风》、黎焕颐的诗《长城放歌》（外一首）等。

25 日，《收获》第 5 期发表叶辛的《蹉跎岁月》（长篇连载）、曹玉模的中篇小说《桂花庵来信》、宗璞的短篇小说《米家山水》、张辛欣的短篇小说《我在哪儿错过了你》等。同期发表散文：夏衍的《〈文坛繁星谱〉序》、刘白羽的《樱海情思》等。

10 月

20 日，《上海文学》第 10 期发表陈村的短篇小说《当我二十二岁的时候》、王润滋的短篇小说《辞官记》、周涛的诗《伊犁马之歌》等。

11 月

10 日，《文汇增刊》第 7 期发表王春元的论文《历史的惰力——评文艺与政治关系问题的几个观点》、王文生的论文《文艺与政治关系的历史经验》、吴强的杂文《庐山半月》、张洁的小说《场》、戴晴的小说《消失了的号音》、王希坚的小说《天上档案馆》。

25 日，汪浙成、温小钰的中篇小说《土壤》、王安忆的短篇小说《新来的教练》等发表于《收获》第 6 期。同期发表徐迟的散文《法国，一次春天的旅行》、黄裳的散文《富春》。

12 月

20 日，《上海文学》第 12 期发表张笑天的短篇小说《逝水流年》、陆星儿、陈可雄的短篇小说《留在记忆中的长辫》、高行健的短篇小说《你一定要活着》、李瑛的诗《南海二章》、流沙河的诗《川西平原菜花香》（四首）、北岛的诗《结局或开始》等。

1981 年

1 月

1 日，《上海文学》第 1 期发表王安忆的短篇《幻影》、陈村的短篇《书》等。开设百家诗会栏目，刊登雷抒雁的诗《春神》、雁翼的诗《在生活中拾到的抒情诗（六首）》、孙静抒的诗《天南海北（五首）》等。

20日，《文汇月刊》第1期发表白桦的小说《"听橹居"盛衰记》、张弦的小说《未亡人》、罗达成的乐评《你好，李谷一！》。

25日，《收获》第1期发表水运宪的中篇《祸起萧墙》、高行健的中篇《有只鸽子叫红唇儿》、谌容的中篇《赞歌》，同期还发表苏叔阳的剧本《密林中的小屋》、白桦的剧本《芳草青青》与冯骥才的散文《书桌》。

本月，1966年被迫停刊的《萌芽》再次复刊，主编仍为哈华。第1期发表巴金的《祝〈萌芽〉复刊》、陈友雄的《〈萌芽〉——左联时期的重要刊物之一》、陈典谟的《仙境凡女》、赵平的《祸福篇》，缪国庆、高元兴、王建国、郑春华、桂兴华、廖群、胡天麟、米福松的《浦江情思（八首）》，并开始连载茅盾的《给初学写作者的信》。

2 月

1日，《上海文学》第2期发表陆文夫的短篇《唐巧娣翻身》、陈国凯的短篇《主与仆》，同期还发表流沙河的诗《黄河，九曲十八弯》。

20日，《文汇月刊》第2期发表徐怀中的小说《没有翅膀的天使》、林斤澜的小说《斩凌剑》、黄蓓佳的小说《公墓》、舒婷的诗歌《抒情诗七首》、雷抒雁的诗歌《补上》。

本月，《萌芽》第2期发表叶音的《在米市大街的基督教堂里》、丁玲的《恋爱与文艺创作》、钱国梁、王仲良的《漫游普陀话香客》、飞雪的《黄河滩短笛（二首）》、陈正的《春雨夜》。

3 月

1日，《上海文学》第1期发表短篇小说贾平凹的《水月》、母国政的《爸爸的小说》、王克俭的《Z王府最新纪事》、金河的《山榆》、李克定的《田老鸦出狱》、周宗奇《母亲，您为什么要走？》等。同期刊登沙鸥的诗《云天千百里（六首）》等诗歌。

20日，《文汇月刊》第3期发表陈祖芬的报告文学《中国牌知识分子》、王安忆的小说《"这个鬼团"》、邵燕祥的诗歌《答友人》、鲁藜的诗歌《湖畔写生》、王小龙的诗歌《黑夜过去，静静的黎明》、陈继光的诗歌《杭州二题》。

25日，《收获》第2期发表张一弓的中篇《赵镢头的遗嘱》、王安忆的中篇《尾声》、李国文的短篇《秋后热》、高晓声的短篇《极其简单的故事》、艾芜的短篇《玛露》，同期还发表沙汀的回忆录《敌后七十五天》、郭风的散文《港仔后日记》。

本月，《萌芽》第3期发表沈善增的《在空白的一页上》、赵丽宏的《跋涉者的沉思》、陈放的《大自然协奏曲（诗画之卷）》、张德林的《"爱情描写"小议》、王家新的《我走向萌芽（外一首）》、陈贞权的《关于"朦胧诗"》。

4 月

1日，《上海文学》第4期发表杨绛的短篇《"玉人"》，同期还刊出邵燕祥的诗《我召唤青青的小树林》、杨炼的诗《一个北方人唱给长江的歌》。

20日，《文汇月刊》第4期发表黄宗英的报告文学《他们三个》、李国文的小说《妹妹的生日》、程乃珊的小说《呼唤》、冯骥才的小说《在早春的日子里》。

本月，《萌芽》第4期发表陶冶的《紫红的扁豆》、徐敬亚的《穿喇叭裤的青年》、刘涌的《一棵小草》。

5 月

1日，《上海文学》第5期设上海青年作家小说专辑，发表上海青年作家的短篇小说11篇，分别是赵长天的《留守处纪事》、陈可难与陆星儿的《穿绿邮衣的姑娘》、王安忆的《野菊花，野菊花》、崔京生的《米水之魂》、曹冠龙的《母》、倪慧玲的《孔雀掌柜》、沈善增的《无风三尺浪》、王小鹰的《感谢爱神丘比特》、彭瑞高的《宝蓝色的钉鞋》、王鹤林的《刘阿奶吃喜酒》、倪辉祥的《芝麻绿豆官》。同期刊登北岛的诗《我们每天的太阳（二首）》、顾工的诗《今天和明天》，同期还刊出"悼念茅盾同志"的文章：王西彦的《高大的拱桥》与茹志鹃的《二十三年这一"横"》。

20日，《文汇月刊》第5期发表李玲修的报告文学《厄运》（李孔政的故事）、戴晴的报告文学《与祖国的文明共命运》（杨秉孙的故事）、蒋子龙的小说《一个女工程师的自述》、矫健的小说《农民老子》、贾平凹的小说《哥俩》。

25 日，《收获》第 3 期发表张抗抗的中篇《北极光》、王蒙的中篇《杂色》、从维熙的中篇《遗落在海滩上的脚印》、严歌苓与李克威的电影文学剧本《一个战士和一个零》、梅阡的四幕话剧《咸亨酒店》，同期还刊出一组纪念茅盾的散文：陈学昭的《痛悼我的长者茅盾同志》、周而复的《在病危的时候》、吴泰昌的《刻在心上的记忆》。

本月，《萌芽》第 5 期发表秦兆阳的《纸短情长》、肖复兴的《球，落地生花》、傅星的《青春和弦》、缪国庆的《呵，船长，我的父亲》、朱金晨的《亮晶晶的雨丝》。

上海文艺出版社创办大型文学期刊《小说界》。创刊号在"编后记"里自述了该刊特色："在文学园地里专取小说这一品种，和其他一些综合性的文学丛刊相比，它是单一的。"强调"单一而不单调"。古今中外各种不同题材、体裁、风格、表现手法的小说尽收于册。以发表中篇小说为主，也刊载长篇、短篇和微型小说；以发表新作品为主，也介绍古典的、五四以来的文学名著；以反映当代生活题材为主，也发表历史和科幻题材的。创刊号上发表了中篇小说：胡万春《国宝》、钟涛、毕方《光明屯纪事》、短篇小说：冯骥才《酒的魔力》、陈建功《被揉碎的晨曦》、微型小说：孟伟哉《在远离北京的地方》、现代小说：沈从文《边城》。"小说论丛"专栏发表《茅盾谈〈子夜〉》、《巴金和木下顺二的谈话：关于〈家〉》、"作家书简"专栏发表孙犁的《致曾秀苍、铁凝》。

6 月

1 日，《上海文学》第 6 期发表张弦的短篇《挣不断的红丝线》、王蒙的短篇《温暖》、路遥的短篇《月下》、辛笛的诗《人间的灯火》、刘湛秋的诗《生命的欢乐（四首）》。

20 日，《文汇月刊》第 6 期发表陈祖芬的报告文学《我们赞美玫瑰的时候》、茹志鹃的小说《着暖色的雪地》以及晓立的作家论《论茹志鹃》、王安忆的散文《"我是一颗蒲公英的种子"（茅为蕙的故事）》、赵丽宏的诗歌《山林交响曲（三首）》、北岛的诗歌《小木房里的歌》。

本月，《萌芽》第 6 期发表李钧龙的《大青树的启示》、孙小林的《结婚证》、周孜仁的《自动线的梦》、刘国萍的《捉蜜蜂（外二首）》、谢聪的《冬（外二首）》、张炳隅的《"写真实"难》、王文锦的《芬芳的旋律》、季振邦的《桔颂》、姚克明的《虎福》、戴舫的《泪竭》。

7 月

1 日，《上海文学》第 7 期发表张一弓的短篇《黑娃照相》、新凤霞的散文《童年生活纪事》、艾青的诗《旧金山》、田间的诗《木兰围场行吟（二首）》，发表吴方的评论《中国文学情感表现功能再认识》。

20 日，《文汇月刊》第 7 期发表张洁的小说《沉重的翅膀》、陈世旭的小说《余生》、陈映真的小说《祖父的伞》、王蒙的散文《旅美花絮》、高晓声的散文《摆渡·船艄梦》。

25 日，《收获》第 4 期发表李健吾的散文《忆西谛》、王莹的长篇《宝姑》、陆星儿与陈可雄的中篇《我的心也象大海》、袁敏的中篇《天上飘来一朵云》、韩蔼丽的短篇《田园》、母国政的短篇《他们相聚在初冬》、杨绛的短篇《鬼》。

本月，《萌芽》第 7 期发表钟铁夫的《"花和尚"打赌》、田抒强的《走向沸腾的生活》、于之的《小雨点儿（三首）》、谢德辉的《鲜花，将开遍大地》、张学梦的《祖国，我理解（外二首）》、韩作荣的《北方抒情诗（组诗）》。

8 月

1 日，《上海文学》第 8 期发表茹志鹃的短篇《丢了舵的小船》、尤凤伟的短篇《人之歌》、周涛的诗《从沙漠里拾起的传说》、臧克家的诗《春到庭院》、邹荻帆的诗《乡音》，发表李洁非、张陵的理论文章《西方小说叙事观念纵横谈》、徐剑艺的理论文章《人物形象的审美符号化》、陈幼石的评论《竹林小说艺术片谈》。

10 日，《文汇月刊》第 8 期发表鲁彦周的小说《清澈如水的眼睛》、矫健的小说《老茂的心病》、黄蓓佳的小说《雨巷》、理由的报告文学《弹丸之地》。

本月，《萌芽》第8期发表文斓的《我要……》、蒋丽萍的《又是一个星期六》、赵丽宏的《哦，李太白》、邱伟鸣的《爱，从这里开始》。

9月

1日，《上海文学》第9期发表达理与邓刚的中篇《白帆》、贾平凹的短篇《文物——一个过去的童话》、舒婷的诗《还乡》与《"?。!"》、陈敬容的诗《森林在成长》与《只要是广阔的世界》、王小妮的诗《在北京的街上》、黄子平、陈平原、钱理群的评论《论"学术对话"》,周政保的评论《"双语"作家的创造优势》和《文学理论批评的发现与提供》。

10日，《文汇月刊》第9期发表张抗抗的小说《七个音符》、汪曾祺的小说《鸡毛》、徐迟的散文《在巴黎的最后一天》、刘国萍的诗歌《牧笛·铁圈》。

25日，《收获》第5期发表冯骥才的中篇《爱之上》、汪曾祺的短篇《七里茶坊》、崔京生的中篇《他就是他的倒影》、王宝成的中篇《喜鹊泪》。本期开设"鲁迅诞生一百周年纪念",发表巴金的散文《怀念鲁迅先生》、黄源的《鲁迅先生与〈译文〉》、郁云的《鲁迅与父亲郁达夫的友谊》。

本月，《萌芽》第9期发表胡万春的《从萌芽到参天的大树》、培贵的《我，微笑着告别昨天》、刘学林的《洁白的脚印》、顾城的《早发的种子（外一首）》、远方的《宗派和流派杂议》。

10月

1日，《上海文学》第10期发表高晓声的短篇《崔全成》、王安忆的中篇《本次列车终点》、林斤澜的短篇《青石桥》、范小青的短篇《我们都有明天》、张炜的短篇《黄烟地》。论者评价王安忆这篇作品："平凡的生活、普通的人物、纤细的描写、清淡的色调，却于真挚处见深意。"（章仲锷《于真挚处见深意——读王安忆的〈本次列车终点〉》,《文艺报》1982年第4期）。

10日，《文汇月刊》第10期发表赵丽宏与乐维华的报告文学《太阳在呼唤》（陈喜德的故事）、叶辛的小说《准讯》。

本月，《萌芽》第 10 期发表乔良的《只要我们还活着》、刘益喜的《我忆念的山村（二首）、郭在精的《胸中鼓满春天的信风》、赵丽宏的《追求的欢乐》。

11 月

1 日，《上海文学》第 11 期发表刘心武的短篇《到远处去发信》、曾卓的诗《老水手的歌》、《悬崖边的树》、《有赠》、唐湜的诗《季候鸟（十四行诗）》、唐祈的诗《天山情歌》、吴亮的评论《〈金牧场〉89 精神哲学》、赵玫和张承志的谈话录《荷戟独彷徨》。

10 日，《文汇月刊》第 11 期发表了报告文学专辑：陈祖芬的报告文学《一个成功者的自述》（朱明瑛的故事）、刘进元的报告文学《他是黄河故道的子孙》（马文广的故事）、吴芝麟的报告文学《青春啊，请留步》（张涤生的故事）、李玲修的报告文学《她也是一只沙鸥》（常姗姗的故事）、郭宝臣的报告文学《小提琴和祖国》（胡坤的故事）、肖复兴的报告文学《姜昆"走麦城"》。

25 日，《收获》第 6 期发表耿可贵的七场话剧《孙中山与宋庆龄》、叶文玲的中篇《小溪九道弯》、邓友梅的中篇《别了，濑户内海！》、张辛欣的中篇《在同一地平线上》，同期还刊出冰心的散文《我到了北京》、叶圣陶的散文《内蒙日记》、谌容的散文《她在国外》。

本月，《萌芽》第 11 期发表黎泉的《姑嫂情》、傅星的《友情啊，友情!》、刘玉堂的《深深的海洋》、姜滇的《草莺》、匡文立的《荒荒》。

12 月

1 日，《上海文学》第 12 期发表叶文玲的短篇《屏幕》、孙家玉的短篇《祸福倚》、毛志成的短篇《杯中异曲》、顾城的诗《粉笔》。

10 日，《文汇月刊》第 11 期发表了罗达成的报告文学《中国足球队，我为你写诗!》、刘心武的小说《公路旁的仙女》。

本月，《萌芽》第 12 期发表国政的《小镇年轻人》、凌耀忠的《梨园觅踪》、王钢的《野花瓣儿》、卢海义的《永不退休的战士》。

1982 年

1 月

1 日，《上海文学》第 1 期发表了陈毅的小说《归来的儿子》（遗作）、程乃珊的小说《蚌》和许子东的小说《山谷》，茹志鹃的散文《故乡吟》。同期刊登诗歌：魏志远的《生命在驰骋中爆发光采（组诗）》、程童一的《我，中国现代的士兵（组诗）》、章德益的《崛起的绿色（组诗）》、梁南的《芭蕉叶一样的春风（组诗）》。

《萌芽》第 1 期发表沈善增的《想起了海蜇皮》、聂鑫森的《打靶》、彭见明的《在我们这个年纪》、蒋丽萍的《从一首歌引出的……》、臧克家的《欣赏一首短诗》、徐敬亚的诗歌《雪·新年·我》。

5 日，《文汇月刊》第 1 期刊登艾青的诗歌《纽约的夜晚》、从维熙的小说《燃烧的记忆》、矫健的小说《老霜的苦闷》、罗达成的报告文学《张定鸿在汉堡》。

25 日，《收获》第 1 期刊登从维熙的小说《远去的白帆》、谌容的小说《真真假假》和汪浙成、温小钰的小说《别了，蒺藜》。同期发表邹荻帆的散文《站立在云霄里的人》。

2 月

1 日，《上海文学》第 2 期刊登陆天明的小说《三叶草》、贾平凹的小说《拉车人》、周涛的诗《多彩的崇山峻岭》。

1 日，《萌芽》第 2 期发表洁泯的《青春的云霭——谈 1981 年〈萌芽〉的几篇得奖小说》、程瑛的《分粮》、扎西达娃的小说《归途小夜曲》。

5 日，《文汇月刊》第 2 期刊登王安忆的小说《迷宫之径》、顾城的诗歌《生日》和雷抒雁的诗歌《岩石颂》、赵丽宏的诗歌《春》。

3 月

1 日，《上海文学》第 3 期刊登汪曾祺的小说《皮凤三楦房子》、张一弓的小说《黑娃照相》、陈国凯的小说《路》。

1 日，《萌芽》第 3 期发表沈善增的小说《问渠那得清如许》。

5日，《文汇月刊》第3期刊登陈祖芬的报告文学《精神之光》和韦君宜的报告文学《柳暗花明又一村》，同期还刊登高晓声的小说《心狱》、程乃珊的小说《尴尬年华》、以及公刘的诗歌《没有王川》、雷抒雁的诗歌《仙人掌的意象》和流沙河的诗歌《望海亭》、陈继光的诗歌《记忆》。

25日，《收获》第2期发表张洁的中篇小说《方舟》、陆星儿的中篇小说《呵，青鸟》、马佳的中篇小说《找，能找到》、冯苓植的中篇小说《驼峰上的爱》、孙芸夫（孙犁）短篇小说《云斋小说》5篇、师陀的创作回忆录《谈〈结婚〉的写作经过》、李小为的创作回忆录《李季创作〈王贵与李香香〉》。同期刊登了散文：柯灵的《人民的心》、邵燕祥的《麻雀篇》、黄裳的《江村》。《方舟》发表后，在读者中引起了一定的反响，《文汇报》等报刊发表了争鸣文章，女性的社会地位、生存状态等问题引发社会关注。

4 月

1日，《上海文学》第4期刊登刘绍棠的小说《三金花沽》、王安忆的小说《分母》、韩石山的小说《晚晴》和任洪渊的诗歌《地球，在我肩上转动》、柯灵的散文《无名氏》。

1日，《萌芽》第4期发表许子东的小说《早晨醒来》和陈应松的诗歌《林、湖、少年》。

5日，《文汇月刊》第4期刊登"报告文学专辑"，其中有黄宗英的《越洋太平间》、肖复兴的《留给柴达木的歌》和古华、张守仁的《它来自孔雀之乡——刀美兰的故事》。同期刊登辛笛的诗歌《蝴蝶、蜜蜂和常青树（外三首）》、张抗抗的创作谈《我写〈北极光〉》。

5 月

1日，《上海文学》第5期刊登冯骥才的小说《高女人和她的矮丈夫》、浩然的小说《弯弯绕的后代》和韩霭丽的小说《啊，再见》、李承先的小说《在这个病房里》、周宗奇的小说《咱那钱头儿》、李庆西和李杭育的对话《小说的哗变：现象学、的叙事态度》，王晓明的评论《疲惫的心灵》，郑伯农的文章《科学对待毛泽东同志的文艺思想》。同期刊登评论蒋孔阳的《立体的和交叉的——读刘心武〈立体交叉桥〉有感》、费秉勋的《贾平凹散文的美学探索》。

25日，《收获》第3期发表路遥的中篇小说《人生》和张笑天、张天民的中篇小说《生物圈》、何士光的中篇小说《草青青》、刘心武的中篇小说《银锭观山》，同期发表王安忆的短篇小说《绕公社一周》，萧马、彭宁的电影文学剧本《初夏的风》，茹志鹃的散文《阿卫》、何为的散文《札幌浮世绘》。本期发表的《人生》引起广泛关注和评论。

本月，《文汇月刊》第5期刊登航鹰的小说《前妻》、母国政的小说《一个古旧的故事》和陈国凯的小说《三姨夫》。同期，还发表吕红文的报告文学《地上本无路》（徐心仁的故事）、韩静霆的报告文学《"铜豌豆"》（许麟庐的故事）、董伟康的报告文学《用气功探索癌症的人（郭林的故事）》、刘心武、李黎的对话《刘心武谈新时期文学流变》，黄秋耘的评论《古梅的象征》。

《萌芽》第5期发表陈福根的《艺不传子》、彭见明的《写自己熟悉的》、聂鑫森的《钢城恋（三首）》、矫健的《雪夜》。

6月

1日，《上海文学》第6期发表戴晴的小说《不期的潮信》、邓友梅的小说《八大王》和乔典运的小说《人和路》、陈伯吹的散文《弹琴的姑娘》、薛尔康的散文《母子》。刊登诗歌：刘祖慈的《在一滴水的童话》、李钢的《一个早晨的回忆（外二首）》、杨树的《给复活的大海》、沙白的《无题四章》、于之的《白帆（外二首）》。

10日，《文汇月刊》第6期发表冯骥才的小说《鹰拳》、戴晴的小说《野山蓟》和黄蓓佳的小说《在水边》、屠岸的散文《花径游》。

本月，《萌芽》第6期发表夏真的《眷眷的心》、殷德杰的《八月十六月不圆》、孙晓刚的《航空信封（外一首）》、陆幸生的《强者之歌（二首）》、季振华的《我的芦叶船（外一首）》。

7月

1日，《上海文学》第7期刊登韦君宜的小说《教授夫人》、黄蓓佳的小说《去年冬天的郊外》、王若望、董维的报告文学《一个"考察组"

的覆灭》，同期还刊登舒婷的诗《黄昏星》和邵燕祥的诗《我是谁》、徐刚的散文《槐花似雪》、吴亮的《张弦的圆圈——评〈回黄转绿〉和〈银杏树〉》》、冯英子的《注家·选家和摘家》、张成珊的《人物形象跟谁跑?》》。

10日，《文汇月刊》第7期刊登罗达成、吴晓民的报告文学《"芭蕾"，钟情于中国（中国跳水队的故事）》、蒋韵的小说《苏青》和舒婷的诗歌《读给妈妈听的诗》。

25日，《收获》第4期刊登张一弓的小说《流泪的红蜡烛》、茹志鹃的小说《他从那条路走来》、张辛欣的小说《我们这个世纪的梦》和戴晴的小说《雪球》。同期刊登散文：叶君健的《重返剑桥》、萧乾的《〈杨刚文集〉编后记》、骆文的《高高山上的陵墓》、詹得雄的《在泰戈尔诞生和逝世的房间里》，发表回忆录：廖静文的《往事依依——忆徐悲鸿》、谢和赓的《王莹写〈宝姑〉的前前后后》。

本月，《萌芽》第7期发表傅星的《在最近一个时期》、朱立德的《有一对年轻夫妇》、李其容的《在这里，我们相遇了》、姜强国的《北方，南方》。

8月

1日，《上海文学》第8期刊登范小青的小说《啊，303!》、达理的小说《墙》、陈国凯的小说《透亮的水晶》。

本月，莫应丰的长篇小说《美神》、孔捷生的中篇小说《普通女工》和贾平凹的小说《请茶》发表在《小说界》第3期上。

《文汇月刊》第8期刊登陈祖芬的报告文学《最佳年龄》、叶文玲的小说《杨梅岱的表嫂》、王晓鹰的小说《东边日出西边雨》和铁凝的小说《失眠》。

《萌芽》第8期发表晓剑的《送煤的姑娘》、王锦园的《他怎么办?》、缪国庆的《学诗琐记》、朱小如的《不相一致而又始终一致》、魏威的《也谈现代派文学》。

9月

1日，《上海文学》第9期刊登王安忆的小说《B角》、张抗抗的小说《晶莹》和母国政的小说《迁居》，以及杨牧的诗歌《致拓荒者》、刘湛秋的诗歌《海天一线》和北岛的诗歌《归程》、刘再复的散文《我辜负过那一片草地》，王元化的理论文章《论知性的分析方法》、鲁枢元的《论文学艺术家的情绪记忆》、邵石的《"带头"及其他——读〈时代的报告〉》。

25日，《收获》第5期刊登中篇小说：陆天明的《白杨深处》、王安忆的《冷土》等，短篇小说叶君健的《希望者》、薛海翔的《一号、二号和三号》。同期刊登散文：李健吾的《〈李广田选集〉序》、王蒙的《墨西哥一瞥》、李黎的《巴黎的鲜花》、于逢的《从革命暴风中诞生的》。

本月，《文汇月刊》第9期刊登王蒙的《春夜》、贾平凹的小说《阳光下的绿湖》、陈世旭的小说《我们的沙龙》，以及肖复兴的报告文学《海边的一间小屋》、韩静霆的报告文学《回到童年去的路》和赵丽宏的报告文学《心画》。同期，还刊登黄宗英的文章《与人物共命运》，文章中探讨了其创作报告文学的一些体会，并指出"报告文学，重在选题"。谢大光的文章《报告与文学》，就报告文学的真实性与文学性进行讨论，从而延伸至创作报告文学的态度问题，"应该有一个共同的、基本的要求，那就是真诚"。

张炜的小说《山楂树》、南帆的小说《在那个小村庄》以及黄蓓佳的小说《地上的人，天上的星》发表在《萌芽》第9期。

10月

1日，《上海文学》第10期刊登邓刚的小说《金色海浪在跃动》、周克芹的小说《饯行》和白桦的小说《一个渔把式之死》，散文特辑专栏刊登孙犁的《乡里旧闻（两章）》、李黎的《大江流日夜》、丁宁的《滨州书情》、沙白《风城小札》等，并发表理论文章：方行的《一九二二年鲁迅日记拾辑》、章垠的《别一种"选家"》、金风、曹锦清的《谈谈读者群》、陈良运的《艺术创作中的加、减法》、李壮鹰的《"叶公好龙"新说》。

15日，《文汇月刊》第10期刊登赵长天的小说《呵，蓝手绢》，莫应丰的小说《满司公趣事》、陈祖芬的报告文学《一封没有写完的信》、肖复兴的报告文学《为普通人立传》、本期继续连载丁玲的散文《我看到的美国》。

本月，《萌芽》第 10 期发表朱幼棣的《塞外古道上》、邱国珍的《魔方》、彭东明的《月亮溪》，汪政、晓华的理论文章《政治文学：应当存在的流派》。

11 月

1 日，《上海文学》第 11 期发表张承志的小说《大坂》、高晓声的小说《老友相会》、李陀的小说《余光》以及王蒙的小说《莫须有事件》。同期发表诗歌公刘的《短暂一生中的漫长一夜——郭小川忌日六年祭》、武兆强的《祖国，为我展开一片丰腴的土地》、赵丽宏的《单叶草的抒情》、以及辛笛关于重访周公馆的诗歌《我们又来到了绿色的庭院——重访上海思南路107号"周公馆"》。

10 日，《文汇月刊》第 11 期刊登王安忆的小说《舞台小世界》、范小青的小说《追》、高行健的小说《二十五年后》。

25 日，《收获》第 6 期刊登古华的小说《姐妹寨》、万方的小说《又多了一颗星星》和白洁的小说《昨日、今天和明天》。同期刊登散文：邹荻帆的《乐山随笔》、新凤霞的《以苦为乐》。还有李平分、卢伟、于本正的电影文学剧本《秋天的旅程》、叶圣陶的作家书简《渝沪通信》。

本月，刘绍棠的小说《烟村四五家》、李心田的小说《沙场春点兵》、张笑天的小说《雨燕岛》和程乃珊的小说《喷泉里的三枚硬币》发表在《小说界》第 4 期。

韩紫熙的《平行时空里》、杨显惠的小说《野马滩》和魏继新的小说《果果》发表在《萌芽》第 11 期上。

12 月

1 日，《上海文学》第 12 期刊登矫健的小说《第七棵柳树》、茹志鹃的小说《寻觅》和赵本夫的小说《水蜜杏》，发表理论文章：顾骧的《革命文艺历史经验的重要总结——关于社会主义文艺的总口号》、陈丹晨的《也谈现代派与中国文学——致冯骥才同志的信》、杨桂欣的《乔光朴和他同行的座谈》。

10 日，《文汇月刊》第 12 期刊登报告文学：杨民青的《蔡少武，驰骋在峭壁上》、张开理的《当代，有这样一个中国人》、钱江的《离离原上草》，同期刊登祝兴义的小说《清明雨》、张宝发的小说《秋天》、丁玲的散文《我看到的美国》、邹荻帆的散文《玉门秋色赋》、张敏贤的诗歌《黄浦江印象》、顾工的诗歌《问候（外一首）》。

本月，《萌芽》第 12 期发表季振华的《呵，母亲（组诗）》、张廷竹的《久已泯灭的记忆》、王锦园的《他怎么办？》。

1983 年

1 月

1 日，陆天明的中篇小说《傍晚，一群灰鸽从这儿飞过……》、鲁彦周的小说《啊，万松庄》、陈村的小说《一个不走运的朋友》、周涛的组诗《马蹄耕耘的历史》刊登在《上海文学》第 1 期。并发表理论文章：吴亮的《自动的艺术，还是主动的艺术？》，作品评论：蔡翔的《高加林和刘巧珍——〈人生〉人物谈》、曾镇南的《何士光笔下的梨花屯》。

1 日，《萌芽》第 1 期发表王梓夫的短篇小说《落地生根》、范小青的短篇小说《途中》。

10 日，《文汇月刊》第 1 期"新春笔谈"专栏刊登王元化的随笔《随感》、王蒙的随笔《作家应无恙，当写世界殊》，刘宾雁讨论报告文学的文章《不应锈蚀的武器》、矫健的短篇小说《鸭子的故事》、曾卓的散文《海的梦》。

25 日，《收获》第 1 期发表中篇小说：陆文夫的《美食家》、程国凯的《平常的一天》、张笑天的《没画句号的故事》，短篇小说：高晓声的《泥脚》、石涛的《河谷地》。同期刊登散文：周扬的《序〈于伶剧集〉》、荒煤的《在雾重庆的永诀》、刘白羽的《以群印象》、黄裳的《淮上行》、新凤霞的《以苦为乐》。

2 月

1 日，程乃珊《调音》、李锐《霉霉的儿子》等小说发表《上海文学》第 2 期上。

10 日,《文汇月刊》第 1 期发表张贤亮的小说《肖尔布拉克》、苏叔阳的小说《安娜小姐和杨同志》、张洁的散文《在那绿草地上》、王家新的诗歌《潮汐》、辛笛的诗歌《黄昏独自的时候》。

杨显惠的小说《爷爷,我自己下海》发表在《萌芽》第 2 期上。本期开设"上海青年诗辑",刊登了刘国萍、谢聪、潘伯荣的诗歌。"著名作家与外国文学"专栏刊出唐海金的《汇百川成江河——巴金与外国文学》。

3 月

1 日,冯骥才的短篇小说《看一眼》、张辛欣的短篇小说《清晨,三十分钟》、邵燕祥《怀念篇》(组诗)发表在《上海文学》第 3 期上。

1 日,《萌芽》第 3 期发表赵丽宏的报告文学《陆星奇和伟伟在大阪》、张德林的论文《小说创作中的叙述角度》。

10 日,林海音的短篇小说《城南旧事》、丰子恺的散文《四轩柱》、邵燕祥的诗《钱江潮》发表《文汇月刊》第 3 期上。

25 日,《收获》第 2 期发表从维熙的长篇小说《北国草》(分三期连载完)、黄蓓佳的中篇小说《请与我同行》发表。同期刊登散文:冯亦代的《父亲》、冯骥才的《散文三篇》。

4 月

1 日,《萌芽》第 4 期发表肖复兴的小说《那不该倒塌的》、褚福金的小说《摸鱼》。

1 日,刘心武的短篇小说《登丽美》、邓友梅的短篇小说《戈壁滩》、范小青的短篇小说《毕业歌》发表在《上海文学》第 4 期上。

10 日,刘心武的短篇小说《蔚蓝色封皮》、孔捷生的短篇小说《炒更》、罗洛的诗歌《拉萨行》发表在《文汇月刊》第 4 期上。

5 月

1 日,邓刚中篇小说《迷人的海》、杨炼组诗《诺日朗》、孔捷生的《电话号码 23450》等发表在《上海文学》第 5 期上。

1 日,赵本夫的短篇小说《满分》、彭见明的短篇小说《那山　那

人 那狗》发表在《萌芽》第5期上。湖南省青年作家彭见明的小说《那山 那人 那狗》荣获全国短篇小说奖。1998年被改编为同名电影，在国内外屡获殊荣。同期刊登陆文夫的散文《〈小巷深处〉的回忆》。

10日，黄宗英的报告文学《小木屋》、王小鹰的短篇小说《净秋》、高行健的短篇小说《花环》、汪曾祺的短篇小说《职业》、储福金的短篇小说《睡不着》发表在《文汇月刊》第5期上。

25日，《收获》第3期发表张抗抗的短篇小说《塔》、王火的短篇小说《白下旧梦》。同期刊登散文：陈白尘的《云梦断忆》、邹荻帆的《小武夷拾零》、徐中玉的《摆摊的老朋友》。

6月

1日，《上海文学》第6期上发表张抗抗的短篇小说《红罂粟》、王蒙的短篇小说《色拉的爆炸》、张辛欣的短篇小说《浮土》，荒煤的散文《花鼓不响粮满仓》，并发表理论文章：乌民光的《关于文艺批评》、方玲的《对文艺评论家成才条件的思考》、宋耀良的《谈批评的有机性思想》、朱炳荪的《谈文学作品的启悟主题》。

同日，刘文武的处女作小说《浓浓的雾霭》、散文处女作专辑《初蕾集》、青年作家张志军、郑音、姚霏、朱广贤、俞聪、延疏统的散文发表在《萌芽》第6期上，充分反映了《萌芽》对年轻作家的扶持和推介。

10日，聂鑫森的短篇小说《藏画》、肖复兴的短篇小说《瓜棚记》发表于《文汇月刊》第6期。

7月

1日，鲁彦周的短篇小说《迟暮》、叶延滨的诗《古寺·历史的客栈》、何新的文章《文学典型理论的几点再探讨》、殷国明的文章《艺术的具体性与抽象化》发表在《上海文学》第7期上。

1日，王锦园的散文《采西洋瑰奇编东方织锦》发表在《萌芽》第7期"著名作家与外国文学"上。

10日，戴晴的报告文学《你醒着吗，龙门?》、肖复兴的报告文学《柴达木传说》、赵丽宏的报告文学《新的高度，属于中国!》、冯骥才的短篇小说《金色的眼镜腿儿》、黄蓓佳的短篇小说《在那个炎热的夏天》发表在《文汇月刊》第 7 期上。

25 日，陆星儿的中篇小说《达紫香悄悄地开了》、戴晴的短篇小说《老槐树的歌》发表在《收获》第 4 期上，从维熙的长篇小说《北国草》在本期连载续完（从第 2 到 4 期）。同期刊登北婴二幕话剧剧本《寒灯夜话》、唐弢的散文《莎士比亚的故乡》。

8 月

1 日，航鹰的中篇小说《东方女性》、陈村的短篇小说《地上地下》、李锐的短篇小说《指望》发表在《上海文学》第 8 期上。

1 日，《萌芽》第 8 期发表刘玉堂的《静静的海岛》、姜滇的《枇杷雨》、刘湘平的《初恋（外一首）》、姜浪萍的《怨他、爱他》、梅帅元的《秋天》。

10 日，王润滋的中篇小说《鲁班的子孙》发表在《文汇月刊》第 8 期上。小说随后被《小说月报》、《中篇小说选刊》转载，并在《文艺报》上引起反响。

9 月

1 日，张洁的短篇小说《来点儿葱，来点儿蒜，来点儿芝麻盐》、王兆军的短篇《候补常务委员的一小时》、何立伟的短篇《淘金人》、刘湛秋的诗《最后的谢幕》、孙静轩的诗《只有风，是永恒的》发表在《上海文学》第 9 期上。

1 日，《萌芽》第 9 期发表林茂生的《不规则的石子路》、盛晓虹的《朋友，让我们走出小路》、邬峭峰的《秋，理性的季节》、佟家桠的《"东亚革命的歌者"——蒋光慈与外国文学》。

10 日，张辛欣的中篇小说小说《疯狂的君子兰》、戴晴的短篇小说《记入年轮，记入年轮》、母国政的短篇小说《小巷里的怅惘》发表在《文汇月刊》第 9 期上。

25 日，《收获》第 5 期发表高晓声的中篇小说《蜂花》、徐小斌的中篇小说《河两岸是生命之树》、贾平凹的中篇小说《小月前本》、张廷竹的中篇小说《十字街头的阿西》、叶永烈的短篇小说《青黄之间》。同期刊登吴泰昌的散文《有星和无星的夜》。

10 月

1 日，从维熙的中篇小说《鼎》、汪曾祺的短篇小说《星期天》、陆星儿的短篇《从前，有座山》、马原的短篇《儿子没说什么》、唐湜的论文《生活的心灵化——从生活真实到艺术真实杨文虎》、吴方的论文《文艺批评的"老化"》。发表在《上海文学》第 10 期上。

10 日，张弦的短篇小说《绿原》、尤凤伟的短篇小说《宴会正在进行》发表在《文汇月刊》第 10 期上。

本月，周劲望的处女作小说《球星》，王宏光的小说《两筐苹果》，王中朝、汪建民、左连生、张君义、褚晓路、杨扬、欧阳慧的诗歌《世界永是年轻（短诗辑）》发表在《萌芽》第 10 期上。

11 月

1 日，高晓声的短篇小说《"聪明人"》、张承志的短篇小说《戈壁》、林斤澜短篇小说《玻璃房梦》、赵丽宏的诗《沉默的微笑》、发表在《上海文学》第 11 期上。

1 日，孙犁的短篇小说《玉华婶》、聂鑫森的短篇小说《遗作》、赵丽宏的散文《氿畔》发表在《文汇月刊》第 11 期上。

25 日，《收获》第 6 期发表德兰的长篇小说《求（第二部）》、徐孝鱼的中篇小说《山风》、徐恒进的中篇小说《近乡情更怯》。同期刊登王海涛、崔京生的电影文学剧本《野草籽》。

本月，聂波的《在十万大山的密林中》、凌耀忠的《山间解板匠》、徐明成的《弯不下来的手指头》、岳立功的《白鹤》、刘以琳的《入轨》发表在《萌芽》第 11 期上。

12 月

1 日，《上海文学》第 12 期同期发表叶文玲的中篇小说《茧》、王蒙的短篇小说《光》、古华的短篇小说《大院小景三章》。

1 日，俞天白的小说《边屯女》、曾卓的散文《南斯拉夫散记》发表在《文汇月刊》第 12 期上。

本月，《萌芽》第 12 期发表吴民民的《一个成功者的道路》、王春亭的《两个猎手》、杨显惠的《学习和借鉴》、吴清汀的《老俵嫂子》、孟晓云的《穿白大褂的小人物》、刘绪源的《庄严的思索，不息的追求》、马丽华的《大草原（组诗）》。

本年，《萌芽》最高发行量突破 34 万份。

1984 年

1 月

1 日，陈国凯的短篇小说《有这么一个人》，冯苓植的中篇小说《妻子的梦》，杨牧的诗歌《他在马背上微笑》，梁南的诗歌《我的名字是：树》，雷达的评论《心灵美与时代精神——中篇小说〈无声的雨丝〉的启示》发表于《上海文学》第 1 期。

1 日，《萌芽》第 1 期发表晓敏的短篇小说《瞬间》、铁凝的《生活的馈赠》、韩紫熙的《平行时空里》。

10 日，陈祖芬的报告文学《人生的抉择》、肖复兴的报告文学《草原》发表在《文汇月刊》第 1 期上。

25 日，《收获》第 1 期发表邓友梅的中篇小说《烟壶》，冯苓植的中篇小说《沉默的荒原》，谢树平的短篇小说《故乡事》，柯灵的散文《扰扰嚷嚷的五十年》，黄裳的散文《东单日记》，王西彦的散文《在红叶的国土上》。

本月，《小说界》第 1 期发表王小鹰的中篇小说《星河》，并附有许锦根的评论《星星静静地闪亮》。同期，还刊登了尤凤伟的微型小说《良种》、史铁生的微型小说《白云》。

2 月

1 日，《上海文学》第 2 期刊登短篇小说：浩岭的《大地之魂》、范若丁的《最后一场球赛》。同期刊登向荣的《飞天》、吴凤珍的《经济书场》、戴明贤的《五老会》等，陈村的散文《九寨的秋》，东虹的诗歌《奔驰的灵魂》。

1 日，《萌芽》第 2 期发表上海作者卢映华的处女作《新居》，附有俞天白的评论《把目光投向何处?》。

10 日, 王小鹰的小说《四重奏》、益生、美诚、松生、天呈的散文《上海之"海"》, 罗洛的诗论《当前新诗的主流》、蒋孔阳的理论文章《美与愉快》发表在《文汇月刊》第 2 期上。

3 月

1 日,《上海文学》第 3 期发表李杭育短篇小说《人间一隅》, 阮章竞的诗歌《强度汝河》, 昌耀的诗歌《荒漠与晨光》, 陈德培的评论《邓刚的"两个世界"——读邓刚的中短篇小说》、陈良运的理论文章《说"巧"》、胡德培的理论文章《表现形式与思想深度——艺术规律探微》。

1 日,《萌芽》第 3 期发表上海作者叶忠强的短篇小说《连理》、郑芸的散文《有一条清清的小河》。

10 日, 叶辛的小说《袅袅的炊烟》、刘宾雁的报告文学《关东奇人传》、雷抒雁的诗歌《水的颂歌》发表在《文汇月刊》第 3 期上。

25 日,《收获》第 2 期发表王蒙的中篇小说《逍遥游》、谌容的中篇小说《错,错,错!》、曹征路的中篇小说《只要你还在走》、崔京生的短篇小说《红的雪》、冯骥才的短篇小说《雪夜来客》、舒乙的散文《小星星》、郭风的散文《闽西北旅行》。

本月,《小说界》第 2 期发表彭达的《生命》、巴金的《〈中国新文学大系(1927—1937)〉小说集序》、严家炎的《五四时期的"问题小说"》。

4 月

1 日,《上海文学》第 4 期发表水运宪的短篇小说《军令状》、谌容的短篇小说《一个不正常的女人》。同期刊登周涛的《角力的群山(外一首)》、张芸的《辽阔的幻想(外一首)》、雷抒雁的《游云(外一首)》等诗歌。

1 日,《萌芽》第 4 期刊登《萌芽》文学创作荣誉奖获奖名单, 来自上海的作者有邬峭峰、盛晓红、陈浮。本期还发表上海作者关鸿的《哦, 神奇的指挥棒》, 贾平凹的散文《温泉》。

10 日, 辛笛的诗歌《水仙花之恋》、黄宗英的散文《让生命的底片

三次曝光》、孟晓云的报告文学《胡杨泪》发表在《文汇月刊》第 4
期上。

5 月

1 日，周大新的短篇小说《"黄埔"五期》、程乃珊的中篇小说《丁
香别墅》、冯骥才的散文《进香——泰山旧日见闻之一》发表在《上海
文学》第 5 期上。同期刊登李黎的散文《孩子的眼睛》、邵燕祥的诗歌
《我的乐观主义（二首）》、罗洛的诗歌《鉴湖（外一首）》、吕嘉行
《送君远归去（三首）——寄自太平洋彼岸的诗》、吴亮的评论《综合：
研究当代文学的一种途径》、南帆的评论《我国古代文论的宏观研究》、
蒋孔阳的文章《写在〈美学与艺术评论出版的时候〉——代前言》。

1 日，《萌芽》第 5 期刊登桂兴华的报告文学《小草书屋》、王祥夫
的《两盏桔黄的灯》、张文江的《省略喻体的比喻》、彭见明的《三月桃
花水》、矫健的《我和老农民》。

10 日，矫健的中篇小说《老人仓》、罗达成的报告文学《"十连霸"
的悔恨》、陈继光的诗歌《在南方的森林里》发表在《文汇月刊》第 5
期上。

25 日，《收获》第 3 期发表张石山的短篇小说《一百单八磴》，祖慰
的短篇小说《进入螺旋的比翼鸟》，曹禺、万方的电影文学剧本《日
出》，马中骏、贾鸿源的话剧《街上流行红裙子》，荒煤的散文《梦之
歌》。同期开始连载王安忆的长篇小说《69 届高中生》。

本月，《小说界》第 3 期发表了孙颙、蒋志和的中篇小说《老人俱
乐部》、赵长天的中篇小说《市委书记的家事》。

6 月

1 日，《上海文学》第 6 期发表冯骥才的短篇小说《今天接着昨
天》、李龙云的短篇小说《空荡荡的十字街》、辛笛的诗歌《寒山寺前默
想》，并发表论文：鲁枢元的《反映论与创作心理》、赵鑫珊的《关于文
学艺术独特性的随想》、洪善鼎的《美在"确"与"不确"间》、陈达专
的《补充与晕化》。

1 日，《萌芽》第 6 期刊登来自上海的作者齐念奋的短篇小说《东八

区病房》、徐芳的组诗《在春天》、缪国庆的诗歌《五老上天都》、陈放的诗歌《啊，北方》、谢聪的诗歌《农场诗情（三首）》。

10 日，谌容的小树《心绞痛》、王蒙的小说《爱的影（三篇）》发表在《文汇月刊》第 6 期上。

7 月

1 日，《上海文学》第 7 期发表阿城的中篇小说《棋王》、高晓声的短篇小说《陈继根癖》、蔡其矫的诗歌《香海雪》、陈村的诗歌《说》、黄宗英的散文《留学生的心愿》、苗得雨的杂文《观郑板桥的批文》、殷国明的论文《"原生美"和艺术美》。同期刊登吴强、邓刚、程德培在首届《上海文学》奖授奖会上的讲话。

1 日，《萌芽》第 7 期"青年编辑作品特辑"刊登来自上海少年儿童出版社的编辑刘观德的短篇小说《一夜未归》，同期刊登程乃珊的书简《走出蓝屋的人们》。

10 日，《文汇月刊》第 7 期发表肖复兴的报告文学《到南极去》、宗璞的小说《写故事人的故事》、李国文的小说《英伦风情》、赵丽宏的诗歌《蝶思（组诗）》，并发表文艺短论：蒋孔阳的《理论解放创作繁荣》、钱谷融的《要有"事外远致"》、罗洛的《需要提高一步》。同期刊登作家作品论：蒋子龙的《叶辛的谜，谜一样的叶辛》、吴亮的《谌容近作印象》。

25 日，《收获》第 4 期发表徐怀中的中篇小说《一个没有战功的老军人》、航鹰的中篇小说《红丝带》、乔雪竹的中篇小说《天边外》、林斤澜的短篇小说《丫头她妈》、冰心的散文《我入了贝满中斋》、邹荻帆的散文《深情的眷恋》。同期连载完王安忆的长篇小说《69 届高中生》。

本月，《小说界》第 4 期发表了刘绪源的中篇小说《无标题音乐》、赵长天的中篇小说《市委书记的家事》。"外国文学"栏目刊登裘小龙译的英国小说家约瑟夫·康拉德的《秘密的分享》。

8 月

1 日，《上海文学》第 8 期发表王润滋的短篇小说《雷声召唤着雨》、北岛的诗歌《菩萨》、刘湛秋的《燕子》、张抗抗的散文《源与海之间》、陈俊涛的《关于首届〈上海文学〉奖获奖的通信》、周涛的《那里的大地将通过我们的发言》,同期刊登张抗抗的笔谈《源与海之间》、陈诏的评论《苦难历程中"熟悉的陌生人"——谈〈绿化树〉和〈灵与肉〉中的人物形象》。

1日,《萌芽》第8期"著名作家与中国古典文学"刊登了王锦园的《一步步踏在泥土上——朱自清与中国古典文学》。同期刊登上海作者徐伟红的处女作《没有上完的课》。

10日,《文汇月刊》第8期发表赵丽宏的报告文学《朱建华!朱建华!》、宋超和朱大建的报告文学《化作一片挚爱》、尤凤伟的小说《远山》、水运宪的小说《"好望角"》、张炜的小说《黑鲨洋》、陈白尘的散文《压不扁的玫瑰》。

9月

1日,《上海文学》第9期发表肖复兴的短篇小说《望柯楼》、张弦的短篇小说《伏尔加轿车停在县委大院》、任洪渊的诗歌《太阳树》、傅天琳的诗歌《到夏天的河边去》、丁芒的散文《老柳犹飞三月絮》。

1日,《萌芽》第9期刊登盛晓红的短篇小说《老木把子和架挂树》、蒋志和的短篇小说《同舟共济》、陆萍的诗歌《街上流行着》。

10日,《文汇月刊》第9期发表陈世旭的小说《下湾洲纪事》、王安忆的散文《小镇上的作家》。

25日,《收获》第5期发表陆天明的中篇小说《那边驶来一条船》、张宇的中篇小说《李子园》、徐小斌的短篇小说《那蓝色的水泡子》、公刘的短篇小说《陆沉的森林》、秦培春、马中骏的电影文学剧本《海滩》。

本月,《小说界》第5期发表了俞天白的中篇小说《惊蛰》、沈善增的短篇小说《走出狭弄》、徐芳的微型小说《雪线》。

10月

1日,《上海文学》第10期发表於梨华的短篇小说《寻》、何立伟的短篇小说《小站》、王小鹰的短篇小说《鸟儿飞向何方》、章德益的诗《大西北,金色的史话》、茹志鹃的散文《安息吧!老钟、苏苏、小杜老师》、王蒙的散文《我们明朝就要远航》、宗璞的散文《在黄水仙的故乡》、曾镇南的评论《异彩与深味——读阿城的中篇小说〈棋王〉》、洁泯的评论《文学七年的随想》。

1日,《萌芽》第10期"城市之光"专栏发表上海诗人的诗歌:黄晓华的《夏天是我的节日》、《柠檬色的小木箱》、《花匠,在春天退休》、《小巷,笃笃的声音》、傅亮的《城市,复苏的情思(四首)》、李彬勇的《在建筑群下面(三首)》、张烨的《上海,我的摇篮(三首)》、孙晓刚的《油画与婚礼》、王小龙的《纪念》。

10日,《文汇月刊》第10期发表叶文玲的小说《亨得利大座钟》、张抗抗的小说《水洼中的汪洋》、叶永烈的报告文学《抢救大熊猫的人们》。

11月

1日,《上海文学》第11期发表李杭育的短篇小说《国营蛤蟆油厂的邻居》、周良沛的诗歌《没有预报的地震》、郭风的诗歌《色彩的层次》、贺绿汀的文章《关于演外国歌剧的问题》、徐中玉的文章《文艺界应该大鼓劲大团结大繁荣》、许子东的评论《离生活近些,再近些》、吴亮的评论《自然·历史·人——评张承志晚近的小说》。

1日,《萌芽》第11期发表邬峭峰的短篇小说《紫黄昏》,同期刊出"上海农场诗辑"专栏,发表了纪少华、谢聪、沈晓、付武、吴志银、孙仲哲等的诗歌。

10日,《文汇月刊》第11期发表茹志鹃的短篇小说《路标》、徐耿和程玮的短篇小说《老人的旗》、李杭育的中篇小说《红嘴相思鸟》。

25日,《收获》第6期发表陆星儿的中篇小说《一条台硌路》、杨代藩的中篇小说《地球,你早!》、张石山的中篇小说《长长的坡》、公刘的短篇小说《先有蛋,后有鸡》、张洁的短篇小说《山楂树下》、杨显惠的短篇小说《海上,远方的雷声》、甘铁生的短篇小说《在新开辟的旅游区》、徐中玉的散文《何人不起故园情》、蒋星煜的散文《文游台畅想曲》。

本月,《小说界》第6期发表了航鹰的中篇小说《地久天长》、林平的微型小说《陪酒乐》。

12 月

1日,《上海文学》第12期发表王安忆的短篇小说《一千零一弄》、唐栋的短篇小说《个歌星明天来》、蒋濮的短篇小说《天狼星下》、许子东的《曹冠龙的小说创作》。

1日,《萌芽》第12期发表刘巽达的报告文学《征婚启事》、肖复兴的报告文学《一个平凡的梦》。

10日,《文汇月刊》第12期发表罗达成的报告文学《蒋大为与张佩君》、王安忆的短篇小说《话说老秉》。

本年,冯骥才的《神鞭》发表于《小说界》长篇小说专辑第4期。

1985 年

1 月

1日,《小说界》第1期发表王安忆的中篇小说《大刘庄》、罗洪的中篇小说《声声急》、刘俊光的短篇小说《明天考试》、张小玲的短篇小说《本职工作》、尹平华的微型小说《师生》、刘勇的微型小说《最后一票》、丰晓梅的微型小说《从0开始》,"小说论丛"发表严家炎的论文《三十年代的现代派小说——中国现代小说流派论之五》,并附有穆时英的小说《上海的狐步舞》、施蛰存的小说《梅雨之夕》。同期刊登毛时安的文学评论《"我总是要朝前走的"——王安忆及其近作的"新动向"》。

1日,《上海文学》第1期发表张辛欣和桑晔的口述实录体小说《北京人》(7期)副标题为"100个普通人的自述"。该作品共选择了100位北京各层次公民的自述,通过口述实录体的形式与作者的艺术加工,社会身份各异的当代中国人的思维方式、价值观念、生活方式得到彰显。同期发表郑万隆的中篇小说《老棒子酒馆》、茹志鹃的中篇小说《第一个复原的军人》、舒婷的诗《远方》,并发表理论文章:邹平的《形象思维的内在运动——形象思维新论之一》、张跃生的《艺术真实性的客观依据是什么》、王富荣的《如何正确把握文艺作品的思想倾向》、胡德培的《太实与过虚——艺术规律探微》等。

1日，《萌芽》第1期发表扎西达娃的短篇小说《宠儿》、胡平的诗歌《钟声（外一首）》、赵丽宏的散文《生活在召唤》、丁玲的散文《他选中了一个很好的题目》。

10日，《文汇月刊》第1期发表航鹰的短篇小说《房梁上的红布包》、肖复兴的报告文学《金凤凰》、陈祖芬的报告文学《好同志历险记》。

25日，《收获》第1期发表张辛欣、桑晔的口述实录体小说《北京人》，矫健、张象吉的中篇小说《听山》，沙汀的散文《批斗场上小景》，郭风的散文《海上》。

2月

1日，《上海文学》第2期发表胡启立《在中国作家协会第四次代表大会上的祝词》、马原的中篇小说《冈底斯的诱惑》、张承志的中篇小说《晚潮》、沙叶新的中篇小说《假如哪天没有下雨……》、赵本夫的中篇小说《紫云》、陈村的中篇小说《一个人死了》，发表理论文章：吴亮的《文学与消费》、吴若增的《当代文学分类 ABC》。

1日，《萌芽》第2期发表金宇澄的小说《最后一次推销》，赵丽宏、王小鹰的散文《自由，这个美丽而严峻的字眼》。

10日，《文汇月刊》第2期发表赵丽宏的诗歌《北京，我把爱情献给你》。

3月

1日，《小说界》第2期发表陆星儿的中篇小说《冬天的道路》、宗福先的《默默的黑瞳人》、古华的《楚玉姐》。

1日，《上海文学》第3期发表古华的中篇小说《雾界山风月》、贾平凹的中篇飞小说《蒿子梅》，并发表理论文章：赵祖武、叶益钧的《文学评论的术语革命势在必行》、周政保的《象征：小说艺术的诗化倾向》、周始元的《文学接受过程中读者审美感受的作用——从接受美学谈起》。

1日，《萌芽》第3期发表韩建东的小说《金婚纪念日》、蓝关的论文《马背上的歌手——论张承志的小说创作》。

10 日，《文汇月刊》第 3 期发表程乃珊的中篇小说《女儿经》（后又发表在《中篇小说选刊》第 4 期上）、孙犁的散文《我喜爱的一篇散文》、刘宾雁的《我的日记》、邵燕祥的评论《说"寂寞"》、黄秋耘的评论《"士先识器而后文艺"》。

25 日，《收获》第 2 期发表张辛欣的中篇小说《封·片·连》（后又发表在《中篇小说选刊》1985 年第 5 期上）、王火的中篇小说《潜网上的漩涡》、公刘的短篇小说《井》、孙犁的散文《病期经历》、彭小连的电影文学剧本之《在夏天里归来》。

4 月

1 日，《上海文学》第 4 期为"小说特大专号"。发表中篇小说：赵长天、唐大卫的《老街尽头》、邓刚的《我的兄弟们》、陈维型《信，烧掉它吧！》；短篇小说：阿城《遍地风流（之一）》、梁晓声、王啸文的《高高的铁塔》、彭荆风的《红色的、金色的云》、唐宁的《主角》、陈小初的《沙路》。

1 日，《萌芽》第 4 期发表宋耀良的小说《野渡口》、郑义的理论文章《向往自由》。

10 日，《文汇月刊》第 4 期发表尤凤伟的中篇小说《山地》、梁晓声的中篇小说《边境村纪实》（后又发表在《中篇小说选刊》第 4 期上）。

5 月

1 日，《小说界》第 3 期发表肖复兴的中篇小说《发生在炎热的夏天》、宗福先的短篇小说《默默的黑瞳人》、古华的小说《楚玉姐》、徐芳的微型小说《青椰子、黄椰子》。

1 日，《上海文学》第 5 期发表郑万隆的中篇小说《异乡异闻（黄烟、空山、野店）》、陈可雄的报告文学《横渡太平洋——去南极日记》。

1 日，《萌芽》第 5 期发表范小青的小说《大楼与小星》、朱发耕的《圆周的终点就是起点》、路远的《把笔伸向比草原更广阔的地方》、曹征路的《时代造就了她》。

10 日，《文汇月刊》第 5 期发表铁凝的短篇小说《四季歌》、俞天白的短篇小说《家庭生活二题》、叶永烈的报告文学《思乡曲（马思聪传）》。

25日，《收获》第3期发表扎西达娃的中篇小说《巴桑和她的弟妹们》、周梅森的中篇小说《喧嚣的旷野》、张爱玲的小说《倾城之恋》、黄裳的散文《好水好山》、柯灵的散文《遥寄张爱玲》、赵丽宏的散文《纺织娘》。

本月，《小说界》长篇小说专辑第1期发表叶辛的小说《轰鸣的电机》、鲍昌的小说《盲流》、卢弘的小说《我们十八岁》、叶辛的散文《这是一次尝试》、鲍昌的散文《关于〈盲流〉的几句话》、沙汀的散文《漫谈有关〈淘金记〉的一些问题》。

6月

1日，《上海文学》第6期发表韩少功的短篇小说《归去来》和《蓝盖子》、刘索拉的中篇小说《蓝天绿海》。

1日，《萌芽》第6期发表高瑞泉的《写中国伟大文化的传人》、黄晓华的《从强烈的震动开始》、季振邦的《鸭友》。

10日，《文汇月刊》第6期发表叶永烈的报告文学《离人泪〈葛佩琦传〉》、王安忆的中篇小说《阿跷传略》、史铁生的中篇小说《合欢树》、孙颙的中篇小说《荒滩》。

7月

1日，《小说界》第4期发表冯苓植的中篇小说《虬龙爪——鸟如其人》。同期发表上海作者鲁兵的微型小说《无题》、汪天云的微型小说《车上轶事》。

1日，《上海文学》第7期发表齐岸青的中篇小说《执火者——〈流逝的音符〉之四》、张辛欣、桑晔的口述实录小说《北京人》（10篇）、张炜的短篇小说《夏天的原野》、傅天琳的诗《伐倒一棵不该伐倒的树——想起一个人》。

1日，《萌芽》第7期发表鲁书潮的《秋天的告别》、郭和平的《洁白的雪花》、陈所巨的诗歌《玫瑰海（组诗）》、宋遂良的评论文章《可贵的独创性——谈张炜的小说创作》、理然的评论文章《王蒙的艺术探索——苏联汉学论王蒙小说的技巧》。

10日，《文汇月刊》第7期发表沙叶新的短篇小说《拾到的和失去的》、邵燕祥的散文《读一篇悼念文章想起的》。

25日，《收获》第4期发表冰心的回忆录《我的大学生涯》、巴人的短篇小说《南洋篇》、陈村的短篇小说《给儿子》、舒乙的散文《父亲最后的两天》、傅晓明、江海洋的剧本《最后的太阳》。

8月

1日，《上海文学》第8期发表王安忆的中篇小说《我的来历》、短篇小说《初殿》（3篇）、宗福先的短篇小说《似水流年》。

1日，《萌芽》第8期发表金宇澄的小说《失去的河流》、王富荣的评论《为千百万知识青年树碑——梁晓声知青小说漫议》。

10日，《文汇月刊》第8期发表李国文的系列短篇小说《危楼记事》（之六）、梁晓声的小说《溃疡》。

9月

1日，《小说界》第5期发表高晓声的短篇小说《临近终点站》、李国文的系列短篇小说《危楼记事》（之五）、莫言的短篇小说《石磨》。"全国微型小说大赛专辑"刊登了微型小说20篇，包括上海作者沈善增的《平凡的星期天》。

1日，《上海文学》第9期设"上海青年作家作品专辑"，发表赵丽宏的短篇小说《鸟痴》、彭小连的短篇小说《被磨蚀的渴望》、梅子涵的短篇小说《温和的绿灯》、沈善增的短篇小说《黄皮果三篇》。同期刊登李国文的系列短篇小说《危楼记事》（之四）、戴晴的报告文学《信任他吧，祖国》。

1日，《萌芽》第9期发表汪天云的《比金牌更迷人的是什么》、路畅、沈刚的《爱的辐射——献给第一个教师节》、短诗辑，包括姚衬、齐铁偕、陆新瑾、王开来、孙国煌、夏永刚、文龙、沈雯雷、于宗信等的诗歌，周斌的理论文章《闲笔不闲》、曾小逸的理论文章《审美方式的个体化与世界结构的一体化——关于未来文学的假说》。

10日，《文汇月刊》第9期发表三毛的短篇小说《浪迹天涯话买卖》、浩然的短篇小说《那个让狗咬了屁股的》、路翎的散文《悼念胡风同志》、流沙河的诗《独唱》。

25 日，《收获》第 5 期发表张贤亮的中篇小说《男人的一半是女人》、莫言的中篇小说《球状闪电》、马原的中篇小说《西海的无帆船》和王蒙的长篇小说《活动变人形》（节选）。文苑纵横专栏刊出曹禺的文章《天然生出的花枝》。

10 月

1 日，《上海文学》第 10 期发表陈洁的《大河》、梁晓声的两篇短篇小说《鹿心血》和《非礼节性的"访问"》、李庆西的长篇小说《白狼草甸》，并发表理论文章：南帆的《论小说的情节模式》、孟悦与季红真的《叙事方法——形式化了的小说审美特性》、王富荣的《小说的传统和开放》、方玲的《"深废浅售"杂议》。

1 日，《萌芽》第 10 期发表曹阳的小说《打开广阔的天地》、丰晓梅的小说《小店》、刘国萍的诗歌《大都市的群像（组诗）》。

10 日，《文汇月刊》第 10 期发表小说：贾平凹的《人极》、张承志的《山之峰》、林斤澜的《门外球声》，同期刊登赵丽宏的散文《遇鬼记》。

11 月

1 日，《小说界》第 6 期发表傅星的短篇小说《我的古堡》、"全国微型小说大赛专辑"刊登了微型小说 29 篇，包括上海作者周锐的《站牌与糖葫芦》、陆俊超的《一封招领信》等。

1 日，《上海文学》第 11 期"作家作品小辑"发表陈村的《短篇小说四篇》（《一天》、《古井》、《捉鬼》、《琥珀》）和创作谈《赘语》、张承志的短篇小说《GRAFFITI——胡涂乱抹》、马原的短篇小说《海的印象》、蒋子丹的中篇小说《黑颜色》、贾平凹的书信《四月二十七日寄友人书》，并发表理论文章：李庆西的《大自然的人格主题》、黄子平的《得意莫忘言》、杨文虎的《创作与遗忘》、贺兴安的《可曾注入自己的生命》。

1 日，《萌芽》第 11 期发表王国荣的小说《没有斧锯的小木匠》、柯平的理论文章《对当代抒情诗的一点思考》。

10 日，《文汇月刊》第 11 期发表白桦的报告文学《"死亡之海"——希望之光》、辛笛的诗歌《赠友题忆（外一首）》。

25日，《收获》第6期发表张承志的中篇小说《黄泥小屋》、程乃珊的中篇小说《风流人物》、於梨华的短篇小说《江巧玲》。同期刊登张弦根据沈从文原著改编的电影文学剧本《湘女萧萧》。

12月

1日，《上海文学》第12期发表邹志安的短篇小说《并非莫须有事件》，林斤澜的短篇小说《舴艋舟——矮凳桥的手艺人家》，何立伟的短篇小说《影子的影子》、《水边》、《死城》和创作谈《酒后》，韦君宜的短篇小说《试红妆》，林希的诗歌《走近一条神秘的河（外一首）》、雷恩奇的诗歌《草原风（外二首）》，发表理论文章：罗强烈的《简化——一种由繁到简和由简到繁的艺术运动——读郑万隆的短篇近作随想》、龚平的《伦理题材中的非伦理因素》、王斌的《陈世旭小说漫谈》。

1日，《萌芽》第12期发表王富仁的孙文昌的小说《它让你一口气读完》、理论文章《判断和人性判断》。

10日，《文汇月刊》第12期发表汪天云的小说《山雀、蛇和我的故事》、曾卓的散文《我为什么常常写海？》。

1986 年

1月

1日，《上海文学》第1期发表王安忆的《海上繁华梦》系列中短篇小说及创作谈《多余的话》、李晓的短篇小说《机关轶事》。

1日，《萌芽》第1期发表余华的短篇小说《三个女人一个夜晚》、陈世旭的书简《补拙篇》。上海作家蒋志和的小说《蔚蓝色的金字塔》。

10日，《小说界》第1期设立"上海作者中篇小说专辑"发表了赵长天的《天门》、陈继光的《漫长生命中的短促一天——新浪潮前奏曲之八》、俞天白的《大漠的姑娘》、戴厚英的《落》、浩林的《清晨，有雾》、蒋志和的《金牌上的胡影》、姜金城的《雁南飞——黄宗英初涉艺坛》（纪实小说），同期，"全国微型小说大赛专辑"继续刊登32篇微型小说，包括徐芳的《海岬像一块墨》。

10 日，《文汇月刊》第 1 期发表陈祖芬的报告文学《走进八十年代》、赵丽宏的报告文学《墨西哥大地震》、张弦的小说《浅浅的游泳池》。

25 日，《收获》第 1 期发表郑万隆的中篇小说《我的光》、《地穴》、《洋瓶子底儿》、张辛欣的纪实小说《在路上》、王安忆的中篇小说《好姆妈，谢伯伯，小妹阿姨和妮妮》、蔡侧海的短篇小说《未市地震》，"私人照相簿"专栏刊登刘心武的散文《影子大叔》（从本期开始共刊出 5 期，分别是《影子大叔》、《留洋姑妈》、《伶人传奇》、《名门之后》、《江山不老》。包含作家的散文与私家照片）。本期开始开设"朝花夕拾"专栏，发表撰稿人的说明《我们的自白》，并刊登沈因等的《极短小说一十一篇》，同期刊登散文：郭风的《北戴河七题》、范若丁的《灯影》。

本月，上海译文出版社创办《外国故事》（双月刊）。

2 月

1 日，《上海文学》第 2 期发表贾平凹的中篇小说《火纸》、李杭育的短篇小说《葛川江的一个早晨》、刘庆邦的短篇小说《黑胡子》。

1 日，《萌芽》第 2 期发表赵本夫的书简《从〈卖驴〉开始》、赵丽宏的散文《漫步唐人街——访美纪行之一》、周国平的散文《俯视大干——庐山散记》、朱大建的报告文学《上海滩"新大亨"》、张烨的诗歌《晚境（外二首）》。

10 日，《文汇月刊》第 2 期发表航鹰的小说《大墙内外（黑管、狮舞、鸽子、杜鹃）》、肖复兴的报告文学《爱情刚刚开始（一个摄影家的自述）》。

3 月

1 日，《上海文学》第 3 期发表孙惠芬的短篇小说《小窗絮雨》、郑成义的散文《成熟的风》。

1 日，《萌芽》第 3 期发表赵丽宏的散文《人狗之间——访美纪行之二》。本期刊登"上海诗歌沙龙"青年特辑，刊登了缪国庆、李勇杉、米福松、林路、郦辉、蒋建华、钱培静、王会军、谭启生、张佩星的诗歌。

10 日，《小说界》第 2 期发表了程乃珊的中篇小说《签证（上）》、崔京生的短篇小说《夏天风》，同期，"全国微型小说大赛专辑"继续刊登 25 篇微型小说，包括桂兴华的《"问候你的眼睛"》、高低的《稀释》。

10 日，《文汇月刊》第 3 期发表辛笛的诗歌《我没有去告别》。

25 日，《收获》第 2 期发表王小鹰的中篇小说《一路风尘》、林斤澜的中篇小说《憨憨》、刘索拉的短篇小说《多余的故事》、汪曾祺的短篇小说《桥边小说三篇》、马中骏、秦培春的话剧《红房间·白房间·黑房间》。

4 月

1 日，《上海文学》第 4 期发表李庆西的短篇小说《人间笔记》、骆一禾的诗歌《四月》、舒婷的诗歌《梦入何乡》。

1 日，《萌芽》第 4 期发表赵长天的短篇小说《月有阴晴圆缺》、赵丽宏的散文《走马好莱坞——访美纪行之三》、徐芳的诗歌《红色的诱惑》。

10 日，《文汇月刊》第 4 期发表赵长天的小说《湖边（外两篇）》。

5 月

1 日，《上海文学》第 5 期发表王安忆的短篇小说《鸠雀一战》、韩少功小说《女女女》。

1 日，《萌芽》第 5 期发表赵丽宏的《我看美国人（上篇）——访美纪行之四》、曹阳的编辑札记《短篇小说为什么不短》。"校园文学"专栏刊登了来自上海交通大学的大学生作者曹明华的散文《因为有了秘密》。

10 日，《小说界》第 3 期发表了梁晓声的自述体小说《从复旦到北影》、程乃珊的中篇小说《签证（下）》、魏心宏的微型小说《烟荒》、肖强的微型小说《墙上的吻》。

10 日，《文汇月刊》第 5 期发表陈继光的散文《双龙洞二得》。

25 日，《收获》第 3 期发表陈村的中篇小说《他们》、陆星儿的中篇小说《一根杏黄色的水晶镇尺》、宗福先的中篇小说《平安无事》、崔京生的中篇小说《第Ⅵ部门》、蒋子丹的散文《剪辑的回忆》、冯骥才的中篇小说《三寸金莲》（怪世奇谈系列）。

6 月

1 日，《上海文学》第 6 期发表张弦的短篇小说《焐雪天》、赵玫的中篇小说《河东寨》。

1 日，《萌芽》第 6 期发表陈村的短篇小说《白子》、王唯铭的微型小说《不好使的脑子》、汪天云与徐大澄的报告文学《世界为他揭开浩瀚的面具》、曹明华的散文《因为有了秘密》、赵丽宏的游记《我看美国人——访美纪行之五》。

10 日，《文汇月刊》第 6 期发表王润滋的小说三题：《三个渔人》、《海祭》、《跟小儿子去》。

7 月

1 日，《上海文学》第 7 期发表李晓的短篇小说《继续操练》、白桦的诗《江上雨中行》、周涛的诗《焉耆悲歌》。

1 日，《萌芽》第 7 期发表王唯铭的微型小说《招聘》、朱大建的报告文学《江东一奇男》。还有陈放的诗歌《黎明的主题（外一首）》。

10 日，《小说界》第 4 期发表朱春雨的长篇小说《橄榄》、王小鹰的短篇小说《今夕是何年》、尹明华的微型小说《感冒》。

10 日，《文汇月刊》第 7 期发表刘绍棠的小说《吵园》、张欣的小说《绛红色的披肩》。

25 日，《收获》第 4 期发表张抗抗的长篇小说《隐形伴侣》（连载至第 5 期）、台湾作家李昂的中篇小说《杀夫》、陈染的短篇小说《世纪病》、赵丽宏的散文《玛雅之谜》。

8 月

1 日，《上海文学》第 8 期发表王安忆的中篇小说《小城之恋》、残雪的短篇小说《旷野里》。《小城之恋》引发了广泛讨论。同期发表张光年的理论文章《在建设精神文明的路上》、孟悦的理论文章《小说功能内外观》。

1 日，《萌芽》第 8 期发表曹阳的专论《天高任鸟飞》、李乔亚的《大宁河畔的小茅屋》、刘继安的《所求与所畏》。

10 日，《文汇月刊》第 8 期发表从维熙的小说《酒魂西行（系列短篇一至五章）——"竹叶青"观景记》。

9 月

1日，《上海文学》第9期发表孙甘露的中篇小说《访问梦境》，孙惠芬的中篇小说《来来去去》，史铁生的短篇小说《毒药》，陈村的短篇小说《死》，苏叶的散文《元月三日夜》，并发表蒋孔阳的理论文章《〈审美中介论〉序》，李洁非、张陵的理论文章《忧患意识与人的热情》。

1日，《萌芽》第9期发表"上海青年创作班作品选"：沈刚的《青春不悔》、郑芸的《跑》。还刊登了来自上海的诗人康学森的诗歌《寄给远方》、黄晓华的诗歌《三个归来的士兵》、朱金晨的诗歌《啤酒花又开了》、徐如麟的诗歌《领海线上的忠诚》。

10日，《小说界》第5期发表了陈村的中篇小说《李庄谈心公司》、王蒙的短篇小说《Z城小站的经历》，同期推出了"探索性作品"专栏。

10日，《文汇月刊》第9期发表王小鹰的中篇小说《天涯客》。

25日，《收获》第5期发表铁凝的中篇小说《麦秸垛》、马原的中篇小说《虚构》、王蒙的短篇小说《风马牛小说二题》、苏童的短篇小说《青石与河流》。

10 月

1日，《上海文学》第10期发表何立伟的短篇小说《山里的故事》、乔典运的短篇小说《无字碑》，并发表林伟平的两篇人物专访《今天的文学与文学新人——访文艺理论家王元化》、《新时期文学一席谈——访作家李陀》。

1日，《萌芽》第10期发表程永新的短篇小说《水与火》、郑春华的短篇小说《海员的妻子》、刘观德的短篇小说《最后一次行窃》。还发表了来自上海的诗人施圣扬的诗歌《画部里的游思》。"校园文学"专栏刊登了来自华东师大、复旦大学、上海交大等上海高校的大学生作者的文章。

10日，《文汇月刊》第10期发表巴金的散文《怀念胡风》、王元化、柯灵、吴强的《〈随想录〉三人谈》、理由的报告文学《九七年》、叶永烈的报告文学《不屈的音符（贺绿汀在"文革"中）》、刘白羽的散文《我的海》，同期刊登朱金晨的诗歌《茶叶·月芽》。

11 月

1 日，《上海文学》第 11 期发表李锐的短篇小说《厚土——吕梁山印象之三》，并发表吴亮的评论《城市与我们》、林伟平的文章《文学与人格——访作家韩少功》和《用作品说话——访作家王西彦》。

1 日，《萌芽》第 11 期发表朱耀华的小说《散》、东瑞的小说《万年青的故事》。

10 日，《小说界》第 6 期发表冯苓植的中篇小说《狐幻》、陈洁的中篇小说《东方的云——学生楼纪事》、鲍昌的短篇小说《萃华街记事》。

10 日，《文汇月刊》第 11 期发表冯骥才的报告文学《一百个人的十年》、刘绪源的小说《过去的好时光》。

25 日，《收获》第 6 期发表崔京生的中篇小说《新耍儿》、赵长天的中篇小说《冬天在一座山上》、水运宪的中篇小说《裂变》、杨绛的散文《丙午丁未纪事》、徐迟的游记《美国，一次秋天的旅行》、刘心武的散文《江山不老》。

12 月

1 日，《上海文学》第 12 期发表莫应丰的中篇小说《任兴公·义兴公》、蒋子丹的短篇小说《没颜色》、鲍昌的文章《一个艺术上的"旋转的世界"一评陈继光的系列小说〈新浪潮前奏曲〉》。

1 日，《萌芽》第 12 期发表来自上海的作者方家骏的短篇小说《月不圆，夜不眠》、亢美的短篇小说《真？假；还是……》、陆海光等的报告文学《走向罪恶深渊》。

10 日，《文汇月刊》第 12 期发表陈祖芬的报告文学《论孙超现象》、肖复兴的报告文学《诗人和他的土伯特女人》、程乃珊的中篇小说《当我们不再年轻的时候》。

1987 年

1 月

1 日，《上海文学》第 1 期发表马原的短篇小说《游神》、蔡测海的短篇小说《往前往后》。同期发表了上海作家彭瑞高的中篇小说《祸水》，并发表雷达的评论《灵性激活历史》。对当时的革命战争历史小说，从创作思想上作了比较透彻的理论概括，特别是对《红高粱》加以分析。同期刊登青年评论家李庆西评论小辑。

1日，《萌芽》第1期发表盛李的纪实小说《414，将引起世界注目》。本期罗洛在"我喜爱的诗"专栏推荐了上海年轻诗人张烨的诗歌《背影》、《瀑布》。

10日，《小说界》第1期发表赵丽宏和吴礽六的《大上海啊》、白桦的散文《熟悉而又陌生的苏联》、韩建东的短篇小说《秋夜的热风》，并发表陈俊涛的理论文章《小说：从多元并峙到多元融汇》、孟悦的理论文章《对文化符号进行重新编码》。

10日，《文汇月刊》第1期发表古华的小说《筛子》、赵丽宏的诗歌《墨西哥诗草（二首）》。

25日，《收获》第1期开始特辟专栏刊发全国老中青三代数十位作家的信和题词，纪念《收获》创刊三十周年；巴金撰写《〈收获〉创刊三十年》。该期发表贾平凹的长篇小说《浮躁》、俞天白的中篇小说《活寡》、马原的短篇小说《错误》、白桦的话剧剧本《槐花曲》，"私人照相簿"专栏继续刊登刘心武的回忆散文《后事如何》，本年共刊出《后事如何》、《珍惜生命》、《不得其详》、《渴望沟通》、《生死相依》5篇。

本月，《上海文论》创刊。该期刊为文学评论性期刊，其开设的"重写文学史"专栏影响巨大，该刊于1993年始停刊更名为《上海文化》。创刊号发表了：蒋孔阳的《加强作家主观的人格力量》、钱谷融的《关于文艺问题的随想》、夏仲翼的《关于文学批评观念》、李庆西的《文学没有解释》、毛时安的《琼瑶的梦和读者的世界——从读者接受看"琼瑶热"》、南帆的《小说：演变与选择》、《中国当代文学——外国学者如是说（在中国当代文学国际讨论会上外国学者的发言摘录）》、贺绍俊、潘凯雄的《审丑：艺术的别一魔力——新时期部分小说审丑意识初探》、刘梦溪的《〈文艺学：历史与方法〉前记》、郜元宝、宋炳辉的《文化的命运和人的命运——论〈王蒙活动变人形〉及其他》、北村的

《超越意识：超阶段和超实体——文学超越意识沉思录之一》、魏威的《主流文学·俗文学·美文学——关于通俗文学的发展和走向的一点感想》、陈惠芬的《性别——新时期文学的一种"内结构"》、雷内·韦勒克的《近年来文学批评中的科学、伪科学和直》（龚国杰译）。

2月

1日，《上海文学》第2期发表苏童的短篇小说《飞越我的枫杨树故乡》，推出"万字内短篇小说荟萃"，并刊登林斤澜的短篇小说《黄瑶》，同期刊登赵丽宏的诗歌《墨西哥诗笺》（组诗），并发表理论文章：滕守尧的《走向"过程"的现代美学与艺术》、朱立元、王文英的《对艺术真实的心理学探讨》。

10日，《文汇月刊》第2期发表李子云的散文《两个致力于欧华文化交流的人》。

28日，《上海戏剧》第1期发表王安忆的散文《话说父亲王啸平》、宗福先的散文《我的前半生》。

本月，《萌芽》第2期发表谢德辉的纪实小说《钱，在寻找出路》、罗达成的报告文学《青春的骚乱》。本期辛笛在"我喜爱的诗"专栏推荐了上海年轻诗人宋琳的诗歌《泥塑》。

3月

1日，《上海文学》第3期发表莫言的短篇小说《罪过》、杨咏鸣的短篇小说《甜的铁，腥的铁》、蔡其矫的诗歌《倾诉》。该刊从本期开始，特辟《上海人物志》栏目，通过这个栏目，将辛勤劳作在上海各个角落里的无名英雄介绍给广大读者。这一期刊登的是章慧敏的报告文学《人犬之间》。

1日，《萌芽》第3期刊登张烨的诗歌《在咖啡馆》、孙悦的诗歌《青春是什么》、王小鹰的散文《姗姗在美国》。

10日，《小说界》第2期发表李杭育的中篇小说《阿环的船》、叶辛的中篇小说《少妇恋》、陈村的散文《出洋随笔》。

10日，《文汇月刊》第3期发表许庆道的散文《我记忆中的满涛》。

20日，《上海文论》第2期发表徐中玉的《现代意识与文化传统》、柯灵的《答客问（之二）——关于文化问题的断想》、陈伯海的《艰难的转折——十九世纪中国文学文化的反思》、殷国明的《从一种选择到多种选择——对中国现代文学发展趋势的历史理解》、李劼的《在死亡面前的人生观照——文学是人学思考之一》。

25 日，《收获》第 2 期发表阮海彪的长篇小说《死是容易的》、冯苓植的中篇小说《落凤枝》、蒋子丹的中篇小说《圈》、张宝发的中篇小说《浪迹丝路》、冯骥才的短篇小说《灰空间》、李子云的散文《把童年还给孩子们》。

4 月

1 日，《上海文学》第 4 期发表乔典运的短篇小说《美妻》、杨显惠的短篇小说《妈妈告诉我》、赵玫的散文《终结》，并发表理论文章曾镇南的《苦涩的画卷》、吴亮的《爱的结局与出路》、顾晓鸣的评论《〈神鞭〉和〈三寸金莲〉：小说体的"文化分析"》。

1 日，《萌芽》第 4 期发表马原的短篇小说《爱物》。蒋志和的纪实小说《比基尼的诱惑》、陈丹燕的短篇小说《他们和我们》、施圣扬的散文《鸟痴》、季振邦的散文《屋祭》。

10 日，《文汇月刊》第 4 期发表张一弓的中篇小说《都市里的牧羊人》。

5 月

1 日，《上海文学》第 5 期发表上海作家张旻的短篇小说二题《新房间》、《落水鬼》，上海作家孙建成的短篇小说二题《蓝棉袄》、《眼镜》。同期刊登翟永明的组诗《始终》、黑孩的散文《两个人的站台》。

1 日，《萌芽》第 5 期发表金宇澄小说小辑《光斑》、《方岛》、《异乡》，附方克强的评论《穿透冷峻人生的反思——评金宇澄小说创作》。还发表了上海青年女作家丰晓梅的小说《恋爱启示录》以及周佩红的散文《乡思种种》。

10 日，《小说界》第 3 期发表陈继光的中篇小说《告别蓝绿》、马原的短篇小说《回头是岸》，本期刊登马来西亚作家商晚筠的短篇小说《七色花水》《季妍》以及李子云对其的推介。

10日，《文汇月刊》第5期发表王璞的小说《车长》、王旭峰的小说《在雨季》、汪天云的散文《瞿白音〈创新独白〉诞生前后》。

20日，《上海文论》第3期发表陈鸣树的《方法论：中国与世界》、黄子平的《文学批评：专业态度和大众效应》、潘向黎的《直面生活：为生者与死者——谈新时期挽悼散文》。

25日，《收获》第3期发表叶兆言的中篇小说《五月的黄昏》、何立伟的短篇小说《牛皮》、皮皮的短篇小说《全世界都八岁》、张承志的实验文体小说《等蓝色沉入黑暗》、王蒙的散文《天涯海角·飞沫》、张辛欣的散文《醒到天明不睁眼》、莫言的中篇小说《红蝗》。《红蝗》发表后引发了文学界、批评界的讨论。

6 月

1日，《上海文学》第6期发表上海青年女作家丰晓梅的《十六的月亮》、以及孙柏昌的短篇小说《黄瓜园》、邓海南的短篇小说《龙泉剑》，大胆推广笔记小说。

1日，《萌芽》第6期发表了孙洪康的纪实小说《掀开都市帷幕的一角》、报告文学专栏刊登桂兴华的作品《隧道在默默推进》，本期刊登了《萌芽》文学创作荣誉奖获奖作品及作家名单，其中上海作家有金宇澄、曹明华、沈刚、朱大建。

10日，《文汇月刊》第6期发表於梨华的小说《记得当年来水城》，附有舒非的作家论《写作·爱情·婚姻（记於梨华）》。

7 月

1日，《萌芽》第7期发表陆幸生的纪实小说《与世界共老》。"城市之光"专栏刊登了来自上海的诗人金勇的诗歌《鱼》、陆萍的诗歌《你突然走来（外一首）》。

5日，《上海文学》第7期发表李锐的短篇小说《戍夜》、路远的中篇小说《黑森林》、杨东明的中篇小说《欲望之漂》、吴方的评论《中国文学情感表现功能再认识》。

5日，《小说界》第4期发表蒋子龙的中篇小说《碉堡——〈饥饿综合症〉之二》、叶文玲的中篇小说《三眼坟——〈百色人等〉系列》、王蒙的短篇小说《吃（访旧、迎宾、烙饼）》。

10日，《义汇月刊》第7期发表曾卓的散文《斯分克司之谜》。

20日，《上海文论》第4期发表伍蠡甫的《漫谈形式》、贾植芳的《〈五四爱情小说选〉序》、郜元宝的《批评的幻想——对一种自由批评的期待》、特里·伊格尔顿的《资本主义、现代主义和后现代主》（杨小滨译、裴小龙校）、孙琴安的《格律诗的式微和自由诗的兴起》、吴炫的《偏激、辩证与"一"》。

25日，《收获》第4期发表张承志的中篇小说《黑山羊谣》、万方的中篇小说《在劫难逃》、郑万隆的短篇小说《白房子》、王唯铭的中篇小说《今夜我无法拒绝》、刘索拉的散文《摇摇滚滚的道路》、冰心的回忆录《在美留学的三年》。"朝花夕拾"栏目刊登了龚鹏程等的讨论《女作家难为》以及三毛的《星石》、张辛欣的《两颗星，一片议论》。

8月

1日，《萌芽》第8期发表上海作者朱全弟的纪实小说《上海Ｓ·Ｃ总部在波士顿》。

5日，《上海文学》第8期发表刘庆邦的短篇小说《曲胡》，池莉的中篇小说《烦恼人生》，白桦的诗歌《白桦四月诗章》。《烦恼人生》的发表对"新写实主义"文学的产生起到重要作用。

10日，《文汇月刊》第8期发表白桦的报告文学《血的证言和泪的反思（南京大屠杀遇难同胞50周年祭）》、肖复兴的报告文学《啊，老三届》、李国文的小说《没意思的故事两篇》。

9月

1日，《萌芽》第8期上海作者齐铁偕的纪实小说《上海的水上之门》。

5日，《上海文学》第9期开辟专栏"作协上海分会青创会第二期学员小说专辑"，发表沈嘉禄的《出道》、朱耀华的《巴别塔》、孙徐春的《第二百次约会》、张旻的《远大目标》。"上海人物志"专栏发表肖岗的报告文学《烟雨后的灿烂》。

10日，《小说界》第5期发表张抗抗的中篇小说《永不忏悔》、张笑天的中篇小说《埋在清波下的遗憾》、陈村的短篇小说《故事》、商缨的短篇小说《外孙女》。

10日，《文汇月刊》第9期发表罗达成的报告文学《十七岁，在金字塔尖（献给复旦大学少年班的朋友们）》、陆星儿的小说《一个和一个》、路翎的小说《画廊前》。

20日，《上海文论》第5期发表罗洛的《文学的边界》、陈思和的《同步与错位：中外现代文学比较》、李振声的《说蒋子丹》、蔡翔的《英雄时代的回声——当代小说中的一种精神文化现象》、杨文虎的《创作传达的发生》、孙甘露、周介人的《走向明智——致〈访问梦境〉》、陈晓明的《超越"粗陋理性"》。

25日，《收获》第5期发表马原的长篇小说《上下都很平坦》、孙甘露的实验文体小说《信使之函》、余华的中篇小说《四月三日事件》、苏童的中篇小说《一九三四年的逃亡》、洪峰的中篇小说《极地之侧》。第5期《收获》，是非常具有意义的一期刊物，系青年作家专号。经李小林同意和支持，由程永新负责，集中刊发了先锋文学的作品，还刊登了鲁一玮的《寻找童话》、实验戏剧家张献的话剧剧本《屋里的猫头鹰》、色波的短篇小说《圆形日子》、乐陵的短篇小说《门门门》、李彬勇的散文《远景及近景》。这些作品的集体亮相，意味着新的美学原则的崛起。

10 月

1日，《萌芽》第10期发表池莉的短篇小说《青奴》。还发表了上海作者齐铁偕的纪实小说《当代"买办"》。同期"青年诗人朗诵会诗选"刊登了来自上海的诗人傅星的《中国随想曲》、李彬勇的诗歌《致亚洲公路》、刘原的《生命之门》、刘擎的《我是一个五十岁父亲的儿子》等。

5日，《上海文学》第10期发表林白的短篇小说《左边是墙，右边是墙》、《房间里的两个人》，赵本夫的短篇小说《远行》、《月光》、《雪夜》，李晓的短篇小说《小店》、《天下本无事》，凌纾的短篇小说《楷模》、《阳光》。特别推出十位作者的短篇小说集题，在重视改革题材的同时，致力于提高短篇小说艺术的提高。同期刊登黄屏的散文《〈上海文学〉新时期办刊前后》，"上海人物志"专栏发表一夫的报告文学《开拓，需要冒险——记"大世界"总经理李海民》。

10日，《文汇月刊》第10期发表张炜的小说四篇《美妙雨夜》、《采树鳔》、《激动》、《梦中苦辩》。

11月

1日，《萌芽》第11期发表来自上海的作者晓明的短篇小说《大街上走着一个父亲》。同期"青年诗人朗诵会诗选"刊登了来自上海的诗人陈先发的《你我之间没有距离》、彭晓梅的《一瞥》、陆新瑾的《给你》、杨斌华的《海浴》。

5日，《上海文学》第11期发表莫言的中篇小说《猫事荟萃》、周涛的短篇小说《坂坡村》、陈村的短篇小说《蓝色》。"女诗人专辑"刊登诗歌邵勉力的《深谷（邵勉力十四行诗十首）》、董景黎的《旅途上（组诗）》、李泓冰的《女人的翅膀》、海男的《赤鸟的家园——系列组诗〈太阳人〉28号》、杰丁的《巫术（组诗）》。"女性散文专辑"刊登了斯好的散文《白太阳》、蝌蚪的《家·夜·太阳》、陈志红的《"永远的旧地"之一大眼睛，黑眼睛》、周佩红的《轨迹》。

10日，《小说界》第6期发表邓刚的长篇小说《曲里拐弯》、何立伟的短篇小说《小把戏》、王英琦的短篇小说《失落》。

10日，《文汇月刊》第11期发表黄蓓佳的中篇小说《冬之旅》、查建英的短篇小说《周末（留美故事之七）》、陈祖芬的散文《家》。

20日，《上海文论》第6期发表李劼的《论意象小说——比较〈猫城记〉与〈城堡〉》、王晓明的《〈所罗门的瓶子〉后记》、吴国璋的《关于"正面人物"和"理想人物"的讨论简介》。

25日，《收获》第6期创刊30周年纪念题词刊完。继续发表先锋文学代表小说余华的中篇小说《一九八六年》、格非的中篇小说《迷舟》。还发表了王朔的中篇小说《顽主》、王蒙的短篇小说《虫影》、皮皮短篇小说《光明的迷途》。余华的中篇《一九八六年》、格非的中篇《迷舟》都成为先锋文学经典之作。"先锋文学"在当代文学的发展中具有独特的意义，正是《收获》推动"先锋文学"成为一股潮流。

12月

1日，《萌芽》第12期发表来自上海的作者雨来的纪实小说《这里远离祖国》、张健文的散文《都市遐想二题》、韩建东的短篇小说《风景旧曾谙》。

5 日，《上海文学》第 12 期发表田中禾的短篇小说《玻璃奶》《人头李》《周相公》《八姨》《米汤姑》、孙颙的短篇小说《冠军 X》、竹林的短篇小说《遇了清明花不好》、马原的诗歌《八角街雪》、罗洛的组诗《阿尔卑斯风景》、峻青的散文《高尔基故居》。同期刊登上海诗人罗洛的诗歌《阿尔卑斯风景（组诗）》、桂兴华的诗歌《夜，不再是夜（外一章）》。

10 日，《文汇月刊》第 12 期发表陈村的短篇小说《戈壁》、沈善增的短篇小说《曼斯菲尔德》。

1988 年

1 月

1 日，《萌芽》第 1 期发表来自上海的诗人吴民的诗歌《星星》、肖伟民的诗歌《老树》、王伟的诗歌《海岸》等。

5 日，《上海文学》第 1 期发表高晓声的短篇小说《火与烟》、叶延滨的组诗《半掩之窗》。

10 日，《小说界》第 1 期开辟"留学生文学"专栏，并刊登小楂的小说《水床》、李金发的散文《我的巴黎的艺术生活》和纽约晨边社（美国致力于留学生文学的留学生团体）的文章《"留学生文学"座谈纪要》。同期，发表黄凡的中篇小说《曼娜舞蹈教室》、李国文的短篇小说《没意思的故事》。"第二届全国微型小说大赛专辑"发表了丰晓梅的《培鲁》等小说。

10 日，《文汇月刊》第 1 期发表巴金等的祝词祝贺《文汇月刊》创刊一百期，同期刊登梅志的《胡风传》（续）、白先勇、谢晋的对话《未来银幕上的"谪仙"》、白先勇的短篇小说《谪仙记》和散文《惊变（上海漫记）》、叶文玲的中篇小说《插曲》、曾卓的书评《一个人和他的海》、黄秋耘的杂文《"夹着尾巴做人"小议》、邵燕祥的杂文《逗猴儿》。

20 日，《上海文论》第 1 期发表李振声的《长篇小说：一种容量的规范》、潘旭澜的《法外求法——散文突破漫谈》、王东明的《关于长篇小说审美特征的三言两语》、宋炳辉的《长篇小说在中国的土壤》、包亚明的《漫话长篇小说的容量》、郜元宝的《说"长"》、张新颖的《马原观感传达方式的历史沟通——兼及传统中西小说观念的比较》。

25 日，《收获》创刊三十周年，第 1 期发表三十七位作家的贺词或寄语。同时发表李劼的短篇小说《沙依娜拉》，李晓的中篇小说《关于行规的闲话》、陈村的中篇小说《象》、徐星的中篇小说《饥饿的老鼠》、乌热尔图的短篇小说《小说三题》、王安忆的散文《旅德的故事》、黄裳的散文《豫行散记》。同期开辟余秋雨"文化苦旅"专栏。并发表《阳关雪（外两篇）》。该专栏的文章后结集成散文集《文化苦旅》，由东方出版中心 1992 年 3 月出版。同时，"朝花夕拾"栏目开始关注台湾、香港、海外近三五年问世的新作。首先介绍了台湾作家陈映真的两篇小说《山路》、《赵尔平》。

2 月

1 日，《萌芽》第 2 期发表来自上海的作者薛万华的短篇小说《爬坡》、张海陵的短篇小说《达吾提》。

5 日，《上海文学》第 2 期发表郑万隆的短篇小说《夜火》。

10 日，《文汇月刊》第 2 期发表梅志的《胡风传（续）》、蒋巍的报告文学《伞下的梦》、冯苓植的中篇小说《黑丛莽——一个遥远的黑色传说》、艾芜的书评《读〈犹是秦淮梦里人〉》、曾卓的书评《"天国"和"圣殿"：读茨威格〈走向天国〉》、张承志的散文《黑火焰树》等。

3 月

1 日，《萌芽》第 3 期发表唐宁小说小辑：《萤火辉辉》、《瞬间的定格》、《你的圈套》，并附有周佩红的评论《步入女性文学的寂寞之地》。

5 日，《上海文学》第 3 期发表苏童的短篇《乘滑轮车远去》、林斤澜的短篇小说《梦鞋》、孙惠芬的短篇小说《暮旅》、苏叶的散文《认石记》。于坚的自选诗四首《在旅途中不要错过机会》《白鹭》《某某》《关于鹰》、张曙光的组诗《路上》。

10 日，《文汇月刊》第 3 期发表章含之的传记文学《我与父亲章士钊》、梅志的《胡风传》（续篇，在高墙内）、肖复兴、肖复华的报告文学《啊，老三届》（续篇）、曾卓的诗评《情诗的异彩——读阿陇的〈无题〉集》、舒婷的《舒婷诗选（五首）》（《旅馆之夜》《镜》《水仙》《私奔》《碧水潭——惠安到崇武公路所见》）、舒婷的随笔《笔下囚投诉》、王西彦的散文《贝尔格莱德的声音》、吴祖光的随笔《"封建阶级自由化"实例》。

10 日，《小说界》第 2 期发表王蒙、陆文夫、流沙河的《〈重放的鲜花〉新版代序》、韩少功的散文《自由者路上的摇滚一访美手记》、艾明之的散文《泰国漫游（二题）》。同期开始连载徐开垒的《巴金传》，每期发表一章，本期发表第一章《四川老家》。

20 日，《上海文论》第 2 期发表李劼的《论小说语言的故事功能》、陈思和的《〈金瓯缺〉：对时间帷幕的穿透——海上文谈之三》、邹平的《形象思维的形式化过程——作家的文学思维》、吴俊的《文学：语言本体与形式建构》、陈继光的《史诗的诞生与作家的"六度"》。

25 日，《收获》第 2 期发表叶兆言的中篇小说《枣树的故事》、杨争光的中篇小说《黄尘》、余秋雨的散文《牌坊·庙宇》、张承志的散文《禁锢的火焰》、吴强的散文《春天的哀思》、冰心的回忆录《我回国后的头三年》、戴晴和洛恪的"中国女性系列"纪实文学——《当代红娘》《性"开放"女子》。"朝花夕拾"栏目刊登台湾作家张大春的小说《公寓导游》《鸡翎图》。

4 月

1 日，《萌芽》第 4 期发表苏叶的散文《殉马坑前的颤栗》以及来自上海的作者陆萍的报告文学《一个女记者和一个破碎的家庭》、蒋丽华的短篇小说《监考》。

5 日，《上海文学》第 4 期发表张承志的短篇小说《锈铲》、陈村的短篇小说《回忆》、钟鸣的诗歌《满屋子的傻话》《射手》《所见（1987，一个女子的口述）》、汪曾祺、施叔青的对话《作为抒情诗的散文化小说》。

10 日，《文汇月刊》第 4 期发表程乃珊的中篇小说《银行家》、章含之的传记文学《我与父亲章士钊》、贾宏图的报告文学《中国"比基尼"及其丈夫的奇遇》、蹇先艾的评论文章《师生的情谊》、张抗抗的随笔《来自旋风、宇宙和时代》。

本月，《小说界·长篇小说》第1期发表王安忆的长篇小说《流水三十章》和创作谈《流水三十章随想》、残雪的长篇小说《突围表演》。

5月

1日，《萌芽》第5期"校园特辑"发表来自上海高校的年轻诗人的诗歌：沈刚的《有一颗星星对你说（外一首）》、陈先发的《海明威，我也见过大海（外一首）》、施茂盛的《敲钟人》等。

5日，《上海文学》第5期发表矫健的短篇小说《快马》、《我的故事》，刘心武的短篇小说《洗手》。

10日，《文汇月刊》第5期发表戴晴的传记文学《王实味和〈野百合花〉》，梅志的《胡风传》，邵燕祥的杂文《"大局"种种》。

《小说界》第3期发表傅星的中篇小说《来自星辰的叹息》、赵长天的短篇小说《上上下下》，"第二届全国微型小说大赛专辑"发表了吴文捷的《位子》等小说。

20日，《上海文论》第3期发表陈墨的《论文学的"人学"意味和"人学"的文学形态》、李振声的《读苏童——限于他1987年的小说》、张新颖的《荒谬、困境及无效克服——余华小说试评》。

25日，《收获》第3期发表王安忆的中篇小说《逐鹿中街》、冯骥才的中篇小说《阴阳八卦》、赵玫的短篇小说《最大限度》、余秋雨的散文《自发苏·洞庭一角》、峻青的散文《皇村的沉思》。"朝花夕拾"栏目刊登台湾年轻作家卢非易的小说《山外山》、《斜阳余一寸》。

6月

1日，《萌芽》第6期发表阮海彪的报告文学《祝愿您，大姐》。

5日，《上海文学》第6期发表朱苏进的短篇小说《两颗露珠》、《大错临头》、余秋雨的散文《皋兰山月》、叶永烈的报告文学《梁实秋的梦》、陈思和的理论文章《当代文学观念中的战争文化心理》。

10日，《文汇月刊》第6期发表梅志的《胡风传》（续篇·在高墙内）、姚雪垠的文章《〈刘再复再谈文学研究与文学论争〉一文读后》、曾卓的随笔《历史的沉思——读〈阿尔巴特街的儿女们〉札记》、路翎的诗歌《秋天（外一首）》。

7 月

1 日，《萌芽》第 7 期发表王嫣、刘擎的散文《老人树》。

5 日，《上海文学》第 7 期发表张抗抗的短篇小说《黄罂粟》。

10 日，《文汇月刊》第 7 期发表梁晓声的短篇小说《母亲》、何为的评论文章《苦瓜成熟才甜——读李君维的〈吃苦瓜〉》、公刘的创作谈《孽缘——我和杂文的一段亲情》、朱大建的报告文学《锦江——不再是古老城堡》。

10 日，《小说界》第 4 期发表於梨华的短篇小说《姐妹吟》，徐开垒的传记文学《巴金传——在鲁迅的旗帜下》，孙颙、许德民等的《面对一万个"?"一关于上海"大滑坡"的报告》。"第二届全国微型小说大赛专辑"发表了贾兰芳的《纳闷儿》等小说。

20 日，《上海文论》第 4 期发表宋炳辉的《"柳青现象"的启示——重评长篇小说〈创业史〉》、方克强的《中国梦：新文学的原型和情结》、周介人的《面对平静》、沈善增的《看懂以后》、夏仲翼的《从停滞到活跃——改革中的八十年代苏联文学》、王元化的《〈文艺心理阐释〉序》。

25 日，《收获》第 4 期发表张承志的中篇小说《海骚》、张辛欣的中篇小说《这次你演哪一半》、王蒙的中篇小说《一嚏千娇》、李国文的短篇小说《没意思的故事》、余秋雨的散文《道士塔·莫高窟》、王元化的散文《向萧岱告别》、唐孜的散文《一枚邮票的往事》。同期"朝花夕拾"专栏刊登王湘琦的小说《没卵头家》、吴锦发的小说《春秋茶室》。

本月，《小说界·长篇小说》第 2 期发表高晓声的长篇小说《青天在上》和创作谈《一段往事的联想》。

8 月

1 日，《萌芽》第 8 期发表桂兴华的纪实小说《燃烧你自己》、范幼华的纪实小说《蓝楼轶事》。

5日，《上海文学》第8期发表格非的中篇小说《大年》、汪曾祺的散文《美国短简》。

10日，《文汇月刊》第8期发表张辛欣的小说《让美国人读、给朋友写、对自己讲的故事》、曾卓的书评《往事与未来—读梅志的〈往事如烟〉》。同期刊登许杰的散文《我与杨万才》、赵丽宏的诗歌《母语四重奏（致远走天涯的朋友们）》。

9 月

1日，《萌芽》第9期发表孙甘露的短篇小说《小说二题》（《相同的另一把钥匙》、《只有风景依然》）。

5日，《上海文学》第9期发表乔典运的短篇小说《没事》、乌热尔图的短篇小说《静静的等待》、陈世旭的短篇小说《语言的代价》、陈丹燕的短篇小说《中学女生的传奇》、周涛的组诗《意大利印象》。

10日，《文汇月刊》第9期发表王蒙的短篇小说《夏之波》、鲍昌的《小小说一束（五篇）》（《荷香》、《琴怨》、《未了的债》、《雨夜逡巡》、《拂晓的灯光》）、白桦的散文《被遗忘的诺曼底》。

10日，《小说界》第5期发表残雪的两篇短篇小说《天堂的对话（之四、之五）》、苏童的短篇小说《一无所获》。"留学生文学"专栏刊载戴舫的小说《牛皮303》、赵丽宏的散文《快慰的惊讶》、小楂、唐翼明、于仁秋等人的文章《关于"边缘人"的通信》。"第二届全国微型小说大赛专辑"发表了徐芳的《海螃蟹》等小说。

20日，《上海文论》第5期发表夏中义的《别、车、杜在当代中国的命运》、朱立元的《接受美学的阐释学背景》、刘再复的《灵性也激活他的思索——雷达〈灵性激活历史〉序》、白桦的《中国当代文学的失落与复归》、戴翊的《洞穿灵魂的人生世相——论沈善增的小说创作》。

25日，《收获》第5期发表余华的中篇小说《世事如烟》、冰心的短篇小说《落价》、张辛欣的短篇小说《舞台》、余秋雨的散文《柳侯祠·白莲洞》、周民的散文《海洋的女儿》。同期"朝花夕拾"专栏刊登张系国的科幻小说《超人列传》。

10 月

1 日，《萌芽》第 10 期发表陈丹燕的短篇小说《寒冬丽日》。

5 日，《上海文学》第 10 期发表张炜的中篇小说《请挽救艺术家》、苏童的短篇小说《伤心的舞蹈》、残雪的短篇小说《艺术家和读过浪漫主义的县长老头》、罗洛的自选诗《四月（组诗）》、张承志的散文《未诞生的封面》、李锐的创作谈《〈厚土〉自语》。

10 日，《文汇月刊》第 10 期发表麦天枢的报告文学《天荒——一个正常的人与一个异常的世界》、贾鲁生的人物专访《野性的思维——麦天枢印象记》、聂华苓的散文《怀念梁实秋先生》、梁实秋的书信《致聂华苓（二十一封信）》。

11 月

1 日，《萌芽》第 11 期发表徐芳的散文《雨夜中温暖的平面》、陆萍的散文《写在印度的上空》。

5 日，《上海文学》第 11 期发表王安忆的中篇小说《悲恸之地》、余华的短篇小说《死亡叙述》、刘庆邦的短篇小说《拉倒》、何立伟的短篇小说《歌星要来演唱》、邹获帆自选诗《风景画谱》（十六首）。

10 日，《小说界》第 6 期发表周梅森的中篇小说《旗下——"一个早晨巷和三个故事"之一》，胡平、张胜友的报告文学《苍茫中国》，徐开垒的传记文学《巴金传——期待》。

10 日，《文汇月刊》第 11 期发表张抗抗的中篇小说《第四世界》、梅志的《胡风与疯狂时代的终结——〈胡风传·在高墙内〉续篇》、曾卓的书评《"石头"的见证——读〈血色黄昏〉》、黄秋耘的散文《南朝鲜即景》、邵燕祥的杂文《"秀才"遇见了什么》、舒芜的杂文《"同坐席"与"各有逼"》、梁晓声的人物专访《雾繁——张抗抗印象》。

20 日，《上海文论》第 6 期发表南帆的《媚俗：艺术的倾斜——评〈神鞭〉、〈三寸金莲〉、〈阴阳八卦〉》、王彬彬的《草丛中的漫步——上海部分青年评论家印象》、吴俊的《陈村：为了杜辛妮亚的堂·吉诃德——从〈象〉谈到女性、爱与死亡》、程德培的《对抗自杀的故事——史铁生论》、李洁非的《新潮和传统之间：论"文革后文学"》。

25 日，《收获》第 6 期再次推出青年作家专号，中篇有史铁生的《一个谜语的几种简单的猜法》、苏童的《罂粟之家》、孙甘露的《请女人猜谜》、马原的《死亡的诗意》、余华的《难逃劫数》、赵伯涛的《传奇：永不熄灭》、潘军的《南方的情绪》。短篇小说有格非的《青黄》、扎西达娃的《悬岩之光》、皮皮的《异邦》，还有张献的剧本《时装街》。有意识地以青年作家专号的方式推介青年作家，注重思想的敏锐和文体的创新，使《收获》成为一代代作家成长的摇篮，成为新人亮相并为文坛瞩目的重要舞台。同期"朝花夕拾"专栏刊登叶言都的小说《高卡档案》。

12 月

1 日，《萌芽》第 10 期发表来自上海的作者吴卫星、汤晓军的纪实小说《错位》，来自上海的作者李宗贤的短篇小说《募捐》。

5 日，《上海文学》第 12 期发表林白的中篇小说《黑裙》、沙叶新的短篇小说《"文革"稗史》、阿成的短篇小说《依队长断案》、孙甘露的组诗《从回忆开始》。

10 日，《文汇月刊》第 12 期发表蒋巍的报告文学《我问自己一千次——知识分子上山下乡 20 周年祭》、李五泉的文章《我说蒋巍》、邹荻帆的评论《命运的搏斗——介绍刘再复〈我对命运这样说〉》。

1989 年

1 月

1 日，《萌芽》第 1 期发表甘肃青年作家作品专辑，刊登了浩岭的短篇小说《西部纪事（三篇）》、柏原的短篇小说《挖墙》、王旺斌的短篇小说《停点》等，还发表了海飞的散文《骆革裹尸》、朱幼棣的报告文学《酒神的阴影》、梁志宏、陈放、齐世明等的诗歌《城市之光》、晓华、汪政的青年作家研究文章《张承志的现代宗教》。

5 日，《上海文学》第 1 期发表池莉的中篇小说《不谈爱情》，苏童的中篇小说《平静如水》，吕新的短篇小说《农眼》、《哭泣的窗户》、

《绘在陶罐上的故事》，宗璞的短篇小说《童话三题》，沈嘉禄的短篇小说《出挑》，汪曾祺的短篇小说《双灯》，陈应松的诗歌《大众舞厅》，吴民民的散文《黄楼思情》，吴亮的评论《缺乏想象力的时代》、李洁非的评论《评中国文学的民族意识》。

10 日，《小说界》第 1 期开始推出"上海人一日"征文，发表了金琦的《闲人的滋味》、汪道涵的《浦东行》、史属君的《导演手记》、钱达仁的《隧道贯通这一天》等文。邓刚的中篇小说《未到犯罪年龄》，坚妮的短篇小说《再见，亲爱的美国佬》、江静枝的散文《天涯寂寞人》《哑巴亏》《算命记》。同期在"留学生文学"专栏上发表了曾镇南的《"边缘人"的视界和心音——关于留学生文学的通信》、吴民民的长篇报告文学《他山攻玉——中国留日学生心态》。

10 日，《文汇月刊》第 1 期发表陈祖芬的报告文学《倒着写的故事》、梁晓声的中篇小说《军鸽》、黄宗英的散文《好人唐纳》。

20 日，《上海文论》第 1 期发表刘心武、刘湛秋、刘再复的对话《面对新的文体革命》、周介人的《走向大气》、朱立元的《偏离与错位——对马克思、恩格斯现实主义理论的历史反思》、唐湜的《关于中国现代文学史的一些看法与设想》。

25 日，《收获》第 1 期发表成一的长篇小说《游戏》、陆星儿的中篇小说《歌词大意》、谌容的中篇小说《得乎？失乎？》、王蒙的小说《补遗：一嚏千娇（二十八加一）》。

本月，《小说界·长篇小说》专刊发表水运宪长篇小说《庄严的欲望》和他的创作谈《文人之间切莫互相牵制》、肖建国的长篇小说《血坳》和他的创作谈《〈血坳〉所依据的》。

2 月

1 日，《萌芽》第 2 期发表阎连科的短篇小说《爷呀》、冯森的短篇小说《五彩衣》、雯雯的散文《书韵》、宁宇的散文《诗歌如白鸽》、沙白的散文《迟到的悼念》、张德林的论文《情境设计的艺术凝聚力》。

5 日，《上海文学》第 2 期发表叶兆言的中篇小说《艳歌》，梁晓声的中篇小说《喋血》，两篇小说都展现了新写实主义的美学。本期还刊登了彭瑞高的短篇小说《怪圈怪人》。"上海诗坛"专栏刊登了上海诗人的诗歌：李彬勇的《水之北（组诗）》、孙晓刚的《城市的面粉狂醉及其他（组诗）》、纪少华的《法号（外一首）》、张安平的《清明》、郑文晖的《无题》、沈刚的《回归线》。同期，发表了陈村的散文《深刻的梦》，李亚伟的组诗《河》，翟永明的组诗《何等的状态》、汪政、晓华的评论《叙事行为漫论》、蒋孔阳的《真理占有我——徐俊西〈再现与审美〉序》、徐剑艺的《小说文体形态及其构成》。

10日，《文汇月刊》第2期发表陆星儿的短篇小说《太阳太红了》、郑海瑶的作家论《陆星儿印象》、赵丽宏的散文《岛人笔记》、孙颙的散文《黑色纪念碑》、朱金晨的诗歌《火锅》。

3月

1日，《萌芽》第3期发表何继青的短篇小说《女性世界里的男性们》、刘业雄的短篇小说《石库门逸事二则》、甘以雯的散文《赶海去》、张廓、陈放、张海宁等的诗歌《三月的翅膀》、谢海阳的论文《通俗文学：一种亚文化现象》。

5日，《上海文学》第3期发表刘庆邦的中篇小说《找死》，赵玫的短篇小说《死亡通知》，廖亦武的散文诗《长廊》，李亚伟的组诗《河》，翟永明的组诗《何等的状态》，宋渠、宋炜的组诗《家雨》。

5日，《小说界》第2期"上海人一日"征文，发表了余秋雨的《家住龙华》、周梅森的中篇小说《重轭——"一个早晨和三个故事"之二》、陈村的中篇小说《张副教授》、鲍昌的短篇小说《玉兰树（外三篇）》、王安忆的散文《访日点滴》、方方的散文《谜底》。同期还刊有《王实味小说两篇》和倪墨炎的评论《王实味和他的小说》。

10日，《文汇月刊》第3期发表尤凤伟的短篇小说两篇《乌鸦》《崖》、孔捷生的短篇小说《开往大亚湾的慢车》、林斤澜的短篇小说《外号》、王若望的传记文学《一个"托派分子"的故事——自传之一章》。

20日，《上海文论》第2期发表开设"女权主义"文学批评专辑，发表了朱虹的《对采访者的"采访"——读谌容的〈懒得离婚〉》、王友琴的《一个小说"原型"："女人先来引诱他"》、郭小东的《白杨林的倒塌——论赵玫的小说》、王逢振的《美国女权主义文学批评概略观》。

25日，《收获》第2期发表吕新的中篇小说《旧地：茅草一片金黄》、熊正亮的中篇小说《红河》、李晓的短篇小说《节日》、"几度春秋"刊登了两篇征文：王安忆的散文《房子》、王毅捷的散文《漩涡》，周民的散文《今夜》，王唯铭的报告文学《一九八八："金字塔"崩溃之后》。钱谷融的散文《说说我自己》以及李劼的文章《我眼里的钱先生》发表在同期"人生采访"专栏上。从本期开始，本年的"人生采访"专栏采访了上海的文学名家钱谷融、施蛰存、贾植芳、蒋孔阳。

4月

1日，《萌芽》第4期发表沈嘉禄的短篇小说《月晕》、许建的短篇小说《桥牌》、韩建东的短篇小说《蝙蝠》、潘烽等的诗歌专辑"春之声"。

5日，《上海文学》第4期发表王蒙的短篇小说《神鸟》、杨争光的短篇小说《连头》、柏原的短篇小说《背耳子看山》、王祥夫的中篇小说《非梦》、李瑛的诗歌《日本之旅：夜银座》、罗洛的组诗《苏联行》、周佩红的散文《海戏》、发表郑义、施叔青的问答录《太行山牧歌》、吴方的评论《不定式表达：小说写实新变》。

10日，《文汇月刊》第4期发表蒋子龙的短篇小说两篇《净火》《分分钟》、矫健的短篇小说两篇《天局》《紫花褂》。

本月，《萌芽》第4期发表张梅的短篇小说《酒后爱情观》、陈墨的评论《"新星"的蜕变与荣衰》。

5月

1日，《萌芽》第5期发表唐颖的短篇小说《那片阳光还在》、许辉的短篇小说《惊慌》、魏继新的短篇小说《黑太阳》、白小易的短篇小说《不要再去那片海》、杨闻宇的散文《寂寞》、钟琪男的报告文学《如丝的细雨》、唐小峰的报告文学《黑暗中的闪回》、鲍笛等的诗歌《江南雨》、石人等的诗歌《初耕地》、北明的论文《文学悖论三题》。

5日，《上海文学》第5期发表孙甘露的短篇小说《夜晚的语言》、蒋韵的短篇小说《冥灯》、范小青的中篇小说《光圈》、叶延滨的组诗《没有时间的备忘录》。

10日，《小说界》第3期"上海人一日"征文，发表了赵丽宏的《求医记》等文，同期刊登唐宁的中篇小说《都市的玫瑰》、"留学生文学"刊登孙颙的《此岸彼岸》，竹林的短篇小说《街头"sketch"》、桂兴华的短篇小说《苦苦的桂花酒》、王若望的传记文学《自我感觉良好》。

10日，《文汇月刊》第5期发表悼念胡耀邦同志文章，同期刊登蒋瑜的小说《太阳下的奋斗》、聂华苓的散文《威尼斯八景》。

20日，《上海文论》第3期发表李子云的《在寂寞中实验——论西西的小说创作》、邹平的《现代文化起点——五四新文化的重新认识》、赵园的《由魏晋名士想到五四知识分子》、严家炎的《关于五四新文化运动的反思》、黄子平的《演戏，或者无所为》。

25日，《收获》第3期发表王安忆的中篇小说《弟兄们》、熊正亮的中篇小说《乐声》、鲁彦周的短篇小说《秋·于笙的浪漫史》、柯灵的散文《马思聪的劫难》、万方的散文《我曾有的翅膀》、施蛰存的访谈《且说说我自己》、宋广跃的随笔《施蛰存先生印象记》。

6月

1日，《萌芽》第6期发表"上海青年作家小说专号"，包括陈洁《圣诞快乐》、陈村《屋顶上的脚步》、陆星儿《虚假的黎明》、彭瑞高《田塘纪事二题》、孙甘露《边境》、金宇澄《标本》、蒋丽萍《心肌炎》、凌耀忠《同类的悲哀》、盛晓红《迷失》、蒋亶文《去过》、张献《鸭子》、西飏处女作《寂静之声》。

5日，《上海文学》第6期发表田中禾的中篇小说《明天的太阳》、肖克凡的短篇小说《白羊》、林斤澜的短篇小说《万岁一续十癔之二》，周民的诗歌《在那遥远的地方》。"上海诗坛"特别刊出上海诗人的作品：朱浩的《投递（组诗）》、黄晓燕的《一路平安》、钟民的《出游（组诗）》，同期刊登理论文章潘凯雄、贺绍俊的《我们缺什么？——对几种文学畸变现象的描述与剖析》。

10日，《文汇月刊》第6期发表张承志的中篇小说《西省暗杀考》。

7月

1日，《萌芽》第7期发表"湖南三人小辑"，包括何立伟《不幸死去的阿娄》、蔡侧海《绿地，别一类人的故事》、王平《活法》，同期发表朱哂之的散文《死亡演习》、程永新的散文《伊犁之夜》、长岛等的诗歌《时代风景线诗辑（一）》。

5 日，《上海文学》第 7 期发表程乃珊的中篇小说《祝你生日快乐》、何立伟的短篇小说《天下的小事》、刘烨园的散文《何时？何地？何事？》，同期刊登了理论文章文学：南帆的《英雄与反英雄》、陈晓明的《后新潮小说的叙事变奏》。

10 日，《小说界》第 4 期发表李心田的中篇小说《潜移》、权延赤的短篇小说《三十年河东变河西》、赵玫的短篇小说《五色谱》、张资平的小说《性的屈服者》、秦瘦鸥的散文《重到太平山下》、严力的三篇小说《鸽子的故事》、《100 美元》及《输瘾》。"上海人一日"专栏刊出陈沂的《在美军上校家作客》、陆景云的《发言，在人民大会堂》、秦瘦鹤的《重到太平山下》等文。

10 日，《文汇月刊》第 7 期发表林语堂的自传文学《林语堂自传》、王小鹰的散文《海燕印象》、聂华苓的小说《死亡的幽会》、附有李恺玲的作家论《她活过三辈子——记聂华苓》。

20 日，《上海文论》第 4 期发表徐明旭执笔的《新时期上海文学一瞥》。

25 日，《收获》第 4 期发表阿城的短篇小说《结婚》、北村的短篇小说《陈守存冗长的一天》、迟子建的中篇小说《遥渡相思》、杨争光的短篇小说《万天斗》、"人生采访"专栏刊登贾植芳的《且说说我自己》、晓明的散文《贾植芳先生其人其事》、冯骥才的纪实文学《一百个人的十年》。本期还刊登了秦培春的电影剧本《风骚老镇》。

本月，《萌芽》第 7 期发表何立伟的短篇小说《小罕北去的刚娄》、陶然的短篇小说《香港人素描》。

8 月

1 日，《萌芽》第 8 期发表蒋杏的短篇小说《红楼》、卢万成的短篇小说《故事和人》、王大进的短篇小说《恶瘤》、吴建国的散文《栈道上的人生》、朱哂之的报告文学《上访怪圈》、张真等的诗歌《时代风景线诗辑（二）》、王从忆的论文《"现代人"的介入》，本期开设"外国文学与新时期文学"专栏，发表陈思和的论文《启蒙与纯美》、陈平原的评论《佛与道：三代小说家的思考》、晓华、汪政的评论《仿古的意味》。

5日，《上海文学》第8期发表贾平凹的短篇小说《太白山记》、蒋子龙的短篇小说《酒仙》、吕新的短篇小说《青草遮断他的歌声》。同期，"上海诗坛"专栏刊登了上海诗人的诗歌：宫玺的《旷野夕暮（组诗）》、宁宇的《黑戈壁（组诗）》、喻军的《预言（外一首）》、桂兴华的《你最适合于我（三首）》、阿白的《遗忘（外一首）》、戴仁毅的《命运——十四行诗二首》。

10日，《文汇月刊》第8期发表桂兴华的诗歌《红豆咖啡厅》、赵丽宏的散文《崎岖的五彩路》。

9 月

1日，《萌芽》第9期发表钱玉亮的短篇小说《蚂蚁湾的故事》、羊羽的短篇小说《牌戏无规则》、严歌平的短篇小说《贝多芬之死》、宋耀良的散文《动物岩花察》、刘金宝的报告文学《沉重的方向盘》、开愚等的诗歌《诗人新作选》，"外国文学与新时期文学"专栏发表赵园的论文《乡村文学：模式及其变易》。

5日，《上海文学》第9期发表洪峰的中篇小说《走出与返回》、高晓声的短篇小说《美国经验》、何玉茹的短篇小说《他们的开始》、于坚的诗歌《灰鼠》、陈东东的散文《丧失了歌唱和倾诉》、骆一禾的散文《海于生涯》、李庆西的评论《中国文学与士大夫文人的生命意识》、杨远宏、潘家柱的诗论《废墟·战斗·诗何为——从几位四川诗人的作品开始》、王愚的小说评论《苦涩的追踪——谈杨争光的〈小说二题〉》。

10日，《小说界》第5期发表陆星儿的中篇小说《一个女人的一台戏》，"上海人一日"专栏刊出叶永烈的《家门的开放》、桂兴华的《下午，逼迫我行动》。

10日，《文汇月刊》第9期发表黄蓓佳的短篇小说《忧伤的五月》。

20日，《上海文论》第5期发表方克强的《八十年代的都市交响曲——评长篇小说〈大上海沉没〉》、陈骏涛的《访日学术印象》、余华的《虚伪的作品》、晓华、汪政的《余华小说现象》、徐明旭的《论俞天白的小说创作》。

25日，《收获》第5期发表周梅森的中篇小说《大捷》，吕新的短篇小说《山下的道路》，邹荻帆的散文《寄给史放》，余秋雨的散文《笔墨祭》。

10月

1日，《萌芽》第10期发表王生彦的短篇小说《礼魂》、张敏贤的短篇小说《老城旧事三题》、王松的短篇小说《家，可爱的家》、王安林的短篇小说《陌生的朋友》、褚福金的散文《那是一个冬日》、列美平措等的诗歌《微微变色风》、同期刊登论文宋永毅的《在历史的起落中行进——上海小说四十年史略（节选）》、季红真的《女性主义》。

5日，《上海文学》第10期发表林白的中篇小说《同心爱者不能分手》、徐星的短篇小说《爱情故事》、开愚的诗歌《海上花园》。同期发表上海作家赵长天的中篇小说《预鸣》。本期的"上海诗坛"专栏刊出：孙悦的《橙色（组诗）》、王寅的《精灵之家（组诗）》、陆忆敏的《室内一九八八（组诗）》、王群的《界外（外一首）》、韩国强的《低缓的诉说由此及彼（组诗）》，同期发表理论文章：吴福辉的《大陆文学的京海冲突构造》、张奥列的《雷锋的小说叙述风度》。吴福辉的《大陆文学的京海冲突构造》提出"由京、海冲突，探入中国作家的文化心态"。

10日，《文汇月刊》第10期发表罗洛的诗歌《心之歌》、赵丽宏的诗歌《祖国颂》。

11月

1日，《萌芽》第11期发表"云南笔会小说专辑"，包括马宝康的《红山羊》、吉成的《空山》、范稳的《曾经有四个圆和一个点》、云南保山市精短微型小说七篇、同期发表山风的散文《水口庙纪事》、翼华、刘渊等的诗歌《大漠与城市的广板》。

5日，《上海文学》第11期发表范小青的近作小辑：中篇小说《栀子花开六瓣头》、短篇小说《人与蛇》、短篇小说《伏针》、孙惠芬的短篇小说《十五岁的五子》、蔡其矫的诗歌《无题二首》。

10 日，《小说界》第 6 期发表赵丽宏的短篇小说《岛上笔记》、残雪的短篇小说《天堂里的对话（之四、之五）》、高低的微型小说《护身符》。"上海人一日"征文专栏发表徐锦根的《信任》等文。

10 日，《文汇月刊》第 11 期发表美籍华人作家谭爱梅的小说《三个东方女性在美国》，该小说由程乃珊、严映薇翻译，同期刊登程乃珊的作家作品论《谭爱梅和她的〈好运道俱乐部〉》。同期刊登李健吾的作家书简《致王元化（五封）》。

20 日，《上海文论》第 6 期发表李子云的《重写文学史与台湾文学研究》、王富仁的《关于"重写文学史"的几点感想》、赵园的《也说"重写"》。

25 日，《收获》第 6 期发表徐迟的长篇小说《江南小镇》、格非的短篇小说《背景》、海男的短篇小说《小说二题》、苏童的中篇小说《妻妾成群》。本期还刊登了朱耀华短篇小说的《日食》。"人生采访"专栏刊登了蒋孔阳的《且说说我自己》、彭新琪的《无情未必真豪杰》。

12 月

1 日，《萌芽》第 12 期发表"王少华小说小辑"，包括《我们》、《花痴》、《残缺的夏季》，本期还发表了孙未的短篇小说《困惑年华》、江明华的短篇小说《庸人浮想曲》、孙悦的散文《幽默的天空》、桂兴华的报告文学《另一个"爱神"》，同期刊登孙晓刚、李彬勇等的上海作者诗辑、周佩红的文学评论《变化中的生机——黄宏地散文创作简论》。

5 日，《上海文学》第 12 期发表程永新的小说《醉了的勃鲁斯》，陈东东的组诗《八月之诗》。"上海诗坛"专栏刊出：罗洛的《不惑之歌——为建国四十周年而作》、徐芳的《爱的围城（组诗）》、郑洁的《城市户口（组诗）》、叶千章的《西部男人》。

10 日，《文汇月刊》第 12 期发表陆幸生的报告文学《我们是很优秀的——纪念我们 40 岁和返沪 10 周年》，王安忆的短篇小说《同期刊登好婆和李同志》。

1990 年

1 月

5 日，《上海文学》第 1 期发表储福金的三篇小说《彩》、《苔》、《怆》、李佩甫的小说《鱼后王——一九八八》、欧阳江河的诗歌《快餐馆》、张曙光的诗歌《雪（二首）》。

10 日，《文汇月刊》第 1 期发表巴金的书简，夏仲翼的《一种预言幻想性的小说样式——札米亚京长篇小说〈我们〉的艺术品格》，肖复兴的报告文学《母亲》、李杭育的小说《大水》，铁凝的散文《面包祭》，舒婷的散文《民食天地》、张烨的诗歌《红钥匙》。

20 日，《上海文论》第 1 期发表蒋孔阳的《主体意识和社会责任感》、邱明正的《毛泽东文艺思想的继承与发展——学习〈邓小平论文艺〉》、徐中玉的《向巴老祝贺、学习、致敬——在首届巴金学术研讨会开幕式上的致辞》，陈思和、王晓明的《站在王瑶先生的身后》。

25 日，杨争光中篇小说《黑风景》、王蒙短篇《我又梦见了你》、阿城短篇《专业，炊烟，大风》、林白短篇《大声哭泣》、西飑的中篇《树林》发表在《收获》第 1 期。同期开辟"人生采访"专栏，刊登了许杰的《且说说我自己》，谷苇的《"山里人"许杰》。"朝花夕拾"栏目继续由李子云主持，本年六期依次发表了平路的《五印封缄》、朱天文的《炎夏之都》、马森的《鸭子·孤绝》、郑清文的《发》、冯青的《蓝裙子》、吴念真的《白鹤展翅》。

本月，《萌芽》第 1 期开设"安徽三人小辑"专栏，刊登陈元斌的小说《一罪九案》、钱玉亮的小说《老昌现象》、李平易的小说《白斑》，姜峰、姜鹰的报告文学《1989 中国廉政风暴》。

李其纲的中篇小说《坐在草底下的人》发表于《小说界》第 1 期。同期，"上海人一日"征文专栏刊登宋耀良的《寻找舍布棋沟岩画》、吴强的《他们春风满面》、徐芳的《阳光下的开阔地带》。本年继续开设"留学生文学"、"外国文学"、"微型小说"专栏。

2 月

5 日，《上海文学》第 2 期发表程永新的中篇小说《生活中没有"假如"》、赵丽宏的诗歌《赵丽宏自选诗》、陈迪的短篇小说《沉重》，并刊登理论文章徐中玉的《学习〈邓小平论文艺〉》、吴亮的《阅读与体验》、邹平的《未来文化消费中的文学》。"上海诗坛"专栏发表诗歌姜浪萍的《卵石》、戴达的《回忆：乳娘的葬礼（外一首）》、纪少华的《秋月》、赵颖德的《夜思》、董景黎的《紫晕》。

10日，《文汇月刊》第2期发表叶圣陶的书简、鲁彦周的小说《逆火》、储福金的小说《月正圆》、张烨的诗歌《一首关于死亡的诗》。

本月，《萌芽》第2期发表陈丹燕的小说《玻璃的夏天》、殷慧芬的小说《自戕》、阮海彪的小说《鸽子》、程永新的小说《风铃》、阎连科的小说《四叔的身份》、张烨的诗歌《白雪诗》、晨路的散文《历史便如你自己》。

3月

5日，《上海文学》第3期发表尤凤伟的《革命者平野一雄》、邓刚的短篇小说《海里有很多鱼》、刘庆邦的短篇小说《为你们保密》、叶辛的中篇小说《山里山外》、柏桦的诗歌《柏桦自选诗》，同期刊登理论文章王安忆的《大陆台湾小说语言比较》、程乃珊的《望不尽的人生路》。

10日，冯骥才的谈艺录《艺术：上帝做过的事》、陆星儿中篇小说《同一扇石库门》发表于《文汇月刊》第3期。

20日，《上海文论》第2期发表朱立元的《略论马克思主义文艺学、美学的哲学基础》、陈思和的《致程乃珊：走你自己的路——读〈望尽天涯路〉随想》、周佩红的《赵丽宏散文主旋律的发展和变异》、杨斌华的《都市文化的黑色精灵——评林耀德的诗》。

25日，格非长篇小说《敌人》、李晓中篇小说《最后的晚餐》、冯骥才短篇《秋天的音乐，猫婆》、夏衍的散文《"左联"六十年祭》、余秋雨的散文《这里真安静》、赵长天的散文《独居舟山八日记》、王唯铭的纪实文学《1989：尾声？先兆？》发表于《收获》第2期。

本月，《萌芽》第3期朱耀华的小说《关门的故事》、陈伯玉的报告文学《家电市场风云》、乔忠芳的散文《飘逝的乡烟》、国安的散文《北戴河一日》、刘红的诗歌《三月春潮》。

俞天白、冰洁的中篇小说《母别子兮，子别母》、王蒙的短篇小说《阿咪的故事》发表于《小说界》第 2 期。同期，"上海人一日"征文专栏刊登朱晓琳的《周末》、路其国的《"透视"的一日》。"小说论坛"发表俞可的《论俞天白的自我迷失和自我超越》、倪墨炎的《论叶灵凤小说的艺术追求》。

4 月

5 日，《上海文学》第 4 期发表方方的中篇小说《祖父在父亲心中》、王璞的短篇小说《片断》，"上海诗坛"发表诗歌：郑成义的《山寺桂枝（外一首）》、火俊的《敲门（外一首）》、黎焕颐的《过扬州》。

10 日，贾平凹的小说《太白山记又续（六篇）》、聂鑫森的小说《送灶澡》、桂兴华的诗歌《"七重天"舞厅》、程勇的诗歌《苦恋》发表于《文汇月刊》第 4 期。

本月，《萌芽》第 4 期推出"广州军区三人小辑"，分别是何继青的《死亡不属于我们》、孙泆的《坦坟》、张为的《理智空间》，同期刊登全小林的小说《自白》、陈嘉涛的组诗《蓝鸟》、董景黎的组诗《自地平线》。

5 月

5 日，刘玉堂短篇小说《老三届们的歌》、陈应松中篇小说《草荒》、周佩红的散文《无名街角》、《夜雨滂沱》发表于《上海文学》第 5 期。同期刊登理论文章陈伯海的《文化与传统》、王晓明的《在"造化"的掌心里》、张颐武的《叙事的觉醒》、吴福辉的《走向自讽和寓意》。

10 日，黄蓓佳的小说《夫妻游戏》、丰子恺的散文《散文两篇》、辛笛的《诗二首》、赵丽宏的散文《紫砂王》发表于《文汇月刊》第 5 期。

20 日，《上海文论》第 3 期发表黄世瑜的《通俗文学散论》、杨文虎的《隐喻思维机制论析》。

25 日，叶兆言"夜泊秦淮"系列之一中篇小说《半边营》、范小天《儿童乐园》、张欣《免开尊口》、白桦的电影剧本《西楚霸王》发表于《收获》第 3 期。

本月，王晓玉的中篇小说《阿贞——"上海女性"系列之二》、范小青的中篇小说《豆瓣街的谜案》、铁凝短篇小说《哀悼在大年初二》

发表于《小说界》第 3 期。同期，"上海人一日"征文专栏刊登瞿世镜的《我是中国人!》、沙叶新的《安得一小灶披间》。"我看小说"专栏发表冰心的《我看小说的时候》、钱谷融的《故事情节·人物形象》、鲁彦周的《小说应走入民间》、邓刚的《乱看乱想一二三》、叶辛的《小说：带着感情从细微处着眼的叙述艺术》、苏童的《短篇、中篇和长篇》、谢友鄞的《我的小说世界》。

郑荣华的小说《夙愿》、谢台生的报告文学《南去列车》、陆萍的诗歌《五月的鲜花》发表于《萌芽》第 5 期。

6 月

5 日，殷慧芬的中篇小说《厂医梅芳》、杨争光的《杨争光近作三篇》发表于《上海文学》第 5 期。同期刊登理论文章吴方的《"写实"谈丛》、储福金的《关于"中国形式"的问答》、季红真的《形式的意义》。"上海诗坛"发表诗歌冰夫的《仰望（组诗）》、郭在精的《神圣的爱（外二首）》、徐薇华的《送（外一首）》、陆培的《逝去（外一首）》。

10 日，张欣的小说《突如其来、突如其去》、蒋丽萍的小说《二月杏花八月桂》、余秋雨的谈艺录《华语情结》、柯灵的随笔《两本书的自序》、施蛰存的随笔《论老年》、宗璞的散文《燕园树寻》、蒋子龙的散文《琴瑟争鸣》、张承志的散文《北庄的雪景》、叶文玲的散文《你就是我》、张辛欣的散文《遥远的日子》、程乃珊的散文《落花有意流水无情》、邹荻帆的诗歌《意大利纪游》、张贤亮的诗歌《写在烟盒上的诗》、赵丽宏的诗歌《抒情四题》发表在《文汇月刊》第 6 期上。同期，作家书简刊登了巴金的《致黎烈文夫人许粤华女士》、俞平伯的《俞平伯致周颖南书》、柯灵的《喜〈围城〉上荧屏》、沙汀、高缨的《关于〈红石滩〉的通信》、胡风的《胡风书简》。

本月，范稳的小说《哭哭啼啼或者轻拨流年》、王心丽的散文《沐浴》、孙未的散文《下乡》、孙欣、朱金晨等的诗歌《星汉灿烂》发表于《萌芽》第 6 期。

7 月

5 日，王蒙短篇小说《济南》、储福金中篇小说《聚》、桂兴华的诗歌《参观兴业里》发表于《上海文学》第 7 期，同期刊登理论文章葛兆光的《论诗眼》、金丹元的《禅意与中国士大夫的文化心态》。

20 日，《上海文论》第 4 期发表陈非的《赵树理小说创作论》。

25 日，熊正良长篇小说《闰年》、洪峰中篇小说《离乡》、崔京生的中篇小说《远航》、赵长天的中篇小说《门外》、余秋雨的散文《漂泊者们》、吴强的散文《旅美通信》发表于《收获》第 4 期。

本月，《萌芽》第 7 期推出"上海地区作者报告文学专辑"，发表了阿寅的《超越黄土》、沈刚的《心狱边缘》，葛颂茂、李济生的《地铁梦》、叶永平的《都市里的"米老鼠"》、胡展奋、陈其福的《谬种溃散录》、江迅的《付培彬的魅力》、庄大伟的《PMT 行动》、陈圣来的《囚歌》，同期刊登孙见喜的散文《荒地两则》、沈镭的散文《乡间破屋的人生》、费立凡的散文《古井》、姜龙飞的组诗《现代生活》。

张重光的中篇小说《请高抬贵手》发表于《小说界》第 4 期。

8 月

5 日，李森祥的短篇小说《新兵"排长"》、李庆西的短篇小说《有个男的……》发表于《上海文学》第 8 期，同期刊登理论文章李其纲的《作为审美范畴的"尴尬"》。

本月，朱大建的报告文学《鲲鹏展翅》、邱华栋的小说《我在那年夏天的事》、王唯铭的小说《黑夜中的追逐》、孙为的小说《生日》、桂兴华的诗歌《上海牌新思绪》发表于《萌芽》第 8 期。

9 月

5 日，陈源斌中篇小说《天行》、短篇小说阿成《天堂雅活》（二题）、孙颙的短篇小说《夜行车》、罗洛的诗歌《又是江南（组诗）》、吴亮的理论文章《漫步书城》发表于《上海文学》第 9 期。

20 日，《上海文论》第 5 期发表李洁非的《零乱的意会——关于艺术》、程德培的《小型作家论——汪曾祺高晓声矫健格非李杭育》、周政保的《从创作方法到审美精神的潜移——现实主义与中国当代小说》。

25 日，陆天明长篇小说《泥日》、中篇小说李晓《挽联》、田中禾中篇小说《轰炸》、沈乔生中篇小说《娲》、迟子建中篇小说《炉火依

然》、李庆西短篇小说《卡雷卡的最后四十分钟》发表于《收获》第 5
期。同期还刊有吴祖光的散文《牙祟》。

本月，魏心宏的小说《自由自在》、周颖莹的小说《立体眼睛》发
表于《萌芽》第 9 期。

彭瑞高的中篇小说《下海》、缪国庆的散文《航路已经开通》发表
于《小说界》第 5 期。

10 月

5 日，唐颖的中篇小说《不要作声》、刘玉堂中篇小说《温暖的冬
天》发表于《上海文学》第 10 期。本期开设"扬州发电厂工人诗选"
以及理论文章：赵园的《人与大地——中国现当代文学中的农民》、张
韧的《文化环境的异质比较与文学创作》、陆星儿的《规定与局限》。

本月，沈嘉禄的小说《30 号小姐》、梅聊的小说《访客》、路其国
的报告文学《飞跃海峡的亲情》、盛曙丽的报告文学《煤饼世界》、徐芳
的诗歌《徐芳诗歌四首》发表于《萌芽》第 10 期。

11 月

5 日，蒋韵中篇小说《落日情节》、刘毅然短篇小说《回首当年》、
田中禾短篇《落叶溪》、季振邦的诗歌《老去的温柔（组诗）》、王晓明
的理论文章《追问录》发表于《上海文学》第 11 期。"上海诗坛"专栏
发表孙悦的《苍茫岁月（组诗）——观良渚文化展览》、姜金城的《西
北风景（组诗）》、宫玺的《集句实验：物归原主（五题）》、栾新建的
《诗二首》。

20 日，《上海文论》第 6 期发表郜元宝的《文学研究领域必须坚持
发展马克思主义》、李庆西的《文化、诗学和叙事方式——〈二十世纪中
国小说史（第一卷）〉的两个问题》、陈思和的《〈巴金研究指南〉后记》。

25 日，陆天明长篇小说《泥日》、鬼子《古》、海男短篇小说《伴
侣》、王安忆中篇小说《叔叔的故事》、金宇澄中篇小说《轻寒》、储福
金中篇小说《浮桥》发表于《收获》第 6 期。

本月，陈村短篇小说《布熊》、孙颙的中篇小说《雪庐》、王小鹰的
中篇小说《意外死亡》发表于《小说界》第 6 期。

王月瑞的小说《圆外的世界》、沈宁悦的小说《猫魂》、刘烨园的散文《生命场》、阿来的组诗《在俄比拉朵写下的歌谣》、冯俊儿的组诗《离别北方》发表于《萌芽》第 11 期。同期刊登上海市奉贤县微型小说大奖赛作品选登，刊登了杨淼、王鹤林等的作品。

12 月

5 日，张旻中篇小说《寻常日子》、张新颖的理论文章《博尔赫斯与中国当代小说》发表于《上海文学》第 12 期。

本月，梅聊的小说《真爱》、朱大建的报告文学《在理想之火的熔炼下》、陈鸣华的诗歌《小城游戏》、鲍笛的诗歌《季节河》发表于《萌芽》第 12 期。

1991 年

1 月

15 日，张洁的短篇小说《柯先生的白天和夜晚》、范小青的中篇小说《清唱》、史铁生的散文《我与地坛》、李杭育的散文《散文的又一种可能性》、陈村的诗《风景》、俞果的诗《江南组画（组诗）》、叶荣臻的诗《过湖》、刘国萍的诗《时空（组诗）》、赵毅衡的理论文章《论小说的"自然化"》发表于《上海文学》第 1 期。

20 日，《上海文论》第 1 期发表袁进的《探索大众文艺的艺术规律》、毛时安的《大众文艺：世俗的文本与解读：关于当代大众文艺研究的一些想法》、蔡翔的《大传统、小传统及其他》、陶东风的《形式化与艺术创作》、邹平的《大众文艺与文化人》、吴俊的《生命的悲剧意识：白先勇小说意蕴管窥》。

25 日，杨争光中篇小说《赌徒》、陈村中篇小说《最后一个残疾人》、阎连科中篇小说《乡间故事》、北村中篇小说《聒噪者说》、陆星儿中篇小说《小凤子》、墨白中篇小说《同胞》、陈染短篇小说《空的窗》、汪曾祺散文《贾似道之死》、周佩红散文《今生今世》、从维熙的随笔《人生绝唱——萧军留下的水歌》发表于《收获》第 1 期。

本月，荆歌短篇小说《断竹》、戴厚英短篇小说《人之将死》、张旻短篇小说《二女生》、张炜短篇小说《冬夜三章》发表于《小说界》第1期。

聂鑫森的短篇小说三题、羊羽的短篇小说《梦》、高立群的处女作短篇小说《阳光之下》发表于《萌芽》第1期。同期开设"港澳台与海外华文文学"、"校园散文"专栏。

2月

15日，王安忆的中篇小说《妙妙》、苏童短篇小说《吹手向西》、石钟山短篇《山洞那一边》、贾平凹短篇小说《烟》、刘庆邦短篇小说《新娘》、胡河清的评论《孙甘露和他的"信使"》发表于《上海文学》第2期。

本月，韩国强的小说《黄昏如歌》、殷慧芬的报告文学《璀璨的人生篇章》、宋耀良的散文《青海湖畔野牛画》发表于《萌芽》第2期。

3月

15日，赵长天的中篇小说《身份》、朱大建的报告文学《上海乡下人》、殷慧芬的短篇小说《蜜枣》、彭瑞高的短篇小说《合铺》发表于《上海文学》第3期。

20日，《上海文论》第2期发表邹平的《小说：预谋与随机》、蔡翔的《独在异乡为异客：中国文学中的"游子"主题》、陈晓兰的《女性作为话语的主体：从〈莎菲女士的日记〉与〈紫色〉看女性的日记体、书信体小说》。

25日，徐迟的长篇小说《江南小镇》、崔京生的中篇小说《长江口》、廉声的中篇小说《月色狰狞》、林白的中篇小说《亚热带公园》、刘毅然的中篇小说《孤独萨克斯》、吴亮的短篇小说《吉姆四号》、鲁羊短篇小说《忆故人》发表于《收获》第2期，同期还发表张辛欣的散文《焚稿》、汪曾祺的散文《随遇而安》、金宇澄的散文《夜之旅》、李子云的散文《童心不泯》。

本月，《萌芽》第3期发表阿来的组诗《梭磨河》、朱少君的小说《玫瑰梦》、蒋曾文的小说《废墟上的微笑》。

於梨华的中篇小说《回来吧！棣棣》、黄蓓佳的中篇小说《水边的阿蒂丽娜》、李庆西的短篇小说《人间笔记（两题）》发表于《小说界》第2期。

4月

15日，彭瑞高的报告文学《幸存者》、孙建成的中篇小说《大哥》、权延赤的中篇纪实小说《陶铸出行》、吕新短篇小说《太阳》、冯德英短篇小说《九嫂》、唐晓渡诗四首、贾植芳的散文《一段难以忘却的记忆》发表于《上海文学》第4期。同期发表蒋原伦的评论《小说·历史·意识形态——周梅森、格非小说中的历史》。"上海诗坛"专栏发表诗歌戴仁毅的《田园牧歌——听贝多芬第六交响曲》、米福松的《喷泉（外一首）》、陆新瑾的《十字路口（外一首）》、鲁育宗的《顺水而下》、周松泉的《树的沉默》。

本月，《萌芽》第4期发表石钟山的小说《新兵三事》、陈伯玉的小说《反真》、石头的《金堂》、王唯铭的报告文学《1990，走进新空间》、阿寅的报告文学《赤诚交响曲》、蔡翔的散文《落日》、季振华的诗歌《心烛》。

5月

15日，叶兆言中篇小说《挽歌》、陆星儿中篇小说《黄昏》、徐光耀短篇小说《布告》、峻青中篇小说《秋肃蒋山》、王干短篇小说《红蜻蜓故乡》、肖开愚的诗《草坡》发表于《上海文学》第5期。

20日，《上海文论》第3期发表邱明正的《坚持社会主义文艺方向的根本保证：写在建党七十周年前夕》、杨剑龙的《论席慕蓉的散文创作》、潘向黎的《一个女人的"自传"：三毛作品艺术谈》、章培恒的《一个女人的"自传"：三毛作品艺术谈》。

25日，王朔长篇小说《我是你爸爸》、熊正良中篇小说《老鱼》、韩东短篇小说《同窗共读》、余秋雨的散文《风雨天一阁》、罗洛的散文《琐事杂忆》发表于《收获》第3期。

本月，叶兆言中篇小说《最后一班难民车》、聂鑫森短篇小说《雷雨》，同期"我看小说"专栏发表冰心的《我看小说的时候》、钱谷融的

《故事情节·人物形象》、鲁彦周的《小说应走入民间》、邓刚的《乱看乱想一二三》、叶辛的《小说：带着感情从细微处着眼的叙述艺术》、苏童的《短篇、中篇和长篇》、谢友鄞的《我的小说世界》发表于《小说界》第3期。

《萌芽》第5期发表夏商的小说《年轻的布尔什维克》、洪国斌的诗歌《给一位时装模特儿》。

6 月

15日，刘心武的小说《缺货》、林白的短篇小说《日午》、西川的诗歌《远游》发表于《上海文学》第6期。"上海诗坛"专栏发表黎焕颐的《千年岁月（组诗）》、程勇的《乡村情歌》、王志荣的《秋天的沉思（二首）》、包晓朵的《寂寞抒怀（组诗）》、郑成义的《雨中迷楼（外二首）》。

本月，《萌芽》第6期发表梅聊的小说《微小的人》、尤今的《骆驼"塔巴"》、程永新的散文《八月的流转》、陆萍的诗歌《细雨打湿花伞》。

7 月

15日，《上海文学》第7期发表梁晓声的中篇小说《百发卡》，王蒙的短篇小说《搬家》，罗洛的诗歌《宝钢印象》，茹志鹃的文章《〈新加坡华文小说选〉主持人的话》。

20日，《上海文论》第4期发表陈大康的《论通俗小说的双重品格》、吴礼权的《情鬼侠小说与中国大众文化心理》。

25日，《收获》第4期发表谌容的长篇小说《人到中年》、朱耀华的中篇小说《苔痕》、崔京生的短篇小说《暗道》、赵伯涛的短篇小说《小说两题》、荒煤的散文《你是怎么想的》，柯灵的散文《回看血泪相和流》。

本月，《小说界》第4期发表高晓声的中篇小说《陈奂生出国》、叶辛的中篇小说《孽债》、苏童的中篇小说《另一种妇女生活》、蒋濮的留学生文学《东京恋》、蒋孔阳的文章《小说是时代的镜子》、陈村的文章《想象小说》、周梅森的文章《老调重弹》、陈冲的文章《多一点人生智慧》、俞天白的文章《小说：被甄择的生活》、陈思和的文章《又见陈奂生——致高晓声的一封信》。

《萌芽》第 7 期发表郑芸的小说《燃烧的薄荷》、何玉茹的小说《寻常记忆》、黑孩的散文《醉别》。

8 月

15 日，《上海文学》第 8 期发表潘向黎的短篇《西风长街》、周民的散文《三望菱湖镇》、晓华的评论《一片闲心对落花——储福金近作读札》、张新颖的评论《理解吕新》。

本月，《萌芽》第 8 期发表王大进的小说《沼泽》，老开的小说《野草莓地》。

9 月

15 日，《上海文学》第 9 期发表殷慧芬的中篇小说《欲望的舞蹈》、张旻的短篇小说《恭为人师》、李贯通的短篇小说《肉食鸡》、于之的诗歌《夏雨（外一首）》、丁兴群的诗歌《热爱生活（组诗）》、宁宇的诗歌《敦煌（组诗）》、施茂盛的诗歌《崇明的鸟（二首）》、朱蓓蓓的诗歌《刈麦者》、蒋丽萍的散文《乡音、音乐与公害》。

20 日，《上海文论》第 5 期发表吴福辉的《深化中的变异：三十年代中国小说理论与小说》、袁进的《世间唯有情难诉：试析"言情小说"的若干特征》、丁永强的《城市与城市文学》。

25 日，《收获》第 5 期发表苏童的中篇小说《离婚指南》、孙颙的短篇小说《我们的年月》、鬼子的中篇小说《家癌》、韩少功的中篇小说《会心一笑》、李杭育的中篇小说《布景》、阎连科的中篇小说《黑乌鸦》、冯骥才的短篇小说《炮打双灯》，沈嘉禄的短篇小说《错位》，王蒙的散文《我说沈从文》，冰心的散文《说说我自己》，茹志鹃的散文《一炷清香》、韩蔼丽的散文《酒话》。

本月，《小说界》第 5 期发表彭见明的长篇小说《家长》、张欣的中篇小说《绝非偶然》、叶蔚林的中篇小说《九疑传说》，严力的随笔《趣味的抽象》，徐开垒的《巴金传》（续传），"我看小说"栏目刊发以下文章：王蒙的《我不想谈小说》，徐中玉的《我爱读怎样的小说》，李庆西的《小说与自我》，陆星儿的《小说——心灵的历程》，阿成的《感谢上帝——我存在》。

《萌芽》第9期发表彭瑞高的小说《水乡二篇》，黄飞珏、韩蕴慧的小说《界外》、孙航宇的报告文学《"零号首长"的故事》。

<h2 style="text-align:center">10 月</h2>

15日，《上海文学》第10期发表刘庆邦的短篇小说《闺女儿》、许春樵的短篇小说《季节的景象》、杨泥的短篇小说《月韵》、茹志鹃的短篇小说《跟上，跟上》、韩少功的短篇小说《鞋癖》，白桦的诗《春季中的十日》，李庆西的散文《故境往遇》（六题）。

本月，《萌芽》第10期推出"四川青年作家新作专号"，其中发表了阿来的小说《欢乐行程》。

<h2 style="text-align:center">11 月</h2>

15日，《上海文学》第11期发表范小青的中篇小说《王桃》，王鲁夫的中篇小说《无奈东京》，述平的短篇小说《盯住野狼》，陈世旭的短篇小说《风铃》，彭荆风的短篇小说《雷的回答》，牛汉的散文《童年诗情二题》，韩小蕙的散文《生命总不成熟》。

20日，《上海文论》第6期发表陈思和的《困惑与疑难：关于比较文学的一次发言》、赵长天的《仰望前辈：在"柯灵文艺创作六十年研讨会"上的发言》、邱明正的《意会与言传的矛盾、统一》。

25日，《收获》第6期发表余华的长篇小说《呼喊与细雨》（后更名为《在细雨中呼喊》），王朔的中篇小说《动物凶猛》，张延竹的中篇小说《太太》，残雪的短篇小说《饲养毒蛇的小孩》，胡健的短篇小说《林凤花》，余秋雨的散文《寂寞天柱山》，曹禺的散文《雪松》，万方的散文《又一个夏天》，蒋子丹的散文《终结》。

本月，《小说界》第6期发表沈嘉禄的中篇《风》、方方的中篇《行云流水》、徐开垒的传记文学《巴金传（续完）》、"我看小说"专栏刊登高晓声的文章《我看小说》、茹志鹃的文章《跟着感觉走》、池莉的文章《能吃的小说》、易丹的文章《解构小说》、孙甘露的文章《认识》，"小说论坛"刊登了"上海女性系列"八人谈。

《萌芽》第11期发表张旻的小说《告别崇高的职业》，黑孩的小说

《罗曼隐情》、陈鸣华的诗歌《逍遥之上》。

12 月

15 日,《上海文学》第 12 期发表贾平凹的文章《四十岁说》、汪曾祺的文章《有一种小说》、周政保的文章《忧柔的月光》、郜元宝的文章《作为小说家的"本性"》、沈乔生的中篇小说《今晚蓬嚓嚓》、罗洛的诗歌《访缅诗抄》、徐芳的诗歌《写给新居和儿子的第一首诗(外一首)》。

本月,《萌芽》第 12 期发表程勇的小说《情雨》、蒋菁的处女作小说《五月黄梅天》、陆萍的散文《异国迷航》。

1992 年

1 月

15 日,刘玉堂的中篇小说《最后一个生产队》、汪曾祺的短篇小说三题《明白官》、《樟柳神》、《牛飞》、邹荻帆的组诗《青春万岁》发表于《上海文学》第 1 期。

25 日,徐迟的长篇小说《江南小镇》(分三期续完)、韩东的短篇小说《反标》、迟子建的中篇小说《秧歌》、李晓的中篇小说《叔叔阿姨大舅和我》、叶辛的中篇小说《悠悠落月坪》、张旻的中篇小说《往事》、李锐的散文《寂静的高纬度》、张抗抗的散文《牡丹的拒绝》、巴金的访谈《向老托尔斯泰学习》发表于《收获》第 1 期。

本月,"《萌芽丛书》新二辑序言选",罗洛、茹志鹃、张贤亮、叶辛为丛书作序,同期刊登殷慧芬的小说《梦中锦帆》、程小莹的小说《两个人的冬天》、孙航宇的散文《落叶的歌》、陈东东的诗歌《陈东东诗七首》发表于《萌芽》第 1 期。

《小说界》第 1 期发表赵长天的中篇《书生》、周佩红的中篇《黑眉岛》、"我看小说"专栏刊登了蒋子龙的文章《小说小说》、韩少功的文章《灵魂的声音》。

2 月

15 日,叶辛的中篇小说《名誉》、孙颙的短篇小说《摊牌》、朱晓琳的短篇小说《紫雾》、陈东东的诗歌《第一场雪（组诗）》、赵丽宏的散文《乌克兰人》、王蒙的文章《"钗黛合一"新论》发表于《上海文学》第2期上。

本月，"《萌芽丛书》新二辑序言选"，刊登施蛰存、也斯的文章，曹征路的小说《来生还嫁你》、方硕的小说《欧阳先生》、黄蓓佳的小说《电梯上的故事》、肖强的报告文学《受难与战斗》、胡东生的报告文学《走出〈最后的晚餐〉》、林染的散文《喜爱原野》发表于《萌芽》第2期。

3月

15日，池莉的中篇小说《白云苍狗谣》发表在《上海文学》第3期上。同期还发表了西飏的短篇小说《此岸彼岸》、王家新的诗《反向》、周佩红的散文《随着灵魂回一次海上》。

25日，杨争光的中篇小说《老旦是一棵树》、赵长天的中篇小说《透视》、王朔的中篇小说《你不是一个俗人》、宋琳的短篇小说《黑猩猩击毙驯兽师》、沈从文的散文《湘西书简》、茹志鹃的散文《你的火种呢》、何士光的散文《黔灵留梦记》发表于《收获》第2期。

本月，残雪的短篇小说《旅途中的小游戏》、王蒙的短篇小说《奥地利粥店》、孙甘露的短篇小说《大师的学生》、谌容的中篇小说《我是怎样养猫的》、陆星儿的中篇小说《没有眼泪的日子》、萧乾的散文《一对老人，两个"车间"》发表在《小说界》第2期上。同期发表了沙叶新的《剧作家眼中的小说》、胡万春的《小说的"生产"与"消费"》、梁晓声的《读写在如今》、叶永烈的《小说和年龄》。

《萌芽》第3期推出散文诗歌专号，以专栏"大地情思"、"青春作伴"、"旋转人生"、"心灵微语"刊发散文，以专栏"少数民族诗页"、"煤城新星"、"天山牧歌"、"吴越天地"、"锦绣山川"刊发诗歌。

4月

15日，王朔的小说《许爷》发表在《上海文学》第4期。同期还发表王蒙的组诗《西湖秋》。

本月，"《萌芽丛书》新二辑序言选"刊登曹阳、李其纲的文章，同期发表孙欢的小说《爱或者孤独》、朱全弟的报告文学《第四个领域》、陈柏森的诗歌《他们刚下班》发表于《萌芽》第 4 期。

5 月

15 日，刘心武的短篇小说《天伦王朝》、沈嘉禄的短篇小说《有胡须的少年》、蒋孔阳的论文《关于思想内容与艺术形式相互统一的思考》、俞天白的论文《生活教我这样调整》发表于《上海文学》第 5 期。

25 日，周梅森的中篇小说《孤乘》、李其纲的中篇小说《调酒师的女儿》、张炜的长篇小说《九月寓言》、高晓声的短篇小说《梦大》、宗璞的散文《从"粥疗"说起》、徐中玉的散文《晚晴来时鬓已霜》发表在《收获》第 3 期上。

本月，周梅森的长篇小说《此夜漫长》、史铁生的中篇小说《〈务虚笔记〉备忘》、须兰的中篇小说《仿佛》、范小青的中篇小说《看客》、孙颙的微型小说《百字小说 10 篇》发表在《小说界》第 3 期上。

哈华回忆延安文艺座谈会的散文《春花秋月何时了，往事知多少》、盛晓红的小说《蓝色人生》、潘向黎的小说《告别蔷薇》、桂国强的报告文学《东方之翼》发表于《萌芽》第 5 期。

6 月

15 日，刘继明的短篇小说《歌剧院的咏叹调（二题）大提琴手》、白桦的诗歌《春讯—泪汛》、毛时安的评论《美丽的忧伤——关于蒋韵近作的一种解读》发表于《上海文学》第 6 期。

本月，王干的小说《雨夜歌手》、胡展奋的报告文学《焦灼的黄土地》、冉云飞的诗歌《被水所伤的鲜花》、刘国萍的诗歌《天行》、陈勇的诗歌《被拒绝的地方》发表于《萌芽》第 6 期。

7 月

15 日，梁晓声的中篇小说《弃偶》、王周生的短篇小说《黑人理发师巴瑞》发表于《上海文学》第 7 期。本期开始刊登"张江杯"朗诵诗征文选稿。

25 日，阎连科的中篇小说《寻找土地》、尤凤伟的中篇小说《寻找土地》、东西的中篇小说《相貌》、林白的短篇小说《随风闪烁》、李光斗的短篇小说《我们拍戏去》、王元化的散文《白藤湖书怀》、邵燕祥的散文《断梦编年》发表在《收获》第 4 期上。

本月，王朔的中篇小说《过把瘾就死》、池莉的中篇小说《凝眸》、谢冕的《有用或无用的小说》、戴厚英的《小说小说》、张颐武的《小说闲话》发表在《小说界》第 4 期上。

叶兆言的小说《雪地传说》、阿来的小说《断指》、徐春樵的小说《季节的情感》、孙泽敏的报告文学《水上法医》发表于《萌芽》第 7 期。

8 月

15 日，范小青的短篇小说《人情》、邵燕祥的诗《五十弦》、范小天的短篇小说《白梦》、彭瑞高的短篇小说《屋脊》、斯妤的散文《躁动的平静》发表于《上海文学》第 8 期。

本月，刘心武的中篇小说《红蛙》、张贤亮的长篇小说《烦恼就是智慧》（上）、李国文的《小说如人》发表在《小说界》第 5 期上。（张贤亮《烦恼就是智慧》的下卷发表在《小说界》1994 年第 2 期上。）该书 1994 年 6 月由作家出版社出版，改名《我的菩提树》。英译本名为《野菜汤》。

江华明的小说《秋高气爽》、阿寅的报告文学《恶梦，结束在 NAHA 港》、童梦侯的报告文学《西伯利亚的荒林中》发表于《萌芽》第 8 期。

9 月

15 日，孙见喜的短篇《爷的故事》、张旻的短篇《回忆》、潘旭澜的散文《山村年到》发表于《上海文学》第 9 期。

25 日，洪峰的长篇小说《东八时区》、刘心武的中篇小说《小墩子》、陈染的短篇小说《嘴唇里的阳光》、金宇澄的短篇小说《苍凉纪念日》、公刘的散文《活的纪念碑》、柯灵的书信《致傅葆石》发表于《收获》第 5 期。

本月，聂鑫森的小说《英雄注释》、路其国的报告文学作品《挺立的人们》、姜龙飞的散文《圣诞无雪》、徐芳的诗歌《城市冬景》、鲍笛的诗歌《我躺在草地上》发表于《萌芽》第 9 期。

张贤亮的长篇小说《烦恼就是智慧》、刘心武的中篇小说《红蛙》、殷慧芬的中篇小说《早晨的陷阱》发表在《小说界》第 5 期上。"我看小说"专栏刊登顾骧的文章《小说的"人物"与"真实"》、李国文的文章《小说如人》。

10 月

15 日，刘玉堂的中篇小说《本乡本土》、邓刚的中篇小说《俄罗斯酒鬼》、严歌苓的短篇小说《方月饼》、赵丽宏的诗歌《石头的目光（组诗）》、罗洛的诗歌《江南之春》、张新颖的论文《平常心与非常心——重读史铁生》发表于《上海文学》第 10 期。

本月，曹阳悼念《萌芽》老主编哈华的文章《泥土精神万岁》、姜滇的中篇小说《阴雨季节》、沈顺辉的散文《最后的梦》、杨寿龙的报告文学《粉红色的梦幻曲》、周洪涛的报告文学《上海南泥湾》、孙建军的诗歌《岁月的风声》、米福松的诗歌《无题》发表于《萌芽》第 10 期。

11 月

15 日，裘山山的短篇小说《咱们是邻居》、屠岸的诗歌《诗七首》、朱晓琳的散文《写给依玛的信》、米福松的诗歌《遥远之恋（组诗）》发表于《上海文学》第 11 期。

20 日，《上海文论》第 6 期发表蒋元伦的《叙述学研究在中国》、戴锦华的《游戏的规则：叙事学一览》、王宏图的《生活事实的膜拜与激情的消泯——"新写实小说"别论》。

25 日，余华的长篇小说《活着》、格非的长篇小说《边缘》、韩东的短篇小说《母狗》、鲁羊的短篇小说《银色老虎》、苏童的中篇小说《园艺》、孙甘露的中篇小说《忆秦娥》、述平的中篇小说《凹凸》、史铁生的散文《随笔是散》、皮皮的散文《瞬间》发表于《收获》第 6 期。

本月，从维熙的中篇小说《狗事》、叶辛的长篇小说《孽债》（下卷）、王蒙的散文《1992 年 9 月 10 日》、叶永烈的《延安一日》发表于《小说界》第 6 期。

戴厚英悼念《萌芽》老主编哈华的文章《真诚无价》、石钟山的小说《导航人》、韩国强的小说《浮尘》、张冠中的报告文学作品《世纪挑战者》、刁斗的散文《寻找家园》、虹影的散文《地铁站台》、"江苏青年诗人三家"王学芯、金山、陈锡民的诗歌发表于《萌芽》第11期。

12 月

15日，"吴宁杯"上海文学奖（1990—1991）获奖篇目、张旻的中篇小说《不要太感动》、黎焕颐的诗歌《天地情》、施圣扬的散文《阳台居》、王宏图的论文《西方文化的霸权和东方的边缘性》发表于《上海文学》第12期。

本月，陆棣的中篇小说《多事之秋》、曹阳对《多事之秋》的短评《秋收无垠》、蔡侧海的短篇小说《溺》、王鹰飞的短篇小说《时辰》、陈明发的报告文学作品《为了明天升起的太阳》、陈丹燕的散文《充盈与恍惚（外一章）》发表于《萌芽》第12期。

1993 年

1 月

1日，须兰的中篇小说《宋朝故事》、曹乃谦的短篇小说《牛犊犊下河喝水水》（"温家窑风景二题"）、陆文夫的中篇小说《享福》（"《小巷人物志》之二十二"）、张炜的中篇小说《金米》、王周生的长篇小说《陪读夫人》（下卷）发表于《小说界》第1期。在《小说界》第1期的《王蒙访谈录》中王蒙称赞王朔作品中的口语非常漂亮。

15日，张炜的散文《融入野地》、苏童的短篇小说《一个朋友在路上》、王元化与茹志鹃的书简、辛笛的诗歌《近作三首》、白桦的诗歌《我的命运的骏马》、王安忆的理论文章《往事重读》发表于《上海文学》第1期。

本月，王静江的中篇小说《都市里的欲望》、胡展奋的报告文学《躁动的陕北》、史学东的小说《再次倾诉》、戴达的散文《孤心与诗神》、姚育明的散文《女儿和一》、陈鸣华的诗歌《陈鸣华诗十首》发表于《萌芽》第1期。

2 月

15 日，殷慧芬的中篇小说《横越》、阎欣宁的短篇小说《橡皮匕首》、王宁的评论《作为国际性文学运动的后现代主义》发表于《上海文学》第 2 期。

25 日，余秋雨的散文《一个王朝的背影》发表在《收获》第 1 期上。同期还发表刘恒的长篇小说《苍河白日梦》、李晓的中篇小说《一种叫太阳红的瓜》、何顿的中篇小说《生活无罪》、汪曾祺的短篇小说《小说两篇》。

本月，彭瑞高的小说《山墙》发表于《萌芽》第 2 期。同期，"青年作家研究专栏"推出陈思和的评论《王朔的变化》。

3 月

1 日，张抗抗的中篇小说《沙暴》、彭瑞高的中篇小说《牛舌》、张旻的短篇小说《陈音和吴珺》、蒋子丹的短篇小说《最后的艳遇》发表于《小说界》第 2 期。"我看小说"专栏刊登从维熙的文章《疯、茶、痴、傻的产儿》、张承志的文章《彼岸的故事》、邓友梅的文章《看小说写小说》、邵燕祥的文章《我看小说》。同期刊登李子云访谈夏衍的《夏衍访谈录》。

15 日，李锐的中篇小说《黑白》、曹征路的短篇小说《小镇风流（两题）》、施茂盛的诗歌《崇明（组诗）》、徐芳的散文《讲一个鸡的故事》、蒋丽萍的散文《八月，在山中》发表于《上海文学》第 3 期。

25 日，王安忆的长篇小说《纪实和虚构》、李锐的中篇小说《北京有个金太阳》、朱苏进的中篇小说《接近于无限透明》、阎连科的中篇小说《和平寓言》、王蒙的短篇小说《XIANGMING 随想曲》、陈村的短篇小说《临终关怀》、余秋雨的散文《流放者的土地》发表于《收获》第 2 期。

本月，陈丹燕的小说《恶意满怀》、蒋丽萍的小说《许莲》、郭和平的小说《落叶》、王唯铭的报告文学作品《南京路：那里发生着什么》、叶荣臻的诗歌《喊风》发表于《萌芽》第 3 期。

4 月

15 日，严歌苓的短篇小说《失眠人的艳遇》、赵玫的短篇小说《徒劳无益）、刘醒龙的中篇小说《暮时课诵》、王蒙的短篇小说《棋乡轶闻》、王晓明的论文《一份杂志和一个"社团"——重识"五·四"文学传统》发表于《上海文学》第 4 期。

本月，叶荣臻的小说《永别了，武器》、宗平的小说《杨梅熟了的季节》、桂国强的报告文学《虎头山之歌》发表于《萌芽》第 4 期。

5 月

1 日，范小青的中篇小说《动土》、沈嘉禄的短篇小说《玩具》、于劲的纪实文学《大崩溃——上海：一九四五·五》发表于《小说界》第 3 期。"我看小说"专栏刊登王安忆的文章《我们所说的小说是什么》、白桦的文章《故事并没有讲完》、张炜的文章《抵抗的习惯》、李子云的文章《我看小说》。同期刊登谷苇访谈柯灵的《柯灵访谈录》。

15 日，施放的中篇小说《无奈一笑》、范小青的中篇小说《又见草垛》、阿来的诗歌《远去的风暴（组诗）》、吴亮的论文《闲聊时代》发表在《上海文学》第 5 期上。

25 日，王安忆的中篇小说《伤心太平洋》、吕新的中篇小说《五里一徘徊》、储福金的中篇小说《桃红床的故事》、陈染的中篇小说《潜性逸事》、王松的中篇小说《红泥景色》、王小波的短篇小说《立新街甲一号与昆仑奴》、赵玫的短篇小说《巫和某某先生》、高晓声的散文《家乡鱼水情》、余秋雨的散文《脆弱的都城》、王晓明的散文《冬天的回忆》发表于《收获》第 3 期。

本月，杜超的小说《你好，校长》、林岩的小说《水》、程勇的小说《都市多雨》、王肖练的散文《外婆》发表于《萌芽》第 5 期。

6 月

15 日，《上海文学》第 6 期发表了杨泥的中篇小说《香水》、刘成思的中篇小说《市风初弄》、阎欣宁的短篇小说《迷惘》、刘心武的短篇小说《竹里馆》《见鬼》、潘旭澜的散文《往日（两题）》。

本月，朱耀华的小说小辑刊登小说《履雪》、许云倩的小说《一个人走过》、陆幸生的报告文学作品《世纪的年轮》发表于《萌芽》第 6 期。

7 月

1 日，须兰的中篇小说《月黑风高》《闲情》、短篇小说《石头记》《银杏银杏》、左建明的中篇小说《雪天童话》、蒋丽萍的中篇小说《朝朝暮暮》发表于《小说界》第 4 期。"我看小说"专栏刊登吴亮的文章《对九个问题的简单回答》、王小鹰的文章《我和小说》。

15 日，程小莹的短篇小说《青春留言》、董浩宇的中篇小说《青春游戏》、储福金的中篇小说《心之门》发表于《上海文学》第 7 期。

25 日，北村的中篇小说《张生的婚姻》、格非的中篇小说《湮灭》、李洱的中篇小说《导师死了》、吴滨的中篇小说《交城消息》、刘继明的中篇小说《浑然不觉》、许志强的中篇小说《北斗不朝北》。潘军的短篇小说《那年春天和行吟诗人在一起的经历》、毕飞宇的短篇小说《驾纸飞机飞行》、汪曾祺的散文《花》、余秋雨的散文《苏东坡突围》发表于《收获》第 4 期。

本月，高立群的小说《星移斗转》、孙未的散文《也是有缘》、孙建军的诗歌《年轻的意象》、朱金晨的诗歌《江南抒情诗》发表于《萌芽》第 7 期。

8 月

15 日，王安忆的中篇小说《香港的情和爱》、白桦的散文《困惑的年代——"如何是解脱?"石头希迁禅师答曰:"谁缚汝?"》发表于《上海文学》第 8 期。

本月，白小易的微型小说五则、王心丽的散文《夏夜热梦》、宓明道的散文《生命的欢欣》、陆萍的诗歌《美的瞬间》、沈善增的诗歌《都市的禅》、杨勇的评论《"下海"文人面面观》发表于《萌芽》第 8 期。

9 月

1 日，王安忆的中篇小说《"文革"轶事》、韩少功的中篇小说《昨天再会》、残雪的短篇小说《去菜地的路》发表于《小说界》第 5 期。俞天白的长篇小说《大上海漂浮》(——《大上海人》之二)在《小说界》5、6 期上连载。同期刊登《施蛰存访谈录》。

15 日，何顿的中篇小说《我不想事》、严歌苓的短篇小说《女房东》、毕飞宇的短篇小说《没有再见》发表于《上海文学》第9期。

25日，杨争光的中篇小说《流放》、王彪的中篇小说《病孩》、熊正良的中篇小说《匪风》、李本深的中篇小说《油坊》、高岸的中篇小说《清白》、磊子的中篇小说《流失的季节》、宗璞的短篇小说《朱颜长好》、黄佳星的短篇小说《死亡的孪生》、俞黑子的短篇小说《百年校庆》、张承志的散文《夏台之恋》、余秋雨的散文《千年的庭院》发表于《收获》第5期。

本月，曹阳的卷首语《青春题材的开拓》、薛汉根的微型小说《晚年》、徐芳的组诗《镜中爱恋》发表于《萌芽》第9期。

10 月

15日，蒋韵的中篇小说《相忘江湖》、叶辛的中篇小说《废人柏道斌》，石钟山的短篇小说《三个朋友》、阿来的短篇小说《少年诗篇》、尤凤伟的短篇小说《辞岁》、毛时安的散文《长夜属于你》发表于《上海文学》第10期。

本月，曹阳的卷首语《短些，短些，再短些》、范稳的短篇小说《海边看看，海边走走》、邓剑的散文《天使和白鸟》、全小林的报告文学《新生代文化人》发表于《萌芽》第10期。

11 月

15日，陆星儿的短篇小说《麻纱窗帘》发表于《上海文学》第11期。

25日，乌热尔图的中篇小说《丛林幽幽》、何顿的中篇小说《弟弟你好》、张廷竹的中篇小说《笕桥十月》、潘军的中篇小说《夏季传说》、海男的中篇小说《罪恶》、苏童的短篇小说《纸》、崔京生的短篇小说《移情》、巴金的散文《最后的话》、余秋雨的散文《抱愧山西》发表于《收获》第6期。

本月，张生的中篇小说《每天都是日常生活》、孙颙的中篇小说《醉爷》发表于《小说界》第6期。"我看小说"专栏刊登叶兆言的文章《我看小说》。

曹阳的卷首语《走进来和走出去》、王月瑞的小说《锁》、姜龙飞的作家研究《女性·世故·爱》、李敬泽的散文《无刀的南墙》发表于《萌芽》第 11 期。

12 月

15 日,李森祥的中篇小说《抒情年代》、叶蔚林的中篇小说《细雨梦回》、张旻的短篇小说《回忆父亲》发表于《上海文学》第 12 期。

本月,池莉的小说《城市包装》、萧鲤的小说《萧江村的风波》、程小莹的小说《工人情趣》、邱华栋的小说《跟随象群离去》、何悦人的散文《斑竹笛》发表于《萌芽》第 12 期。

1994 年

1 月

1 日,《小说界》第 1 期发表了冯苓植的《大内高手》、邓刚的《远东浪荡》、高低的《小黄花》、李子云、陈思和、陈村、孙颙、谷梁、吴俊的《须兰小说六人谈(1993.10.20)》、曹可凡的《难忘的一次主持》。

5 日,刘继明的短篇小说《前往黄村》、王家新的诗歌《词语》、朱金晨的诗歌《老井》发表于《上海文学》第 1 期。同期,"批评家俱乐部"专栏刊登雷达、白烨、吴秉杰、王必胜、潘凯雄的讨论《九十年代的小说潮流》。

25 日,《收获》第 1 期发表了柯灵的长篇小说《十里洋场》、须兰的中篇小说《红檀板》、蒋子丹的中篇小说《桑烟为谁升起》、迟子建的中篇小说《向着白夜旅行》、刘继明的中篇小说《前往黄村》、冯骥才的短篇小说《市井人物》、余秋雨的散文《乡关何处》、萧乾的散文《三姐常韦》。

本月,《萌芽》第 1 期发表阿来的短篇小说《血缘》,并附有傅星的评论《漫谈阿来》、九望的短篇小说《水泡无颜色》、王强的短篇小说《拿青春去烤鸭》、王开林的散文《高点》,本期开设"春兰·世界华文微型小说大赛"专栏,从本期至本年第五期刊登大赛中涌现出的优秀作品,本期发表高低《大拇指》、罗幸泉《落靶》、熊建成《作案》等,还发表了朱苏进与王彬彬的青年作家研究《一路同行》。

2 月

5 日，《上海文学》第 2 期发表刘继明的短篇小说《海底村庄》、张新颖的评论《大地守夜人——张炜论》。同期，"批评家俱乐部"专栏刊登宗仁发、纪众、曾煜、邵正、朱晶的《历史意识与文学创作》。

本月，《萌芽》第 2 期发表旭烽的短篇小说《银座咖啡屋》、石钟山的短篇小说《寂寞方队》、路其国的短篇小说《元旦故事》、陈建平的短篇小说《乡魂》、刘国芳的微型小说《刀片》、高低的微型小说《老远老远的地方》、陶立群的微型小说《渔父》、文济齐的微型小说《油嘴》、施茂盛的散文《往日情愫》、徐芳的组诗《熔炼》、穆涛的报告文学《在断裂的夹缝地带》、谢有顺的青年作家研究《北村，技术时代的异乡人》、"台港澳与海外华人新作"专栏发表孙爱玲的小说《逍遥曲》。

3 月

1 日，《小说界》第 2 期发表了张贤亮的长篇小说《烦恼就是智慧》（下部）、须兰的中篇小说《樱桃红》、鲁彦周的中篇小说《春风一度》、王蒙的短篇小说《白先生之梦》。

5 日，《上海文学》第 3 期发表了李佩甫的短篇小说《满城荷花》、夏商的短篇小说《风光如雾》、陈晓明主持的评论《后现代：文化的扩张与错位》、格非的理论文章《故事的内核和走向》。

25 日，《收获》第 2 期发表了刘继明的中篇小说《海底村庄》、北村的中篇小说《玛卓的爱情》、王彪的中篇小说《欲望》、林斤澜的中篇小说《母亲》、柳建伟的中篇小说《苍茫冬日》、朱文的短篇小说《小羊皮钮扣》、余秋雨的散文《天涯故事》、卞之琳的人生采访《毕竟是文章误我，我误文章》。"编者的话"把刘继明的小说称为"文化关怀小说"。

本月，《萌芽》第 3 期发表姜濮的短篇小说《异缘》、程勇的短篇小说《飞翔》、牛伯成的短篇小说《雨夜》、陈沫的微型小说《英雄的葬礼前后》、刘殿学的微型小说《谢谢举报箱》、陈爱萍的微型小说《大女罗芳》、朱珊珊的诗歌《火车司机的妻子》、朱金晨的报告文学《震荡的绿茵场》、吴炫与鲁羊的论文《关于"先锋作家"及其它》。

4 月

5 日，《上海文学》第 4 期发表了刘醒龙的中篇小说《菩提醉了》、蒋子丹的短篇小说《左手》。

本月，《萌芽》第 4 期发表陈丹燕的短篇小说《旧货店》、许云倩的短篇小说《岁月无痕》、韩宁宁的短篇小说《校园纪事》、曹雨田的微型小说《"无题"》、罗继红的微型小说《左眼跳》、林荣芝的微型小说《称呼》、路其国的微型小说《超越荧屏》、皮皮的散文《告别校园》、蒋丽萍的散文《独行记》、高旭旺的诗歌《黄河大写意》、汪政与晓华的论文《仿效与互文》。

5 月

1 日，《小说界》第 3 期发表了严歌苓的小说《抢劫犯查理和我》、姚鸿文的小说《城市民谣》、张笑天的小说《南国的云》、许辉的小说《红木箱》、於梨华的小说《月照九州》。

5 日，《上海文学》第 5 期发表了叶辛的短篇小说《罪犯》、北村的短篇小说《运动》、林斤澜的《打杂·倒毛·顺竿》、南帆的《人文环境与知识分子》。

25 日，《收获》第 3 期发表了万方的中篇小说《杀人》、范小天的中篇小说《桂花掩映的女人》、熊正良的中篇小说《红锈》、汪曾祺的短篇小说《辜家豆腐店的女儿》、李锐的散文《走进台北》、蒋子丹的散文《午后的暴雷》、余秋雨的散文《十万进士》（上）。

本月，《萌芽》第 5 期发表胡旭华的短篇小说《一坛甘蔗酒》、何玉茹的短篇小说《他的想》、毕然的短篇小说《肥肥》、严歌平的短篇小说《遗忘的记忆》、吴建国的微型小说《陈颜》、李景田的微型小说《白日》、耿立的散文《世间有牛》、张新颖的评论《不绝长流》、"台港澳与海外华人新作"专栏发表美华的短篇小说《压扁的青春》。

6 月

5 日，《上海文学》第 6 期发表了陈丹燕的短篇小说《花园》、钱理群的理论文章《昨天的小说与小说观念——四十年代小说理论概说》。

本月，《萌芽》第 6 期发表了阎连科的《耙耧山脉》系列短篇小说、夏商的短篇小说《雨季的忧郁》、高立群的短篇小说《薄暮》、姚鄂梅的短篇小说《一生孤独》、唐傲的短篇小说《迷途的鸟群》、老开的散文《夜晚的孩子》、米福松的诗歌《无题——赠C》、汪一新的报告文学《新"围城"》、宋炳辉的评论《追忆与冥想的诱惑》、"台港澳与海外华人新作"专栏发表陈建华的短篇小说《世纪末华丽的梦呓》、胡莉芹的短篇小说《奔马》、三祝的短篇小说《早》。

7 月

1日，《小说界》第4期发表了程乃珊的中篇小说《归》、张旻的长篇小说《情戒》。

5日，《上海文学》第7期发表了残雪的短篇小说《患血吸虫病的小人》、陈丹燕的散文《中国人的微笑》《东德人波德》、潘旭澜的散文《小学梦痕》、陈美兰、於可训、昌切、彭基博等人的《文学批评的现状及其发展的可能性》。

25日，《收获》第4期发表了毕飞宇的中篇小说《叙事》、阎连科的中篇小说《天宫图》、吕新的中篇小说《荒书》、徐小斌的中篇小说《迷幻花园》、彭瑞高的中篇小说《夜祭》、张炜的散文《夜思》、余秋雨的散文《十万进士》（下）。

本月，《萌芽》第7期发表了吉成的短篇小说《生命属于谁》、周秋鹏的短篇小说《心中明白》、任峻的短篇小说《原样》、张颖的报告文学《都市打工妹》、韩国强的诗歌《韩国强近作四首》、孙建军的诗歌《幸福之花》、刘志荣的诗歌《飘走的云（外二首）》、欧阳昱的诗歌《月光，墨尔本》、王安忆与郜元宝的青年作家研究《我们的时代和我们的小说》、"台港澳与海外华人新作"专栏发表汪祥宝的短篇小说《他们相逢在大阪》。

8 月

5日，《上海文学》第8期发表了张旻的短篇小说《了结三章》、何玉茹的短篇小说《嫁》。

本月，《萌芽》第8期发表了周秋鹏的短篇小说《短篇二题》、叶治安的短篇小说《昔日同窗》、江明华的短篇小说《流行校园》、郑胜国的报告文学《下岗女工》、刘烨园的散文《房子》、素素的散文《佛眼》、李耀宇的诗歌《西部曲（三首）》、庞清明的诗歌《日子（外二首）》。

9月

1日，《小说界》第5期发表了张旻的长篇小说《情戒》（续卷）、张洁的短篇小说《最后一个音符》。

5日，《上海文学》第9期发表了刘继明的文化关怀小说《明天大雪》、周佩红的散文《你的名字是什么》、白桦的诗歌《包青天（外两首）》、陈凯歌与王安忆的创作对话《问女何所爱——有关电影〈风月〉的创作对话》。

25日，《收获》第5期发表了李晓的长篇小说《四十而立》、苏童的中篇小说《肉联厂的春天》、何顿的中篇小说《三棵树》、韩东的短篇小说《请李元画像》、迟子建的短篇小说《逝川》、张承志的散文《南国问》、余秋雨的散文《遥远的绝响》。

本月，《萌芽》第9期发表了高低的短篇小说《半边床》、马儿的短篇小说《雪灾》、陈爱萍的短篇小说《女孩亚走了》、桑艺的短篇小说《天尿》、严志明的诗歌《青春心绪（外三首）》、郑国棠的报告文学《偷自行车的人》、胡亚才的散文《温馨永远》、叶兆言与费振钟的论文《作家的尺度》。

10月

5日，《上海文学》第10期发表了张欣的"新市民小说"《爱义如何》、赵长天的短篇小说《风办》。同期发表理论文章：南帆的《文章特殊的话语》、薛毅的《虚无主义或者理想主义》、许子东的《当代小说中的现代史》。

本月，《萌芽》第10期发表了姜立煌的短篇小说《小说三题》、庆一的短篇小说《蝶恋花》、郭和平的短篇小说《金花》、鲁雅的短篇小说《算命先生》、莫臻的报告文学《历史的回答》、刘敏的散文《爱情空白》、张洁的散文《孤独》、竹林的诗歌《竹林抒情诗四首》、丁帆的诗歌《童年歌谣（五首）》、施克强的诗歌《日出》。

11月

1日，《小说界》第1期发表了刘心武的中篇小说《五龙亭》、凌耀忠的中篇小说《羔羊的微笑》、张欣的短篇小说《访问城市》、张士敏的长篇小说《蛇潮》、"留学生文学"专栏发表戴厚英、戴醒的《母女两地书（上海——夏威夷）》、吴棣的《瓦里大街一百一十一号（外二篇）》、虹影的《翩翩》、叶冠男的《玛丽和丹丹》。

5日，《上海文学》第11期发表了姜丰的中篇小说《爱情错觉》、孙建成的短篇小说《心不在焉》、夏中义的散文《树咏（三则）》。同期发表理论文章：韩毓海的《中国当代文学的发生与现代性问题》、孟繁华的《文化溃败时代的幻灭叙事——三部长篇小说中的文化失败性》、王干、鲁羊、朱文与韩东的《小说问题》。

25日，《收获》第6期发表了赵长天的长篇小说《不是忏悔》、洪峰的中篇小说《日出以后的风景》、张抗抗的中篇小说《非红》、朱文的短篇小说《让你尝到一点乐趣》、李冯的短篇小说《招魂术》、余秋雨的散文《历史的暗角》。

本月，《萌芽》第11期发表了高立群的短篇小说《无心快语》、庞培的短篇小说《一生中爱的日子》、田建华的短篇小说《草原风自横》、杨柳的报告文学《手指神功》、吴建国的散文《崇明米酒》、岳建一的散文《灵源》、王忠范的诗歌《大草原，我的大草原（组诗）》、李兆军的诗歌《等待（外一首）》。

12 月

5日，《上海文学》第12期发表了叶辛的中篇小说《狼嗥》、储福金的中篇小说《纸门》、阿成的短篇小说《请遵守游戏规则》、俞天白的短篇小说《"一七零四八"》、孙颙的新市民小说《今日行情》。同期刊登蒋孔阳、郜元宝的理论探讨《当代文学八题议》、李劼的评论《张旻〈情戒〉》。

本月，《萌芽》第12期发表梅毅的短篇小说《都市浪族》、洪都的短篇小说《水门丁或老水》、严歌平的短篇小说《一位星级酒店的常客》、施亮的短篇小说《黄昏散步》、路其国的报告文学《了望城市》、周晓枫的散文《一节课的思维纪实》、许辉的散文《小鸡》、立人的诗歌《倾听蛙声（四首）》、孙泽敏的诗歌《你与我（散文诗八首）》、蔡志新的诗歌《梦见爱情》。

1995 年

1 月

5 日，邱华栋《手上的星光》、韩少功短篇小说《余烬》、赵和平短篇《滚动的纸球》、白桦诗歌《情歌》《龙华》，以及李洁非、许明、钱竞、张德祥评论对话《九十年代的文学价值和策略》、王蒙理论文章《沪上思絮录》发表在《上海文学》第 1 期上。

25 日，《收获》第 1 期刊登李锐长篇小说《无风之树》、北村中篇小说《水土不服》、李冯的中篇小说《庐隐之死》以及余华短篇小说《我没有自己的名字》、格非短篇《凉州词》。从本期到本年第 6 期，在"沧海看云"专栏内陆续发表李辉随笔《残缺的窗板栏》《落叶》《静听教堂回声》《凝望雪峰》《风景已远去》《困惑》。

本月，夏商的中篇小说《轮廓》、喻晓的中篇小说《城市生活》、何继青的短篇小说二题、曹钧的短篇小说《雨景》、韩国强的诗歌《春天（外三首）》发表于《萌芽》第 1 期。

《小说界》第 1 期发表陆天明的长篇小说《苍天在上》、李子云的传记文学《聂华苓和安格尔》。

2 月

5 日，刘玉堂的小说《自家人》、凡一平的小说《女人漂亮，男人聪明》、薛毅评论《张承志论》、谢冕主持会议纪要《当代文学的学科建设》发表在《上海文学》第 2 期上。

本月，王强的中篇小说《望断天涯路》、吴建国的中篇小说《瑞丰镇》、杨显惠的短篇小说《上海移民旧事二则》、杨勇的报告文学作品《跳槽去淘金》、魏福春的散文《龙妈》、鲍笛的诗歌《明天》、冯俊儿的诗歌《我的工厂》发表于《萌芽》第 2 期。

3 月

5 日，《上海文学》第 3 期发表孙春平中篇小说《华容道的一种新走法》、荒水中篇小说《循环游戏》、荆歌短篇小说《情多累美人》、阿宁短篇小说《奔跑》。

25日，《收获》第2期刊登张炜的长篇小说《柏慧》，引起很大反响。同期刊载叶兆言中篇小说《风雨无乡》、何立伟短篇小说《谁是凶手》、余华短篇小说《他们的儿子》。"人生采访"专栏刊登徐中玉的《年老心不老》、毛时安的《活出生命的意义》、陈伯吹的《人生采访与自我采访》以及秦文君的《单纯人生》。

本月，陆文夫长篇小说《人之窝》（上部）、蒋子丹中篇小说《从前》、刁斗中篇小说《作家自杀团》、李瑶音短篇小说《冬天告诉你》发表在《小说界》第2期上。

小聊的中篇小说《西溪河畔》、施茂盛的中篇小说《苏达》、江苏微型小说特辑、施茂盛的诗歌《一咏三叹》、蒋丽萍的诗歌《秋雨梦魂》发表于《萌芽》第3期。

4 月

5日，张抗抗中篇小说《残忍》、刘建东短篇小说《制造》、张梅"新市民小说"《媚居的喜宝》，以及王光明和荒林的评论《解困：我们能否作出承诺》、黄蕴洲评论《人文精神何处生根》发表在《上海文学》第4期上。

本月，金瘦的短篇小说、高彦杰的报告文学《太阳从轮椅上升起》、严志明的诗歌《红草莓》、徐芳的诗歌《徐芳抒情诗七首》发表于《萌芽》第4期。

5 月

5日，《上海文学》第5期发表王祥夫中篇小说《另一种玩笑》、赵长天短篇小说《拒绝谜底》、苏童短篇小说《把你的脚捆起来》、何立伟短篇小说《人在远方》、邱华栋"新市民小说"《环境戏剧人》、竹林的诗歌《在没有我的世界——致泰戈尔》、白桦的诗歌《街角、话别外来妹》、王晓明与铁舞的理论探讨《向二十一世纪文学期望什么》、邹平的论文《城市化与转型期文学》。

25日，《收获》第3期刊登宗璞的长篇小说《东藏记》、禾家的中篇小说《马尾巴》、万方的中篇小说《珍禽异兽》、王彪的中篇小说《哀歌》、许志强的中篇小说《过了八月是十月》、叶辛的短篇小说《狂徒》。

本月，主编寄语"热情塑造当代青年形象"、丁旭光的中篇小说《黑黑白白》、刘希涛的报告文学《富豪一掷》发表于《萌芽》第5期。

《小说界》第3期发表唐颖中篇小说《糜烂》、须兰中篇小说《思凡——玄机道士杀人案》、阎欣宁中篇小说《岸，在海的对面》、何玉茹短篇小说《电影院里的故事》、陈炳熙短篇小说《新年前夕的感伤小故事》、云晓光短篇小说《世象四题》、陈思和《逼近世纪末小说选1990—1993序》。

6 月

5日，《上海文学》第6期刊载王安忆文学随想《无韵的韵事——关于爱情的小说文本》、夏商的中篇小说《爱过》、王彪中篇小说《残红》，以及祁述裕的评论《市场经济中的文化诗学：话语的转换与命名的意义》。

本月，褚福金的中篇小说《街边的彩灯》、刘希涛的组诗《风情旅程》发表于《萌芽》第6期。

7 月

5日，《上海文学》第7期刊登作家张炜的作品小集，包括评论《怀疑与信赖》、小说《一个故事刚刚开始》、《怀念黑潭中的黑鱼》、《头发蓬乱的秘书》。范小青短篇小说《动荡的日子》、王蒙《白衣服与黑衣服》、汪曾祺《鹿井丹泉》、陈丹燕的《纽约客（三篇）》、辛笛的诗歌《溶浆照亮了酡颜（外一首）》以及残雪与日野启三的对话《创作中的虚实》、昌切评论《我们时代的一种群体精神结构》。

25日，《收获》第4期刊登何顿的长篇小说《我们像葵花》、张欣中篇小说《掘金时代》、韩东中篇小说《同窗共度》、刁斗短篇小说《古典爱情》。

本月，《小说界》第4期发表陆文夫长篇小说《人之窝》（下）、何申中篇小说《县委宣传部》、王大进中篇小说《偶像》、严歌苓短篇小说《茉莉的最后一日》、王安忆《情感的生命——我看散文》。

高低的短篇小说《男人的"口红"》、思阳的短篇小说《无花的早春》、朱金晨、朱咏春的报告文学《中国足坛转会启示录》、林染的散文《凉州词》、程勇的诗歌《驿站》发表于《萌芽》第 7 期。

8 月

5 日，邓一光的中篇小说《父亲是个兵》、虹影短篇小说《六指》《在人群之上》，以及刘心武、邱华栋对话《在多元文学格局中寻找地位》发表在《上海文学》第 8 期上。

本月，王月瑞的中篇小说《今宵没月亮》、施茂盛的散文《居家生活》发表于《萌芽》第 8 期。

9 月

1 日，《上海文学》第 9 期刊载罗岗、摩罗的对话《记忆与遗忘——对文学中的"暴力"的思考》，郑敏、韩毓海的对话《清华同学录》、王安忆散文《寻找苏青》。

25 日，格非长篇小说《欲望的旗帜》、苏童中篇《三盏灯》、唐颖的中篇小说《无力岁月》、荆歌短篇小说《口供》发表在《收获》第 5 期上。

本月，《小说界》杂志第 5 期刊载李洱的中篇小说《抒情时代》、毕四海中篇小说《万物都是生灵》、须兰中篇小说《纪念乐师良宵》、王泽群中篇小说《酒殇》、吴茂华短篇小说《折腾》、姚鸿文短篇小说《管道里的老鼠》，同期发表萧乾为《中国留学生文学大系》（近现代散文随笔卷）撰写的序言。

高立群的小说《那枚春天里的绿叶》、小聊的小说《谐频专卖店》、徐慧芳的微型小说《道·最后的情感》、张德明的范小青创作论《童年情结反刍及超越》发表于《萌芽》第 9 期。

10 月

5 日，《上海文学》第 10 期发表赵和平中篇小说《滚动的恋球》、许辉中篇小说《秋天的远行》、殷慧芬的中篇小说《纪念》、潘旭澜的散文《若对青山谈世事——怀念朱东润先生》、李天纲的论文《近代上海文化与市民意识》、陈思和的论文《民间和现代都市文化——兼论张爱玲现象》。

15 日，戴涛的微型小说《根》、徐慧芬的微型小说《茶道》、阿来的散文《马》、周海波、王光东的青年作家研究《山东六作家论》、朱金晨的诗歌《海呵，你这南方的海》发表于《萌芽》第 10 期。

11 月

5 日，《上海文学》第 11 期发表施放中篇小说《传染病区》、南帆理论文章《个案与历史氛围》。

25 日，《收获》第 6 期刊登余华的长篇小说《许三观卖血记》、范小青的中篇小说《飞进芦花》、阎欣宁的中篇小说《望月海》、贺黎的短篇小说《牌坊》。

本月，《小说界》第 6 期发表了孙颙的长篇小说《烟尘》、叶广芩的中篇小说《风》、赵西学中篇小说《一个叫冯道的人》、程巍短篇小说《风筝》、江曾培《微型小说呼唤标志性作家与作品》，本期还发表一组作家谈影片包括陆天明《后记〈苍天在上〉》、史铁生《枪下短行》、王安忆《墨尔本行散记》、赵丽宏《古人的枕头》、刘晓庆《自白》。

袁宏的散文《淡蓝色的烟霞》、马茂洋的诗歌《关于家园》发表于《萌芽》第 11 期。

12 月

5 日，沈嘉禄的短篇小说《酒夜》、林白短篇小说《似曾相识的爱情》，储福金中篇小说《玩笑》以及薛毅主持讨论会记录《知识分子与市民意识形态》、薛毅评论《日常生活的命运》、许纪霖评论《崇高与优美》、程文超主持，张柠、杨苗燕等人参与的讨论会记录《此岸诗情的可能性》发表在《上海文学》第 12 期上。

本月，徐世平的中篇小说《几度风流》、丁旭光的短篇小说《汉白玉》、袁宏的散文《走在城市边缘》、夏商的散文《夏周》、陆新瑾的诗歌《沉思·越过风景》发表于《萌芽》第 12 期。

1996 年

1 月

25 日，《收获》第 1 期发表史铁生的长篇小说《务虚笔记（上）》、王安忆的中篇小说《我爱比尔》、东西的中篇小说《没有语言的生活》、皮皮的短篇小说《闪失》、李子云的散文《好人冯牧》。

本月，《萌芽》第 1 期发表苏童的短篇小说《表姐来到马桥镇》、陈丹燕的短篇小说《晾着女孩裙子的公寓》、韩东的短篇小说《下放地》。

《上海文学》第 1 期发表刘醒龙的中篇小说《分享艰难》、刘继明的短篇小说《蓝庙》、王蒙的随笔《沪上思绪录》、陈丹燕的散文《未曾相识燕归来》。

《小说界》第 1 期发表李国文的短篇小说《坏女人》、卫慧的短篇小说《爱情幻觉》。

2 月

本月，《萌芽》第 2 期发表张磊的短篇小说《天堂》及陈村的评论《黑色的孩子》本期开始开设"海上诗坛"，发表林辉的诗歌《昨晚的月亮》、李华的诗歌《想起老家》、铁舞的诗歌《预感的雪》、韩凤菊的诗歌《活下去》、史荣东的诗歌《风铃》、滕丽琛的诗歌《轮回》。

《上海文学》第 2 期发表何顿的中篇小说《只要你过得比我好》及作家自语《写作状态》、孙春平的中篇小说《天生我才》、王英琦的随笔《守望灵魂》。

3 月

25 日，《收获》第 2 期发表史铁生的长篇小说《务虚笔记（下）》、阎连科的中篇小说《黄金洞》、韩东的中篇小说《小东的书画》、苏童的短篇小说《声音研究》、赵丽宏的散文《遗忘的碎屑》、萧乾的散文《校门内外》、李辉的散文《书生累——关于邓拓的随感》。

本月，《上海文学》第 3 期发表残雪的中篇小说《与虫子有关的事》、方方的中篇小说《状态》、翟永明的诗歌《诗三首》、柏桦的诗歌《诗二首》、雷达的随笔《辨赝》、韩毓海的论文《"中国"：一个被阐释着的"西方"——"跨语际实践"与当前文化研究方法论问题》。

《小说界》第2期发表韩少功的长篇小说《马桥词典》、王蒙的评论《小说的世界》。

《萌芽》第3期发表小聊的短篇小说《史唱的青春年华》、陈丹燕的散文《人生大讨论：生活和活着有什么不同》、"海上诗坛"专栏发表耳朵的诗歌《诗歌与发表》、陈家桥的诗歌《一起出发》、晓荫的诗歌《红蜻蜓》、严志明的诗歌《故乡在我记忆深处》。

4月

本月，《萌芽》第4期发表龙应台的短篇小说《外遇》、徐岩的短篇小说《青春离爱只有一步》、"海上诗坛"专栏发表太阿的诗歌《世界下雨了》、湘客的诗歌《切近中国的河流》、徐红林的诗歌《小乡溪流》、李兆军的诗歌《悼一只小蜜蜂》、吕人俊的诗歌《如花时节》。

《上海文学》第4期开设"当代文人的精神故乡"专栏，发表王安忆的中篇小说《姊妹们》、龙应台的中篇小说《银色仙人掌》、王蒙的短篇小说《冬季》、潘旭澜的随笔《良知坦然》。

5月

25日，《收获》第3期发表茅盾的长篇小说《霜叶红似二月花》（续稿），该续稿共五万余，写于1974年，主要是作品的大纲、梗概和初稿片断。本期还发表孙建成的中篇小说《隔离》、田柯的中篇小说《下场》、苏童的短篇小说《红桃Q》《天仙配》、萧乾的散文《老唐，我对不住你》。

本月，《上海文学》第5期发表新市民小说孙春平的《放飞的希望》、王霄夫的《人间烟火》、金克木的随笔《观世》、耿占春的随笔《心灵的倾诉》、郑敏的论文《学术讨论与政治文化情结》。

《小说界》第3期发表何顿的中篇小说《面包会有的》、毕淑敏的中篇小说《源头朗》、叶曙明的中篇小说《月球岩石》、王周生的中篇小说《红姨》、残雪的短篇小说《美丽的玉林湖》、汪曾祺的短篇小说《关老爷》。同期开始推出"七十年代以后"小说专栏，持续三年。

《萌芽》第5期发表赵波的短篇小说《往事》，"海上诗坛"专栏发表南野的诗歌《另一种马》、韦泱的诗歌《大金融》、朱小蝉的诗歌《唯一的少年》。

6 月

本月,《上海文学》第6期发表潘向黎的短篇小说《无梦相随》,赵波的短篇小说《暖冬》、唐颖的短篇小说《丽人公寓》。

《萌芽》第6期发表阿模的短篇小说《天使的微笑》、潘向黎的散文《爱情经典中的中国男性》,"海上诗坛"专栏发表梅绍静的诗歌《我教外甥写诗》、《生日》、王静远的诗歌《岁月的风声(组诗)》。

7 月

25 日,《收获》第4期发表叶兆言的长篇小说《1937年的爱情》、万方的中篇小说《和天使一起飞翔》、杨东明的中篇小说《焦点时空》、汪曾祺的短篇小说《小孃孃》《合锦》、李辉的随笔《清明时节——关于赵树理的随感》、萧乾的文章《我的出版生涯》。叶兆言的《1937年的爱情》和李冯的《孔子》标志着"新历史主义小说"在1996、1997年出现了长篇小说的尝试。本月,《萌芽》创刊40周年。作为上海市扶植严肃文学的又一新举措,《萌芽》杂志从8月号开始改由上海市作协与《新民晚报》联合主办。

本月,《上海文学》第7期发表王祥夫的中篇小说《雇工歌谣》、赵丽宏的随笔《青春和天籁》、陈丹燕的散文《自珍》、张炜的小说《皈依之路(上篇)》。

《小说界》第4期发表周懋庸的长篇小说《长相思(上部)》、刘庆邦的中篇小说《家园何处》和卫慧的短篇小说《纸戒指》。

《萌芽》第7期发表洪都的短篇小说《边缘》、徐岩的短篇小说《大水》、毛尖的散文《蝶恋花》,"海上诗坛"专栏发表徐岩的诗歌《临界的音乐》、李光泽的诗歌《端午》。

8 月

本月,《上海文学》第8期发表彭瑞高的中篇小说《本乡有案》、韦晓光的中篇小说《摘贫帽》、王周生的短篇小说《安乐死》、金宇澄的散文《温去》、本期刊登上海诗坛诗作:程勇的主持人语《沪风》、陈东东、许德民、铁舞、陈鸣华、孙悦的诗歌，以及南野、杨克、陈旭光、王剑钊、张执浩、袁毅关于当前诗歌的对话《遭遇诗歌》。

《萌芽》第8期发表王周生的短篇小说《星期四，别给我惹麻烦》、"海上诗坛"专栏发表徐芳的诗歌《植物》、程小城的诗歌《爱也恍惚》、玄鱼的诗歌《往事如玉》。

9月

25日，《收获》第5期发表钟道新的中篇小说《公司衍生物》、李冯的中篇小说《王朗和苏小眉》、季宇的中篇小说《县长朱四与高田事件》、迟子建的短篇小说《雾月牛栏》、洪森的短篇小说《审讯笔记》、李辉的随笔《消失了的太平湖——关于老舍的杂感》、萧乾的散文《老报人絮语》、钟敬文的散文《思絮录》、柯灵的文章《悼罗荪》。

本月，《上海文学》第9期的"新市民小说"专栏刊登陈丹燕的中篇小说《女友间》、徐蕙照的中篇小说《折桂》。同期还刊发秦轮的短篇小说《做脸》、罗望子的短篇小说《电梯上》。

《小说界》第5期发表刁斗的中篇小说《螺旋》、毕飞宇的中篇小说《家里乱了》、聂鑫森的短篇小说《秋声》、白小易的短篇小说《嬉戏》。

《萌芽》第9期发表刘文诚的短篇小说《家教》、陈鹏的短篇小说《冰冰的声音》、竹雄伟的短篇小说《爱情绝望》、"海上诗坛"专栏发表李晓苹的诗歌《意象》、高旭旺的诗歌《大西北野韵》。

10月

本月，《上海文学》第10期"现实主义冲击波"专栏发表谈歌的中篇小说《车间》、蔡翔的评论《变化的世界与不变的社会良知——〈车间〉点评》、刘亮程的短篇小说《好种子》、阙迪伟的中篇小说《新闻》、北野的诗歌《热爱生活（外一首）》、陈思和的论文《共名和无名：百年中国文学发展管窥》。

《萌芽》第10期发表王栋的短篇小说《一瞥》、刘轶的短篇小说《像我们一样快乐》、"海上诗坛"专栏发表陆萍的诗歌《寂寞的红豆》、立人的诗歌《城市的记忆》、方然的诗歌《不老的遗嘱》。

11 月

25 日,《收获》第 6 期发表老妞的长篇小说《手心手背》、赵长天的中篇小说《老同学》、王璞的中篇小说《魂断光明巷》、赵凝的中篇小说《坟场》、苏童的短篇小说《两个厨子》、野莽的短篇小说《开电梯的女人》、张洁的散文《哭我的老儿子》、李辉的随笔《风雨中的雕像——关于胡风的随感》、萧乾的散文《点滴人生》。

《小说界》第 6 期发表陆天明的长篇小说《木凸——并非历史主义小说》(未完待续)。

本月,《上海文学》第 11 期发表马驼的中篇小说《戴高乐机场草地上的兔子》、陶纯的中篇小说《寂静的营盘》、陈惠芬的随笔《桃花人面何处去?》、张新颖的随笔《都市未央歌》。

《萌芽》第 11 期发表李瑛的短篇小说《文清》、舒中民的短篇小说《风花雪月的事》。

12 月

本月,《上海文学》第 12 期发表崽崽的中篇小说《你猜我是谁》、何玉茹的短篇小说《表妹从北京来》、燕华君的短篇小说《小桥流水》、阿来的短篇小说《有鬼》、南帆的论文《修辞:话语系统与权力》、曲春景的论文《文坛景观的缺席者——当代文学的三大关怀》。

《萌芽》第 12 期发表商羊的短篇小说《一月十三日之杀人未遂》、周洁茹的短篇小说《白领文雅》、“海上诗坛”专栏发表严志明的诗歌《怀念乡音》、刘克胜的诗歌《瓜棚》、朱珊珊的诗歌《呼啸的流域》、杨贝贝的诗歌《钻石之光》。

1997 年

1 月

25 日,《收获》第 1 期发表刘庆的长篇小说《风过白榆》、阎连科的中篇小说《年月日》、须兰的中篇小说《曼短寺》、苏童的短篇小说《告诉他们,我乘白鹤去了》、汪曾祺的散文《草木春秋》。本年,开设阿城的专栏"常识与通识"，连续 6 期刊登了阿城的文章《爱情与化学》、《艺术与催眠》、《思乡与蛋白酶》、《魂与魄与鬼及孔子》、《还是魂与魄与鬼，这回加上神》、《攻击与人性》。

本月，《上海文学》第 1 期发表刘醒龙的《路上有雪》和阙迪伟的《乡村行动》。这是两部以现实主义精神与手法描绘当代乡土中国的中篇小说新作。本期还刊有"'写作与本土中国'笔谈"专栏：李陀的《面临选择》、韩少功的《批评者的"本土"》、李锐的《我们的可能——写作与"本土中国"断想三则》、刘醒龙的《现实主义与"现时主义"》。

《萌芽》第 1 期发表南妮的散文《在时髦的背后》，"海上诗坛"专栏发表李成的诗歌《城市，面容与背影》、大野的诗歌《诗歌铜像》、朱小蝉的诗歌《天使之泪》、远洲的诗歌《丰收大地》。

《小说界》第 1 期发表陆天明的长篇小说《木凸——并非历史主义小说》（下半部）、卫慧的中篇小说《艾夏》、棉棉中篇的小说《一个矫揉造作的晚上》。该刊从本期起，本年的每期都有一篇王安忆的小说讲稿，此期刊有小说讲稿《小说的世界》，第 2 期刊有《处女作的世界》、第 3 期刊有《〈心灵史〉的世界》等。另外，本期还刊有陈思和的《"无名"状态下的九十年代小说——答本刊编辑问》。陈思和在文章中回答了他之所以试图用"共名"和"无名"来概括中国 20 世纪文学某种规律的原因。

2 月

本月，《上海文学》第 2 期发表严歌苓的短篇小说《拉斯维加斯的谜语》、何申的中篇小说《良辰吉日》、刘心武的中篇小说《护城河边的灰姑娘》、竹林的散文《中华赤子胡秋原》。

《萌芽》第 2 期发表商羊的短篇小说《谋取幸福》、徐蕙照的短篇小说《今夜没故事》、桂国强的散文《驮着历史的十字架》、简妮的散文《万圣节的乐趣》，同期刊登庞清明精选诗一组、方竟成近作。

3 月

25 日，《收获》第 2 期发表张欣的中篇小说《今生有约》、龙冬的中篇小说《戏剧零碎》、鬼子的中篇小说《苏通之死》、荆歌的中篇小说《歌唱的年代》、阿宁的中篇小说《月色下的飞翔》、艾伟的短篇小说

《敞开的门》、罗望子的短篇小说《老相好》。

本月，《上海文学》第3期发表李治邦的中篇小说《拥抱》、苏童的短篇小说《海滩上的一群羊》。

《萌芽》第3期发表王淑瑾的短篇小说《不系之舟》、"海上诗坛"专栏发表米福松的诗歌《我歌唱我也心疼着的城市》、王青木短诗一束、吕人俊散文诗一束、薛鲁光的诗歌《海韵》。

《小说界》第2期发表王小波的中篇小说《红拂夜奔》、荒水的中篇小说《匿名电话》、赵波的短篇小说《情变》。

4 月

本月，《萌芽》第4期发表沙落雁的短篇小说《喊人》、赵波的短篇小说《温润童心》、王淑瑾的散文《戏剧学院：戏里戏外的爱情》，本期开始"爱情广场"专栏。

《上海文学》第4期发表王祥夫的中篇小说《腊月谣》、冯慧的中篇小说《梅雨季节》。

5 月

25日，《收获》第3期发表王小鹰的长篇小说《丹青引》、赵长天的中篇小说《再见许鹄》、刁斗的中篇小说《新闻》、金宇澄的短篇小说《不死鸟传说》。

本月，《上海文学》第5期发表贾平凹的短篇小说《梅花》、"新市民小说小辑"刊登孙建成的小说《流年图》、程小莹的小说《温柔一少年》。该期还刊有罗岗的《书写"当下"：从经验到文本》和王宏图的《私人经验与公共话语》两篇理论文章。

《萌芽》第5期发表朱晓琳的短篇小说《法兰西不是故乡》、简妮的短篇小说《焚情》、士渊的散文《回国以后的风波》、老道的散文《大辫子的心事》、莫斯的散文《美国来的女孩》、南妮的散文《永恒的伤痛》、"海上诗坛"专栏发表徐芳的诗歌《植物》、远岛的诗歌《黄昏插曲》、江一郎的诗歌《春雨的脚》、徐克文的诗歌《品茶》。

《小说界》第3期发表毕飞宇的中篇小说《林红的假日》、殷慧芬的中篇小说《屋檐下的河流》。

6 月

本月，《上海文学》第 6 期"爱情，婚姻，家庭小说专号"发表张欣的中篇小说《你没有理由不疯》、林屏的中篇小说《红蜻蜓》、于艾香的中篇小说《天灾人祸》、沈海深的短篇小说《亲疏都是缘》。同期刊有点评这几部小说的两篇文章：张新颖的《关于爱情的事》和南妮的《爱情傻瓜》。

《萌芽》第 6 期发表商羊的短篇小说《生活在春天》、周洁茹的短篇小说《夜太黑》、毛时安的散文《波特曼之夜》，"海上诗坛"专栏发表朱其的诗论《城市中的一个诗人群落》、张健桐等的诗论《诗歌以什么方式弥散》。

7 月

25 日，《收获》第 4 期发表苏童的长篇小说《菩萨蛮》、邓一光的中篇小说《远离稼穑》、徐小斌的中篇小说《吉耶美与埃耶美》、彭小莲的中篇小说《一滴羊屎》、王彪的短篇小说《成长仪式》、黄立宇的短篇小说《一枪毙了你》。

本月，《上海文学》第 7 期发表李国文的中篇小说《垃圾的故事》、彭瑞高的中篇小说《乡镇合一》、赵丽宏的随笔《流水和高山》、张烨的诗歌《坚守（外一首）》、黎焕颐的诗歌《上海风（两首）》。

《萌芽》第 7 期发表傅勤的《十七岁的时候》、何影泓的《那年夏天》、徐岩的《醉秋》等短篇小说、吕正民的散文《一个韩国青年眼中的西藏》、风铃的散文《1997：心情消费成时尚》、中跃的散文《相遇即缘》，"海上诗坛"专栏发表殷健灵的诗歌《晴天》、程林的诗歌《初冬》、紫丁的诗歌《香港四咏》、胡翔的诗歌《回答》、苏建东的诗歌《大侠》。

《小说界》第 4 期发表李治邦的《无处可退》、尚绍华的《考拉别针》、棉棉的《啦啦啦》等中篇小说，残雪的《夜访》、程树榛的《归来》、陈炳熙的《馨香的白手帕》、王大进的《关于一次在江轮上经历的回忆》等短篇小说，汪天云的传记文学《夏衍在上海》、王安忆的小说讲稿《〈九月寓言〉的世界》、郜元宝的《荒芜的悸动——谈谈卫慧的小说》以及《中国新文学大系 1949—1976 序言选》。

8 月

本月,《萌芽》第 8 期发表周洁茹的《花满天》、刘悦的《星期五的情绪》、阿义的《朝北房间的爱情》等短篇小说,还发表了潘向黎的散文《小猫钓鱼》、何国权的散文《回味贫穷》,"海上诗坛"专栏发表许德民的诗歌《胎记》、马茂洋的诗歌《种子》、徐津的诗歌《寒曲》。

《上海文学》第 8 期发表西飏的短篇小说《青衣花旦》、吴亮的评论《西飏的故事》、羊羽的短篇小说《宁婴》、赵波的短篇小说《寻找爱情》、宋海年的短篇小说《忍住眼泪》以及诗歌《肖末诗七首》。

9 月

25 日,《收获》第 5 期发表刘醒龙的长篇小说《爱到永远》、格非的中篇小说《赝品》、潘军的中篇小说《三月一日》、禾家的中篇小说《中年危机》、陈染的短篇小说《碎音》、荆歌的短篇小说《牛奶》、阿宁的短篇小说《生日》。

本月,《上海文学》第 9 期发表李肇正的中篇小说《头等大事》、黄国荣的中篇小说《陌生的战友》、王延辉的短篇小说《少年记忆》、赵枫的短篇小说《真相》。

《小说界》第 5 期发表乔雪竹的长篇小说《男人之夜》、王蒙的中篇小说《春堤六桥》、刘广雄的中篇小说《今天是你的生日》、姜贻斌的中篇小说《夜歌》、张宏杰的中篇小说《白与黑》、魏微的短篇小说《一个年龄的性意识》、陈卫的短篇小说《伤心夏季》、王安忆的小说讲稿《〈巴黎圣母院〉的世界》。

《萌芽》第 9 期发表商羊的短篇小说《搬家游戏》、毛晓岚的短篇小说《谜》、仲斌的短篇小说《恋爱幻想》、王晓华的散文《在夜晚,让我们把心靠近》,"海上诗坛"专栏发表王学芯的诗歌《太阳城》、杨枫的诗歌《世事调侃系列》、叶华的诗歌《落泪》。

10 月

5 日,《萌芽》第 10 期发表袁志的短篇小说《军校之恋》,"海上诗坛"专栏发表徐泽的诗歌《一群年轻的太阳神》、马涛的诗歌《流萤》、步勤的诗歌《城市时间》。

本月，《上海文学》第 10 期"上海女性作家作品专辑"发表唐颖的中篇小说《爱的岁月最残酷》、殷慧芬的中篇小说《焱玉》、王安忆的短篇小说《蚌埠》、陈丹燕的短篇小说《上海小姐》。

11 月

5 日，《萌芽》第 11 期发表秦文君的中篇小说《小鬼鲁智胜》、于是的散文《今夕何夕》、姚育明的散文《初中生与老师》、朵儿的散文《随风》、"海上诗坛"专栏发表朱凤鸣的诗歌《朱凤鸣诗五首》、朱金晨的诗歌《江南抒情诗》、严志明的诗歌《生长爱情的那一片树林》。

25 日，《收获》第 6 期发表陈村的长篇小说《鲜花和》、王安忆的中篇小说《文工团》、宋元的中篇小说《一个最好的办法》、赵凝的中篇小说《生命的交叉点》、金仁顺的短篇小说《五月六日》、朱也旷的短篇小说《杜鹃的忧郁》。

本月，《上海文学》第 11 期发表荆歌的中篇小说《革命家庭》、马驼的中篇小说《往伤口上撒把盐》、许春樵的中篇小说《犯罪嫌疑人》、赵剑平的中篇小说《女县长》、石磊的短篇小说《青春饭票》、李洱的短篇小说《有影无踪》、周洁茹的短篇小说《点灯说话》。

《小说界》第 6 期发表祁智的《送戏》、邱华栋的《平面人》、卫慧的《黑色温柔》、赵彦的《风筝误》等中篇小说，王安忆的小说讲稿《〈复活〉的世界》，残雪的评论文章《来自空洞的恐怖——读卡夫卡的〈地洞〉》。

12 月

5 日，《萌芽》第 12 期发表路玮的短篇小说《房檐四角的天空》、曹建平的散文《飞翔生活》。

本月，《上海文学》第 12 期发表赵长天的《中国餐馆》、沈嘉禄的《琴弦上的舞蹈》、高彦杰的《星根与黄妹》等短篇小说。

1998 年

1 月

1 日，《小说界》第 1 期发表严歌苓的长篇小说《人寰》附创作谈、张生的短篇小说《逃犯与追捕》、周大新的短篇小说《现代生活》、李凡的短篇小说《星光乐园》、韩东的随笔《无是无非》。本期开始开设"上海纪实"征文专栏,第1期发表陆文夫的《起步在上海》、徐开垒的《我的上海经》、陈村的《儿时的山》、潘向黎的《都市的秋意散句》等文。

5日,《上海文学》第1期发表刘醒龙的中篇小说《大树还小》、刁斗的中篇小说《资格认定》、沈东子的短篇小说《太平洋商厦》。"东南西北风"专栏发表了翟永明主持人语《蜀风》、潘旭澜的随笔《大渡河钟声——太平杂说》、吴炫主持的批评家俱乐部《大众文化与大众文化批评》。

5日,《萌芽》第1期发表商羊的小说《小西天》、陈丹燕的散文《蓝色群山的那一边》、"都市随笔"专栏发表素素的《空巢》、潘向黎的《是谁在说"我爱你"》,同期刊登铁舞的诗歌《空中音乐杂志及其他》、苏宏的诗歌《短诗七首》、戴仁毅的诗歌《独木舟》。

25日,《收获》第1期发表王彪的长篇小说《身体里的声音》,何立伟的中篇小说《龙岩坡》、李洱的中篇小说《现场》、黑城的中篇小说《水底的红门》,贾平凹的短篇小说《小人物》、杨静南的短篇小说《愤怒》,汪曾祺的《散文五篇》、余秋雨的散文《关于友情》、阿城的散文《攻击与人性之二》。

2月

5日,《上海文学》第2期发表何玉茹的短篇小说《最后的朋友》、程小莹的短篇小说《背朝你或望其项背》、周涛的散文《谁在轻视肉体》。本期还选载了刘震云的长篇小说《故乡面和花朵》卷四中的第6章。

5日,《萌芽》第2期发表朱晓琳的中篇小说《走过香榭丽舍大街》,中跃的短篇小说《校园杀手》、赵波的随笔《制造传奇》、远洲的诗歌《远洲的秋天》、鲁萍的诗歌《鲁萍诗四首》。

3月

1日,《小说界》第2期发表从维熙的长篇小说《龟碑》、王童的中篇小说《黑姆佛洛狄特通道》、棉棉的短篇小说《九个目标的欲望》、徐慧芬的微型小说《治疗（外一篇）》。

5日，《上海文学》第3期发表叶广芩的中篇小说《瘦尽尽灯花又一宵》、刘庆邦的短篇小说《喜鹊的悲剧》、刘继明的散文《亲爱的小鱼》。

5日，赵波的短篇小说《女友菠萝》、博源的短篇小说《匆忙青春》、陈丹燕的散文《豌豆上的公主》、洪国斌的诗歌《与城市相伴》、崔月明的诗歌《生命的醒悟》、怡然的诗歌《秋天》发表在《萌芽》第3期上。

25日，《收获》第2期发表须兰的中篇小说《光明》、韩东的中篇小说《在码头》、何顿的中篇小说《丢掉自己的女人》、王大进的中篇小说《纪念物》、苏童的短篇小说《小偷》、钟晶晶的短篇小说《金子》、刘继明的短篇小说《他不是我儿子》、余秋雨的散文《关于名誉》。

4 月

5日，《上海文学》第4期发表彭瑞高的中篇小说《多事之村》、王祥夫的中篇小说《鹦鹉》、储福金的短篇小说《引力》、阎连科的短篇小说《农民军人》。

5日，何影泓的小说《大约在冬季》、陈丹燕的散文《麦田的失落》、潘向黎的散文《愿你成为"素颜美女"》、韩彬的诗歌《韩彬四月诗抄》、王忠范的诗歌《经历》发表在《萌芽》第4期上。

5 月

1日，《小说界》第3期发表阎英明的中篇小说《乡镇行动》、刘玉堂的中篇小说《走进荒原》、董懿娜的短篇小说《折翼而飞》、残雪的随笔《蜕变——由混沌到澄明》《读卡夫卡的〈审判〉》。同期开始刊载张洁的长篇小说《无字》第一部，至第4期止。该书第一部本年由上海文艺出版社出版单行本。全书共三部，由北京十月文艺出版社2001年1月出齐。2005年获第六届茅盾文学奖。

5日，《上海文学》第5期发表何继青的中篇小说《记忆苏珊》、林希的短篇小说《沙袋子》、张执浩的短篇小说《我们的澡堂》、王璞的短篇小说《辣椒的故事》、韩东的诗歌《韩东诗三首》。

5日,《萌芽》第5期发表素素的中篇小说《另一次爱情,不是我自己的》、陈丹燕的散文《鸟巢的内疚》、潘向黎的散文《带着钱包去约会》、西川的诗歌赏析《在哈尔盖仰望星空》。

25日,《收获》第3期发表万方的中篇小说《没有子弹》、王璞的中篇小说《送父亲回故乡》、潘军的中篇小说《海口日记》、殷慧芬的中篇小说《欢乐》、李洱的短篇小说《暗哑的声音》、艾华的短篇小说《结巴》、余秋雨的散文《关于谣言》。

6月

5日,《上海文学》第6期发表唐颖的中篇小说《绝色的沙拉》、潘向黎的中篇小说《变歌》、卫慧的短篇小说《爱人的房间》、周洁茹的短篇小说《乱》。

5日,《萌芽》第6期发表素素的中篇小说《一个人的天荒地老》、陈丹燕的随笔《出嫁是一种赌博》、潘向黎的随笔《别人的丈夫与你无关》、张烨的诗歌赏析《一种永恒的爱的境界》。本期开设"重金属"专栏,刊登了崔健的歌词《从头再来》、郑钧的歌词《极乐世界》、张楚的歌词《孤独的人是可耻的》。

7月

1日,《小说界》第4期发表张洁的长篇小说《无字》(第一部·下卷)、何顿的中篇小说《慰问演出》、宗璞的短篇小说《彼岸三则》、王渝的短篇小说《望月》、丁丽英的短篇小说《法会》,徐坤的文章《双调夜行船——九十年代的女性写作》。

5日,《上海文学》第7期发表严歌苓的短篇小说《无出路咖啡馆》、刘增元的短篇小说《口泉沟闲话》、刘小枫的文章《牛虻和他的父亲、情人和她的情人》。

5日,《萌芽》第7期发表洛如的短篇小说《冰茉莉》、商羊的短篇小说《脆弱二重唱》、朱晓文的短篇小说《人海中沉浮》、陈丹燕的随笔《天使降落在人间》。

25日,《收获》第4期发表贾平凹的长篇小说《高老庄》、池莉的中篇小说《小姐你早》、尤凤伟的中篇小说《蛇会不会毒死自己》、林希的中篇小说《吴三爷爷》、阿城的散文《跟着感觉走》、余秋雨的随笔《关于嫉妒》。

8月

5日，《上海文学》第8期发表王安忆的短篇小说《轮渡上》、丁丽英的短篇小说《熨斗·约会》、棉棉的短篇小说《每个好孩子都有糖吃》、张生的短篇小说《结局或者开始》、潘旭澜的散文《走出梦话——太平杂说》。

5日，《萌芽》第8期发表素素的短篇小说《水蓝色的眼泪》、周铭的小说《生命的游戏》、小聊的小说《去迈阿密比赛的人》。

9月

1日，《小说界》第5期为该杂志创刊100期，简办百期庆典，韩少功、王蒙、王安忆等作家纷纷发表贺电（见该刊第6期）。薛海翔的长篇小说《情感签证》、赵凝的中篇小说《手指插向迷宫》、魏微的短篇小说《乔治和一本书》、王安忆的短篇小说《杭州》发表在第5期上。同期刊登李子云的散文《今天和昨天》、曹可凡的《爱怨琵琶记》、彭瑞高的《历史的刻刀》。

5日，《上海文学》第9期发表艾伟的中篇小说《到处都是我们的人》、钟晶晶的中篇小说《正午的姿态》、刘小枫的文章《永不消散的生存雾霭中的小路》。

5日，《萌芽》第9期发表中跃的短篇小说《钢琴狂想》、陈丹燕的随笔《怀孕的故事》、朱小蝉的诗歌《天使正在坠落》。

25日，《收获》第5期发表王安忆的中篇小说《隐居的时代》、苏童的中篇小说《群众来信》、中跃的短篇小说《戏剧新闻》、陈沂的杂文《严峻的考验》、阿城的随笔《艺术与情商》、余秋雨的随笔《关于善良》。

10月

5日，《上海文学》第10期发表殷慧芬的中篇小说《吉庆里》、林希的中篇小说《避水珠》、潘军的短篇小说《和陌生人喝酒》、徐友渔的文章《昆德拉哈维尔和我们》、崔卫平的文章《面对强权和悖谬的世界》。

5 日,《萌芽》第 10 期发表干超的小说《我呀,是旅行者》、陈丹燕的随笔《当一个孩子出生的时候》、程勇的诗歌《情歌五章》、铁舞的诗歌《倾听阳光》。

11 月

1 日,《小说界》第 6 期刊出"《小说界》创刊第 100 期纪念"文章,包括韩少功、王蒙、雷达、王安忆、陆天明、程乃珊、陈村在内的多位作家发表纪念文章。同期发表彭瑞高的中篇小说《大选》、卫慧的短篇小说《葵花盛开》、周洁茹的短篇小说《出手》。

5 日,《上海文学》第 11 期发表海男的中篇小说《蝴蝶在哪里飞翔》,西飐的中篇小说《河豚》,南野的短篇小说《骑马过梦》。此期《上海文学》"本刊专递"栏目还刊登了雷达、刘醒龙、邓一光等人追忆周介人的文章。

5 日,《萌芽》第 11 期发表陈丹燕的随笔《亲密关系》、徐芳的诗歌赏析《辛笛:人生之"航"》。

25 日,《收获》第 6 期发表刁斗的长篇小说《证词》、莫言的中篇小说《三十年前的一次长跑比赛》、格非的中篇小说《打秋千》、丁丽英的短篇小说《疯狂的自行车》、张生的短篇小说《片断》、周洁茹的短篇小说《不活了》、张承志的散文《粗饮茶》、余秋雨的随笔《关于年龄》、阿城的散文《再见篇》。

12 月

5 日,《萌芽》第 12 期发表商羊的短篇小说《城西有雾》、赵波的短篇小说《假发下的伤心人》、陈丹燕的随笔《成为妇人》。

5 日,《上海文学》第 12 期发表西飐的小说《河豚》、叶辛的短篇小说《小说家》、中跃的短篇小说《不谈印象》。

1999 年

1 月

1 日,《小说界》第 1 期发表陈村的散文《翻看自己》、丁丽英的小说《给我来杯白开水》《回家途中》以及创作谈《写作是怎么回事》、桂兴华的散文《我搬了四次家》。

25日，《收获》第1期发表何立伟的中篇小说《光和影子》、李洱的中篇小说《葬礼》、苏童的短篇小说《水鬼》、万方的短篇小说《爱不够的伊人》、谌容的小说《天伦之乐》。同期，开始连载周梅森的长篇小说《中国制造》（至第2期）。本期起为余华开辟"边走边看"专栏，连续在第1—6期上发表了《音乐的叙述》《高潮》《否定》《色彩》《灵感》《字与音》6篇，还开辟了"百年上海"专栏，陆续发表了王安忆、程乃珊、白先勇、袁鹰、孙甘露等人的随笔，至第6期止。

本月，《上海文学》第1期发表彭瑞高的中篇小说《六神有主》、苏童的短篇小说《拱猪》、赵波的短篇小说《等待三十岁的来临》、丁丽英的短篇小说《孔雀羽的鱼漂》、西飏的文章《虚构之虚构》、许子东的文论《"感谢苦难"与"拒绝忏悔"——解读有关"文革"的当代小说》。

《萌芽》第1期刊登《"新概念作文大赛"倡议书》。

2月

本月，《上海文学》第2期发表迟悟的中篇小说《公民王二》、张执浩的中篇小说《毛病者也》、严歌苓的短篇小说《冤家》、陈应松的短篇小说《洪水三记》、乌人的短篇小说《在法庭上》、于坚的诗歌《傍晚的边界》、半岛的随笔《到天晴的时候》。同期，还发表了丁丽英的文章《小说的长度》。

《萌芽》第2期刊登王燕的小说《春风吻上你的脸》、杨海燕的小说《道一声珍重》、褚福金的随笔《寻找契科夫》、陈锋的诗歌《格言》。

3月

1日，《小说界》第2期发表易丹的长篇小说《左右与螺旋》、邓刚的散文《我还有救》。

25日，《收获》第2期发表莫言的中篇小说《师傅越来越幽默》、赵长天的中篇小说《以后再说》、李年吉的中篇小说《东京时间》、从维熙的中篇小说《死亡游戏》、余华的随笔《高潮》并继续连载周梅森的长篇小说《中国制造》。同期还发表了李辉的随笔《漂泊梦之谷：萧乾和他的〈痕迹〉》、程乃珊的随笔《上海先生》、贾植芳的随笔《上海是个海》。

本月，《上海文学》第3期发表卫慧的中篇小说《硬汉不跳舞》、丁丽英的短篇小说《该换一个机芯了》、李逊的短篇小说《中生代通道》、荆歌的短篇小说《棉花乳房》、楚楚的随笔《箫》。

《萌芽》第3期发表中跃的短篇小说《角色》、丁丽英的随笔《美国乡下人》、潘向黎的随笔《在金钱问题上"毕业"》、任晓雯的诗歌《让我告诉你什么是诗》。本期开始开设陈丹燕的专栏《中国盒子》。

4 月

本月，《上海文学》第4期发表王祥夫的中篇小说《谁再来撞我一下》、陈丹燕的短篇小说《无旗之杆》、刘庆邦的短篇小说《毛信》、贺奕的短篇小说《苦岁粮》、朱学勤的散文《"娘希匹"与"省军级"——"文革"读书记》。

《萌芽》第4期发表刘悦的小说《我是队长》、雨孩子的诗歌《向天空投递的信件》。同期刊登新概念获奖作文宋静茹的《孩子》。

5 月

1日，《小说界》第3期发表程乃珊的创作后记《山水有相逢》、荆歌的短篇小说《花岗岩雕像》。"上海纪事"专栏刊登吴音的文章《我们骄傲的称呼是同志》。

25日，《收获》第3期发表杨争光的长篇小说《越活越明白》（连载至第4期）、祁智的中篇小说《陈宗辉的故事》、张生的短篇小说《刽子手的自白》、王松的短篇小说《本色》、刘心武的短篇小说《民工老何》、冯骥才的散文《致大海——为冰心送行而作》、余华的随笔《否定》、谷野的散文《夜上海，由此开始：上海的宝善街时代》、黄裳的散文《上海的旧书铺》。

本月，《上海文学》第5期发表王安忆的小说《喜宴》《开会》以及创作随笔《生活的形式》。同期，还发表陈丹燕的小说《煤炉上的Toast》、艾伟的中篇小说《重案调查》、布衣的短篇小说《两个乞丐》。

《萌芽》第5期发表谷阳的小说《黄河断流的日子》、胡冈的诗歌《旧歌曲》。同期刊登新概念获奖作文刘嘉俊的《物理班》。

6 月

本月,《萌芽》第 6 期发表朱晓琳的小说《爱情国境线》、蒋蓓的小说《青春》。同期刊登新概念获奖作文陈佳勇的《来自沈庄的报告》、丁妍的《东京爱情故事》。

《上海文学》第 6 期发表丁天的中篇小说《青春勿语》、潘向黎的中篇小说《牵挂玉米》、柏桦的诗论《阳光下舞蹈的声音》。

7 月

25 日,《收获》第 4 期发表杨争光的长篇小说《越活越明白》、北村的中篇小说《长征》、张翎的中篇小说《江南篇》、李亦的中篇小说《鬼子的脸》、徐坤的短篇小说《橡树旅馆》、周洁茹的短篇小说《跳楼》、茹志鹃的中篇小说《她从那条路上来》及王安忆的随笔性评论《从何而来,向何而去》。"百年上海"专栏推出白先勇的散文《上海童年》、吴亮的散文《地图与肖像》。

本月,《上海文学》第 7 期发表潘军的中篇小说《桃花流水》,商河的短篇小说《幻美》、《火之诗》及创作谈《在缄默与诉说之间》,红柯的短篇小说《家》、吴晨骏的短篇小说《再生》、汪政的文章《先锋小说,新写实,新生代》。

《小说界》第 4 期发表朱苏进的随笔《生活就是一个个片刻》、王安忆的随笔《寻找上海》、张承志的随笔《都市的表情》。"上海纪事"专栏刊登圣松的文章《天下之大——上海》。

《萌芽》第 7 期发表颜朗的小说《咫尺天颜》、商羊的小说《拍卖初恋》、殷常青的诗歌《遇见这只受伤的鸟》。同期刊登新概念获奖作文吴迪的《阳光灿烂的日子》等。

8 月

本月,《上海文学》第 8 期发表许春樵的中篇小说《谜语》、肖克凡的短篇小说《独弦操》、《寻找穴位》及创作谈《因为太远》、林希的短篇小说《棒槌》、孙春平的短篇小说《陈焕义》、张承志的散文《从石壕村到深井里》、吴炫的文章《批评与创造的统一》、杨扬的文章《90 年代文学关系的变化》。

《萌芽》第 8 期发表凌鼎年的小说《吹皱一池春水》、弓戈的诗歌《股价:一个遭遇激情的态势》。同期刊登新概念获奖作文徐敏霞的《站在十几岁的尾巴上》、韩寒的《求医》。

9 月

25 日,《收获》第 5 期发表莫言的中篇小说《野骡子》、何立伟的中篇小说《红尘之人》、赵凝的中篇小说《大家》、陆星儿的中篇小说《姗姗出狱》、严平的中篇小说《有你有我》、王小妮的短篇小说《棋盘》、裴在美的短篇小说《一个陌生城市的房间》、陆文夫的纪念文章《又送高晓声》、"百年上海"专栏推出袁鹰的散文《感激上海》、孙甘露的散文《时间玩偶》。

本月,《上海文学》第 9 期发表池莉的中篇小说《乌鸦之歌》、南野的短篇小说《损伤的下午》、张旻的短篇小说《第三次会面》、范小青的短篇小说《鹰扬巷》及《描金凤》、宋明炜的文章《终止焦虑与长大成人——关于七十年代出生作家的笔记》。

《萌芽》第 9 期发表蒋青璇的小说《与蓝眼睛之恋》、任晓雯的诗歌《城市和我的梦》。同期刊登新概念获奖作文王越的《高三与我的交易》。

《小说界》第 5 期发表殷慧芬的小说《汽车城》、严歌苓的短篇小说《魔旦》、莫言的随笔《从照相说起》。"上海纪事"专栏刊登纪申的文章《让明珠更明亮》。

10 月

本月,《上海文学》第 10 期发表彭瑞高的中篇小说《叫魂》、茹志鹃的中篇小说《下乡日记》及王安忆的随笔性评论《谷雨前后,点瓜种豆》、王力雄的短篇小说《永动机患者》、海力洪的创作谈《"药片"是什么》、黄发有的文章《日常叙事:九十年代小说的潜性主调》,臧棣的诗《简易的雕塑》、张枣的诗《大地之歌》。

《萌芽》第 10 期发表禾尧的小说《寂寞的小孩》、惠芬的诗歌《抉择》。同期刊登新概念获奖作文王莹的《志洋》。

11 月

25 日,《收获》第 6 期发表张贤亮的长篇小说《青春期》、阎连科的中篇小说《耙漏天歌》、王彪的中篇小说《大声歌唱》、荆歌的中篇小说《画皮》、东西的短篇小说《过了今年再说》、吴骏晨的短篇小说《可疑的变化》、孙见的短篇小说《陌生的朋友》。

本月,《上海文学》第 11 期发表祁智的中篇小说《十一月十七日》、王静怡的中篇小说《不呼吸的女人》、王安忆的短篇小说《花园的小红》、储福金的短篇小说《颜青》、胡发云的短篇小说《晓晓的方舟》、李洱的创作谈《尘世中的神话》、李冯等的文章《想象力与先锋》。

《萌芽》第 11 期发表陆宣的小说《夏天的死亡游戏》。同期刊登新概念获奖作文孙佳妮的《流星,刹那划过星际》。

《小说界》第 6 期发表彭小莲的长篇纪实文学《他们的岁月》、迟子建的随笔《光影浮动》。"上海纪事"专栏刊登丁丽英的文章《你回去的地方》。

12 月

本月,《上海文学》第 12 期发表王祥夫的中篇小说《民间大户》、何顿的中篇小说《圣村》、顾前的短篇小说《让我告诉你一个秘密》、丁丽英的短篇小说《我们感谢什么吧》、邓刚的短篇小说《表奶》、朱金晨的诗歌《美丽的飘落》。

《萌芽》第 12 期发表安妮宝贝的小说《暖暖》《最后约期》、崔京生的随笔《邂逅内罗毕》。

资料来源

《上海五十年文学批评丛书》，徐俊西主编，华东师范大学出版社，1999 年 10 月

《上海五十年文学创作丛书》，巴金主编，上海文艺出版社，1999 年 5 月

《上海作家辞典》，上海市作家协会编，百家出版社，1994 年 12 月

《上海文化年鉴（1987—1999）》，《上海文化年鉴》编辑部编，中国大百科全书出版社

《上海社会科学志大事记》，上海市地方志办公室编，http://www.shtong.gov.cn/Newsite/node2/node2245/node74288/node74292/index.html

《海上奇葩——上海工人文学创作》，任丽青、杨青泉著，文汇出版社，2010 年 5 月

《海上诗坛六十家（上下两卷）》，朱金晨、李天靖、林裕华主编，上海文化出版社，2006 年 5 月

《新时期的上海小说》，戴翊著，上海社会科学院出版社，1992 年 6 月

《新中国文学词典》，潘旭澜主编，江苏文艺出版社，1993 年 3 月

《中国当代文学编年史（第 5—7 卷）》，张健主编，山东文艺出版社，2012 年 12 月

《中国现代主义诗群大观 1986—1988》，徐敬亚、孟浪、曹长青、吕贵品主编，同济大学出版社，1988 年 9 月

《上海文学》（1977—1999）

《收获》（1979—1999）

《萌芽》（1981—1999）

《小说界》（1981—1999）

《文汇月刊》（1980—1990）

《文汇报》（1976—1999）

《解放日报》（1976—1999）

《文学报》（1981—1999）

除以上列出的资料外，还有其他与文学相关的著作、报刊。

图书在版编目(CIP)数据

上海当代文学创作史实述要.1976.10—1999.12/王
光东主编.—上海：上海书店出版社，2019.12
（上海社会科学院文学研究所所庆 40 周年学术文丛）
ISBN 978 - 7 - 5458 - 1889 - 5

Ⅰ.①上… Ⅱ.①王… Ⅲ.①地方文学史-文学史研
究-上海- 1976—1999 Ⅳ.①I209.951

中国版本图书馆 CIP 数据核字(2019)第 256116 号

责任编辑　王　郡
封面设计　郦书径

本卷编撰　班易文

上海当代文学创作史实述要(1976.10—1999.12)
王光东　主编

出　　版　上海书店出版社
　　　　　　（200001　上海福建中路 193 号）
发　　行　上海人民出版社发行中心
印　　刷　上海展强印刷有限公司
开　　本　710×1000　1/16
印　　张　22
版　　次　2019 年 12 月第 1 版
印　　次　2019 年 12 月第 1 次印刷
ISBN 978 - 7 - 5458 - 1889 - 5/I・494
定　　价　80.00 元